LA PROMESSE D'UN CIEL ÉTOILÉ

Alison McQueen

LA PROMESSE D'UN CIEL ÉTOILÉ

Roman

Traduit de l'anglais par Isabelle Chapman

PRESSES DE LA CITÉ

Titre original : *Under The Jeweled Sky*
Publié en 2013 par Orion Books, un département de The Orion Publishing Group, Ltd., Londres.

Ce livre est une œuvre de fiction. Les noms, les personnages, les lieux et les événements sont le fruit de l'imagination de l'auteur ou utilisés fictivement. Toute ressemblance avec des personnes réelles, vivantes ou mortes, serait pure coïncidence.

Déjà paru aux éditions France Loisirs

ISBN 978-2-258-11381-7

Presses de la Cité un département **place des éditeurs**

place des éditeurs

À mes filles, Violet et Scarlet,
qui m'ont appris ce qu'est la joie

« Il y a de nombreuses années,
nous avons donné rendez-vous au destin,
et l'heure est venue de tenir notre promesse. »

Jawaharlal NEHRU,
le 15 août 1947 à minuit

1957

Wiltshire, Angleterre

Un treillage en bois chargé de jasmin encadrait la porte basse. Sophie détacha une fleur minuscule et la froissa entre ses doigts afin d'en respirer le doux parfum. La vue de la tête de lion avec son anneau dans la gueule lui rappela cet après-midi lointain où elle avait astiqué ce heurtoir avec du coton imprégné de Brasso à l'odeur piquante. Peine perdue, elle n'avait réussi qu'à atténuer la patine noirâtre sans réveiller l'éclat du cuivre. En plus, le produit avait encrassé les minuscules crevasses d'une matière sèche qu'elle n'était pas parvenue à déloger malgré des efforts acharnés à l'aide d'une vieille brosse à dents. Cela n'avait servi à rien, qu'à la tenir occupée.

Elle sentit un nœud familier se former dans son estomac. Sa bouche était sèche. Ce n'était peut-être pas la peine d'aller plus loin. Il était encore temps de retourner à la gare. Même à pied, elle n'en aurait pas pour longtemps. Le trajet en taxi avait été plus court que prévu. Ils avaient parcouru en un clin d'œil ce kilomètre et demi de route de campagne à travers le bocage. C'était toujours ainsi avec les souvenirs d'enfance. Les distances avaient alors semblé plus grandes, les murs plus hauts, les gens plus vieux qu'ils ne l'étaient en réalité.

Le village lui avait paru dans l'ensemble inchangé, sauf qu'aujourd'hui les devantures des trois boutiques de la grande rue avaient des couleurs joyeuses, la boulangerie était approvisionnée de paniers débordant de miches de pain, et la vitrine du boucher exposait des lapins à la fourrure noisette et de généreuses guirlandes de saucisses. Autrefois, il n'y avait rien eu derrière ces vitres, lesquelles avaient d'ailleurs été placardées de papier kraft et d'austères affiches du ministère de l'Information. DES PROPOS EN L'AIR PEUVENT COÛTER DES VIES. Quel autre genre de propos aurait pu s'échanger entre villageois ? D'ailleurs ces affiches avaient vite été remplacées par d'autres : PIOCHEZ POUR LA VICTOIRE. Un slogan plus approprié, les habitants se décidant d'un même élan à retourner leurs pelouses et leurs parterres de fleurs pour planter à la place des pommes de terre et des légumes.

Le minuscule bureau de poste au coin de la rue avait été repeint d'une jolie nuance de lilas et son toit de chaume jadis indigent entièrement refait, fixé avec des branches de saule des vanniers et surmonté d'une paire d'oiseaux de paille. Sophie avait prié le chauffeur du taxi de la laisser devant *The Crown* plutôt que de la mener jusqu'à sa destination finale. Elle lui avait versé six pence de pourboire en lui faisant promettre de ne pas être en retard quand il reviendrait la chercher pour la conduire au train de Londres. Alors que le taxi s'éloignait, elle était restée sur l'étroit trottoir à admirer les rutilantes suspensions de géraniums qui décoraient les murs de part et d'autre de la porte du pub. L'espace d'un instant, elle avait été tentée d'entrer et de se commander au bar un petit verre de sherry, rien que pour voir si elle reconnaissait des gens, et curieuse de savoir s'ils la reconnaîtraient en retour. Bien sûr que non. À l'époque, elle n'avait guère été plus qu'une enfant.

Sophie avait terminé à pied le trajet jusqu'à Ranmore, ralentissant toutefois devant quelques points de repère : la toute petite mairie, la forge du vieux maréchal-ferrant. L'autobus était passé, comme autrefois, pile à l'heure du déjeuner. Au coin de Cross Street, il avait déposé un seul passager, lequel s'en était allé dans la direction opposée sans remarquer sa présence. Sophie avait essayé en vain de distinguer les traits du conducteur. Était-ce le même ? Un bonhomme taciturne qui ne disait jamais bonjour à quiconque alors qu'il transportait depuis des années les mêmes passagers. Mr Whittock, nul ne l'ignorait au village, s'estimait au-dessus de sa condition, mais personne ne lui en tenait rigueur. Sa bizarrerie faisait partie du paysage.

L'énorme cytise de Mrs Ferguson avait pris des proportions gigantesques. L'arbre déployait au-dessus du trottoir un parasol de fleurs défraîchies qui au moindre souffle de vent arrosait le pavé d'une pluie de pétales jaune pastel. Les pensées de Sophie s'étaient transportées au jardin de son père, où deux fois l'an le jacaranda fleurissait merveilleusement, répandant dans les airs des nuées de fleurs lilas qui s'en allaient en dansant au-dessus des nuages, sur la toile de fond des Nilgiri, les « montagnes bleues ». Pentes escarpées couvertes de forêts, vallées profondes sous un ciel bleu électrique. Aucun jardin anglais ne rivalisait en beauté avec les paysages de l'Inde du Sud – l'éternelle oasis des monts Nilgiri aux reliefs superposés, de plus en plus lointains. Et puis ce village-ci, ce village anglais, il était si petit.

En passant sous le cytise, Sophie avait caressé une branche basse et s'était arrêtée pour respirer son arôme poivré tandis que des fleurs parfumées se posaient sur ses cheveux et ses vêtements. Levant les yeux vers les grappes trop lourdes pour rester accrochées aux rameaux, elle s'était dit qu'elle aimerait les secouer pour en recueillir les pétales et rapporter chez elle un trésor de pâles confettis. Ils ne se conserveraient pas, hélas, leur destin étant de s'éparpiller gaiement dans le village à l'heure où mai passe le relais à juin. Elle s'était attardée à admirer le jardin à présent bien entretenu de Mrs Ferguson, la floconneuse marée bleue des delphiniums, les têtes multicolores des lupins qui émergeaient des parterres aux courbes gracieuses, remplis d'impatiens et de pétunias et tout bourdonnants d'abeilles.

La pelouse triangulaire qui faisait office de place du village avait été fraîchement tondue, peut-être par Jim Milner, qui sait ? Lui qui jadis débarquait de temps à autre de sa ferme, Hawthorn Farm, au volant de son tracteur remorquant un énorme engin à lames rotatives. Une forte odeur d'herbe coupée embaumait l'air, tout comme en ce jour lointain où l'on avait fait rôtir un cochon pour fêter la victoire en Europe. Douze ans déjà. Elle s'était rappelé les femmes convergeant de tous les coins du village, défilant fièrement dans les rues, les bras chargés de plats improvisés avec ce qu'elles avaient trouvé et de dames-jeannes renfermant un liquide trouble : du vin maison obtenu à partir des fruits de l'églantier et de pommes sauvages. Personne n'avait demandé d'où venait ce superbe porc qui avait crépité toute la journée sur une broche tournée à la main. Chaque village possédait en effet son cochon, élevé en secret et nourri grâce aux dons de la communauté en épluchures et fanes de navets. Depuis l'introduction du rationnement, en échange d'un morceau de lard ou de saucisses refilés discrètement sous le comptoir à l'occasion, chacun venait consciencieusement déposer sa contribution dans l'arrière-cour de la boucherie. Le jour où le cochon avait été mangé, le village tout entier était en liesse. Elle aussi avait laissé éclater une joie sans ombre. Même sa mère avait eu le sourire… Sophie avait marqué une halte devant le monument aux morts au coin de la pelouse. Des patronymes récemment gravés dans la pierre rallongeaient la liste des enfants du pays ayant sacrifié leur vie au nom de la liberté. Spontanément, elle avait ployé le cou et s'était recueillie pour offrir une brève prière avant de reprendre son chemin.

Elle aurait préféré avoir à marcher plus longtemps avant d'arriver à Ranmore, un cottage blanchi à la chaux datant de la guerre civile. Trois siècles d'histoire avaient patiné son colombage et enfoncé ses fondations dans le sol. La barrière s'était ouverte sans bruit – le gond avait été huilé. Sophie s'était engagée dans l'allée puis avait hésité devant la gueule du lion.

Le froid l'avait fait frissonner en même temps qu'un mauvais pressentiment. C'était une erreur d'être venue. Il n'y avait rien à y gagner, sinon à aggraver son chagrin. Seulement Sophie en avait assez d'être taraudée par l'aiguillon de la culpabilité, ce remords qui sans cesse lui rappelait sa désertion et lui reprochait de ne pas avoir fait tout son possible pour arranger les choses. Tenaillée par la peur des fantômes de son passé, elle avait opté pour la solution des lâches. Mais les années n'avaient pas cicatrisé ses plaies. Il était grand temps de tourner la page, de faire la paix avec le diable et d'aller de l'avant. Elle inspira à fond et garda l'air dans ses poumons.

Sa main se leva vers le heurtoir. Les deux coups secs qui jaillirent de la gueule du lion se répercutèrent dans la rue déserte. À l'intérieur, quelque chose bougea. La porte s'ouvrit, et Sophie sentit son cœur s'arrêter.

— Bonjour, maman, articula-t-elle.

Après un instant de consternation, Sophie se souvint de respirer et sourit.

L'expression stupéfaite qui s'était peinte sur le visage blafard et bouffi de Veronica Schofield s'estompa. Comme enracinée sur le seuil, elle ne rendit pas son sourire à sa fille.

— Ça fait longtemps, lui dit Sophie.

Sa mère la toisa d'un regard auquel rien n'échappait.

— Je savais que tu reviendrais.

Les deux femmes se fixèrent droit dans les yeux. En dix ans, Veronica Schofield avait incroyablement grossi. Ses hanches, surtout, étaient d'une largeur monstrueuse. Un gros bourrelet à la taille se dissimulait mal sous l'imprimé floral d'une robe qui avait vu des jours meilleurs. Elle avait coupé ses cheveux, le chignon impeccable d'autrefois remplacé par des boucles courtes, serrées et grisonnantes, artificiellement bleuies.

— Je comprendrais si tu préférais que je m'en aille, reprit Sophie devant l'air à présent impassible de sa mère.

— Je ne vais pas te dire ce que tu dois faire.

Une main sur la porte, elle s'écarta d'un pas afin de laisser le passage à sa fille.

L'intérieur du cottage était toujours aussi étouffant et sombre, avec ses gros meubles noirs tapis dans les coins, ses froides dalles en pierre usées par le frottement des pieds de plusieurs générations. Sophie suivit sa mère à la cuisine, où flottaient encore les odeurs du dîner de la veille, à moins que ce ne fussent celles du déjeuner du jour, vaguement rances, chou bouilli ou sauce de viande gélatineuse. Le crucifix au-dessus de la porte pendait de guingois à son clou.

— Où est mamie ? demanda Sophie.

— Morte, répondit sa mère en lui tournant le dos. Il y a sept ans.

— Oh. Je suis désolée, souffla Sophie en esquissant un léger mouvement de recul.

Sa mère souleva le pesant couvercle d'une plaque de cuisson de la cuisinière à bois pour y glisser la bouilloire, et ébaucha un mince sourire.

— Ah, vraiment ?

Soudain oppressée par le plafond bas, Sophie s'assit à la table.

— Qu'est-ce qui est arrivé ?

— Elle est morte, répéta sa mère d'un ton neutre. C'est ce qui arrive aux vieilles personnes quand elles ne trouvent plus de sens à la vie. Au moins j'étais là pour m'occuper d'elle. Dieu merci, elle avait une fille sur qui elle pouvait compter.

Veronica Schofield s'affairait. Elle réchauffa la théière, posa deux tasses sur la table puis sortit un précieux plat en porcelaine dont Sophie savait qu'elle ne se servait jamais et y arrangea les biscuits d'un paquet.

— Le passé est le passé. N'en parlons plus.

— Tu aurais pu nous avertir.

— Pour quoi faire ? Ce n'est pas comme si vous vous seriez déplacés pour assister aux funérailles.

— Ce n'est pas ce que je veux dire.

— Et comment aurais-je su où vous étiez ?

— Tu as toujours su où nous étions.

— Bien sûr que non.

— Les lettres de ton avocat ont toujours réussi à nous trouver.

— Ça, c'était différent, rétorqua sa mère en lui tournant

de nouveau le dos comme pour surveiller l'eau sur le point de bouillir. Il y avait des problèmes à régler.

— Et une fois qu'ils ont été réglés ? Alors ? Plus un mot de toi.

Un silence. Sophie était elle-même étonnée d'éprouver de la tristesse à l'annonce de la disparition de cette grand-mère avec qui elle n'avait jamais eu aucun lien d'affection. Mamie Gasson avait été une femme distante. Une veuve – le nom de son époux était gravé dans la pierre du monument aux morts du village ; à défaut d'une tombe, chaque année, le jour de l'anniversaire de son mari, elle y déposait une gerbe de fleurs. Sous prétexte qu'elle ne supportait pas la saleté de Londres, elle n'était venue qu'une seule fois leur rendre visite à Islington, dans la maison où Sophie avait passé son enfance. Elle ne les invitait pas non plus à Ranmore, du moins pas avant que la guerre lui force la main. Sophie n'avait qu'un vague souvenir de sa première rencontre avec son aïeule, un moment fugace ; un gâteau maison servi sans un mot tandis qu'elle s'efforçait de rester sagement assise. Puis la guerre avait éclaté, et tout d'un coup son père leur avait été enlevé en même temps que tous les hommes valides de la ville. Sa mère et elle avaient reçu l'ordre de quitter Londres. Après avoir jeté des draps sur les meubles, elles avaient pris le train à Paddington et emménagé avec mamie. En principe elles se trouvaient en sécurité dans le fin fond du Wiltshire, où il n'y avait rien à bombarder.

La grand-mère de Sophie avait été plutôt gentille, même si elle préférait ouvertement sa solitude et en règle générale gardait ses sentiments pour elle. Mais Sophie était reconnaissante de la présence de ce témoin muet à côté de qui elle s'asseyait quand sa mère piquait une de ses colères. Et maintenant elle était morte. Sophie promena son regard dans la cuisine, que ne touchait jamais un rayon de soleil. Elle soupira. Dieu sait ce que son aïeule avait, avant de mourir, entendu raconter à propos de son unique petit-enfant. À cette pensée, son cœur chavira, et elle eut honte. Pendant le trajet en train le matin même, elle avait été tellement sûre que mamie serait toujours là, une vieille dame aux cheveux blancs, assise au jardin peut-être, dans un confortable fauteuil en osier, les genoux réchauffés par une couverture en tricot. Sophie espérait que ses derniers jours avaient été paisibles et que la douleur lui avait été épargnée alors qu'elle rejoignait ce mari qui lui manquait tant.

— C'est toi qui l'as voulu, ma chérie…

Veronica Schofield laissa tomber une cuillerée mais pas une feuille de thé de plus dans la théière et enveloppa l'anse de la bouilloire d'une manique de tissu épais.

— Quand j'ai quitté les Indes, il était évident que tu choisirais de rester avec ton père. Je me suis dit qu'autant vous laisser faire votre vie tout seuls…

Le bec verseur crachota un nuage de vapeur brûlante.

— J'étais malade de tout ça et je n'ai pas eu la force de discuter avec vous deux.

Veronica Schofield jeta un coup d'œil furtif au petit miroir du buffet où se reflétait sa fille. Elle avait toujours su que tôt ou tard Sophie reviendrait, penaude. Combien de soirées elle avait passées à contempler comme hypnotisée la vitre noire de suie du poêle du minuscule salon en se demandant ce qu'elle dirait lorsque ce jour-là arriverait enfin, combien de soirées à préparer ses répliques, à les tourner et les retourner dans sa tête ! Les enfants ignorent les souffrances endurées par leurs parents. Ils vivent leur vie en oubliant leur mère, qu'ils exploitent sans se soucier une seconde des ravages qu'ils provoquent. Une tâche ingrate, pourtant elle avait fait de son mieux, et rien ni personne ne pourrait lui faire éprouver un iota de remords à propos des décisions qu'elle avait prises. Elle avait assez donné d'elle-même, en vain, à élever son enfant dans la crainte de Dieu, pour le bien que cela lui avait fait.

Mrs Schofield remua les feuilles de thé, coiffa la théière de son couvercle et accrocha la manique au-dessus de la cuisinière. Puis elle glissa de nouveau un bref regard au reflet de sa fille dans le miroir. Sophie avait une allure respectable, à première vue, et elle était restée svelte. Pas d'alliance. Mais cela n'avait rien de surprenant après ce qui s'était passé. Même si le célibat était un juste châtiment, Mrs Schofield ne pouvait s'empêcher d'avoir pitié d'elle, qui avait gâché sa propre vie. Sa fille se rapprochait de la trentaine – elle avait vingt-huit ans maintenant –, et tout le monde savait qu'aucun homme doué de raison ne songerait à fonder une famille avec une femme de trente ans. Se détournant du miroir, elle revint vers la table.

— Je présume que tu as fait tout ce chemin pour m'adresser des reproches et me demander de ramasser les morceaux.

Après avoir posé sur la table la théière enveloppée de son cosy, elle prit place sur une chaise et se mit à servir.

— Pas du tout, souffla Sophie.

Elle était fatiguée subitement, vidée, comme si on lui avait bu son sang. Dans les intonations sèches de la voix de sa mère, c'était tout le passé qui ressurgissait.

— Et tu n'as pas besoin non plus de me présenter des excuses, ajouta celle-ci. Ce qui est fait est fait. Inutile de remuer ces vieilles histoires.

— Ce n'est pas la raison de ma visite.

— Ça t'a pris assez longtemps, tu ne trouves pas ?

— Pardonne-moi, dit Sophie.

— Peu importe. Je suppose que l'eau a coulé sous les ponts.

— Oui.

— Pas mariée, à ce que je vois, fit sa mère en désignant d'un coup d'œil la main gauche de Sophie.

— Non.

Pendant la minute interminable qui s'ensuivit, les tasses restèrent emplies d'un thé trop brûlant pour être bu tout de suite.

— Je n'ai pas de gâteau à t'offrir. Je ne me donne plus le mal d'en faire. À quoi bon, à présent que je suis seule ?

Elle marqua une pause, comme si elle s'attendait à ce que Sophie compatisse.

— Mais si tu veux je peux faire un saut à la pâtisserie.

— Non, merci.

— À voir comme tu es maigre, cela ne m'étonne pas, opina-t-elle en gratifiant sa fille d'un petit sourire. Tu as l'air en forme comme ça. Ton rouge à lèvres est un peu vif…

Sophie se surprit à presser les lèvres l'une contre l'autre, comme pour en minimiser la vulgarité.

— Le mariage n'est pas pour tout le monde, évidemment, reprit sa mère. Je serais moi-même restée célibataire, si j'avais su.

Sophie posa sur elle un regard empreint de lassitude.

— C'était si terrible ?

— J'ai toujours fait de mon mieux pour toi, et pour ton père, dit Veronica en gardant sa tasse à la hauteur de sa bouche. Personne n'aurait pu me reprocher d'être partie. Plutôt crever que de rester dans ce pays abominable.

Sophie soupira intérieurement. Ce qui était en train de se produire était justement ce qu'elle avait cherché à éviter. Ou était-ce au contraire ce qu'elle avait souhaité ? Pour vérifier qu'elle n'avait pas été le jouet de son imagination. Les malheurs maternels… Même si ce voyage s'imposait, la décision avait été très difficile à prendre. Finalement, elle avait cessé de repousser une tentative de réconciliation. C'était à elle de briser la glace, se disait-elle à présent. Elle devait lui annoncer la grande nouvelle. Peut-être l'amorce d'un nouveau départ ? Il y avait sûrement quelque chose à sauver des décombres. En dépit de tout, sa mère lui avait manqué. Ou plutôt *une* mère lui avait manqué.

— J'ai toujours su que ça finirait mal, lâcha Mrs Schofield, le nez dans sa tasse. Après tout ce que j'ai fait pour lui, toutes ces années de sacrifice qui se sont retournées contre moi.

— Tu es injuste.

— Injuste ? Je vais te dire ce qui est injuste…

Sa tasse cliqueta sur la soucoupe.

— C'est injuste d'avoir à subir l'humiliation d'un divorce avec un mari adultère après les promesses qu'on s'est faites devant Dieu ! Il n'aurait jamais dû me demander ça.

— Il ne t'a jamais trompée.

— Mais si, tout le monde le sait.

— Vous n'avez jamais été heureux ensemble. Je ne sais pas pourquoi tu l'as épousé.

— Heureux ? répéta sa mère avec un sourire glacial. Le bonheur n'a rien à voir là-dedans. J'ai fait mon devoir, envers toi, envers ton père et envers ma mère, et ai-je entendu un merci ?

Un silence acheva de creuser le gouffre entre elles. Sophie garda les yeux baissés sur la table entretenue à coups de brosse de ménage alors que ce pauvre bois avait seulement besoin qu'on le frotte à l'huile de lin avec un chiffon doux.

Le divorce avait ruiné son père. Contre l'avis général, il avait tenu à clore la malencontreuse affaire, quitte à accorder à sa femme tout ce qu'elle voulait. Au début, Veronica avait refusé d'entendre parler de divorce, se drapant commodément dans sa piété pendant que, à une distance de onze mille kilomètres, le père de Sophie lui cédait de plus en plus de terrain et signait toutes les demandes qu'elle lui envoyait. Quand il n'avait plus rien eu à lui donner, il lui avait fourni une excellente raison en lui avouant par écrit une infidélité fictive. Ainsi, elle n'avait pas à craindre de perdre la face, et pouvait raconter aux gens ce qu'elle voulait. Une honorable solution, s'était-il dit, qui fermerait ce chapitre avec le moins de casse possible. Peu lui importait ce que ce mensonge final lui coûtait. Il le libérait de l'emprise de ce mariage désastreux et de l'image du malheur qu'il avait eue sous les yeux pendant vingt ans. Sophie n'était pas supposée être au courant. Toutefois elle était tombée sur la correspondance de l'avocat en rangeant le bureau de son père, dont le manque de rigueur en matière de paperasse était peu propice au maintien d'un secret. Son cœur avait saigné pour lui lorsqu'il avait cédé tous ses biens et lui avait dit, à elle, sa fille, de ne pas s'inquiéter.

— Ne discutons pas de ça.

— Tu as raison, reconnut sa mère en repoussant sa tasse. Cela ne sert à rien de se lamenter sur le passé, et je ne vais pas te mettre à la porte maintenant que tu es enfin revenue, même si beaucoup de mères n'hésiteraient pas. Tu peux dormir dans ton ancienne chambre. J'y ai rangé la machine à coudre, tu n'auras qu'à la mettre dans le cagibi.

Elle se leva et se dirigea vers l'évier en enchaînant :

— En revanche, je ne veux pas que tu restes sans rien faire. La ferme Hawthorn embauche des saisonniers. J'ai vu l'annonce à la poste. Mrs Milner saura sûrement t'employer en attendant que tu trouves autre chose.

— Maman…

— Qu'est-ce que je vais bien pouvoir dire aux voisins ? Revenir comme ça sans crier gare. Ne t'attends pas non plus à ce qu'ils te reçoivent à bras ouverts…

Sans se tourner, elle rinça une bouteille de lait déjà propre et la posa à l'envers sur l'égouttoir.

— Ils savent ce que j'ai enduré. J'ai mis des années à retrouver ma dignité. Les gens se montrent compatissants, mais une femme divorcée, il y en a beaucoup que ça met mal à l'aise. Je n'ai pas pu remettre les pieds à l'église pendant des mois.

— Maman… Je suis venue te dire quelque chose.

— J'aurais dû m'en douter. À quel autre endroit serais-tu allée échouer ? À une époque, je ne t'aurais même pas ouvert ma porte. Personne n'est au courant, et je tiens à ce que cela reste ainsi. Il y a assez de ragots dans mon dos comme ça.

Sophie regarda sa mère plier son torchon avec un soin maniaque. Ce n'était pas la peine de continuer. Rien n'avait changé ; rien du tout. Le passage du temps n'avait fait que lui couronner le front de gris et pétrifier son point de vue sur le monde. Sophie eut l'impression qu'un poids s'affaissait sur ses épaules et que la pièce se vidait de son air.

Dehors, la pluie s'était mise à tomber. Pas les grosses gouttes chaudes d'une averse tropicale de mousson indienne tambourinant sur le toit, mais le crépitement persistant d'un crachin anglais fouettant les carreaux. Soudain, apercevant un taxi qui s'arrêtait devant la maison, sa mère souleva le voilage en dentelle de la fenêtre.

— Eh bien, ça alors ? Qu'est-ce qu'un taxi peut bien faire par ici ?

Très calme, Sophie se leva et ramassa son sac. Sa mère se tourna vivement vers elle. Un instant, elle se figea, muette, et fixa sa fille avec une expression bizarre, comme confuse. Celle-ci crut presque distinguer dans les traits maternels un sentiment proche de la panique.

— Sophie ?

Elle fit face à sa mère. Il y avait tant de choses qu'elle avait compté lui dire. Les mots lui remontaient à présent du fond du cœur, pour toutefois s'arrêter au bord de ses lèvres, sauf trois, qu'elle articula avec douceur :

— Au revoir, maman.

Sophie sortit du cottage sans refermer derrière elle, ni jeter un seul regard en arrière alors que sa mère l'appelait.

1947

Le palais du Maharaja, Inde

1

Certains se plaisent à penser que la Couronne britannique a jadis régné sur les Indes, mais ils se trompent. En vérité, elle a à peine dominé la moitié du sous-continent, le reste appartenant aux princes, nizams, maharajas et maharanas. Plus de six cents États princiers de tailles variées conservèrent juridiquement leur souveraineté et continuèrent à se conduire en royaumes indépendants et autonomes. Quelques-uns de ces États prospérèrent grâce à leurs suzerains qui surent cultiver la paix et la richesse, dispensant protection et justice à leurs sujets en proportions inégales. D'autres périclitaient, mal administrés par des rajas incompétents plus intéressés par l'entretien d'un style de vie hédoniste que par le bien-être de leurs sujets. En se livrant à de légendaires joutes de magnificence, un bon nombre burent jusqu'à ce que mort s'ensuive ou achetèrent des Rolls-Royce, ces éléphants à moteur, pas une seule Rolls mais dix, réduisant leur peuple à la famine. Quelques monarques étaient des tyrans, d'autres des saints, mais en majorité ils se situaient entre ces deux extrêmes.

Au sein de ces États princiers furent bâtis des palais magnifiques. Parmi ceux-ci, il y en eut qui s'élevèrent dans la plaine, sculptés à partir de gigantesques blocs de pierre et construits avec une telle précision que le mortier s'avérait inutile. D'autres prirent la forme de monumentales forteresses trônant sur un piton rocheux, leurs remparts faisant le tour de l'horizon, avec des minarets élancés se terminant par des tourelles d'or. Un palais pouvait même sembler flotter sur l'eau et se mirer dans un lac tapissé de fleurs de lotus, pareil à un mirage miroitant à travers les brouillards matinaux. Chaque palais était l'emblème de son prince, le témoin de sa fortune et de sa divine grâce. Plus celui-ci était riche et puissant, plus l'architecture en était majestueuse. L'entretien de ces demeures royales nécessitait parfois le labeur de cinq mille domestiques, d'autres fois seulement de quelque sept cents. Ce faste stupéfiant pouvait être considéré comme la norme. C'était uniquement une question d'échelle.

Nés dans le luxe, nombreux furent les maharajas à se prendre pour des demi-dieux. Qu'ils aient été vieux ou jeunes au moment de leur investiture, ils exerçaient le pouvoir d'une manière fantasque. Une existence oisive et sybarite les vieillissait avant l'âge, et cette tare se transmettait parfois dans la lignée, certaines dynasties étant demeurées célèbres pour leurs morts prématurées et leurs décisions puériles. Le maharaja dont il est ici question n'était pas jouisseur à ce point, mais, même dans ce discret État princier en surplomb des plaines désertiques qui s'étendent jusqu'au delta, son royaume doit rester anonyme, car la famille se perpétue encore aujourd'hui, et on ne saurait, même après tout ce temps, porter atteinte à la vie privée d'une dynastie royale. Les archives étaient proscrites, on ne conserva pas d'image du palais lui-même, alors qu'il avait été photographié dans un miroir, de crainte qu'une portion de la splendeur du maharaja ne fût capturée et emportée par l'appareil.

Son Altesse aimait, pour les cérémonies, que l'on déploie le plus de pompe possible, ceci pour le plus grand désagrément du personnel. Sa cour ne comptait jamais moins de trente personnes : ministres du gouvernement de l'État, parfois le Premier ministre lui-même, une poignée de nobles de rangs divers, peut-être un invité ou deux se trouvant en visite à ce moment-là. Ils voyageaient comme les immenses caravanes des déserts d'Arabie, sous l'œil vigilant du majordome chargé d'organiser l'emploi du temps des aides de camp, cuisiniers et valets, gardes et porteurs, femmes de chambre et balayeuses.

Le maharaja avait le souci du paraître. Il n'était pas inhabituel qu'il chamboule à la dernière minute les programmes les plus compliqués, parfois à plusieurs reprises dans la même journée, provoquant un branle-bas de combat dans le palais, le chargement et le déchargement des bagages, maintenant tout le monde sur des charbons ardents pendant un temps indéfini. Un train était mobilisé puis laissé des semaines durant à la station privée du palais, encadré par la garde, la locomotive crachant de la vapeur alors que Son Altesse n'était nulle part en vue. Lorsque, enfin, celle-ci surgissait, tous ceux qui se trouvaient en sa présence se prosternaient et frappaient deux ou trois fois le sol de leur front avant de saluer avec de vertigineuses flexions du buste en joignant les mains à la hauteur du front. Cela dit, le maharaja était trop exalté pour s'apercevoir de ces marques de déférence. Tel était l'insigne de sa splendeur.

Les Britanniques parmi le personnel du maharaja ne se courbaient pas jusqu'à terre, bien sûr. Ils saluaient par une inclination de la tête, ou du buste, juste assez pour exprimer leur respect sans pour autant faire preuve de servilité. Le maharaja réservait certains postes aux Anglais, comme celui de régisseur, qui était responsable de l'approvisionnement et de l'administration du palais et se trouvait à la tête d'une armée de domestiques. Le conseiller militaire du maharaja était lui aussi anglais, chargé de l'entretien des bâtiments, de la surveillance des travaux sur le domaine et de l'accueil du flot ininterrompu d'invités qu'il fallait loger et divertir. Sous ses ordres, les aides de camp veillaient au confort des convives distingués du maharaja, lequel, en dépit de sa part divine, n'était pas encore en mesure de se trouver à deux endroits à la fois. Par ailleurs, le maharaja recourait aux services de trois médecins : deux Occidentaux, et un Indien pour ceux et celles qui se méfiaient toujours des méthodes modernes, au nombre desquels il se comptait lui-même. Seuls ceux qui pratiquaient l'*ayurvéda*, la médecine indienne, étaient selon lui aptes à distinguer sa physiologie et sa digestion de celles du commun des mortels.

Le Dr Schofield était arrivé au palais en remplacement du

Dr Castle, congédié après une malencontreuse affaire impliquant la deuxième maharani. Bill Castle avait été médecin militaire pendant la guerre contre le Japon. Il avait rencontré George Schofield à Kohima, dans le nord-est des Indes, en 1944, peu après avoir été blessé. Schofield avait extrait la balle de son épaule et lui avait fait un pansement qui avait scellé une amitié durable entre les deux médecins. Après l'histoire avec la maharani, le médecin-chef du palais, le Dr Reeves, s'était gratté la tête en se demandant tout haut où diantre il allait pouvoir dénicher un nouvel assistant, étant donné d'une part la précipitation du départ du praticien en poste et d'autre part la situation politique dans le pays. Bill avait aussitôt proposé son ami Schofield. D'après la dernière lettre qu'il avait reçue de lui, tout n'était pas rose depuis qu'il avait été démobilisé et renvoyé en Angleterre. Un séjour aux Indes serait peut-être le bienvenu, d'autant que l'emploi était plutôt lucratif – le seul inconvénient étant qu'il fallait supporter les crises d'hystérie et les maladies imaginaires de la deuxième maharani. Un télégramme avait été immédiatement envoyé.

Après la guerre, le Dr Schofield n'avait pas eu la vie facile. Pendant que son épouse et sa fille attendaient la fin du Blitz chez mamie Gasson dans son cottage du Wiltshire, leur rue à Londres avait été bombardée. Personne n'avait été tué au cours du raid, mais quelques jours plus tard la Luftwaffe était parvenue à causer la mort de quatre de leurs voisins, fauchés d'un seul coup.

Leur rue étant à moitié condamnée, rien ne retenait les Schofield à Londres. Aussi, quand il reçut un beau matin le télégramme, George Schofield n'attendit pas d'avoir décapité son œuf à la coque pour prendre sa décision. Sophie avait terminé sa scolarité. Inutile de se faire des illusions, elle ne ferait pas d'études supérieures. Étant donné les bouleversements apportés par ces dernières années, ses résultats catastrophiques à ses examens finaux n'avaient rien d'étonnant. Sans compter l'atmosphère lugubre qui régnait à la maison depuis son retour d'outre-mer. Ils iraient donc aux Indes, tous les trois. En plus, une vie de palais les y attendait. Le Dr Schofield se promettait, en dépit des récriminations de son épouse, de réussir avec panache dans cette nouvelle entreprise. Veronica finirait bien par s'y faire. Son désarroi était normal. Il avait été absent trop longtemps. Il espérait que les choses s'arrangeraient entre eux. Sophie avait souffert à cause de toutes ces histoires. Là-bas, ils repartiraient de zéro. Ils tourneraient le dos au passé. Avoir une famille heureuse, c'était tout ce qui lui importait.

Sophie traversa la cour bleue. Le soleil à son zénith transperçait de turbulents rayons les jets d'eau de la fontaine. Quelle chaleur merveilleuse, pénétrante ! Elle la réchauffait délicieusement, jusqu'à la moelle de ses os. Sophie allait tête nue alors que sa mère lui avait dit d'éviter le soleil et de se coiffer de son chapeau. Si on la questionnait au retour, elle prétendrait qu'elle l'avait oublié, ou ferait semblant de ne pas être sortie.

À l'autre bout de la cour, après la première rangée de colonnes, Sophie bifurqua à gauche, déterminée à dénicher le bureau des aides de camp. Elle était quelque peu désorientée, la configuration du palais n'étant pas aisée à maîtriser, mais elle avait besoin de prendre l'air. Sa mère avait été d'humeur exécrable toute la matinée. Et Mrs Ripperton, l'épouse du premier aide de camp, avait invité la jeune fille à boire une tasse de thé et bavarder un peu. Sophie avait déjà essayé la veille de lui rendre visite, mais elle s'était perdue et avait abouti dans une immense salle de billard aux murs couverts de trophées et décorée de défenses d'éléphant sculptées posées sur des socles d'argent. Elle prenait d'ailleurs goût à ces déambulations semées de surprises. Le palais était une sorte de vaste labyrinthe rempli de trésors exotiques. À sa mort, si elle allait au paradis, ce ne serait sans doute pas aussi beau. Elle avait même eu une femme de chambre pendant quelques jours, avant que sa mère la renvoie en décrétant que sa présence était non seulement inutile, mais aussi vulgaire et nocive, puisqu'elle inciterait Sophie à se croire supérieure et ferait d'elle une propre à rien. Veronica Schofield n'en avait pas moins gardé la sienne, une jeune femme qu'elle traitait avec dédain et avec qui elle ne communiquait que pour lui désigner du doigt des tâches à accomplir en aboyant des paroles auxquelles la pauvre fille ne comprenait rien.

Enfant, Sophie avait été fascinée par les châteaux illustrant les contes de fées comme *La Belle au bois dormant*, mais celui-ci était d'une beauté incomparable. Quelle extraordinaire imagination il avait fallu pour concevoir pareille architecture ! À croire que ce palais avait poussé miraculeusement dans l'immensité du paysage, mettant au jour tout l'or, l'argent et les pierres précieuses que la terre pouvait porter, afin de les sertir dans ses murs. Et sa taille, monumentale ! Même si, d'après leur majordome, il était modeste à côté des gigantesques palais des plus éminents États princiers. Elle lui avait demandé combien de chambres il comptait. Des centaines, avait-il répondu. Était-ce vrai ? Elle n'aurait su le dire, car elle n'avait pas tardé à comprendre que dans ce pays se cultivait une nette tendance à l'exagération.

Sophie était heureuse d'être loin de l'Angleterre, loin de ce mal de vivre semblable à la nuit se refermant sur elle. Le déménagement était tombé à pic. Elle n'aurait pas pu continuer ainsi indéfiniment, à se traîner jour après jour, attendant avec impatience que l'année se termine et qu'elle puisse enfin quitter le toit familial et se frayer son propre chemin. Chaque année lui avait paru une éternité, comme si elle arpentait toujours la même scène d'un vieux théâtre, se pliant éternellement à la même répétition d'une pièce qui ne serait peut-être jamais jouée. Le matin de ses dix-huit ans, le jour tant attendu, sa mère avait refusé d'admettre qu'elle avait le droit de s'émanciper, prétendant qu'elle avait encore trois ans à patienter jusqu'à sa majorité. Il était hors de question que Sophie vole de ses propres ailes, parce que c'était ainsi que cela s'était passé pour Veronica, et elle ne voyait pas pourquoi ce serait différent pour sa fille. Le cœur de Sophie avait chaviré. Mais ensuite ils étaient venus ici, en voyageant dans une cabine de première classe, et les nuages noirs au-dessus de sa tête s'étaient dissipés.

Elle suivit une allée de pierres blanches, la même que la veille, en se disant que cette fois, après la deuxième fontaine, elle irait à droite, et non à gauche. En marchant droit devant elle, elle finirait par tomber sur une fourche dont elle savait, pour l'avoir déjà empruntée, qu'une direction menait aux jardins moghols devant le palais. Elle repéra sa position en se demandant combien de temps il lui faudrait pour savoir se diriger dans ce dédale. Des mois, sans doute. Alors qu elle tournait un coin, elle faillit se heurter à un balayeur qui sursauta de frayeur et s'empressa de s'écarter pour lui laisser le passage.

— *Namasté*[1] ! lui dit-elle.

Le balayeur s'inclina en marmonnant sous son chapeau. Sophie se mordit la lèvre pour ne pas sourire. Ce devait être la centième fois qu'on la saluait de cette manière depuis qu'elle était ici, et à chaque fois elle avait la même impression délicieuse d'être une princesse royale.

En allant à droite à la fontaine suivante, elle s'enfonça dans une galerie couverte décorée de fresques. Elle passa devant la ribambelle de dieux et de déesses sans ralentir le pas, sûre et certaine d'être capable de trouver son chemin à condition de ne pas se laisser distraire et de se concentrer sur le but à atteindre plutôt que de s'arrêter tous les mètres, attirée par quelque nouvelle curiosité. Le palais en offrait quantités à chaque détour, depuis les fleurs translucides en cornaline incrustées dans la pierre des dalles au sol jusqu'aux corridors interminables où se déroulaient de somptueux tapis, sans parler des chandeliers et de mille et un trésors.

En pénétrant de plus en plus profondément dans le palais,

---

1. Le *namasté* est le salut rituel, mains jointes sur la poitrine, le buste légèrement incliné. *(Toutes les notes sont de la traductrice.)*

Sophie finit par avoir le nez en l'air pour admirer les peintures et s'émerveiller de la finesse des bas-reliefs, remarquant à peine qu'elle était très loin de son point de départ. Et, quand elle s'en rendit compte, c'était trop tard : elle s'était égarée pour de bon. Des voix féminines montèrent vers elle, un mélodieux langage éparpillé par les échos du corridor, des rires, de frêles tintements de grelots. Sophie se figea, le dos parfaitement droit, et n'osa plus respirer.

Saisie de panique, elle jeta autour d'elle des regards affolés, ne sachant ce qui se passerait si elle était surprise à cet endroit. Personne n'était admis dans le quartier des femmes. *Personne.* C'était une des règles sur lesquelles ils avaient le plus insisté avant même de les inviter à franchir l'enclos du palais. Elles étaient la propriété exclusive du maharaja, enfermées pour la vie, invisibles aux yeux du monde, barricadées derrière les portails en bois chantourné de leur résidence privée, le *zénana*. Des hommes avaient été exécutés pour avoir tenté de poser les yeux sur une maharani. Des esclaves masculins castrés et rendus aveugles pouvaient à la rigueur servir les femmes sans les voir ni les désirer. Vite, Sophie se jeta dans l'ombre d'une alcôve, se plaquant contre la pierre fraîche du mur et priant pour qu'elles passent devant elle sans la remarquer ou bien partent de l'autre côté. Les voix se rapprochaient ; chaque seconde était un supplice tandis qu'elle attendait, le cœur battant. Elle lança à la ronde des coups d'œil désespérés. Si seulement le mur pouvait s'ouvrir et l'avaler !

Il y a des milliers de cachettes dans un palais, du moment que l'on sait où regarder. Jag en connaissait chaque pierre sur le bout des doigts. Il y était né, il avait grandi ici, materné par toutes les femmes du quartier des domestiques, qui lui prodiguaient tendresse et friandises. Il n'avait jamais connu sa mère, jamais même vu son visage, bien que son père la comparât parfois à une de ces beautés représentées en peinture dans les miniatures. Son père lui racontait des histoires de jeunesse, à l'époque où ils étaient heureux en un pays éloigné, avant sa naissance. Jag mettait en branle son imagination, jusqu'à graver en lui des choses qui finissaient par devenir comme de vrais souvenirs, récoltés par son propre *jiva*[1] du temps où celui-ci arpentait ces terres lointaines.

Petit garçon, Jag avait été autorisé à circuler librement dans le palais. Il avait même joué avec les enfants du maharaja, si on pouvait appeler cela « jouer ». Bien sûr, de leur point de vue, ils étaient parfaitement normaux malgré leurs beaux habits avec leurs cocardes dorées. Ils trouvaient naturel que les gens les saluent sans cesse. Leurs moindres caprices étaient satisfaits. Ils entraient et sortaient impunément du palais pour forcer les clairons à souffler dans leur instrument chaque fois qu'ils passaient le seuil. Pour ses sept ans, le fils du maharaja avait reçu un bébé léopard, à douze il avait abattu son premier tigre. Bref, ils étaient des petits princes, alors que Jag était le fils d'un serviteur, certes distingué mais néanmoins un domestique.

Jag, en grandissant, avait vu les enfants du maharaja partir étudier dans des écoles et des universités prestigieuses en Europe et en Amérique. Ils ne lui avaient pas du tout manqué. Jag avait poursuivi ses propres études, appliquant consciencieusement les conseils de son père en puisant toutes les connaissances que lui prodiguait ce bref moment de sa vie, se préparant à devenir un honnête homme et à honorer la mémoire de sa mère. Quand il n'était pas en train d'étudier, il travaillait dans un coin ou un autre du palais, dans les bâtiments annexes ou les immenses jardins, à toute besogne qu'on lui confiait. Une existence bien remplie. Son père, se méfiant des périls de l'oisiveté, ne lui laissait pas le temps de s'écarter du droit chemin. Ce serait son passeport pour une bonne vie, se plaisait-il à lui rappeler, car le temps approchait où il devrait prendre sa place dans ce monde.

1. Lorsqu'elle s'incarne, l'âme (*atma*) devient *jiva*.

Collée au mur, Sophie prit alors conscience qu'elle n'était pas seule. Une porte encastrée dans le marbre derrière elle venait de s'entrouvrir. Tous les muscles de son corps se raidirent à la perspective d'être découverte. Alors que son cœur faisait un bond, la porte continua à s'ouvrir, et dans l'entrebâillement obscur apparurent deux yeux verts, puis le visage souriant d'un jeune Indien de son âge. À son regard affolé, il répondit en mettant un doigt contre ses lèvres. Puis il jeta un furtif coup d'œil dans le corridor, recula en toute hâte et engagea Sophie à le rejoindre. En silence, pleine de gratitude, elle se coula dans l'ouverture. Il ferma le battant de marbre et fit coulisser un panneau, révélant un écran de bois ajouré. Un faisceau de lumière éclaira leur chambre secrète, peignant sur le mur derrière eux un fin treillage lumineux. Il fit un pas en arrière et indiqua à Sophie la petite grille en bois ouvragé, l'invitant à admirer la vue. Les voix enflaient à mesure que les femmes se rapprochaient dans un tintinnabulement de bijoux, puis, comme dans un tableau qui devient peu à peu visible, Sophie aperçut la première maharani et ses dames de compagnie.

Jamais elle n'avait vu d'aussi splendides parures. Pas même dans les revues et les livres illustrés. Pas même dans les musées et les galeries où son père l'emmenait autrefois. Le groupe s'avançait lentement, comme sur un nuage, un oiseau de paradis déployant sa féerie de couleurs, chaque femme aussi gracieuse dans ses gestes qu'une danseuse, les poignets disparaissant sous un amas de bracelets d'or, les doigts et les orteils étincelant de joyaux. Les saris chatoyaient dans la lumière tamisée, se soulevant avec une légèreté ouatée autour des visages fardés. À travers l'antique moucharabieh filtraient les émanations d'un parfum exotique, puissant et capiteux. Elles continuèrent à progresser comme en glissant, ravissantes, entre les trésors du corridor, sur les tapis de cachemire, passant devant les sculptures et les peintures, la mélodie de leurs voix s'estompant en même temps que leurs silhouettes. Sophie resta le nez contre le grillage, hypnotisée, avec la sensation d'avoir assisté à un spectacle sur lequel aucun regard avant le sien ne s'était posé. Bientôt la galerie retrouva son silence coutumier. Elle se tourna vers le jeune homme, qui n'était plus à présent qu'une ombre noire.

— *Apa ki meharabani*, articula-t-elle péniblement en écorchant ces mots impossibles à prononcer qu'elle avait eu tant de mal à mémoriser.

— Je t'en prie.

— Tu parles anglais ?

Après avoir peiné ces quinze derniers jours auprès des serviteurs avec pour toute aide un mince dictionnaire et une méthode de langue pleine de phrases inutiles telles que « Le bateau coule » et « Vendez-vous des chaussettes ? », Sophie n'essaya même pas de cacher qu'elle était agréablement surprise de trouver quelqu'un avec qui elle pouvait vraiment parler. Elle le regarda d'un air sidéré.

— Attends une minute, lui dit-il avec un immense sourire. Tes yeux vont s'habituer à l'obscurité.

Petit à petit, en effet, des ombres surgirent lentement autour d'elle le long d'un couloir sans fin.

— Viens, reprit-il. On va aller par là.

Il la guida dans l'étroit corridor sans cesser de jeter des coups d'œil derrière lui.

— Où cela mène-t-il ?

— Où on veut. Le palais est parcouru de passages secrets.

— Qui s'en sert ?

— Personne. Autrefois, les serviteurs, parce qu'on exigeait d'eux qu'ils restent invisibles, mais ça, c'était dans l'ancien temps. La plupart de ces passages sont oubliés aujourd'hui.

Sophie le suivait à tâtons, car elle ne voyait pas à ses pieds et devait se tenir au mur d'une main pour s'orienter. Au bout d'un moment il ralentit.

— Arrêtons-nous, dit-il, je veux te montrer quelque chose.

Un bruit d'allumette que l'on gratte. L'instant d'après une flamme jaune éclaira la nuit, illuminant son visage.

— Regarde, l'invita-t-il en rapprochant la flamme du mur,

révélant des graffitis. Ils sont vieux de plusieurs centaines d'années.

— Qui les a faits ?

— Je ne sais pas.

Sophie toucha du doigt les lignes sinueuses.

— Qu'est-ce qui est écrit ?

— Je l'ignore. C'est en dialecte.

L'allumette s'éteignit, les plongeant de nouveau dans les ténèbres.

— Par ici, dit-il en repartant à vive allure.

Sophie fit de son mieux pour le suivre dans l'obscurité, où peu à peu elle distingua sa silhouette floue devant elle. Ils arrivèrent à un carrefour. Deux portes se dessinèrent dans le mur grâce au pinceau de lumière qui filtrait par le minuscule interstice entre battant et chambranle.

— On va par là, déclara-t-il.

Devant une porte au bout d'un autre couloir, Sophie ne sachant plus du tout où elle en était, le jeune homme se tourna vers elle et ouvrit un panneau qui révéla une ouverture de bois ajouré. Il en approcha son visage, l'air d'écouter intensément.

— Il n'y a personne, conclut-il avant de pousser la porte.

Ensemble ils débouchèrent dans une cour silencieuse au sol en damier de marbre blanc et noir. Sous le ruissellement aveuglant des rayons du soleil, des marches descendaient vers un jardin aquatique à l'italienne, le « jardin aux lotus », un lieu enclos et luxuriant où s'épanouissaient des fleurs odorantes et où les orchidées glissaient timidement la tête entre les branches des citronniers. Au centre, un bassin couvert de lotus, avec le murmure de l'eau s'écoulant de vasque en vasque, entre de hautes colonnettes comme dans les gravures des volumes reliés pleine peau conservés dans la bibliothèque du maharaja, à la couverture ornée de décors rajput. Un parfum merveilleux flottait dans l'air immobile. Sophie, bouche bée, remarqua que le jeune homme la regardait. Il semblait content.

— Mon nom est Sophie, déclara-t-elle en lui tendant la main.

Il baissa les yeux sur sa main, mais s'abstint de la prendre.

— Moi, c'est Jagaan Ramakrishnan, prononça-t-il si vite qu'elle n'entendit qu'une bouillie de syllabes. Mais tu peux m'appeler Jag.

— Ravie de faire ta connaissance, dit Sophie avant de s'essayer à une maladroite révérence en espérant que c'était ainsi que l'on saluait quelqu'un qui refusait d'échanger une poignée de main. Tu habites le palais ?

— Oui… ou plutôt non, pas tout à fait. Une résidence de serviteurs, derrière la *pilkhana*, l'écurie des éléphants. Mon père est un des majordomes du maharaja.

— Ah bon ? Tu as déjà rencontré le maharaja ?

— Oh oui, souvent.

— À quoi ressemble-t-il ?

— Il est gros, confia Jag en écartant les bras. Et très riche.

— Je vois ça…

Sophie contempla le jardin enchanteur, les murs creusés de ravissantes alcôves décorées d'arabesques en mosaïque de toutes les couleurs.

— Je ne pensais pas qu'un endroit pareil pouvait vraiment exister.

— Nous avons beaucoup de palais aux Indes. Celui-ci n'a rien d'extraordinaire. Il y en a des bien plus grands.

— On a le droit d'entrer ici ?

— Non, répondit-il en riant doucement.

Le jardin aux lotus ne faisait pas partie des lieux où l'on pouvait souvent s'attarder, étant un des préférés de la deuxième maharani. Tout endroit qu'elle souhaitait visiter devait être évacué longtemps à l'avance et occupé seulement par ses dames de compagnie, de manière qu'elle ne puisse être observée par aucune personne non autorisée ou indigne de sa présence.

Jag ajouta :

— Mais je me suis dit que ça te plairait de le voir. C'est beau, tu ne trouves pas ?

Devant la lueur d'inquiétude qui brillait dans les yeux de Sophie, il enchaîna d'un ton angoissé :

— Tu ne diras rien ?

— Non… bien sûr…

En réalité, elle ne savait pas trop quoi faire, étant donné ces circonstances inattendues. Après une légère hésitation, elle reprit :

— Je frémis à la pensée de ce qui se serait passé si tu n'étais pas venu me sauver tout à l'heure. C'est que je…

Elle ne termina pas sa phrase. Sa mère lui avait ordonné de rester à l'écart des Indiens, elle devait adresser la parole aux domestiques uniquement quand elle avait besoin de quelque chose. C'était ridicule, pourtant Sophie n'avait pas l'habitude de désobéir de gaieté de cœur.

— Mon père est le nouveau médecin. Le Dr Schofield. Une fois de plus, je me suis perdue en cherchant le bureau des aides de camp. Nous sommes ici depuis deux semaines déjà, et je suis encore incapable de m'orienter.

— Ce n'est pourtant pas si compliqué. Il suffit de te dire que c'est comme un grand carré avec beaucoup de carrés à l'intérieur et tout autour.

— D'accord, acquiesça Sophie qui n'avait pas envie de passer pour une idiote.

— Il y a eu pas mal de travaux au cours des années, avec des extensions et des modifications apportées par les différents maharajas, mais tout communique quand même. Garde bien en tête le cap à maintenir, et tu ne peux pas te perdre.

— Merci, je vais essayer de ne pas oublier ça.

— Tu avais quelque chose d'important à faire au bureau des aides de camp ?

— Oh non, pas vraiment. L'épouse de Mr Ripperton m'a invitée à lui rendre visite quand je veux, et comme je n'avais rien de particulier à faire aujourd'hui, et que j'étais…

De nouveau, elle s'interrompit, préférant ne pas lui avouer qu'elle s'ennuyait et se sentait seule, ni que sa mère était de mauvaise humeur, ni qu'elle ne savait plus comment s'occuper.

— J'espérais rencontrer d'autres jeunes filles, me faire des amies. Mais il n'y en a pas d'autres. Ma mère voudrait que je devienne une bénévole de la mission baptiste, précisa-t-elle en fronçant les sourcils et en se mordillant la lèvre. C'est pas commode de s'habituer à un nouvel endroit, surtout quand on n'a personne à qui parler.

— Tu peux me parler, à moi, si tu veux, dit Jag avec un léger haussement d'épaules. Ça ne me dérange pas. J'aime bien parler anglais.

Le jeune homme avait des yeux magnifiques, deux joyaux d'un vert profond. Elle le dévisagea intensément. Jamais elle n'avait vu de si près le visage d'un Indien. Le contour des pommettes saillantes, la couleur chaude de la peau, la blancheur des dents, le noir de jais des cheveux. Il était grand et mince, avec des gestes élégants dont la douceur démentait les propos de sa mère, qui traitait les Indiens de sauvages et d'ignorants.

Elle se demanda si elle devait dire quelque chose, faire allusion à ce que sa mère lui avait raconté. Cela ne semblait pas correct. De toute façon, pour quelle raison ne pourrait-elle pas lui parler ? Il était gentil, et il l'avait tirée d'un sacré embarras. Alors qu'est-ce que cela pouvait faire, qu'il soit indien ? Ils étaient aux Indes, après tout. Avec qui d'autre devenir amie ? Sa mère serait furieuse, mais ça, ce n'était pas nouveau. Toutes les initiatives de Sophie étaient désapprouvées par sa mère. Et puis elle en avait assez de ses critiques constantes. Mais, avant de pouvoir se retenir, elle déclara :

— Ma mère dit que je ne dois pas fréquenter les serviteurs.

Sophie espérait que l'expression « fréquenter » paraîtrait moins insultante que de lui préciser qu'elle n'avait le droit de parler à un domestique qu'en cas de nécessité. Jag recula d'un pas et baissa les yeux au sol. Sophie l'avait blessé. Elle regretta de ne pas pouvoir reprendre ses paroles et s'empressa d'ajouter :

— Depuis qu'on est ici, elle est de mauvaise humeur. C'est notre premier séjour aux Indes, ou plus exactement mon père est déjà venu, mais nous, non. Ma mère ne voulait pas, mais mon père a dit qu'on était obligées.

— Il n'y a pas de mal, répondit calmement Jag. Je ne voudrais pas que tu aies des ennuis à cause de moi.

— Ne dis donc pas de bêtises, répliqua Sophie en repoussant sa mère de ses pensées. Ce matin, j'étais catastrophée à l'idée d'être coincée ici pendant six mois entiers avec rien à faire ni personne à qui parler, et maintenant regarde ! Me voilà dans ce beau jardin avec toi. J'ai même vu une maharani tout à l'heure !

— Tu dois obéir à tes parents.

— Tu obéis toujours à ta mère, même quand elle a tort ?

— Je n'ai pas de mère. Elle est morte en me mettant au monde.

— Oh ! s'exclama Sophie, dont les joues virèrent à l'écarlate. Je suis désolée. Je ne voulais pas…

— S'il te plaît, ne t'excuse pas. Tu ne savais pas, et moi je ne suis pas triste. Je ne l'ai pas connue, alors elle ne me manque pas.

Pendant le silence qui s'ensuivit, Sophie se sentit stupide.

— Je suis désolée, répéta-t-elle. À propos de ce que j'ai dit sur le fait de ne pas fréquenter les Indiens.

— Les serviteurs. Tu as dit les serviteurs, pas les Indiens.

— Oh, fit-elle, de plus en plus gênée. Pardon. À présent, je t'ai offensé encore plus gravement.

— Ça va. Mon père ne voudrait pas non plus que je devienne ami avec toi.

— Pourquoi ? riposta Sophie, indignée. Parce que je suis anglaise ?

— Oui. Et parce que tu es une fille. C'est pas convenable.

— *Pas convenable ?*

— Bien sûr ! Tout le monde sait que vous autres les Anglaises, vous avez des centaines de petits amis, vous sortez danser, vous buvez de l'alcool et vous regardez des films dans le noir sans chaperon. Une Indienne n'a même pas le droit de parler avec un garçon, et encore moins de devenir son amie.

— Eh bien, c'est ridicule.

— Ridicule ou non, c'est la tradition ici.

— Et tu es d'accord ?

— Qu'est-ce que ça peut faire ? C'est comme ça, voilà.

— Hum, fit Sophie en se perchant au bord de la balustrade, songeuse. Tu sais, ce que tu as dit est faux. Ma mère serait folle si j'avais un petit ami. Ne crois pas que toutes les Anglaises soient frivoles. La plupart d'entre nous sont des filles sérieuses…

Pour appuyer ses paroles, elle redressa le dos et se tint très droite, comme si elle avait un livre sur la tête.

— Ma mère peut être difficile pour certaines choses, continua Sophie en tendant la main pour caresser les feuilles d'une plante. Mon père pensait que nous avions besoin de changer d'air. C'est la raison pour laquelle nous sommes venus ici. Nous étions très malheureux en Angleterre, avec le rationnement et les rues bombardées. Nous sommes supposés repartir de zéro, mais je crois que ma mère avait déjà décidé que ça ne lui plaisait pas avant même que nous ayons quitté Londres.

— Ton père a raison, approuva Jag. Le changement est une bonne chose. Tiens, par exemple, mon pays. L'Inde attend un changement depuis des générations, et maintenant on va enfin en avoir un. L'indépendance va être déclarée très bientôt. Nous serons libres. Mon père se réjouit tellement. Il y aura de nombreuses festivités, et beaucoup de transformations.

— Je suis au courant. Et ça ne t'inquiète pas ?

— M'inquiéter ? Mais pourquoi ?

— J'ai entendu dire qu'il y aurait des troubles. Les hommes politiques n'ont pas encore décidé lequel d'entre eux va prendre la tête du pays.

— Il n'y aura pas de troubles. Crois-moi. Et ils y connaissent quoi, les hommes politiques ? Tout ce qu'ils savent faire, ce sont de beaux discours et se pavaner dans les journaux parce qu'ils veulent tous être le premier président de l'Inde nouvelle. Pourquoi il y aurait des troubles quand nous obtenons enfin ce que nous voulons et que tout le monde veut la même cho…

Soudain, Jag se tut et lui fit signe de ne pas faire de bruit.

— Vite, dit-il. Je crois qu'on vient.

Sophie sauta de la balustrade et le suivit à l'intérieur. Il referma derrière eux la porte de marbre blanc, qui se fondit dans le mur.

— Et maintenant ? chuchota-t-elle en scrutant l'obscurité du passage.

— Tu veux visiter un autre bout du palais ?

— Oui, s'il te plaît, acquiesça-t-elle, les battements de son cœur s'accélérant.

— Par là, alors. Attention, il y a une pente un peu plus loin, et le couloir se rétrécit.

— Attends ! Je ne vois rien !

Sophie avança le bras et attrapa la manche de coton de Jag.

Cette nuit-là, la première maharani dormit d'un sommeil léger : elle ne parvenait pas à chasser l'impression que quelqu'un l'observait.

2

— Sais-tu ce qu'elle a essayé de m'obliger à lui prescrire, hier ? demanda George Schofield en plongeant sa cuillère dans son riz. Des sangsues ! Des sangsues ! Tu arrives à le croire ?

Mrs Schofield ne réagissant pas, le médecin s'adressa à sa fille.

La veille au dîner, comme d'habitude, il leur avait raconté sa journée. Il pensait néanmoins nécessaire de répéter son histoire à Veronica. Il devait lui démontrer combien sa tâche était lourde. C'était son rôle, en qualité d'époux et de père. N'était-il pas à la hauteur de ses responsabilités ? Il méritait au moins le respect de son épouse, sinon son affection. Si cela n'avait tenu qu'à Veronica, une fois dit le bénédicité, ils se seraient bornés à manger dans un silence mortel, chacun le nez dans son assiette, en buvant de l'eau plate à petites gorgées. Eh bien, il avait mis un terme à cette discipline absurde – l'absence de conversation à table n'était pas normale. « On ne rejoue pas la Cène, que diable ! » s'était-il exclamé pendant une de leurs disputes.

— Elle aime la vue de son propre sang. Plus c'est mélodramatique, plus elle est ravie. Je lui ai dit que je ne ferais pas une chose pareille. Pour rien au monde. Nous ne sommes plus au Moyen Âge, quand même ! Si c'est ce genre de traitement qu'elle veut, qu'elle aille tenter sa chance chez le Dr Patel.

— Je ne comprends pas pourquoi tu te donnes tout ce mal pour ces gens-là, rétorqua Veronica. Des sauvages…

Et, se tournant vers sa fille, elle ajouta :

— Quant à toi, Mrs Ripperton a passé la moitié de la matinée à te chercher partout. Elle avait compris que tu devais te rendre à la mission cet après-midi.

— J'étais à la bibliothèque, s'empressa de mentir Sophie.

En fait, c'était un demi-mensonge. Au retour de ses tribulations, elle était allée à la bibliothèque le temps d'attraper un livre – rien que pour être en mesure de prouver qu'elle avait employé utilement son temps. Personne ne devait apprendre qu'elle avait consacré toutes ces heures à se promener en catimini dans les passages secrets du palais. Jag l'avait en effet emmenée partout. Il lui avait montré ses endroits préférés : l'orangeraie close de murs de marbre, les salles de cérémonie, la serre, la bibliothèque du maharaja, la glacière, une fosse creusée profondément dans la terre. Sophie avait appris que pas une pierre du palais n'avait été posée sans l'accord des plus hautes autorités, le site même et son orientation ayant été dictés par des considérations astrologiques. Ils s'étaient donné rendez-vous le lendemain matin. Le maharaja était présent au palais, et Jag avait promis à Sophie de lui montrer quelque chose de très spécial, à condition qu'elle parvienne à se glisser hors de chez elle avant l'aube.

— Tu devrais avoir honte, c'est très mal élevé de ta part, la gronda sa mère. On doit toujours tenir parole. Tu demanderas pardon demain à Mrs Ripperton. Combien de fois faut-il te répéter que tu dois mettre à profit ton séjour en Inde plutôt que de passer ta vie à bouder dans ton coin ?

Veronica Schofield leva son verre d'une main tremblante et but un peu d'eau. George et ses grandes idées ! Dire qu'il les avait traînées ici… Elle avait su d'avance qu'elle détesterait les Indes, ce cloaque répugnant. Heureusement, ils ne resteraient pas longtemps, six mois. Et puis le fait d'avoir vécu aux Indes au temps splendide des colonies augmenterait les chances de Sophie de trouver un bon parti. Vivre dans le palais d'un maharaja avait aussi ses avantages. Ils étaient arrivés dans une maison entièrement équipée, avec leur propre cuisine et un personnel à leur service. Malgré elle, Mrs Schofield s'était accoutumée au luxe avec une aisance alarmante. Ce qu'elle ne supportait pas, c'était qu'il n'y ait pas un seul chrétien parmi ces gens-là…

Elle posa son assiette d'un geste ferme, clouant sa fille du regard.

— Demain, tu iras donner un coup de main au secrétariat des aides de camp, ce sera l'occasion d'améliorer ta dactylographie. Au moins, que tu apprennes quelque chose d'utile pour une fois !

— Ce qu'il ne faut pas entendre ! s'exclama son père. Familiarise-toi avec les lieux, et surtout fais ce que tu veux. Tu es une jeune femme maintenant. C'est important que tu fasses une récolte d'histoires extraordinaires pour notre retour, quand tu te mettras à sortir dans le monde !

Sophie se redressa en songeant à la seule histoire extraordinaire qui comptait, et elle ne la raconterait jamais à personne, car elle n'appartenait qu'à elle, et à elle seule. Et l'aventure ne faisait que commencer…

Un homme brun filiforme se déplaçait dans la salle du palais dont le plafond était incrusté de fragments de miroir scintillants. L'homme était nu à part un pagne en coton grossier, élimé et jaunasse, enroulé autour de ses hanches squelettiques. Une marque de la force divine, des lignes perpendiculaires de poudre blanche, ornait son front. Ses bras et sa poitrine étaient oints d'huile de santal.

— C'est qui ? murmura Sophie à Jag.

— Le saint homme du palais. Il prépare une cérémonie pour le maharaja.

Le prêtre se mit à dessiner à la craie, sur le marbre du sol, un entrecroisement de traits épais, une sorte de quadrillage qui avait l'air d'une précision mathématique. Dans chaque coin, il plaça une noix de coco, puis posa un certain nombre d'autres objets dans les espaces qu'il avait créés : un vase d'encens, un bol de cuivre rempli d'eau, un plat de mangues, non pas mûres et à la peau lisse mais toutes ridées, un bol de fleurs jaune vif et un coupon de tissu. Au centre, sur un plateau, une statuette de déesse, si petite que Sophie aurait été incapable de dire si elle était en cuivre ou en argent, ou même en or. À côté, le saint homme déposa un papyrus sacré et une clochette de cuivre.

— Regarde, chuchota Jag.

Sophie colla son visage au fin treillis de pierre. Un homme corpulent, pas particulièrement grand, aussi large que haut, venait de faire son entrée. Un serviteur s'avança pour lui enlever son manteau, lequel était en soie sauvage épaisse, blanche, sans ornement apparent. Sous ce vêtement, le maharaja portait un simple pagne qui, de l'avis de Sophie, devait avoir la dimension d'un drap pour couvrir son énorme ventre. Le maharaja s'assit sur un gros coussin à même le sol, au sommet de la figure géométrique tracée à la craie.

Tout en allumant l'encens à la flamme d'un cierge effilé, le saint homme commença à psalmodier. Il fit le tour de son installation, ponctuant ses prières de coups de clochette, agitant le papyrus sacré au-dessus de la tête du maharaja chaque fois qu'il passait près de lui. Sophie suivait des yeux, fascinée, cet homme qui continuait à sonner sa clochette, à asperger de l'eau et à réciter des textes religieux pendant que le maharaja paraissait en transe. Au bout de ce qui lui sembla une éternité, la mélopée du prêtre se réduisit à une seule note, basse et vibrante, qui remplit la totalité du volume de la salle. La clochette retentit une dernière fois. Il s'arrêta, joignit les mains et se prosterna. Le maharaja se leva, son serviteur s'approcha pour lui remettre son manteau, hissant le vêtement sur ses épaules dodues avant de se courber en avant et de s'effacer à reculons. Le maharaja salua le saint homme d'une flexion du buste, pivota sur ses talons et disparut, laissant le prêtre ramasser ses objets de culte.

Les yeux ronds, Sophie tourna vers Jag un visage souriant mais interloqué. Jag posa un doigt sur ses lèvres et désigna d'un signe de tête le corridor obscur avant de s'y élancer. Ne voyant rien dans le noir, Sophie tendit instinctivement la main et la glissa dans celle du garçon.

3

Aux antipodes de l'opulence du palais, Jag et son père habitaient une modeste pièce dans le quartier des serviteurs, un ensemble de bâtiments bas à la périphérie du palais, de manière à pouvoir répondre rapidement aux appels du maharaja. Tous les domestiques ne vivaient pas dans l'enceinte du palais. Ils étaient nombreux à occuper les masures qui avaient poussé au petit bonheur dans le village voisin. Le père de Jag travaillait de longues heures irrégulières qui l'emmenaient parfois loin et pour une durée prolongée, au gré des déplacements du suzerain dans le pays. Mais il ne l'accompagnait jamais dans ses voyages à l'étranger, qui étaient de plus en plus fréquents, surtout depuis que les troubles menaçaient. Le père de Jag refusait de traverser « l'eau noire », et le maharaja s'inclinait. Pour un hindou pieux, quitter le sol sacré de l'Inde revenait à commettre un acte d'irrévérence grave envers les dieux, avec pour conséquence la perte irrémédiable de son âme. Le maharaja s'en sortait en transportant partout avec lui une part aussi copieuse que possible de sa terre natale, en particulier les grandes jarres d'argent que l'on remplissait de l'eau sacrée du Gange. Ce qui lui permettait de ne pas interrompre ses ablutions rituelles, qu'il fût à Patna ou à Paris.

Jag avait passé la matinée à l'écurie, où il avait nettoyé les stalles des éléphants. Une rumeur circulait en ce moment, selon laquelle les animaux seraient bientôt vendus ou envoyés dans des zoos. Seulement un ou deux resteraient pour la postérité. L'intérieur de la *pilkhana* témoignait d'un autre âge, où les éléphants avaient été superbement caparaçonnés d'or incrusté de pierres précieuses et semi-précieuses, le dos surmonté d'un palanquin d'argent – le *howdah* –, leurs pieds peints ceints de bracelets géants, leur front orné de joyaux. On y trouvait aussi les harnais des chevaux, des dromadaires, sans oublier les bœufs qui tiraient les chars d'apparat. Tout cet équipement exigeait un entretien constant, et la tradition avait été perpétuée en dépit du fait qu'une fois la renaissance du pays acquise elle disparaîtrait à jamais. Jag s'attristait à la pensée que toute cette splendeur ne serait bientôt plus qu'un souvenir. L'ostentatoire n'avait pas sa place dans l'Inde nouvelle, l'Inde qui appartenait à son peuple.

La voix de Sophie brisa le fil de sa rêverie.

— Si tu pouvais changer une seule chose dans le monde, qu'est-ce que ce serait ?

Sophie trempait ses pieds dans le bassin de la fontaine de l'orangeraie. Jag se tenait assis derrière elle contre le mur, tourné sur le côté, perdu dans ses réflexions, ses longues jambes étendues sur l'herbe de la petite pelouse ronde tondue de frais. Personne ne pouvait les voir. Le jardin était non seulement complètement enclos, mais aussi à l'abri des regards venant d'en haut : ni fenêtres, ni promenades, ni panneaux ajourés. Nul n'y pénétrait, sauf les *mali*[1], et uniquement tôt le matin, pour tondre, arroser et cueillir les fruits commandés par la cuisine.

— Une seule ? demanda Jag.

— Oui.

— Hum… Je crois que je voudrais que ma mère soit toujours en vie, pour que mon père soit heureux.

— Oh, dit Sophie, déçue qu'il ait choisi un sujet aussi grave.

Jag leva les yeux. Elle remuait ses pieds dans l'eau, la tête penchée sur le côté. Il sentait que sa réponse ne l'avait pas satisfaite.

— Ou bien j'aimerais être né riche, comme le maharaja, pour pouvoir passer mon temps à lire des beaux livres ou à

1. La caste des jardiniers.

recevoir des amis prestigieux que j'emmènerais à la chasse au sanglier et au tigre.

— Il est parti où, cette fois ?

— À Simla, pour discuter des arrangements avec le vice-roi[1]. D'autres maharajas y sont allés aussi. Ils sont inquiets du sort de leurs royaumes après l'indépendance.

— Simla, j'en ai entendu parler. Il paraît que c'est une ville très agréable.

— C'est là que s'installe le gouvernement pendant l'été. Delhi est beaucoup trop chaude pour eux. La chaleur fait bouillir leurs cerveaux.

— Tu sais quand il sera de retour ?

— Dans une semaine, peut-être. C'est impossible à deviner. Il n'arrête pas de changer d'avis.

— Ton père doit te manquer quand il est loin.

— Autrefois, oui, mais c'est différent maintenant.

— Qu'est-ce que tu veux dire ?

Depuis que son père était parti, ils ne se quittaient plus, insoucieux de l'heure et de la course du soleil dans le ciel. Lorsque son père était dans les parages, leurs aventures étaient restreintes à quelques moments volés. Ils avaient pris l'habitude de cacher l'un pour l'autre des billets, de minuscules bouts de papier, pliés et glissés entre les pavés du socle d'une des deux énormes urnes de l'allée qui menait aux jardins. L'endroit était niché dans un bosquet d'immenses palmiers bordés d'hibiscus parfumés et de bougainvillées aux fleurs roses. Sophie visitait plusieurs fois par jour leur boîte aux lettres secrète dans l'espoir d'y trouver un message lui donnant rendez-vous. Il était parfois difficile pour Jag de se dérober à son père, qui avait toujours une nouvelle tâche à lui confier, s'il ne lui demandait pas de recopier de longs passages dans des livres qu'il choisissait pour lui.

---

1. Le vice-roi des Indes, lord Mountbatten, avait reçu les pleins pouvoirs pour procéder au transfert de la souveraineté des Indes entre les mains d'une autorité indienne.

Sophie aurait été furieuse si un de ses parents ou même un professeur lui avait imposé pareil pensum, et elle ne le cacha pas à Jag. Mais celui-ci ne paraissait pas s'en offusquer. Son père attendait de lui qu'il accomplisse de grandes choses dans l'Inde nouvelle. Une bonne éducation était la clé d'un avenir meilleur, d'une vie d'homme sans maître... à condition de travailler assez dur. Un jour, il aurait peut-être des domestiques à lui.

— Tu poses trop de questions, lui dit Jag d'un ton malicieux. Tu sais pourquoi j'aime bien quand mon père n'est pas là. Pour la même raison que toi.

Sophie éclata de rire et n'insista pas.

— Et toi ? demanda-t-il.

— Quoi ?

— Si tu pouvais changer une seule chose, qu'est-ce que ce serait ?

— Je ne sais pas, à vrai dire. Pour l'instant, je suis contente de l'état des choses.

Tout en prononçant ces mots, elle se rendit compte qu'en réalité c'était la première fois de sa vie qu'elle se sentait vraiment heureuse. Elle se pencha en arrière pour le regarder, assis en contrebas, son sourire levé vers elle. Au bout d'un moment, Jag baissa la tête et arracha quelques brins d'herbe. Avec l'ongle de son pouce, il en fendit un dans le sens de la longueur, le porta à ses lèvres et souffla fort, espérant en tirer un son.

— Tu ne devrais pas t'asseoir sur l'herbe.

— Pourquoi ?

— À cause des serpents.

— Ils ne mordent que les Anglais.

Il souffla de nouveau sur le brin, dont il obtint un faible grincement.

— C'est pas une blague. S'il te plaît. C'est dangereux.

— Puisque tu insistes.

Il se hissa sur la margelle en s'aidant de ses coudes. Puis ajouta :

— Il faut être vraiment bête pour se faire mordre par un serpent. Ils ont peur des gens. Un serpent ne te mordra que si tu arrives trop vite sur lui et que tu le surprends. Ce n'est pas les serpents qu'il faut craindre. Ce sont les scorpions.

— Les scorpions ?

— Très méchants, opina-t-il en replaçant le brin d'herbe à ses lèvres. Eux n'ont pas du tout peur des gens. Ils n'ont peur de rien. Si tu te fais piquer par un scorpion, tu es fichue.

Il souffla et cette fois obtint un sifflement aigu.

— C'est vrai ?

Sophie inspecta le sol, sortit ses jambes de l'eau et les replia sous elle.

— C'est la mort assurée, avec des hallucinations et des convulsions, comme si ton corps était en feu. Et personne ne peut rien faire pour te sauver, même pas un médecin comme ton père. Alors, fais bien attention.

— C'est horrible.

— Très.

— Tu connais quelqu'un qui est mort d'une piqûre de scorpion ?

— Ça arrive tout le temps. Les gens marchent dessus et après ils meurent. En général, quand ils descendent du lit. Les scorpions aiment se cacher dans les pantoufles pendant que les gens dorment. Et quand ces malheureux les enfilent pieds nus, pan…

Jag secoua la tête et jeta son brin d'herbe au loin.

— C'est pas vrai ! s'écria Sophie en le dévisageant intensément. Tu inventes !

— Pas du tout. Tiens !

Jag se pencha jusqu'au sol et ramassa un caillou qu'il cacha à moitié au creux de sa paume.

— Regarde ! C'est un scorpion !

Sophie poussa un cri strident, sauta de la margelle et, attrapant au vol ses chaussures, dévala l'allée. Jag courut après elle, la main tendue, agitant le caillou en riant éperdument.

*
* *

Fiona Ripperton s'éventait en retournant à pied à son appartement. Un gin-tonic, voilà ce qu'il lui fallait. Elle avait abandonné sa quête de Sophie. C'était une cause perdue.

Mrs Ripperton était arrivée aux Indes alors qu'elle avait à peu près l'âge de Sophie aujourd'hui. Elle était sûre que la jeune fille serait déboussolée sans ses conseils avisés. La mère de la petite ne lui paraissait pas posséder la fibre maternelle. Une femme irritable, peu affectueuse avec sa famille, beaucoup trop pieuse et critique à l'égard de sa fille. Fiona Ripperton avait toujours rêvé d'avoir une fille. Cela aurait été tellement plus agréable que ce fils qui les avait ruinés. Oh, elle l'adorait, bien sûr, tous les deux l'aimaient tendrement, mais vient un moment où le dévouement d'une mère s'épuise face à un panier percé invétéré. À présent, il était le problème de sa femme, une gentille petite Canadienne qui ne devait pas savoir à quoi s'attendre. Mrs Ripperton était convaincue que Michael l'avait épousée en vitesse afin d'échapper aux dettes et aux rancunes qu'il laissait à Londres. Quel idiot ! Ils avaient su qu'il était un cas désespéré avant qu'il ait atteint ses vingt-cinq ans, mais que pouvaient-ils faire ? Ils avaient continué à payer les pots cassés, jusqu'à son trentième anniversaire. Alors, ils avaient serré les cordons de la bourse. Si elle pouvait reprendre son éducation à zéro, il y aurait mille choses qu'elle ferait différemment. Sauf que, hélas, il y avait des chances pour que le résultat soit le même. Mrs Ripperton en était arrivée à la conclusion que certaines personnes étaient nées ainsi et que l'on était impuissant à changer l'œuvre du Créateur. Bon, elle s'était montrée un peu trop laxiste, admettons. En revanche, elle était sûre que Mrs Schofield avait été beaucoup trop sévère. Sophie était tellement timide en présence de sa mère. Tout à fait différente de la jeune fille gaie et intelligente qui avait pointé sa tête au secrétariat afin de proposer son aide pour le thé et le classement des dossiers qui se multipliaient de façon affolante. Elle séduisait tout le monde et adorait manifestement son père. Mais, dès que Mrs Schofield faisait son apparition, elle devenait discrète comme une petite souris et ne prononçait plus un mot. « Sa mère la surveille de trop près », confiait parfois Fiona Ripperton à son mari, ajoutant qu'elle s'y serait mieux prise pour élever une fille, si seulement cette grâce lui avait été accordée.

Mrs Ripperton se considérait comme l'ange gardien de Sophie – jeune d'esprit comme elle l'était, cette matrone de soixante-deux ans recherchait la compagnie de la petite Anglaise, sans craindre d'être collante. Elle l'emmenait à la mission baptiste, plaisantait avec elle et bavardait de tout et de rien comme une gamine. La pauvre petite, se disait-elle, coincée entre ses parents et tous les raseurs du palais. Heureusement qu'elle était là ! Il n'y avait pas d'autres jeunes gens ici. Ses parents étaient d'une négligence coupable. Si Sophie avait été sa fille, elle aurait pris le temps de la présenter dans le monde au lieu de la priver de toute vie sociale en l'enfermant dans ce mausolée géant puant la naphtaline. Un palais de maharaja n'était pas un lieu propice à une adolescente. À quoi est-ce que les Schofield avaient pensé ? Bon, évidemment, leur séjour serait de courte durée. Sophie retournerait bientôt s'amuser à Londres. Là-bas elle trouverait sans aucun doute un fiancé digne d'elle.

Il était prévu cet après-midi qu'elles se rendent toutes les deux à la mission. Fiona Ripperton s'était présentée à l'heure convenue chez les Schofield, pour s'entendre dire que Sophie était à la bibliothèque. Elle n'avait pas soufflé un mot à propos de leur vague arrangement, se rappelant que lors du dernier incident de ce genre Veronica Schofield s'était conduite comme si sa fille avait transpercé quelqu'un avec une épée. Elle s'était donc résignée à prendre le thé en tête à tête avec Veronica, dont le manque total de conversation lui avait paru, une fois de plus, consternant. Après seulement elle s'était rendue à la bibliothèque. Sophie ne s'y trouvait pas non plus. On ne l'avait pas vue au secrétariat depuis mardi. Fiona ne pouvait s'empêcher de s'inquiéter. Elle espérait que Sophie n'était pas en train de se cacher quelque part, à répandre des flots de larmes, torturée par le mal du pays. Où qu'elle fût, la retrouver était une tâche impossible. À croire qu'elle s'était volatilisée.

Il faisait horriblement chaud. En traversant la cour, Mrs Ripperton se promit un gin-tonic plus généreux qu'à l'accoutumée, puis elle irait s'allonger un moment.

Soudain, Sophie surgit au coin de l'allée. Elle courait comme si elle avait la mort aux trousses, ses chaussures à la main.

— Sophie ! s'écria Fiona en se ruant en avant. Qu'est-ce qui ne va pas, ma chérie ?

Sophie s'arrêta si brutalement qu'elle dérapa et faillit perdre l'équilibre. Le visage rouge, le souffle court, elle fixa Fiona avec de grands yeux puis jeta un bref regard par-dessus son épaule. L'allée était déserte. Fiona la prit fermement par le coude.

— Ça va ?

— Oui, dit Sophie, qui reprenait sa respiration et contemplait les taches d'eau sur sa robe, ses pieds nus. Oui, tout va bien.

— Qu'est-ce que vous avez fabriqué ? s'étonna Fiona Ripperton en examinant la jeune fille plusieurs fois de la tête aux pieds.

— Je...

Sophie chercha une excuse qui ne parût pas trop ridicule.

— J'ai cru voir... un serpent.

— Pieds nus ?

— Je...

— À quoi pensez-vous, enfin ?

— J'avais chaud. J'ai ôté mes chaussures pour tremper mes pieds dans la fontaine.

— Oh ! s'exclama Mrs Ripperton, décontenancée. Alors où est le serpent ? Dans la fontaine ?

— Non. C'est-à-dire, j'étais assise sur la margelle et j'ai cru en voir un dans l'herbe, et...

— Vous auriez dû commencer par mettre vos chaussures, ma chère petite, enchérit Mrs Ripperton d'un ton désapprobateur. Regardez l'état dans lequel vous êtes !

— S'il vous plaît, ne dites rien à ma mère…

Elle lança de nouveau des coups d'œil affolés autour d'elle. Jag n'était nulle part en vue.

— Je lui ai raconté que j'allais à la bibliothèque. Elle n'aime pas que je me promène. Vous ne direz rien, n'est-ce pas ? Elle va être furieuse si elle pense que je…

La jeune fille était sens dessus dessous.

— Je ne dirai rien du tout, assura Fiona Ripperton en prenant le bras de Sophie pour le passer sous le sien. Motus et bouche cousue. Allons, venez maintenant. Il va falloir vous sécher un peu, vous ne croyez pas ? Nous pouvons prendre le thé chez moi, et vous me raconterez tout. Un serpent, hein ? Quelle aventure !

4

Août arriva, la chaleur oppressante rendant encore plus pénible le climat de tension politique. Le projet avait été annoncé deux mois plus tôt, début juin. Il prévoyait la division des Indes en deux dominions. Au début, personne n'avait cru à cette mesure à laquelle on donnait le nom de « partition », car elle couperait la nation en deux. Sophie avait lu des articles dans la presse à ce sujet. Le parti du Congrès avait appelé à la constitution d'un seul État, le Mahatma Gandhi et Jawaharlal Nehru plaidant la cause de l'unité du sous-continent dans sa glorieuse diversité. Mais le chef de la Ligue musulmane, Muhammad Ali Jinnah, avait exigé la création d'un État à majorité musulmane séparé de la nation indienne, et Jinnah se montrait intraitable. La négociation s'était enlisée. Les deux partis étant dans l'impasse, Jinnah avait vu son vœu exaucé.

De nombreux membres du personnel musulman étaient déjà partis, en route pour une nouvelle vie dans un nouveau territoire, même si le maharaja avait proclamé que nul ne devait se sentir obligé de quitter le palais, car il garantissait sa protection à tous ceux qui demeuraient auprès de lui, aux musulmans comme aux hindous. Pourtant, les serviteurs s'en allaient en masse.

Le père de Jag ne songeait pas à faire ses valises. Il était hindou et encore loin de l'âge de la retraite. Lorsque ce jour-là arriverait, il retournerait à Amritsar[1], afin de terminer sa vie

1. Amritsar est une ville du nord-ouest de l'Inde, au Pendjab, qui abrite le Temple d'or, le centre spirituel sikh. Avant la partition, les communautés

au milieu de ceux qu'il considérait comme les siens, malgré l'absence de liens de sang entre eux. Il n'avait là-bas que la sœur de sa défunte épouse bien-aimée. Elle habitait une modeste maison de Kim Street, où son mari détenait une petite fabrique de chaussures. Le père de Jag s'en souvenait, même si le reste lui paraissait flou, comme la couleur de la porte et d'autres détails.

Jag savait que c'était le destin de son père de regagner un jour sa ville natale. Celui-ci en parlait tout le temps. Ils iraient ensemble, le père et le fils, et renoueraient avec la famille. Jag terminerait ses études secondaires et chercherait du travail, ajoutant un échelon supplémentaire à l'échelle de sa lignée. Son père évoquait souvent ce retour alors qu'ils discutaient le soir à la faible clarté de la lampe, après la toilette et le rituel de la *puja*[1]. Avant d'entreprendre cet ultime voyage, il toucherait sa pension de retraite, légitime dédommagement pour une existence entière de loyaux services. Cette modeste somme versée par son maître lui permettrait d'assurer ses vieux jours. Et il était disposé à attendre, car sans cette pension il n'aurait plus qu'à continuer jusqu'au bout à travailler à la sueur de son front pour un salaire de misère.

Jag remuait ces pensées tout en lavant leur linge, qu'il frottait bien trop longtemps, distrait par ces mêmes réflexions qui le gardaient éveillé la nuit. Il voulait que les choses changent. Il voulait pouvoir prendre les rênes de sa vie, suivre son propre chemin. Il en avait assez d'entendre son père tracer des plans pour un avenir qui lui appartenait, à lui, Jag. Quelles opportunités s'offriraient à lui une fois que son père l'aurait traîné à Amritsar ? Trois mois. C'était tout ce qui restait à Sophie. Août, septembre, octobre, et ensuite elle ne serait plus là. Elle avait dit qu'ils prolongeraient peut-être leur séjour jusqu'à Noël, mais quelle différence cela ferait-il ? Il

hindoue, musulmane et sikhe cohabitaient en paix. Le jour même de l'indépendance, la ville fut le théâtre d'un bain de sang.

1. Offrandes rituelles aux divinités. Cérémonie religieuse hindoue.

savait ce qu'il voulait à présent. Il voulait pouvoir cheminer à ses côtés, sans se cacher, sans marcher sur la pointe des pieds comme s'ils étaient des criminels. Ils ne faisaient rien de mal, et pourtant il frémissait à la pensée de ce qui se produirait si jamais ils étaient découverts.

En actionnant la pompe avec vigueur, il évacuait un peu de sa frustration tout en remplissant d'eau le lavoir pour y rincer ces humbles vêtements de coton qu'il en était venu à mépriser. Il détestait s'habiller ainsi, d'une simple tunique qui le distinguait d'eux, surtout d'*elle*. Il devrait avoir le droit de porter une chemise amidonnée et une cravate, et de montrer qu'il était un jeune homme éduqué et respectable. Il pouvait lire et écrire aussi bien que n'importe qui, et il possédait un don naturel pour les mathématiques. Équations, multiplications, divisions. Il n'y avait aucun problème dont il n'arrivait pas à trouver la solution. Sauf celui de sa vie.

C'est l'ennui dans ce pays, se dit-il. On y naît avec une place hiérarchique prédéterminée, dans une caste dont il est interdit de sortir, et il n'est pas question d'échapper à sa condition ni de s'élever dans la société selon ses mérites. C'était un tort, et une fois l'Inde libérée il faudrait que cet état de choses change. Gandhiji[1] lui-même l'avait déclaré. Il était intervenu en faveur des dalits, les intouchables, en disant que toute personne cherchant à perpétuer la discrimination dont ces gens faisaient l'objet devrait être couverte de honte.

Le père de Jag était rentré avec le maharaja trois semaines plus tôt. Depuis, c'est à peine si Jag avait réussi à se dégager de ses obligations. La charge de travail s'était alourdie. Trop de domestiques étaient partis. Déjà des disputes éclataient à propos de la distribution des tâches entre les membres du personnel désormais réduit à une portion congrue. Pour tout arranger, son père avait annoncé fièrement qu'il ne ferait pas partie de la suite du maharaja quand celui-ci se rendrait à Delhi pour les fêtes de l'indépendance, le suzerain prenant

1. Le suffixe -ji est la marque d'un profond respect.

avec lui seulement six serviteurs. Il serait autorisé à demeurer auprès de son fils afin qu'ils puissent ensemble voir cette nouvelle aube se lever sur l'Inde. Ravalant sa déception, Jag s'était réjoui avec son père et lui avait donné une chaleureuse accolade.

Il battit le linge dans l'eau du lavoir avant de le sortir et de le tordre si fort qu'il en eut les jointures livides et des crampes aux mains. S'il ne la voyait pas bientôt, elle l'oublierait, et il ne s'en remettrait jamais. S'il avait été fils de maharaja, richement vêtu et diplômé des meilleures écoles et universités, il aurait pu l'aborder ouvertement, l'inviter à se promener avec lui en voiture ou à boire des cocktails. Les Anglais buvaient toujours des cocktails, les Indiens aussi, autant qu'il pouvait en juger, au moins certains en buvaient, ceux qui venaient en visite et allaient à la chasse. Il les avait observés, dissimulé derrière les moucharabiehs, il les avait vus courtiser le maharaja, lequel, il fallait bien en convenir, ne buvait que des jus de fruits et ne touchait jamais à l'alcool. Ce n'était pas juste que Jag soit dans cette position, qu'on lui fasse sentir qu'il n'était pas digne de devenir l'homme qu'il ambitionnait d'être. Alors qu'il bouillonnait d'idées, il rechignait à perdre son temps à nettoyer les stalles des éléphants, faire la lessive et copier des pages et des pages de textes périmés. Il trouverait bien un moyen de bouleverser l'ordre établi, de prouver à son père que le monde n'était plus comme dans sa jeunesse et qu'il n'était pas de ceux que l'on parquait dans le même enclos que ses ancêtres. Il avait plus d'exigences, encore plus qu'il ne l'imaginait. Car par-dessus tout il la désirait, il la voulait, *elle*.

Au palais, les bruits de couloir concernaient un sujet encore plus inquiétant que la situation politique. La source de ces ennuis n'était une surprise pour personne. La première maharani était de nouveau déchaînée. Cette fois, elle répandait des médisances moqueuses à propos de la dernière fiancée du maharaja, en disant qu'elle ressemblait à une guenon et que le maharaja avait été trompé sur la marchandise. Toutes ces charmantes réflexions, elle les confiait à ses dames de compagnie pendant que ses servantes la drapaient d'un sari en soie de Bénarès et lui ornaient les poignets de lourds bracelets. Désormais, toutes ses servantes savaient que la promise du maharaja était velue des pieds à la tête, étant née ainsi à la suite d'un mauvais sort jeté il y avait bien longtemps à sa lignée. Les poils avaient été soigneusement épilés sur son visage et ses mains, de sorte que la photographie qu'on avait montrée au maharaja ne trahissait pas la vérité, mais le jour du mariage venu ils auraient tous repoussé. La servante qui coiffait la première maharani avait laissé sa brosse en suspens au-dessus de la tête de sa maîtresse alors que celle-ci envisageait le moment où Son Altesse poserait les yeux sur sa nouvelle femme, concluant qu'il mourrait sans doute d'une crise cardiaque en s'apercevant qu'il avait épousé une guenon. Et lorsque le temps viendrait pour son fils, qui était le fils aîné du maharaja, de monter sur le trône, elle, en qualité de douairière, exhiberait l'épouse numéro trois dans les rues, nue, comme un animal de zoo, avant de la renvoyer dans sa famille. Non qu'elle ait jamais vu la jeune femme en question, bien sûr, mais personne ne se préoccupait de ce genre de détail insignifiant, surtout pas dans le zénana, où les femmes du palais pratiquaient le *purdah*[1], cloîtrées dans la monotonie mortifère de la ségrégation, épiant le reste du monde à travers les treillis ciselés des moucharabiehs. Chaque maharani avait ses propres quartiers et sa suite de domestiques formés aux spécificités de ses goûts et exigences. La première maharani, par exemple, aimait une cuisine riche et sucrée. Son cuisinier avait ainsi au fil des années à son service perfectionné ses plats préférés. La deuxième maharani, en revanche, ne mangeait jamais de viande, et rarement du poisson. Bien entendu, son cuisinier était fort maigre.

La rumeur de la fiancée-guenon se répandit comme une

1. Le *purdah*, qui signifie « rideau », désigne une pratique empêchant les hommes de voir les femmes.

traînée de poudre, d'abord dans le zénana, provoquant l'évanouissement spectaculaire de la deuxième maharani, qui s'écroula dans les bras de sa femme de chambre. Les cris d'angoisse de ses dames de compagnie purent être entendus jusque dans la grande salle d'audience, le *Durbar hall*, suivis d'une course effrénée : on envoyait chez le Dr Schofield une messagère réclamant son intervention immédiate.

— Décrivez-moi ses symptômes, dit le Dr Schofield à travers l'écran d'albâtre rose finement ajouré, le visage respectueusement détourné de la dame de compagnie qui, dissimulée derrière le moucharabieh, transmettait les informations qui passaient de bouche en bouche.

Il attendit patiemment la réponse, sachant qu'il faudrait un certain temps et que de toute façon elle n'aurait pas de sens une fois qu'elle aurait été relayée par trois personnes. Une auscultation dans ces conditions prenait environ une heure, parfois deux, selon la dose d'attention dont la deuxième maharani avait besoin. C'était ce qui avait coûté son poste au Dr Bill Castle, son prédécesseur. Bill avait commis la grave erreur de déclarer au bout de dix minutes qu'elle n'avait rien du tout. On lui avait aussitôt signifié son renvoi.

— Elle se sent très faible, rapporta la dame de compagnie.

— Je vois, fit le Dr Schofield. Son pouls, comment est-il ?

Deuxième longue pause.

— Très faible et irrégulier.

— Je vois.

Le Dr Schofield savait que c'était faux et que la deuxième maharani, alanguie sur son lit somptueux, livrait des symptômes aux dames de son entourage le dos confortablement calé contre ses oreillers en plume. Lors de son premier mois au palais, le Dr Schofield avait peu à peu compris que c'était toujours le même refrain : tout passait par le téléphone arabe. Au départ, il avait déclaré à l'aide de camp qu'il ne pouvait pas pratiquer la médecine si on l'empêchait d'examiner la personne malade. Il lui fut opposé une fin de non-recevoir.

Leurs Altesses observaient le *purdah* à la lettre et, comme le bon médecin n'était ni marié ni apparenté à ces nobles dames, il ne serait jamais autorisé à poser les yeux sur elles. S'il avait suivi son premier réflexe, plutôt que de courir le risque de tuer l'une d'elles à la suite d'un mauvais diagnostic, il aurait démissionné sur-le-champ. Toutefois le maharaja l'avait persuadé de rester en lui offrant un étui à cigarettes en or et en lui promettant que l'on ferait une exception si jamais l'une de ses épouses avait vraiment un sérieux ennui de santé. Un retournement de situation obtenu par le Dr Reeves, qui soignait le maharaja depuis sept ans, au cours desquels il s'était occupé deux fois de la première maharani et de la deuxième plus souvent qu'à son tour. Cette dernière préférait ne plus appeler le Dr Reeves depuis qu'il l'avait surprise en train de tremper le thermomètre dans son thé.

Le Dr Schofield n'avait pas tardé à s'apercevoir que la maladie visitait rarement le zénana, sauf si on rangeait dans cette catégorie les chamailleries et les indigestions occasionnelles. Voilà pourquoi il était déjà convaincu que la deuxième maharani n'avait rien de plus grave qu'un accès aigu de mécontentement. Un siècle et demi de domination britannique avait glissé sur les aristocrates. Le seul signe d'ingérence consistait en la présence d'un résident anglais nommé par le gouvernement et dont la mission était de servir de passeur entre l'État princier et le gouvernement à Delhi. Ce dernier les embêtait d'ailleurs très rarement. Sauf que ces temps derniers, avec les accords menant à l'indépendance, les princes étaient par la force des choses amenés à choisir d'intégrer un des deux dominions, l'Inde ou bien le nouveau pays, le Pakistan, lui-même en outre divisé en deux : le Pakistan occidental et le Pakistan oriental. Comme elles rassemblaient moins de la moitié de la surface et de la population indiennes, sans les États princiers ces nouvelles nations seraient destinées à n'être qu'une mosaïque dépourvue d'unité qui finirait par se disloquer. À la suite de négociations et de la rédaction d'accords compliqués, les six cents princes signèrent leur annexion, en majorité à l'Union indienne, le reste au Pakistan, provoquant la chute d'un régime féodal millénaire. En guise de dédommagement, les princes reçurent une pension appelée *privy purse*, calculée en pourcentage des revenus de leur État. Mais tout le monde se doutait bien qu'avec le temps les familles royales disparaîtraient, du fait de la diminution progressive de leurs rentes. Il n'était par conséquent pas étonnant que la deuxième maharani ait des vapeurs. Non seulement le maharaja avait annoncé son intention de prendre une troisième épouse, mais, si la rumeur disait vrai, ils seraient bientôt contraints de restreindre le faste de leur train de vie et de vendre l'argenterie.

Le Dr Schofield demanda patiemment :

— Elle a de la température ?

Entre toutes les questions, celle-ci était sa préférée. Les femmes du zénana n'avaient pas la moindre idée de ce que pouvait être le degré de chaleur de leur corps. Il avait par le passé reçu des réponses variées. Sa température était de dix degrés, de quatre-vingt-dix degrés ou d'un chiffre fantaisiste entre les deux. Au bout d'une longue attente, la dame de compagnie revint.

— Elle est froide comme la glace !

— Comment est sa respiration ?

— Elle est essoufflée.

— Elle a des rougeurs sur le corps ?

Une éternité s'écoula avant que la deuxième maharani se décide à signaler si elle avait, oui ou non, des rougeurs. En attendant, le Dr Schofield s'était assis devant le moucharabieh et parcourait son livre. Les femmes du zénana étaient rassurées de le voir vérifier attentivement les indications de chaque symptôme, ce qui à leurs yeux garantissait le soin qu'il prenait à soupeser la gravité de l'état de la maharani avant de poser son diagnostic. Le livre qu'il avait entre les mains s'intitulait en fait *Qu'elle était verte ma vallée*. Le médecin n'arrivait plus à le lâcher depuis qu'il avait déniché cet exemplaire dédicacé dans la bibliothèque du maharaja. Il n'oubliait pas de froncer de temps à autre les sourcils et de se pincer le menton d'un air songeur en hochant la tête.

— Il n'y a pas de rougeur, annonça la dame de compagnie.

— Je vois.

Le Dr Schofield termina sa page, puis ferma le roman d'un coup sec.

— Hum, marmonna-t-il.

Il se leva, fit les cent pas puis sortit de sa sacoche un flacon d'aspirine avec une étiquette tarabiscotée.

— Veuillez dire à Son Altesse qu'elle souffre d'une *vanucitis*. Il faut qu'elle garde la chambre, et qu'elle avale un comprimé le matin pendant cinq jours. Ensuite, elle se portera comme un charme.

La dame se dépêcha de retourner auprès de sa maîtresse avec la précieuse panacée, lui apportant la preuve tangible qu'elle était au plus mal : exactement ce qu'elle voulait.

5

En l'absence du maharaja et de sa suite, partis à l'invitation du vice-roi assister aux célébrations dans la capitale, le palais était plongé dans un silence de mort. Sophie avait pris soin de vérifier que le jardin aux lotus était bien désert avant d'oser pénétrer dans ce discret enclos. Pourtant personne aujourd'hui ne trouverait à redire à sa présence en ces lieux. Tous avaient des affaires d'une autre importance sur les bras. Désormais le monde ne serait plus le même, et la vaste résidence semblait tout entière frémir et trembler devant l'inconnu qui se tenait tapi dans ses recoins.

Les préparatifs, suivant les instructions du maharaja, allaient bon train. Celui-ci souhaitait que cet événement historique reste gravé dans la mémoire de ses sujets. Le clou de la fête était un majestueux feu d'artifice à minuit, qui marquerait le moment où ils seraient délivrés de leurs chaînes. On pouvait espérer une accalmie assez longue pour que tous puissent profiter du spectacle sans être trempés. Les probabilités étaient en leur faveur. Sous la forme de brèves averses qui ne suffisaient pas à verdir le paysage, les pluies de mousson dans cette région aride des Indes étaient en général relativement modérées, contrairement aux déluges qui inondaient le Sud tropical et les plateaux du Nord. La saison des pluies serait bientôt finie, de toute façon, et céderait la place à des journées caniculaires traversées par les vents secs soufflant du désert de Thar.

Sophie s'assit sur la margelle du bassin et se pencha rêveusement sur son reflet. Un jour, elle avait demandé à sa mère, sans réfléchir, si elle la trouvait jolie. À quoi sa mère avait rétorqué que la vanité était un péché. Veronica Schofield avait toujours méprisé la notion même de beauté. Elle prétendait que lui accorder de l'attention relevait d'un esprit étroit. Il y avait des choses tellement plus importantes dans la vie. La beauté était réservée aux riches et, à son avis, immanquablement attribuée à celles qui n'avaient rien d'autre à offrir. Après ce sermon, Sophie avait eu honte et regretté ses paroles. Mais ce n'était pas facile de ne pas y penser, surtout dans ce palais magnifique où la beauté était si prisée.

Des nuages gris traversèrent le carré d'azur au-dessus du jardin enclos. La surface du bassin perdit son éclat éblouissant. Le ciel se plombait, dans une heure tomberaient les pluies de l'après-midi. Mais pour l'instant Sophie pouvait rester ici. Elle n'avait rien d'autre à faire et n'avait aucune envie de se reposer comme le lui avait recommandé sa mère. Celle-ci faisait la sieste tous les jours, mais Sophie savait que c'était un prétexte pour s'enfermer et ne parler à personne.

Jag suivit le dédale ténébreux des passages secrets menant au jardin aux lotus. Vu le silence qui régnait au palais, il savait que c'était là qu'elle se serait réfugiée. Ils avaient cessé de se déposer des billets. C'était devenu trop dangereux. Il avait aperçu un des balayeurs une fois, à côté de la paire d'urnes géantes. Tout en faisant semblant de passer son balai sur le sol impeccable de l'allée, cet homme observait Sophie qui était en train d'examiner les pavés du socle. Il y avait des yeux partout, qui fouinaient, et partout des mauvaises langues ne demandant qu'à colporter des histoires propres à attiser la flamme du mécontentement.

Sophie connaissait les passages secrets et se débrouillait sans l'aide de Jag. Elle aimait s'asseoir dans le renfoncement de la fenêtre du dernier pavillon, sur les bancs de marbre blanc et noir. On y avait une vue dégagée sur le jardin, les reflets sur l'eau du bassin et les jeux de la lumière sur le plafond peint de la galerie qui cernait l'enclos.

Parcourant d'un pas lent un étroit tunnel obscur, les

entrailles nouées, Jag s'enjoignait au calme. D'où lui venait cette nervosité ? Cela faisait des semaines qu'il souffrait sans oser confier ses inquiétudes à Sophie. En soi, cela suffisait à le rendre malheureux. Ils se disaient toujours tout, quoi qu'il arrive, n'ayant pas à craindre que leurs secrets s'ébruitent. *Pax.* Jusqu'ici. Récemment, les mots faisaient défaut à Jag, les mots étaient mangés par son chagrin. Ce soir, leurs vies allaient être bouleversées. Bientôt, le destin allait les séparer.

Sophie lâcha un caillou et le regarda couler en faisant des ronds dans l'eau. Peut-être ne viendrait-il pas, finalement ? À cette pensée, elle se sentit envahie d'une tristesse infinie. Refluèrent alors les souvenirs de leurs premières rencontres. Ils avaient parlé de tellement de choses. À Jag, elle pouvait tout dire. Combien d'heures ils avaient passées ensemble à se confier leurs rêves et leurs espoirs tout en explorant les moindres recoins du palais. Cela avait été un de leurs jeux préférés pendant qu'ils se glissaient tels des voleurs dans la nuit, se faufilant, épiant en silence par les fins treillis des moucharabiehs tombés en désuétude. Invisibles, aussi légers que des esprits, un frais chuchotis à l'intérieur des murs de la très ancienne résidence. Cachés dans une bulle de ténèbres, ils se décrivaient par le menu leur futur quotidien, leur future maison, leurs futurs amis communs. Avec Jag, elle avait l'impression d'être libre. Elle oubliait tout le reste. Plongés qu'ils étaient dans une conversation où chacun était passionné par tout ce que l'autre avait à dire, le moment de se séparer venait toujours trop tôt. Ils se promettaient de renouer la fois suivante le fil de leur discussion. Ainsi, à chacune de leurs retrouvailles ils ajoutaient à leurs récits des détails à graver dans la pierre. Ils scrutaient leurs boules de cristal imaginaires et croyaient tracer leur avenir. Ils ne s'étaient pas figuré que l'avenir allait leur tomber dessus et leur imposer sa terrible réalité. Et quand cela arriva, ils cessèrent de s'inventer un lendemain. Le jeu n'était plus amusant.

L'avenir ne fut bientôt pas le seul sujet qu'ils passèrent sous silence. Leurs secrets les plus chers, hier exposés à tout vent, libres, aériens, pesaient à présent sur leurs cœurs. Il arrivait à Sophie de ne plus savoir que penser. Elle déambulait alors dans une sorte de transe, s'efforçant en vain d'y voir plus clair. Ce n'était même pas la peine d'expliquer quoi que ce soit à Jag, même si elle en mourait d'envie. Ils étaient trop différents. Comment pourrait-il comprendre ce que représentait pour elle la fin de leur histoire ? Rien que d'y penser lui était insupportable, tant elle craignait de ne jamais être en mesure d'être heureuse nulle part ailleurs, maintenant qu'elle avait pris goût à ce pays magique. La perspective d'un retour en Angleterre lui faisait horreur. Elle ne voulait pas quitter l'Inde. Elle ne voulait pas quitter Jag.

Les rides se dissipèrent, et le bassin retrouva sa surface lisse comme un miroir. Sophie se pencha de nouveau sur son reflet. Soudain, le visage de Jag surgit auprès du sien. Elle se retourna et lui sourit. Si seulement ses yeux avaient été de la même couleur que ceux du garçon, de la tourmaline cristallisée dans les riches sols rouges, un vert transmis de génération en génération, héritage d'une antique tribu. Parfois elle n'avait pas la force de les regarder.

— Je ne t'attendais plus, lui dit-elle.

— Mon père avait besoin de mon aide pour quelque chose, mentit-il.

Voilà qu'elle était revenue, cette gêne qui se glissait à présent si facilement entre eux. Jag s'assit sur la margelle, à l'écart.

— Tu as hâte de voir les festivités ? lui demanda-t-il.

— Je suppose que oui, répondit-elle avec un petit froncement de sourcils en retournant aussitôt à la contemplation du bassin. Crois-tu que demain on n'habitera plus le même monde ?

— Je ne sais pas. J'ai l'impression que c'est déjà différent.

— Je vais sans doute être coincée avec les Ripperton, déclara-t-elle en jetant un autre caillou dans l'eau. Je n'ai jamais connu une dame aussi bavarde. Pas étonnant que personne d'autre ne veuille s'asseoir à côté d'elle. Tu seras à la fête, toi aussi ?

— Oui, mais on sera séparés. Et je serai loin des femmes.

Subitement pleine de détermination, elle se tourna vers lui.

— On devrait se retrouver plus tard, rien que tous les deux, seuls.

Tout en se levant, elle ajouta :

— On assistera ensemble au feu d'artifice. Ce sera notre souvenir commun de cette journée. Je me débrouillerai pour filer sans que personne me remarque. Il y aura une telle cohue. Ils ne s'apercevront même pas de mon absence.

— Alors ? s'exclama Fiona Ripperton.

Radieuse dans sa robe de soirée en soie noire à l'ample drapé maintenu en place par une broche en perles de jais, elle donna un coup de hanche complice à Sophie pour l'encourager à admirer le spectacle et ajouta :

— N'est-ce pas merveilleux de voir tout le monde sur son trente et un ?

En pinçant affectueusement le bras de Sophie, Mrs Ripperton indiqua un groupe de serviteurs en train de danser avec abandon au son de la musique de l'orchestre.

— On dirait bien que certains de nos amis indiens sont fous de joie ! D'après Rip, ils ne devraient pas toucher à l'alcool. Ils le supportent mal. Notre majordome est soûl comme une barrique depuis l'heure du petit déjeuner. Dieu seul sait où il est allé se fourrer. Sans doute est-il en train de cuver quelque part derrière un buisson. Ils n'ont pas le même métabolisme que nous, affirma-t-elle en tapotant sa taille épaisse sous les plis savants de sa robe. Ils ne tiennent pas la boisson. Ah !

Voyant approcher un plateau de coupes de champagne, elle fit signe au serveur.

— Parfait ! C'est exactement ce que le médecin m'a prescrit.

Après avoir placé leurs verres vides sur le plateau, elle prit deux coupes et en tendit une à Sophie.

— Croyez-moi, mon petit, ceci entrera dans les annales comme la fête la plus fabuleuse du siècle ! Ce n'est pas tous les jours que l'on se tient face à face avec l'Histoire et que l'on assiste à la naissance d'une nation. Alors, santé !

En portant son verre à ses lèvres, elle incita Sophie à l'imiter.

— Savourez-en bien chaque instant. Un jour, quand vous serez une très vieille dame comme moi, vous pourrez raconter à vos petits-enfants que vous avez dansé toute la nuit dans le palais d'un maharaja ! dit-elle en appuyant ses paroles d'un déhanchement comique.

La soirée était interminable. Personne ne voulant être en reste, c'était un discours après l'autre, une déclaration après l'autre, avec des toasts pour ceci et pour cela, à n'en plus finir. Sophie, pas habituée au champagne, fut bientôt dans un état de légère ébriété. Elle se laissait porter par l'enthousiasme de la foule de plus en plus nombreuse qui ondulait comme une houle dans la salle de bal. Les Indiens se donnaient l'accolade ou clamaient : « *Jai Hind ! Jai Hind ! Long live India !* » Les Anglais, en revanche, avaient l'air plutôt inquiets, craignant sans doute que ces flots de visages bruns ne se tournent agressivement vers eux au moment où l'on descendrait l'Union Jack pour la dernière fois en bas de son mât. Alors que les aiguilles de l'horloge se rapprochaient de minuit, tous les postes de radio disponibles furent rassemblés et réglés sur All India Radio afin que l'on puisse écouter Nehru s'adresser à la nation. On fit taire les conversations et les cliquetis de verres. Sophie en profita pour fuir en douce.

Dehors, la pluie avait cessé. Les nuages s'écartèrent, et un rayon de lune frappa la surface du bassin. Sous les larges feuilles arrondies des lotus, des grenouilles se chantaient mutuellement des sérénades. Dans les jasmins au capiteux parfum, des insectes bourdonnaient. La nuit était vivante.

— Regarde, dit Jag en tendant le bras vers la minuscule constellation blanche au-dessus de leurs têtes.

Sophie porta son regard vers le ciel.

— Les Sept Sœurs, fit-elle.

— Non, les Six Sœurs. La septième, la plus sage, a épousé l'étoile voisine, dans la Grande Ourse.

Elle se tint tout près de lui.

— Là, reprit-il, à côté de celle qui scintille à l'endroit où le manche rejoint la casserole. Regarde bien. Il y a une étoile, là.

Il attendit pendant qu'elle cherchait des yeux le point brillant, puis ajouta :

— La tradition veut que l'on raconte cette histoire aux jeunes couples le jour des noces.

Soudain gêné, Jag baissa son bras. Laissant les étoiles au firmament, il s'assit au bord du bassin.

— Nous devrions échanger des félicitations, conclut-il.

— Ce serait plutôt à moi de te féliciter. C'est ton pays. Tu dois être content de ne plus avoir les Anglais sur le dos.

— Cela ne comptera plus quand nous serons vieux, lui dit-il avec un sourire. Personne ne s'en souviendra, tout le monde s'en fichera.

Jag marqua un temps de silence.

— Mais nous n'aurons plus jamais à subir ça. L'Inde sera devenue une nation trop puissante même pour les conquérants les plus magnifiques.

— En ce cas, je te présente d'avance les excuses de mon roi.

Sophie fit une petite révérence maladroite.

— Excuses acceptées, déclara Jag en se levant et en saluant d'une inclination du buste.

— Serrons-nous la main en toute amitié.

Elle lui tendit cérémonieusement la main.

Jag la prit dans la sienne et, soudain, Sophie sentit une digue sauter au plus profond d'elle-même. Elle baissa les yeux sur les doigts bruns effilés du jeune homme et vit les siens, pâles et délicats contre sa peau sombre. Ni l'un ni l'autre ne paraissait avoir envie de lâcher. Le cœur de Sophie battait à se rompre.

— Je me rappellerai ce moment toute ma vie, dit-elle doucement.

— Moi aussi.

Ils restèrent assis, main dans la main, fixant le miroir d'eau.

— Jag ?

— Oui ?

Elle hésita.

— Tu me trouves jolie ?

Il regarda sa main dans la sienne, songeur.

— Non, finit-il par répondre. Tu n'es pas jolie du tout…

Il leva vivement les yeux.

— Tu es belle.

À ces mots, son sourire s'évanouit.

Au premier coup de minuit, une volée de pièces d'artifice raya le ciel noir puis explosa en une scintillante cascade de couleurs enchanteresses qui éclaira le jardin et se refléta sur le bassin. Assis là, sur la margelle, avec des torrents de feu tout à la fois au-dessus d'eux et au-dessous, ils étaient suspendus dans l'espace au milieu d'une averse d'étoiles. Sophie frôla l'eau du bout des doigts. Les panaches de feu s'éparpillèrent. Et les yeux de Sophie se remplirent de larmes. Elle se tourna vers Jag et, cédant à une pulsion venue du tréfonds de son être, elle l'embrassa.

Elle sentit ses bras autour d'elle, sous elle, au-dessus d'elle, son corps se dissolvant, sa robe ouverte. À peine eut-il posé son regard sur sa peau d'albâtre qu'il le détourna, la gorge serrée. Puis ses yeux s'accoutumèrent à cette épaule éclairée par un rayon de lune, à ce corps d'une exquise finesse. Elle ressemblait à une statue merveilleuse dans son jupon, sa robe formant un tas soyeux à ses pieds sur la fraîche dalle de marbre. Il la scrutait, embrasé, dévoré d'un amour si grand qu'il aurait voulu l'avaler toute crue. Il ôta sa tunique, la jeta au loin, puis fit suivre le même chemin à son pantalon de coton. Elle se figea, souffle retenu, devant sa beauté. Elle appela à elle sa chaleur, et, oh, ses lèvres sur les siennes. Ils s'embrassèrent, un baiser à nul autre pareil. Elle ne savait plus où elle finissait et où lui commençait. Ils étaient en fusion, se liquéfiaient. Il sentit son corps en feu, le feu de la vie, le premier feu connu de l'humanité. Elle sentit son cœur s'abandonner, le monde glisser vers la fin des temps, vers la lune et les constellations, et l'univers qui les tenait dans sa paume. Jag la regarda frissonner entre ses bras, et il n'y eut plus rien que l'extase.

Au-dessus d'eux, les étoiles avaient disparu derrière le voile de fumée du feu d'artifice. La nuit était opaque et amère.

1957

Londres

6

L'air dans le minuscule appartement de Kendal Street était désagréablement poisseux à cause du petit linge qui gouttait, suspendu à une corde au-dessus de la baignoire en émail de la salle de bains, et de l'absence de ventilation dans la cuisine, dont la fenêtre à guillotine était collée par de la peinture. La clé de Sophie atterrit avec fracas sur le guéridon. Elle ôta son manteau et l'accrocha. Une odeur de cuisine lui rappela qu'elle n'avait rien mangé depuis les toasts et le thé qu'elle s'était forcée à avaler le matin à la cafétéria de la gare.

— Sophie ? C'est toi ?

Elle lança un « Coucou ! » et longea l'étroit couloir jusqu'à la cuisine, où la buée ruisselait sur les vitres, masquant la vue déprimante sur l'immeuble en brique de l'autre côté de la petite rue.

— Où étais-tu passée ?

Margie épousseta ses mains en répandant des nuages de farine, ôta son tablier et le posa distraitement sans paraître remarquer le fouillis. Comme toujours.

— Lucien a fait un saut ici il y a trois heures, il te cherchait, il m'a dit que tu lui avais posé un lapin pour le déjeuner. Il était dans tous ses états. Vous vous êtes disputés ou quoi ?

— Pas du tout.

Sophie fit glisser le foulard en soie de son cou et s'assit à la table.

— Qu'est-ce que tu as, enfin ?

Margie se rinça les mains au robinet. De la musique émanait du transistor en équilibre précaire sur le rebord au-dessus de l'évier.

— Rien.

— Alors pourquoi tu fais cette tête ?

— Je suis juste un peu crevée, c'est tout, dit Sophie en levant les yeux et en s'obligeant à sourire afin d'effacer l'horreur de cette journée. Qu'est-ce que tu nous prépares ?

— Une tourte à la viande et aux légumes. J'ai dégoté du collier au marché. Tu me diras qu'il ne restait plus grand-chose une fois les morceaux débarrassés des os et du gras. Tu me donnes un coup de main avec les patates ?

Sophie roula ses manches.

— Passe-les-moi.

Margie étala une feuille de papier journal sur la table et y déversa un petit tas de pommes de terre avant de s'asseoir et d'en attaquer une avec son couteau tout en gardant un œil sur Sophie, qui observait le tubercule boueux qu'elle tenait entre ses doigts.

— Bon, alors, fit Margie en enlevant un germe. Raconte. Quel crime a-t-il commis, cette fois ?

Sophie ne se donna pas la peine de lever les yeux.

— Il m'a demandée en mariage.

— Quoi !

Margie se leva d'un bond et tendit le bras vers le transistor, qu'elle éteignit si brutalement qu'il faillit tomber. Sophie se mit à peler, lentement, d'un air concentré. Si elle parvenait à n'obtenir qu'une seule épluchure, ce serait un signe, décida-t-elle. Un bon présage. Margie la dévisagea.

— Qu'est-ce que tu as répondu ?

— Je lui ai dit que j'allais réfléchir.

— Eh bien, mazette ! s'exclama Margie en secouant la tête, incrédule. Comme ça ?

— Je suis la première stupéfaite.

— Quand c'était ?

— Dimanche.

L'épluchure atterrit sur le journal, entière. Sophie ramassa une deuxième pomme de terre.

— *Dimanche ?* Pourquoi t'as rien dit ?

— Comme quoi ?

— Purée, Sophie ! Je sais pas, moi !

— Je crois que ça a mis cinq jours à me rentrer dans le crâne.

— J'aurais bien aimé que tu m'en parles…

Margie se rassit, les joues rouges.

— Tu le connais depuis seulement…

— Cinq mois.

— Tu ne serais pas…

— Non ! fit Sophie en souriant. Bien sûr que non.

Margie s'adossa à sa chaise avec un soupir de soulagement. Les deux jeunes femmes laissèrent un moment leurs pensées vagabonder. Elles s'étaient rencontrées à l'époque où Sophie débarquait à Londres, envoyée en Angleterre par son père, qui tenait absolument à ce qu'elle prenne son indépendance et se mesure au monde. Selon lui, Sophie ne devait pas rester à le bichonner et à fuir la vraie vie dans une maison un peu bohème perchée dans les monts Nilgiri, à l'extrême sud de l'Inde. Ils y avaient trouvé tous les deux un refuge, et elle y serait demeurée volontiers ; cette existence tranquille lui convenait. Dans son esprit, il n'y avait pas d'endroit plus charmant sur terre. Sophie venait d'avoir vingt-quatre ans. Les brouillards hivernaux commençaient à libérer les sommets boisés. Son père, de plus en plus nerveux, se retranchait dans son bureau, loin d'elle. Du jardin, elle le voyait renversé dans son gros fauteuil en cuir, les mains posées sur sa poitrine, les doigts joints par le bout. Il pouvait contempler le plafond pendant des heures. Sans qu'il ait eu besoin de le lui dire, elle avait deviné le sujet de ses préoccupations. S'il se détachait d'elle, c'était pour les préparer tous les deux à la séparation. Discuter avec lui ne servait à rien. Elle savait que le moment était venu de partir. Elle avait vécu chez lui cinq ans, et maintenant en voilà quatre qu'elle cohabitait à Londres dans cet appartement avec Margie. Ne cesserait-elle donc jamais de s'accrocher aux autres, comme effrayée de lâcher prise ?

Quel déchirement cela avait été, cette séparation, ce déracinement, cette solitude si tenace qu'elle devenait intolérable. Les après-midi pluvieux passés seule dans une salle de cinéma, à faire semblant de ne pas s'ennuyer en sa propre compagnie. La grande ville et sa foule, il n'y avait pas d'endroit plus solitaire. Vous pourriez mourir dans votre lit, vous ne manqueriez à personne. Autant être un fantôme ; hormis votre dépouille, rien n'indiquerait que vous aviez été là un jour, menant une vie ignorée.

Sophie s'était installée dans la pension de famille de Mrs Stanton à côté de Queensway dans Bayswater, un établissement réservé aux femmes où les portes étaient verrouillées à dix heures et demie tapantes et où aucun visiteur de sexe masculin n'était autorisé à pénétrer au-delà du vestibule, et encore seulement pour passer prendre ou ramener l'une d'elles. Certaines habitaient là depuis des années. Les chambres étaient propres et fonctionnelles, les autres pensionnaires agréables, même si les plus âgées ne se mêlaient guère aux autres, restant entre elles à ressasser leurs souvenirs de cette guerre qui avait bouleversé leur existence. Alors qu'elles avaient avec courage servi le roi et la patrie, dès le retour de ces messieurs au pays elles avaient été priées de renoncer à leurs emplois et de retourner aux fourneaux, en d'autres termes de se débarrasser de toute idée de libération et de reprendre leur ancienne servitude. Pour certaines, cela avait été impossible. Des mariages s'étaient ainsi désagrégés, et les divorcées avaient augmenté la cohorte de celles qui, soit par choix, soit parce qu'elles étaient veuves, menaient leur barque désormais toutes seules.

C'était à la pension que Sophie avait rencontré Margie Stock, une fille du Yorkshire aux joues roses, un peu plus jeune qu'elle et fraîche émoulue de l'école de secrétariat. Margie avait initié Sophie aux rudiments de la sténographie Pitman en lui conseillant de suivre des cours du soir afin d'obtenir le certificat requis, sinon elle échouerait dans une salle de dactylographes sans fenêtre à taper toute la journée sur le clavier d'une machine à écrire. Sophie avait hésité une semaine entière avant d'avouer à sa nouvelle amie que c'était déjà le cas. Au bout d'un mois, voyant qu'elles s'entendaient bien, elles avaient réuni leurs maigres ressources pour partager un petit appartement en colocation.

L'été suivant, Margie avait décroché un emploi de secrétaire auprès du chef d'orchestre principal du London Philharmonic Orchestra, un poste rémunéré une misère mais qui l'enchanta, jusqu'au jour où le gouvernement soupçonna son patron d'être un communiste. Une sale affaire, avait dit un soir Margie, allongée sur le lit de Sophie, tout en se mettant du vernis à ongles, d'autant plus que cet homme était un grand musicien. Mais il n'y eut pas moyen de le sauver. Il fut mis à la porte sans autre forme de procès, et Margie se retrouva sous les ordres de son morose remplaçant, qui n'était pas du tout aussi amusant.

Margie avait le chic pour se lier d'amitié avec des originaux. Il y avait toujours quelque part une soirée chez un copain musicien, arrosée de piquette, de pain et de fromage, avec parfois la visite d'un virtuose trop content de bomber le torse et de leur offrir un solo impromptu. Margie prétendait avoir toujours rêvé d'être chanteuse lyrique ; hélas, disait-elle, elle était affligée d'une voix à fêler les vitres. Cela ne l'empêchait pas, pour amuser la galerie, de pousser la chansonnette, en exagérant son accent du Yorkshire, ce qui faisait se tordre de rire ses amis, qui l'applaudissaient à tout rompre. Le week-end venu, Sophie et Margie déambulaient devant les étals du marché qui le samedi s'alignaient dans les rues. Les vendeurs faisaient l'article : « Tomates pour salades ! » Ils vous pesaient un kilo de n'importe quoi en un tour de main et faisaient tourner les sachets en papier kraft en les tenant par les coins. Sophie aimait le marché, elle allait de-ci de-là, fouinait dans les éventaires d'ustensiles à bas prix, qui dans le pays qu'elle avait laissé derrière elle auraient été considérés comme le *nec plus ultra*. En revanche, les étalages de primeurs lui paraissaient ternes. Elle achetait des fruits :

bananes, pommes, parfois quelques oranges. Le choix était limité. Certains jours elle aurait payé cher pour savourer une mangue bien mûre ou une papaye fraîche.

— Je ne déteste pas du tout Lucien, déclara Margie, mais tu es sûre qu'il est l'homme qu'il te faut ? Je veux dire, il est un peu…

Elle chercha le mot approprié.

— … affecté, je suppose. Il me donne toujours l'impression de ne pas penser ce qu'il dit. J'ai envie de le qualifier de hautain, mais ce n'est pas tout à fait cela, quoique tu doives admettre qu'il peut être un peu, eh bien…

Elle leva légèrement la tête et passa son index sous son nez.

— … comme ça.

— Est-ce si grave ?

— Non, c'est vrai, vu son métier.

— Tout le monde n'a pas l'esprit aussi libéral que toi.

Margie pinça la bouche et inspecta la pomme de terre pelée dans sa main avant de la laisser choir dans la casserole.

— Je présume que vous avez couché ensemble.

— Margie !

— Quoi ?

— Cela ne te regarde pas, et même si ça te regardait la réponse serait non.

— Mon Dieu, que tu es donc victorienne, dit Margie. Je refuserais d'épouser un type sans avoir d'abord couché avec lui. Sinon, comment savoir si vous êtes compatibles ? S'il faut attendre après les noces, tu risques de connaître des déconvenues. Tu imagines l'état dans lequel tu serais ? Toutes ces conneries sur la virginité avant le mariage. Tu n'as jamais lu *Married Love*[1] ?

— Non, je ne l'ai pas lu, merci.

— Voilà une femme qui sait de quoi elle cause. Les hommes n'ont en général pas la moindre idée de comment s'y prendre.

---

1. Le premier manuel d'éducation sexuelle (1918), écrit par Marie Charlotte Carmichael Stopes.

Et leurs femmes n'en savent pas plus long, hélas. Tout le monde devrait lire son bouquin. On s'entendrait beaucoup mieux entre sexes opposés.

— Tu es obligée de parler de sexe tout le temps ?

Sophie frémit. Ce qui avait jailli de sa bouche, c'était la voix de sa mère, sa mère qui avait dénié l'existence même de la sexualité. Quand Sophie avait eu ses premières règles, elle s'était comportée comme si sa fille était en état de péché mortel. Elle avait établi un calendrier. Pendant une semaine par mois, Sophie devenait une pestiférée. Les règles, c'était « sale ». La maison sentait le savon noir.

— Je ne parle pas de ça *tout le temps*, se défendit Margie. Je veux simplement souligner l'importance du côté physique de la chose. Si tu es aussi innocente que tu le prétends, tu vas peut-être au-devant d'une grosse déception.

— Je ne prétends pas être innocente, protesta Sophie. Et je n'ai pas dit non plus que j'allais accepter.

— Ah, fit Margie en inspectant la pomme de terre qu'elle tenait entre ses doigts. On y arrive.

— Le mariage de mes parents a été un désastre. Jusqu'ici j'ai été seule dans la vie. La sagesse voudrait peut-être que cela ne change pas...

Sophie songea à sa mère, dont la voix résonnait toujours à son oreille.

— Le mariage n'est pas pour tout le monde, tu vois.

— Il ne s'agit pas de tout le monde, là. Il s'agit de *toi*.

— Et pourquoi me marier ? Je suis heureuse comme je suis. J'ai appris à ne compter que sur moi-même. Je suis libre de faire ce que je veux.

— Jusqu'au jour où tu deviendras un vieux pruneau comme ceux dans le grenier de Mrs Stanton.

— Je préférerais ça à finir comme mes parents.

Sophie baissa la tête. Elle sentit ses joues s'enflammer.

— Hé ! s'exclama Margie, qui lâcha son couteau sur le tas de pelures et prit la main de Sophie. Qu'est-ce que t'as ?

— Je ne sais pas. J'ai toujours voulu me marier, fonder une famille, mais…

Elle serra la main de Margie et ferma une seconde très fort les paupières, assaillie par une image : Margie avec sa mère. Mrs Stock avait débarqué à l'appartement un beau matin d'automne sans crier gare, follement élégante dans un superbe tailleur en tweed, le col réchauffé par un renard pourvu d'au moins une demi-douzaine de queues. Il transpira qu'elle était descendue par le train la veille et avait dormi à l'hôtel, dans le seul but de faire une surprise à sa fille, qui lui manquait horriblement. Margie et elle s'étaient embrassées à s'étouffer puis avaient marché bras dessus bras dessous jusqu'au restaurant sans cesser un instant de bavarder, suivies par Sophie qui affichait un sourire crispé. Elle les avait observées pendant le déjeuner, buvant mutuellement leurs paroles, riant de tout et de rien, se piquant des petits bouts de nourriture dans leurs assiettes, offrant des commentaires. Quand la mère de Margie leur avait demandé si elles avaient des amoureux, Sophie n'avait plus su où se mettre. Sans attendre sa réponse, Mrs Stock avait commandé une deuxième bouteille de vin, et c'est pompettes qu'elles s'étaient mises toutes les trois en route pour le théâtre. Quelle merveilleuse journée cela avait été ! Pourtant, dès son retour à l'appartement, Sophie s'était enfermée dans la salle de bains et avait versé des larmes amères.

— Je suis allée voir ma mère aujourd'hui, dit-elle. Ça s'est mal passé.

Elle marqua un temps d'arrêt, comme si elle n'y croyait pas elle-même, avant de reprendre :

— Dix ans. Dix ans qu'on ne s'était pas vues, qu'on ne s'était pas parlé. Je ne sais pas à quoi je m'attendais…

Elle leva les yeux vers ceux, bleu pâle, de Margie.

— Je pensais pouvoir surmonter la rupture. Je pensais qu'elle serait peut-être même contente de me voir. Dieu sait que la séparation a été longue. J'avais l'intention de lui parler de Lucien et de sa demande en mariage, croyant qu'elle serait enfin capable de tourner la page. Je pensais…

Sophie émit un soupir déchirant avant de conclure :

— Oh, je ne sais plus ce que je pensais… Il ne faut pas réveiller le chat qui dort.

— Comment tu l'as trouvée ? s'enquit doucement Margie.

— Effrayante. Je m'attendais à ce qu'elle ait vieilli, bien sûr, mais je n'imaginais pas à ce point. Je l'ai à peine reconnue.

— Vous avez parlé ?

— Le plus bizarre, répondit Sophie en fronçant les sourcils, c'est que je ne me rappelle pas de quoi. Je sais seulement que ma présence était déplacée, comme si je venais déranger quelque chose qui devait être laissé tranquille. À croire que j'étais redevenue une petite fille, en un clin d'œil, comme ça, insista Sophie en claquant des doigts. Je tremblais comme une feuille. C'est ridicule, non ?

— Je suis désolée, dit Margie. Cela a été très dur pour toi alors.

Sophie secoua lentement la tête.

— Je n'aurais pas dû y aller. Ce n'est pas la peine de se torturer pour ce qui ne peut être changé. Il faut au contraire se tourner vers l'avenir.

— C'est bien mon avis aussi.

Margie s'essuya les mains avec le torchon saupoudré de farine et, son visage s'éclairant d'un sourire joyeux, elle posa les coudes sur la table.

— Lucien sait faire la cuisine ?

Sophie adressa à son amie un sourire malicieux.

— Si je l'épouse, j'espère que cette corvée me sera épargnée.

Les autobus rouges à impériale grondaient sur le pavé mouillé, les moteurs crachaient de la fumée, des odeurs piquantes sortaient par bouffées des gargotes de *fish & chips*. Margie poussa la porte du *Marlborough Arms*, lâchant dans la rue un nuage compact de fumée de cigarette, et entra dans le pub. Elle évitait le salon, selon elle le territoire de ceux qui se croyaient supérieurs aux autres, comme si débourser un supplément d'un penny par pinte constituait le dernier bastion de leur singularité dans un monde qui s'uniformisait à vive allure. Sophie et elle s'installèrent avec leurs boissons dans un coin sombre, dans un box aux bancs tout collants.

— À ta santé, dit Margie en levant son verre.

— Merci.

— J'aimerais bien que Fred me demande de l'épouser.

Margie but une longue gorgée de son whisky-soda.

— Mais je crains qu'il ne soit pas assez mordu.

Sophie lui sourit avec sympathie. L'automne dernier, Margie était tombée amoureuse d'un violoncelliste aux cheveux de jais et aux yeux de velours. Il lui jouait de l'Elgar devant la porte ouverte de la salle de bains quand elle était dans la baignoire. Il lui préparait parfois des omelettes le samedi matin lorsqu'il passait la nuit avec elle, même s'il dormait toujours sur le canapé et n'essayait jamais de se glisser sous ses draps.

— Si je partais, que ferais-tu de l'appartement ? s'enquit Sophie.

— Je ne sais pas. Je le garderais sans doute. C'est trop la barbe de déménager. On ne sait jamais, Fred finira peut-être par emménager avec moi. Je n'ai pas envie de vivre avec quelqu'un d'autre, mais quelquefois je désespère qu'il se décide un jour.

— Tu en as discuté avec lui ?

— Discuté de quoi ? Soit il a envie d'être avec moi, soit il n'en a pas envie.

— Bien sûr qu'il en a envie.

— Alors qu'est-ce qui le retient ? Je commence à soupçonner qu'il cherche à me larguer.

— Il est juste timide. Tu sais qu'il t'aime.

— Oui. C'est bien ça le pire. Il m'aime, mais il ne veut pas coucher avec moi. Nous devrions être amants, depuis le temps. Il aurait dû au moins essayer.

— Il a trop de respect pour toi.

— Je me fiche bien de son respect. Je veux qu'il arrête d'hésiter et qu'il se comporte en homme. Toi, tu te maries au bout de cinq mois seulement. Et moi, je tourne autour du pot en attendant que je ne sais quoi se produise.

Margie prit son verre entre ses deux mains avant de soupirer :

— C'est trop injuste.

— Injuste, répéta Sophie avec un petit rire. Quelqu'un d'autre m'a dit ça aujourd'hui.

Margie dévisagea Sophie, intriguée par la tristesse qui perçait dans ses intonations.

— Tu es amoureuse de lui, n'est-ce pas ?

Sophie sentit son ventre se contracter.

— Oui.

Ce « oui » était tombé de ses lèvres malgré elle. Bien sûr qu'elle était amoureuse de lui. Elle n'avait aucun motif de ne pas l'être. Un amour raisonnable, un amour d'adulte. Le genre d'amour qu'elle était en mesure de gérer. Il ne lui arracherait pas la chair des os ni ne la dévorerait toute crue. Il ne la pousserait pas à souhaiter qu'elle fût morte, sachant qu'elle n'avait plus de raison de vivre. Avec cet amour-là, elle n'avait rien à craindre, surtout pas l'abîme qui avait autrefois menacé de l'engloutir.

7

Lucien Grainger écrasa sa cigarette et, réprimant un sourire, jeta un regard au pianiste qui égrenait en sourdine ses suaves mélodies à l'autre bout de l'élégante salle de restaurant éclairée aux chandelles. Sophie et lui dînaient à Covent Garden, à un jet de pierre de la Royal Opera House. Elle était sur des charbons ardents, et le vin lui était monté à la tête. Quoi de surprenant après les énormes martinis qu'ils avaient bus à l'apéritif ? Qu'elle prenne donc tout son temps, se raisonna-t-il. Elle dirait forcément oui.

Pour Lucien, les femmes étaient de bien étranges créatures, naturellement portées à la contradiction, souvent par simple goût du jeu. Il voyait pourtant que Sophie avait déjà réfléchi à sa proposition, d'où ses stratagèmes la semaine précédente pour l'éviter, ce qui avait contribué à relever encore l'opinion qu'il avait d'elle. Il s'était attendu à ce que Sophie accepte sur-le-champ, mais, tout à son honneur, et à sa propre stupéfaction, elle avait paru contrariée. Ce n'était pas ce qu'il avait prévu. Plus tard dans la journée, en faisant des longueurs dans la piscine de son club, il s'était fait la réflexion qu'il avait sans doute abordé le sujet sous le mauvais angle.

Il avait supposé, à tort, semblait-il, que Sophie avait passé l'âge où les jeunes filles attendent qu'un preux chevalier mette un genou à terre pour leur demander leur main. Il avait jeté l'idée sur le tapis comme s'il s'agissait d'une proposition d'affaires. Une fois les paroles prononcées, s'était-il dit, Sophie lui tomberait dans les bras. Il s'était trompé du tout au tout. Au début, elle avait eu l'air saisie de panique, ou plutôt frappée de consternation, à croire que son monde s'était effondré. Il avait aussitôt mesuré l'énormité de son erreur. Pas étonnant qu'elle ait été si bouleversée. Elle rêvait sans doute depuis son enfance d'une demande en mariage dans les règles de l'art. Il avait fait un beau gâchis ! Pauvre Sophie, ce n'était pas sa faute s'il était entré en matière cavalièrement. Qu'elle ait pris la fuite n'avait rien de surprenant. Il s'était conduit comme un imbécile. Il lui fallait maintenant se rattraper. Après tout, un homme souhaitant convoler avait intérêt à discerner le plus vite possible les points faibles de sa fiancée. Sous leurs robes de grande personne, les femmes n'étaient que des petites filles. Le mariage, une association pour la vie, voilà une entreprise ambitieuse nécessitant un certain doigté : faire la cour à sa future épouse relevait de la plus élémentaire diplomatie. On ne le reprendrait plus à commettre pareille bévue. Il espérait que le bijou niché au fond de sa poche suffirait à lui acheter son pardon. Ça lui avait coûté une petite fortune. Selon le vendeur de chez Garrard, une bague de fiançailles était le reflet non seulement de celui qui l'offrait, mais aussi de celle qui la portait. Ce reflet serait à coup sûr flatteur pour tous les deux.

Lucien se cala au fond de sa chaise pendant que le serveur en veste blanche ramassait les miettes sur la table. En cueillant un brin de tabac sur ses lèvres, il lança le sujet auquel elle s'était soigneusement dérobée pendant qu'ils dégustaient leur consommé.

— Tu te rends compte que tu me fais vivre un enfer ?

Sophie lui sourit. Il afficha un air peiné et enchaîna :

— Si j'avais su qu'un jour la femme que je veux épouser me torturerait en me laissant dans l'incertitude… Pourquoi ne pas en finir tout de suite ? Achève-moi.

— C'est un si grand pas.

— Bien sûr que oui, mais nous sommes prêts, n'est-ce pas ?

Sophie avait la migraine. À force de tourner la question dans sa tête, tout s'embrouillait. Pourquoi hésitait-elle ? Sa décision était prise. Elle avait la conviction qu'après Lucien il n'y aurait plus de demande en mariage. Et elle souhaitait se marier, c'était certain. Avoir des enfants, construire une vie commune aux côtés d'un homme respectable, jouir d'un intérieur agréable et, il fallait bien l'admettre, ne plus avoir peur du lendemain. Qu'avait-elle à perdre ? Ce n'était pas comme si elle avait une vocation, ou une passion. Elle devait se marier et fonder une famille avant qu'il soit trop tard, ou elle le regretterait sans doute le reste de sa vie. Elle ne voyait vraiment aucune raison d'éconduire Lucien.

Elle n'avait pas échoué au Foreign Office par hasard. L'Angleterre était un petit pays dont le point de vue était étriqué. Sophie appartenait à la catégorie des inadaptés, ne s'étant jamais sentie chez elle, en permanence sur le qui-vive, s'attendant à une catastrophe.

Elle avait lu l'annonce dans le *Times*, à la sortie du Natural History Museum, en mangeant un sandwich au jambon dans le café près de la station de métro South Kensington. Le musée était une de ses sorties dominicales préférées. Elle y revoyait, figés dans leurs cages de verre, les oiseaux et les animaux qui avaient peuplé les jardins de l'immense palais où elle avait vécu, autrefois, dans un pays éloigné. Les cobras furtifs, les mangoustes élevées dans le but de réduire le nombre de serpents, les singes gambadant sur les toits avec des fruits chapardés. Elle observait les visiteurs qui les montraient du doigt et riaient parfois, ou échangeaient des inepties sur leurs mœurs. Après les tigres empaillés et les papillons épinglés, elle avait fait une halte au café, commandé un sandwich et une tasse de thé, et s'était assise à une table avec le journal pour toute compagnie. Elle lui avait sauté aux yeux, cette annonce proposant des postes de secrétaire sous le logo de *Her Majesty's Foreign Office*. C'était tellement évident. Le monde s'ouvrait soudain devant elle. Un emploi subalterne au salaire dérisoire, mais peu lui importait. Deux semaines plus tard, elle avait eu un entretien avec une dame autoritaire qui avait chronométré sa vitesse de frappe au clavier et lui avait effrontément demandé si elle comptait se marier bientôt, étant donné son âge. Sophie lui semblait un peu « mûre » pour le poste, et elle s'en serait voulu d'embaucher quelqu'un qui avait d'autres intérêts en vue. Quand on est au service du gouvernement, lui avait-elle expliqué, il faut prendre son travail au sérieux. Pas question de papoter. Et, si elle croyait pouvoir trouver un mari, il valait mieux qu'elle oublie, ou elle risquait d'être vite renvoyée. Cette dame ne portait pas d'alliance. Sophie avait eu la présence d'esprit de lui assurer qu'elle était célibataire et n'avait pas le temps de courir le guilledou. Elle avait ajouté que sa mère était une baptiste pratiquante et son père un médecin hautement respecté. La lettre d'embauche lui était parvenue une semaine plus tard. Et, le lundi suivant, Sophie s'était présentée au Foreign Office à Whitehall.

Comme dactylo, elle avait tapé une suite sans fin de rapports et de procès-verbaux. Elle n'avait pas tardé à être reconnue apte à déchiffrer toutes les sténos ainsi que les écritures les plus impossibles de ces messieurs, ce qu'elle expliquait par le fait que son père était médecin et que ses pattes de mouche n'avaient pas de secret pour elle. Un beau matin, de but en blanc, elle avait été convoquée dans la salle de conférences du dernier étage afin de remplacer la secrétaire en titre, qu'une grippe clouait au lit. Si elle s'était doutée une seconde qu'elle allait rencontrer le directeur, elle se serait habillée autrement. Il faisait une chaleur inhabituelle pour la saison, et la salle sous les combles était une véritable fournaise. Elle avait osé ce jour-là une robe en coton sans manches, à la taille cintrée, dont la jupe évasée présentait l'avantage de laisser passer les vents coulis – la flanelle légère de ses jupes habituelles lui collait à la peau et la grattait sous le feu des plafonniers de la salle sans fenêtre des dactylos. Elle avait remarqué que certaines de ses collègues avaient opté pour des tenues plus estivales. Du moment que la jupe leur arrivait sous le genou et qu'elles avaient sous la main un petit gilet pour se couvrir, personne ne disait rien.

Qu'elle était intimidante, la gravité qui tendait l'atmosphère de la salle de conférences quand elle en avait franchi le seuil, son bloc sténo à la main, les yeux d'une dizaine d'hommes transpirants en manches de chemise braqués sur elle. Où devait-elle s'asseoir ? Elle était tétanisée. On lui avait désigné une chaise dans le coin, à l'écart, comme pour lui rappeler sa non-existence et son obligation de réserve. À mesure que la réunion se déroulait, elle avait capté leurs paroles, leurs idées, leurs propositions stupides, penchée sur son papier, n'en perdant pas une miette, décidée à prouver qu'elle était aussi compétente que la secrétaire absente, dans l'espoir d'être promue à un étage supérieur, loin de l'horrible cachot privé de lumière naturelle où les machines à écrire crépitaient sous un flot constant de transcriptions absurdes que nul ne prendrait jamais la peine de lire. Vers la fin de la réunion, Sophie s'était rendu compte avec horreur que, son bloc ayant accroché un coin de sa jupe, celle-ci était remontée sur sa cuisse jusqu'à son porte-jarretelles. L'incident n'était pas passé inaperçu : deux heures plus tard, l'abominable Christopher Soames était venu poser une fesse sur un coin de son bureau et l'inviter à déjeuner. Détestant la façon dont il la déshabillait du regard, elle avait bien sûr refusé, et avait par la suite vaillamment enduré la canicule dans un twin-set.

Voyant que Sophie avait l'esprit ailleurs, Lucien posa sa main sur la sienne en travers de la table.

— Combien de temps faut-il à un homme pour savoir qu'il a rencontré la femme de sa vie ? C'est mon cas. Pourquoi attendre ?

— Mais tu ne me connais pas du tout.

Après réflexion, elle corrigea :

— Nous nous connaissons à peine.

— Justement. N'est-ce pas merveilleux ? Qu'est-ce que deux personnes savent l'une de l'autre le jour de leurs noces ? Cela prend des années, ma chérie, des années et des années avant de se connaître vraiment. C'est toute l'histoire du mariage. Tu l'ignorais ?

Sophie ébaucha un petit signe de tête. Il avait raison, comme d'habitude. Le serveur arriva avec leur plat principal : des filets de sole pour elle, un steak pour lui.

— Tu vois ça ? dit-il en coupant sa viande, qui lâcha un filet rouge dans la sauce. J'aime mon steak saignant, bleu si possible. Et toi ?

— Non, pas tellement, répondit-elle avec un sourire plus détendu.

— Tu préfères la moutarde anglaise ou la française ?

— La française.

— Tu vois ? Tu te fais du souci pour rien.

Lucien enfourna un gros morceau dans sa bouche. Sophie le regarda mastiquer en se demandant ce que serait sa vie si elle devait la passer assise en face de lui chaque jour, se réveiller le matin sous le même toit que lui, s'endormir chaque soir dans le même lit que lui. Elle essaya de se le figurer en vieillard, les cheveux gris, en pyjama rayé, mais les images s'esquivaient. Tout ce qu'elle voyait, c'était un homme robuste, à l'aise dans le monde. Ce devait être agréable d'être un homme, pensa-t-elle, surtout un homme aussi plein d'assurance. Elle était prête à parier cinq livres qu'il ne se sentait jamais vulnérable. Il avait sans doute accumulé toutes sortes de coupes et de trophées. Les hommes comme lui n'aimaient pas perdre. Il devait toujours savoir où il en était et ce qu'il voulait. Si seulement elle avait pu se glisser un instant dans sa peau, pour découvrir de l'intérieur ce qu'il éprouvait, ce qu'il pensait. Sophie se força à avaler un peu de sole. Elle n'avait vraiment pas faim.

— Je ne voudrais pas commettre une erreur, dit-elle.

— Rien à craindre.

— Comment peux-tu savoir ?

— Dis plutôt : Comment pouvons-*nous* savoir ? la reprit patiemment Lucien. La seule solution, c'est d'aller de l'avant en croisant les doigts. À mon avis, nous formons un couple parfait. Ce n'est pas le tien ?

— Tu m'excuseras d'avoir été aussi rabat-joie dimanche

dernier. Je tombais des nues, voilà tout. Oui, je ne m'y attendais pas. Quelque part je pensais que tu étais encore amoureux de…

Laissant sa phrase en suspens, Sophie détourna la tête. Qu'elle était donc sotte !

— Ah bon, fit Lucien, manifestement mal à l'aise. Je vois.

— Pardon. Tu sais comme les gens sont mauvaises langues.

— Catherine et moi avons eu le tort de prolonger par habitude une liaison sans lendemain. Je n'étais pas amoureux d'elle, et elle ne l'était pas de moi. Pour rien au monde je n'aurais voulu l'épouser.

Il posa sa fourchette et alluma une cigarette.

— Je plains le pauvre diable sur qui elle mettra le grappin.

— Elle est très belle.

— Tant mieux pour elle, répliqua Lucien sans lever les yeux.

Il n'avait aucune envie de parler de Catherine Isherwood, la fille d'un ambassadeur aux Nations unies à la retraite. En réalité, à une époque, il l'avait considérée comme un bon parti. Mais peu à peu il l'avait jugée trop sûre d'elle, trop charmante, trop mondaine. Il ne pouvait pas se permettre d'être éclipsé par une épouse qui avait en outre une plus grande expérience de la carrière que lui. En plus, Catherine était surtout familière avec le Moyen-Orient, et pour sa part il préférait éviter un poste en Arabie. Un jour, il avait admiré à haute voix devant l'émir d'Oman un étui à cigarettes en forme de tortue à la carapace incrustée de pierres semi-précieuses. L'émir s'était empressé de le lui offrir, ce qui avait provoqué un branle-bas de combat à l'ambassade, où ils avaient cherché une babiole d'une somptuosité équivalente à lui présenter en retour. Un télégramme au Foreign Office avait détaillé la bourde dont s'était rendu coupable le jeune chargé de mission. Ils avaient dû éplucher les catalogues des cadeaux diplomatiques. Comme certains de ces trésors circulaient depuis des années, ils devaient s'assurer qu'ils ne tombent pas deux fois dans les mêmes mains. Catherine Isherwood avait par la suite brillé dans les dîners en ville en racontant sa mésaventure. Lucien n'avait guère apprécié qu'elle distraie ses amis à ses dépens.

— Je ne voudrais pas précipiter une décision que je pourrais regretter, déclara Sophie.

— Qui parle de précipiter quoi que ce soit ? Tu n'es donc pas amoureuse de moi ? Même pas un tout petit peu ?

Devant son immense sourire, Sophie se sentit rougir. Comment avait-elle pu douter de lui ? Il avait quelque chose d'irrésistible, et ce n'était pas seulement son physique de sportif et ses manières distinguées. Son regard vous donnait l'impression que vous étiez la seule personne au monde qui comptait pour lui. Il prêtait une attention minutieuse à tous les détails qui vous concernaient. Elle n'aurait pu rêver mieux, pourtant elle ne pouvait s'empêcher de s'interroger : pourquoi elle ? D'autant que le couple qu'il avait formé avec Catherine avait été tellement voyant, et Catherine tout le contraire d'elle, parcourant les bureaux du Foreign Office à sa convenance, comme si elle était chez elle, vêtue à la dernière mode parisienne. Les dactylos chuchotaient entre elles, commentaient ses tenues, sa coiffure, l'enviaient ou l'admiraient, auraient voulu être à sa place, une jeune femme sophistiquée. Lucien et Catherine se présentaient comme un couple modèle. Il était clair qu'ils allaient un jour ou l'autre se marier. C'était l'évidence même. Puis, tout d'un coup, ç'avait été terminé. La nouvelle s'était propagée comme une traînée de poudre. Les dactylos s'étaient dit qu'elle avait repoussé son offre de mariage, mais ce n'étaient que des suppositions. Aucune d'entre elles n'avait accès aux hautes sphères où le secret était bien gardé.

— Bien sûr que si, répondit-elle en lui rendant son sourire.

— Voilà qui est mieux, hmm ? C'est toi qui vas me mettre enfin le fil à la patte.

— Encore une chose, reprit-elle, son sourire chavirant un peu alors qu'elle le fixait dans les yeux. Pourquoi moi ?

Sous l'intensité de ce regard, Lucien esquissa un imperceptible mouvement de recul. Il hésita, s'accordant un moment de réflexion. Cette question, il se l'était lui-même posée en traversant Kensington Gardens dimanche dernier pour rejoindre Kendal Street, ayant préféré marcher plutôt que de sauter dans un taxi devant son domicile de Queen's Gate comme il le faisait d'ordinaire. Sa liaison avec Catherine avait été une bonne leçon, mais il était inutile de s'appesantir sur des bagatelles. Dans un sens, elle lui avait rendu service. À cause de ces pénibles humiliations, il avait pressenti qu'ensemble ils couraient à la catastrophe, mais Seigneur, qu'elle était belle, et passionnée ! Il aurait été prêt à faire beaucoup de concessions pour garder une femme comme elle. D'ailleurs, il lui avait souvent fait comprendre à demi-mot qu'il ne lui permettrait pas de le quitter, qu'ils étaient faits l'un pour l'autre. Dans ces moments-là, elle l'observait d'un air vaguement amusé, sourire aux lèvres et cigarette entre les doigts, allongée nue sur le lit. Elle le taquinait en disant qu'elle avait l'intention de se trouver un aristocrate, pour le moins un comte, ou bien un homme d'affaires américain plein aux as. De sorte que Lucien n'était jamais allé jusqu'à la proposition de mariage. À croire qu'il avait prévu qu'elle le laisserait un jour tomber comme une vieille chaussette. Il se sentait tellement bête. Jamais plus, se disait-il, plus jamais ça ! S'il était bien obligé de se marier, au moins il lui avait été épargné de se fourvoyer.

Alors qu'il se remettait lentement de sa rupture avec Catherine, Lucien n'avait pas un instant songé au mariage en remarquant Sophie Schofield. Celle-ci avait été convoquée pour faire le procès-verbal d'une réunion sur l'exportation du coton. Assise dans un coin de la salle, elle ne s'était pas aperçue que sa robe remontait doucement en dévoilant l'éclat d'une cuisse pâle. Il n'avait pas été le seul à être ébloui, car le temps qu'il localise son bureau dans la salle des dactylos, peu après le déjeuner, Christopher Soames était déjà dans la place. Elle l'avait éconduit, bien entendu, ayant sûrement été prévenue par les autres filles. Lucien, lui, avait continué à la surveiller et il avait pris son temps. Il méritait de se distraire un peu après sa déconvenue avec Catherine. La séduction est un jeu amusant, surtout quand on a affaire à une femme qui n'a rien de facile. À sa stupéfaction, Sophie s'était révélée beaucoup plus intéressante qu'il ne l'aurait cru. Non seulement elle avait refusé net de coucher avec lui, mais aussi son profil correspondait au type de femme qu'il aurait dû rechercher en priorité. Les Indes, voyez-vous ça, et dans un palais royal, en plus. Cela faisait un bon moment qu'il convoitait Delhi. Ces postes-là étaient des sinécures. Une profusion de luxe et peu de travail sérieux.

Lucien avait posé sa candidature pour Delhi six mois plus tôt, et le ministre des Affaires étrangères avait insinué qu'il aurait de meilleures chances s'il mettait un terme à sa vie de garçon, surtout après ce scandale à Paris, même si la véracité de la rumeur demeurait incertaine. Ce genre de choses était monnaie courante, soit, mais il valait mieux ne pas trop tirer sur la ficelle. De toute évidence, il avait l'étoffe d'un bon diplomate. Un tacticien avisé, au charme diabolique. Avec l'épouse appropriée à son côté, il irait loin, et, à condition d'apprendre les finesses du métier, peut-être grimperait-il au sommet de la hiérarchie.

Entre les deux guerres, le père de Lucien avait été *boxwallah*[1] à Calcutta, où il importait et exportait tout ce qui pouvait s'avérer lucratif. À cette époque, Lucien était en pension en Angleterre. Ses vacances, il les passait avec ses grands-parents dans l'Oxfordshire quand sa mère était absente, ce qui arrivait souvent. Elle l'avait plusieurs fois emmené aux Indes, attirée non pas par le climat, mais par la vie mondaine haute en couleur dont jouissait dans les années 1930 l'ancienne capitale des Indes. Toutes les personnalités alors en vogue y séjournaient à une période ou une autre de l'année, les gens riches et célèbres se retrouvant pour la

1. Marchand ambulant qui transporte ses marchandises dans une boîte (*box*). Ici, le terme est employé dans un sens ironique.

saison du polo, une chasse au sanglier… Avant que Lucien ait l'âge de goûter lui-même aux plaisirs de la grande vie à Calcutta, son père en avait eu assez et avait repris ses billes. De retour dans son pays, Wallace Grainger avait fait de très bonnes affaires et amélioré leur confort grâce à l'importation de toutes sortes de trésors, pas toujours en toute légalité, ayant conclu un arrangement juteux avec un marchand de Bond Street. Pourtant, dès qu'ils avaient reposé le pied en Angleterre, Lucien s'était dit que le vieux ne se remettrait pas du passage de la vie coloniale à celle de la distinguée société londonienne. Son père avait été présomptueux en pensant qu'il pouvait s'y acheter une place. Il ne se rendait pas compte qu'on disait du mal de lui dans son dos. Lucien aurait coulé une existence oisive de rentier si son père n'avait pas autant aimé le champagne et le baccara. Les pertes au jeu de Wallace Grainger étaient entrées dans la légende du Clermont Club. Sa mort, en revanche, avait fait moins de bruit. Ayant perdu jusqu'à sa dernière chemise et enterré sa pauvre femme usée avant l'âge, il avait pris un minable petit studio à Pimlico, où il avait achevé de se bousiller le foie, sans reparaître jamais devant ses anciens amis. On avait découvert son corps une semaine après son décès, l'odeur ayant alerté les voisins.

Lucien avait prévu ce qui allait arriver et avait pris soin de consolider sa situation au Foreign Office avant de couper les ponts avec son père et de l'abandonner à son sort. Tout homme doit supplanter son père. C'est vieux comme le monde. Seuls les imbéciles misent ce qu'ils ne peuvent pas se permettre de perdre. Le seul pari que Lucien était prêt à engager concernait son mariage avec Sophie, et il était assez avisé pour ne pas se tromper.

— Pourquoi toi ? répéta Lucien.

Il marqua une pause et, avec un petit rire, lança :

— Pourquoi pas ?

— Je ne plaisante pas. Il faut que je sache pourquoi tu veux m'épouser.

Lucien ne souriait plus. Elle était dans son droit. Il aurait eu tort de prendre la question à la légère.

— Le divorce de tes parents t'a beaucoup affectée, n'est-ce pas ?

— Oui.

— Tu veux qu'on en parle ?

— Pas vraiment, dit-elle en baissant les yeux. Mais je ne veux pas connaître un malheur pareil.

— Tu as été voir ta mère ?

— Non. J'ai changé d'avis...

Elle avait décidé de passer sous silence l'horrible visite. Cela ne servirait à rien, sinon à réveiller de mauvais souvenirs. Elle n'aurait jamais dû lui en parler. De ce côté-là, il n'y avait que du chagrin.

— Il vaut mieux pas. Nous n'aurions pas grand-chose à nous dire après tout ce temps.

— Combien de temps ?

— Presque dix ans.

— Une sacrée dispute.

— En effet.

— Elle s'est remariée ?

— Je ne sais pas. Même si c'était le cas, je ne crois pas que je voudrais le savoir. Je n'ai jamais eu de bonnes relations avec ma mère.

— Et ton père ?

— Oui ?

— S'est-il...

— Remarié ? Non, pour rien au monde, répondit Sophie en faisant la moue. Il a été dégoûté du mariage pour la vie, et tu vois l'effet que cela a eu sur moi...

Sophie leva au ciel des yeux trahissant ses propres réticences.

— Qui eût cru que je me mettrais dans un tel état pour une proposition de mariage ? Pauvre papa. Il n'en a jamais plus parlé. Comme si rien ne s'était passé. Il a préféré, je crois, laisser les autres tirer leurs propres conclusions. On formait une drôle de paire.

— Peu de filles seraient restées auprès de leur père aussi longtemps.

— Ah bon ? Je me sentais responsable. Il avait besoin de quelqu'un pour s'occuper de lui. Parfois, j'avais l'impression que je ne le reverrais jamais sourire. C'était terrible. S'il n'avait pas autant insisté, j'y serais encore.

— Et je l'en félicite, car sinon on ne se serait jamais rencontrés, n'est-ce pas ? Et moi, que serais-je devenu ? dit-il en prenant sa main dans la sienne. Tu es l'épouse idéale, Sophie. Jolie, drôle, intelligente. Nous pouvons avoir une vie merveilleuse tous les deux. Tu n'es pas d'accord ?

— Je ne voudrais pas te décevoir.

— Comment me décevrais-tu ? Il te suffit de rester à mon côté où que nous soyons.

Une pensée lui traversa l'esprit, celle-là même qui avait tourné dans sa tête pendant sa traversée solitaire du parc.

— Sophie ?

— Oui ?

— C'est le poste en Inde qui te fait hésiter ? J'ai remarqué que tu n'y fais jamais allusion.

— C'est tellement loin. Une tout autre vie. L'Inde n'est plus le pays que j'ai connu, jusque dans ses défauts. Autrefois, c'était un immense melting-pot, quoique je n'en aie pas vu grand-chose. Mais je crois que c'était ce qui faisait sa beauté. Ces magnifiques différences qui composaient les Indes.

— Tu as visité Delhi ?

— Non. Bon, si, dans un sens. On a traversé la ville, à notre arrivée. Mais j'étais très jeune. Je ne savais pas trop quoi penser de tout ça. Je me rappelle seulement une cité énorme, un gigantesque chaos. Je n'avais jamais vu une chose pareille.

— Tu y étais avant la partition ?

— Oui, et pendant. Mon Dieu, c'était horrible. Et maintenant regarde où ils en sont. Dix ans après, ils se bagarrent encore.

— Enfin, beaucoup de choses ont changé depuis, lui fit observer Lucien. Personne ne se bat à Delhi. Tout se passe dans le Nord. Delhi est civilisée aujourd'hui…

Il coupa un morceau de steak et l'enduisit de moutarde.

— Ils sont équipés d'appareils ménagers modernes, et les maisons du quartier des ambassades sont magnifiques.

Sophie eut un sourire intérieur. *Delhi est civilisée aujourd'hui.* Elle se demanda si dans son esprit la civilisation était la possibilité d'obtenir de l'eau chaude ou froide rien qu'en tournant un robinet, ou, sur un plan plus élevé, le règne de la justice et de la démocratie… le fait que tout le monde mange à sa fin. Lucien la dévisagea d'un air interrogateur.

— Tu es curieuse de voir les changements ?

— Je n'y ai jamais réfléchi.

Sophie fit tourner son verre en le tenant par le pied et contempla le reflet de la bougie qui dansait dans le liquide rubis du bourgogne. Bien sûr que si, elle y avait pensé. Elle n'avait pensé qu'à ça. Devait-elle retourner en Inde ? Serait-elle assez forte ? Avec toutes les émotions et tous les souvenirs qui se bousculeraient ? Elle l'ignorait.

— Tu en fais une tête, tout d'un coup, lui lança Lucien.

— Désolée. J'avais l'esprit ailleurs.

— En Inde ?

— Oui.

— C'était si horrible que ça ?

— Non…

Elle reprit sa fourchette et joua avec ses légumes dans son assiette.

— … merveilleux plutôt. Toute la beauté du monde, toute sa laideur aussi. Il y a des moments où j'ai l'impression d'avoir rêvé.

— Tu sais combien ce poste me tient à cœur. Je mentirais si je prétendais le contraire.

— Je sais.

— Mais si c'est ce qui te fait hésiter, alors, je le refuserai.

— Il ne faut pas. Tu as très envie de retourner en Inde. Et si c'est ce que tu veux, tu dois le faire.

— Mettons que c'est pour moi une tranche de vie inachevée. Si j'avais vécu là-bas plus longtemps quand j'étais jeune, je n'y penserais sans doute plus. Mais tu sais ce qu'on dit sur l'Inde. Une fois qu'on est sous son charme, on ne peut plus jamais la quitter.

— C'est vrai ? fit Sophie en prenant son verre d'eau. C'est ce que les gens disent ?

— Tu es pourtant bien placée pour le savoir. Ton père est resté, non ? Tu ne te réjouis pas d'y retourner ?

En guise de réponse, sa bouche ébaucha une moue qui laissa Lucien perplexe.

Les années avaient filé si vite. C'était étrange de penser à celle qu'elle avait été alors. Comme feuilleter un vieil album de photos sépia qui feraient affleurer à la mémoire des noms qu'on avait crus oubliés. Elle y songeait chaque jour, à l'instant du réveil et avant de s'endormir. Elle n'y pouvait rien. Le souvenir était un fidèle compagnon, assis à son chevet, guettant la seconde où elle ouvrirait les yeux pour lui rappeler sa vie d'autrefois. Il la suivait où qu'elle aille, ce spectre qui attendait le moment où elle se retournerait pour le regarder ; jamais il ne la lâchait des yeux. Elle avait appris à vivre avec lui, et, le temps passant, il s'était un peu éloigné. Il lui arrivait même parfois de se réveiller et de trouver la chaise à son chevet vide.

— Sophie ?

Elle rajusta sa serviette sur ses genoux.

— Je ne sais pas. La vie a de ces caprices. On ne sait jamais où elle va vous emmener.

Lucien posa sa fourchette.

— Je tiens à ce que tu saches que la seule chose qui compte à mes yeux, c'est toi. Du moment que tu es près de moi chaque jour, je me fiche d'être posté au pôle Nord !

— Oh, moi je ne m'en ficherais pas ! Je n'aime pas du tout le froid, répondit Sophie en frissonnant.

Elle but une gorgée de vin.

— Alors c'est parfait. On vivra dans un luxe effréné, et tu connais déjà l'Inde.

— Tu es très persuasif.

— Évidemment. Je suis payé pour ça.

— Tu te rends compte qu'il n'est pas si facile de s'adapter à la vie d'un pays étranger ?

— Sophie, ma chérie, tu oublies que ça fait déjà un bout de temps que je fais ce métier.

— Mais tu n'étais pas marié jusqu'ici. Les garçonnières, la liberté d'aller et venir comme tu veux, tout cela sera fini si tu as une épouse.

— Seulement si c'est une harpie.

— Lucien ! s'exclama Sophie, faussement outrée.

— Attends ! Je plaisante ! On s'arrangera, tu ne crois pas ? Et un jour, quand nos cheveux auront blanchi, on se rappellera cette conversation et on en rira.

— Si je me marie, je veux que mon mariage soit heureux.

— Moi aussi.

— Promets-moi que tu m'avertiras si je fais quelque chose qui te déplaît, dit-elle avec un subit désarroi qui n'échappa pas à Lucien. Promets-moi de ne pas garder tout pour toi et de ne pas laisser s'installer des ressentiments, même s'ils te paraissent bêtes ou triviaux.

— Bien sûr, acquiesça Lucien, étonné lui-même de la sincérité de sa compassion.

— Lucien, si on se marie, il faudra m'aider. Ce serait affreux si tu regrettais un jour ta décision. Si un jour on se détestait. Il ne faut jamais qu'on se rende malheureux.

— Mais non, voyons, que dis-tu là ? Jamais !

Sophie se tut, pensive, puis reprit :

— Je ne veux pas non plus de grand mariage. Ni petits-fours, ni falbalas, ni cérémonie à l'église. Après avoir enduré la piété de ma mère, j'ai eu ma dose du Seigneur tout-puissant pour une vie entière.

— Mais tu voudras que ton père soit là, quand même ?

— Pourquoi ? Il déteste l'Angleterre. Il est bien là où il est, et il n'est pas question de le forcer à faire ce long voyage.

— Même pas pour ton mariage ?

— Surtout pas pour mon mariage. Après ce qu'on a traversé, je serais incapable de prononcer ce serment et de le regarder en face. Et je m'en voudrais de lui faire sentir qu'il doit se conformer aux usages et me conduire à l'autel. Autant le mettre tout de suite dans un fauteuil roulant. Je préfère que nous allions lui rendre visite après…

Elle le fixa droit dans les yeux.

— … quand nous serons en Inde.

1947

Le palais du Maharaja

8

Le palais tout entier semblait s'être levé du pied gauche. Depuis quelque temps, c'était plus ou moins la norme et, vu le climat morose qui régnait entre ses splendides murailles, une embellie était peu probable. En l'absence du maharaja et de son autorité irréductible, la discipline se dégradait. Des conflits éclataient entre les différents services, de vieilles rivalités ressuscitaient, les passions s'enflammaient. À la moindre provocation, on laissait exploser sa mauvaise humeur. Comme une brume légère, une ambiance d'incertitude filtrait dans les interminables galeries regorgeant de trésors.

À l'image des troubles qui secouaient l'ensemble du sous-continent indien, l'État princier se transformait en poudrière. On était à couteaux tirés. Dans tous les coins, c'étaient des chuchotements, des querelles qui dégénéraient on ne savait pourquoi. Du haut en bas de l'échelle sociale, personne n'en réchappait, depuis le maharaja jusqu'au plus pauvre intouchable chargé du nettoyage des latrines.

Deux mois après la partition, la mousson s'était enfin essoufflée, remplacée par de longs jours brûlants propres à agacer les natures les plus pacifiques. Que le suzerain soit de nouveau en voyage aggravait encore la situation. Les maharajas étaient censés ne pas bouger avant que le calme soit revenu, ne fût-ce que pour garder l'œil sur leur petite fraction du nouveau dominion et montrer un semblant d'autorité maintenant que les Anglais s'étaient retirés. Après tout, un roi restait un roi, même si ce n'était que par le titre. Et que dans une république la monarchie n'ait en principe plus cours, voilà une broutille sur laquelle on fermait les yeux. Ce n'était pas le moment de s'y arrêter, la brève explosion de joie du mois d'août n'ayant pas tardé à être éclipsée par l'horreur de violences extrêmes.

Perchée au bord d'un des portiques ornés de treillis ajourés qui se succédaient sur la façade du palais, Sophie regardait dans les jardins paradisiaques les *mali* arroser les plantes dans la fraîcheur relative de ce début de matinée. Pour s'empêcher de chercher désespérément parmi eux la silhouette familière de Jag, elle se mit à les compter. Elle n'avait pas le cœur à sourire. Tout le monde était affreusement grognon. Un drame était sans doute survenu quelque part dans le palais, et la contrariété, étant parfois contagieuse, avait fini par gagner la table du petit déjeuner des Schofield. Tout allait bien jusqu'au moment où son père avait attaqué son œuf à la coque et où leur majordome était entré pour le supplier de se rendre de toute urgence au zénana. Sa mère avait lancé un regard noir à son mari en le voyant jeter sa serviette et attraper sa sacoche pour suivre le messager jusqu'au cyclo-pousse qui attendait devant la maison – une véritable flotte de ces voitures tirées par des bicyclettes, toutes peintes en bleu, un bleu tendre, la couleur emblématique du maharaja, tournait en permanence dans l'enceinte du palais, à la disposition aussi bien des gens que des colis. À l'instant où elle avait entendu le tintement de la tasse de thé de sa mère sur la soucoupe, Sophie s'était dit que la journée s'annonçait mal. Avec un soupir d'exaspération, Veronica avait repoussé son assiette en maugréant et, folle de rage, était allée s'enfermer dans sa chambre.

Sophie toutefois ne pouvait s'empêcher de scruter dans le fond du jardin les petites silhouettes, dans l'espoir que l'une d'elles s'avancerait en souriant pour la saluer. Hélas, rien de tel ne se produisit. Elle attendit quand même, les yeux fatigués. Jag, accablé de tâches toujours plus nombreuses, avait de plus en plus de mal à se défiler. Et quand il y parvenait c'était pour quelques minutes seulement, alors qu'elle l'avait attendu plus d'une heure. Après un baiser furtif, il repartait, la laissant désolée. Elle avait tellement envie de le voir, de parler avec lui, de sentir ses bras autour d'elle. Elle se raccrochait au souvenir de cette nuit au jardin où ils avaient fait l'amour sous un ciel resplendissant de joyaux. Des écailles lui étaient tombées des yeux, elle était née une seconde fois. Rien d'autre depuis lors n'occupait ses pensées.

Le dressing-room de Fiona Ripperton donnait sur la cour bleue, appelée ainsi à cause de la fontaine à trois niveaux qui se dressait en son centre. Le bassin en forme de trèfle à quatre feuilles était revêtu de carreaux de ce même bleu tendre que l'on retrouvait un peu partout, décorés de dessins de poissons et d'oiseaux. L'eau des deux niveaux supérieurs avait récemment viré au verdâtre, le jet étant coupé depuis un mois, à la suite d'une fissure invisible sous le carrelage. La seule façon de réparer était de tout démanteler. Et apparemment personne ne voulait prendre cette responsabilité. L'eau devenue stagnante attirait des nuées de moustiques, ce qui signifiait que Mrs Ripperton ne pouvait plus s'asseoir devant la fenêtre ouverte, un inconvénient qui l'irritait au plus haut point. Elle avait prié Mr Ripperton d'en toucher un mot à celui qui s'en occupait – le maharaja avait sûrement parmi son personnel quelqu'un chargé de l'entretien des nombreux bassins et fontaines du palais. Mais rien n'avait été fait. Mr Ripperton avait dit à son épouse qu'il y avait des problèmes plus urgents à régler et que le partage des tâches n'était pas encore établi après le départ des musulmans qui n'avaient pas voulu rester. Peut-être devrait-elle proposer que la fontaine soit utilisée comme jardinière, pour des soucis, par exemple. Les soucis n'éloignaient-ils pas les moustiques ?

Mrs Ripperton se regarda dans le miroir, se remit un peu de fard à joues et une touche de parfum derrière chaque oreille. Pendant ce temps, Sophie, installée sagement sur la méridienne tendue de soie, feuilletait distraitement un magazine qui ne datait pas de la veille. Mrs Ripperton l'observait dans la glace. Pauvre petite, elle avait l'air abattue depuis quelque temps, désemparée ; elle tournait en rond sans savoir que faire d'elle-même. Elle avait les traits tirés, son teint avait perdu son éclat. Même la femme du Dr Reeves avait remarqué que Sophie était en petite forme. Et Mrs Ripperton avait presque épuisé son répertoire de ruses pour lui remonter le moral : de petites erreurs volontaires aux dames, qui permettaient à Sophie d'effectuer la rafle ; les deux cyclo-pousse qu'elle avait hélés afin de faire la course, avec la promesse d'une récompense pour la gagnante. Eh bien, rien ne parvenait à dissiper le nuage de mélancolie qui obscurcissait le front de la jeune fille. Peut-être souffrait-elle du mal du pays. Peut-être avait-elle hâte que ce mois s'écoule pour lui permettre de quitter cet endroit et de retourner en Angleterre et à une vie normale.

Mrs Ripperton se demanda si Sophie savait que son père était venu les trouver chez eux la veille au soir. Il avait discuté avec son mari en envisageant la possibilité de rester un peu plus longtemps au palais. Celui-ci lui avait dit de n'en parler à personne. Pauvre Sophie. Cette nouvelle allait la catastropher. En attendant, elle-même ferait de son mieux pour l'amuser. Tout en mettant ses boucles d'oreilles, elle interpella la jeune fille, s'adressant à son reflet dans la glace de sa coiffeuse :

— Voudriez-vous vous maquiller, mon petit ?

— Non, merci.

— Vous êtes sûre ?

— Oui, vraiment.

— Vous avez raison, dit gaiement Fiona Ripperton. Pour quoi faire, quand on est fraîche comme une rose ?

Sophie lui sourit. Elle aurait aimé au contraire porter de temps en temps un peu de rouge à lèvres, un peu de poudre, du fard à joues, souligner son regard au crayon noir. Seulement sa mère lui interdisait toute forme de maquillage. Un jour, elle l'avait surprise en train d'essayer son rouge à lèvres pendant l'heure de la sieste. Elle lui avait dit qu'elle ressemblait à une pute, puis elle lui avait lavé la figure à l'eau et au savon noir.

— Là, fit Mrs Ripperton en se levant. De quoi j'ai l'air ?

Sophie referma son magazine et inspecta la robuste silhouette drapée dans une robe que son père aurait qualifiée de robe du soir. Ce n'était pourtant pas son genre, en tout cas pas pour un mardi ordinaire. Elle portait en général des robes beaucoup plus simples, sans imprimé floral compliqué et surtout pas aussi longues. C'était bizarre, pensa Sophie, mais aussi Mrs Ripperton n'était plus dans sa prime jeunesse et peut-être qu'à un certain âge on se permettait de s'habiller au gré de sa fantaisie. Les vieilles dames avaient tendance à assembler des habits dépareillés, comme des enfants jouant avec un coffre à déguisements.

— Vous êtes très belle, répondit Sophie. Quelle jolie robe !

— Vous trouvez ?

Fiona Ripperton se contempla dans le miroir en ajoutant :

— Rip la trouve hideuse. Vous êtes prête, mon petit ?

Prête ? Le cœur de Sophie chavira. Qu'est-ce que Mrs Ripperton avait encore inventé ? Que devait-elle faire pour qu'ils comprennent tous qu'il fallait la laisser tranquille ? La gentille dame commençait à la rendre folle avec ses démonstrations de bonne volonté. Sophie avait l'impression qu'elle cherchait sans cesse à l'entraîner à la mission ou à la coincer dans une de ses interminables parties de gin-rami. Bon, entendu, la course de cyclo-pousse lui avait beaucoup plu. Pourtant Sophie avait volontairement fait la tête et, quand elle était descendue de sa voiture en disant qu'elle avait envie de vomir, elle s'était sentie coupable en voyant l'expression peinée de Fiona. En revanche, elle ne détestait pas traîner chez elle, surtout dans son dressing, où elle avait le droit d'inspecter tous les objets ravissants qui décoraient la coiffeuse : pots de cosmétiques parfumés, flacons de parfum aux bouchons d'argent. Mrs Ripperton avait aussi des magazines, des tas de magazines, qu'on lui postait des États-Unis, remplis de photos de mode et de publicités qui s'adressaient à la femme moderne. Sophie prenait plaisir à les feuilleter, à se demander quelles tenues lui iraient, à établir en son for intérieur des listes de choses qu'elle commanderait… si elle le pouvait. Elle posa la revue qu'elle avait à la main.

— Prête pour quoi ?

Mrs Ripperton chuchota avec des airs de conspiratrice :

— Je nous ai trouvé une agréable distraction.

Et si ça, ça ne parvenait pas à dérider Sophie, elle jetait l'éponge. Veronica Schofield serait malade si elle apprenait ce qu'elles se préparaient à faire, ce qui rendait l'aventure d'autant plus piquante.

— Mais j'y pense, enchaîna Fiona Ripperton. Il vaut mieux ne pas en parler à votre mère. Je ne crois pas qu'elle approuverait. Mettons qu'on a passé l'après-midi à la bibliothèque à potasser notre histoire de l'Empire britannique des Indes… D'accord ? C'est vraisemblable, après tout.

Sophie savait que Mrs Ripperton avait raison. Sa mère se montrait désobligeante envers tout ce qui ne touchait ni l'église ni la mission. Elle ne mettait jamais les pieds nulle part au palais si elle n'y était pas obligée, et n'avait manifestement pas l'intention de jamais y pénétrer, comme si l'atmosphère entre ses murs risquait de polluer ses convictions religieuses.

— On va où ? s'enquit Sophie.

Mrs Ripperton lui fit un clin d'œil.

— À la prison.

Sophie la fixa avec des yeux ronds, partagée entre curiosité et consternation. La « prison », pour employer le terme utilisé par les épouses anglaises, qualifiait ce lieu barbare, ce lieu de servitude et de débauche où des femmes étaient enfermées à double tour dans le seul but de satisfaire la lubricité du maharaja. Aucun homme n'avait le droit d'y entrer, sauf ceux appartenant à la famille proche, et encore leur fallait-il l'autorisation expresse du maharaja. Fiona Ripperton n'appelait jamais ainsi le palais des femmes, en tout cas c'était la première fois que Sophie l'entendait faire usage de ce mot, certes avec une pointe d'humour et un air de complicité malicieuse. La mère de Sophie se servait, elle, du mot « harem », et encore seulement du bout des lèvres.

— J'ai envoyé un billet à la première altesse royale, dit Mrs Ripperton, afin de lui demander si cela lui plairait de faire votre connaissance. Bien sûr, elle a dit oui. Qui ne voudrait pas vous rencontrer ? Alors, pincez-moi ces jolies joues pour vous donner bonne mine. Je vais vous prêter mon rang de perles. Vous ne pouvez pas y aller sans rien. Elles vont vous prendre pour une pauvresse !

Elle sortit les perles d'un tiroir et les attacha autour du cou de Sophie.

— Voilà. Restons simples. Ce n'est même pas la peine d'essayer de concurrencer la maharani et ses dames d'honneur.

En suivant leur guide silencieuse, Sophie s'efforçait de ne pas rester bouche bée d'admiration devant l'opulence du zénana. La dame de compagnie les mena à travers toute une série d'antichambres faisant office de sas entre deux mondes, celui du dehors et celui du palais des femmes, dont l'architecture changeait à mesure qu'elles avançaient. Des pièces dépourvues de fenêtres aux murs tapissés de miroirs, des ouvertures et de fins panneaux ajourés percés dans les hauteurs, hors de portée des regards indiscrets. Ici, aucune porte dérobée ne découpait de fines lignes dans le marbre, aucun treillis ne marquait la présence d'un moucharabieh. Sophie se demanda si les passages secrets obscurs que Jag et elle avaient tant parcourus arrivaient jusqu'ici. Avaient-ils marché de l'autre côté de ces murs, main dans la main ? Peut-être était-il là à cet instant, la suivant sans bruit, à l'écoute de ses pas.

Des pankas, suspendus au plafond et à de monumentaux arcs en dentelle de pierre, s'agitaient dans un lent mouvement de va-et-vient et rafraîchissaient le léger courant d'air qui circulait à travers le palais, domestiquant la chaleur de plus en plus intense à cette saison. Un parfum capiteux inondait l'atmosphère, notes profondes de santal et de tubéreuse, de minces volutes de fumée s'élevant d'encensoirs en cuivre percés de trous, placés çà et là sur le sol de marbre. Des fleurs fraîchement coupées flottaient dans de grandes vasques en pierre remplies d'une eau d'une limpidité cristalline, comme autant de stations menant aux quartiers de la première maharani, entre des murs de marbre rose ornés de délicats motifs incrustés de lapis-lazuli et d'agate verte. Sophie prit soin de garder les yeux détournés des tableaux qui y étaient accrochés. Elle se rappelait les visages peints des hommes et des femmes enlacés sur les miniatures décorant les murs de la bibliothèque du maharaja. Au début, elle ne s'était pas rendu compte. Quand elle avait compris de quoi il s'agissait, elle s'en était vite écartée, les joues en feu.

Deux chaises victoriennes au siège rembourré et au dossier courbe avaient été installées spécialement pour Sophie et Mrs Ripperton. La première maharani était à demi allongée sur une estrade recouverte de tapis précieux, le dos soutenu par d'énormes coussins aux teintes vives, vert jade et jaune safran. Autour d'elle, sa cour de dames de compagnie offrait un spectacle tout aussi coloré. Deux d'entre elles lui massaient les mains. Elle portait de nombreux joncs d'or autour des poignets.

À la stupéfaction de Sophie, la maharani s'exprimait dans un anglais impeccable. De temps à autre, la conversation s'interrompait, et elle s'adressait en dialecte à ses dames de compagnie, leur traduisant ce qui lui paraissait intéressant ou amusant. Elles se lançaient parfois dans des discussions, entrecoupées de pauses pour dévisager Sophie ou Mrs Ripperton, puis se mettaient à jacasser ou à éclater de rire.

Inutile de garder une prudente réserve. La première maharani était extrêmement bavarde. Elle leur posa une foule de questions, se montrant d'une curiosité insatiable. Aucun sujet ne la rebutait. Sophie apprit ainsi que Son Altesse avait été promise depuis sa petite enfance au maharaja, mais qu'elle ne lui avait jamais adressé la parole avant leur mariage. Elle n'hésitait pas à s'enquérir des revenus annuels d'un ménage, des relations proches que l'on entretenait et du style de linge de corps que l'on portait. Mrs Ripperton avait l'habitude. Par la suite, elle raconta à Sophie que la maharani était allée jusqu'à soulever ses jupes et, au ravissement de ces dames, avait exhibé son jupon grande taille. Après quoi, elle s'était empressée de commander à son *darzi* – son tailleur – la confection pour Mrs Ripperton d'une douzaine de jupons de toutes les teintes, depuis le rouge écarlate jusqu'au jaune pâle, dans ses plus belles soieries.

Ce jour-là, la conversation commença par des questions polies sur la mission, la maharani sachant combien Mrs Ripperton y était active. Puis elle avait glissé vers la religion. Toutes s'y étaient mises pour critiquer les missionnaires qui avaient inutilement tenté de convertir les masses indiennes au christianisme. Une religion relativement neuve, comparée à la leur… Mrs Ripperton participa avec un plaisir manifeste à un débat sur les rituels des différents cultes chrétiens et écouta d'un air captivé lorsque la maharani lui tint le discours suivant :

— Selon la sagesse hindoue, nous ne sommes que le rêve d'un rêve que personne ne rêve. Nous ne sommes rien, et il vaut mieux cesser le plus vite possible de croire que l'on est quelque chose. Tout n'est qu'illusion, et plus vite cette illusion s'estompe et nous laisse revivre dans le brahman, l'absolu au-delà duquel il n'y a rien, plus vite nous échappons à cette douloureuse duperie qu'on appelle la vie.

— Dans ce cas, pourquoi ne pas tout de suite se suicider et qu'on n'en parle plus ? argua Mrs Ripperton en mordant dans la pâtisserie qu'elle venait de cueillir sur le plateau d'argent présenté par une dame de compagnie.

— Ah, mais ce serait engendrer un mauvais karma, et à quoi servirait alors toute une vie de bonnes actions ? Le karma, c'est ce qui compte. Il faut faire son devoir. Faire des actes de bonté. Qui sait quand notre heure va sonner ? Je n'ai pas peur de la mort. En menant une vie droite, je suis toujours prête, car on ne la voit jamais venir, la mort, elle vient comme une voleuse.

— Quel *carmin* ? Que voulez-vous dire, Votre Altesse ?

La maharani pivota vers ses dames de compagnie. S'ensuivirent pas mal de gloussements. Puis elle se retourna patiemment vers Mrs Ripperton.

— Empoisonner mon corps imaginaire ne ferait que prolonger mon supplice illusoire, car je renaîtrais sous la forme de mon illusion, peut-être sous celle d'un serpent venimeux.

— Comme tout ceci est curieux.

— Les actes que j'accomplis dans cette vie déterminent mon destin et la future incarnation de mon âme. Un homme qui vole du miel peut revenir en insecte qui pique. Celui qui vole de la viande reviendra en vautour. L'âme peut ramper comme un serpent, éclore comme une fleur ou régner comme un dieu, comme le maharaja en personne.

Une des dames lui murmura quelque chose à l'oreille. La maharani sourit.

— En effet. Une femme qui meurt pendant la vie de son époux va directement au paradis, ce lieu de délices, et reçoit une couronne.

— Et que se passerait-il si Son Altesse le maharaja…

Fiona chercha un terme approprié à un roi.

— … *expirait* avant vous, Votre Altesse ?

— Ah ! je vais vous le dire. Il y a bien des années, mon époux et moi-même avons fait une offrande au feu sacré, et depuis la flamme a été entretenue et ne s'est jamais éteinte. Le premier de nous deux qui meurt sera incinéré sur un bûcher funéraire allumé avec cette flamme sacrée. Elle a le pouvoir de sauver notre âme des renaissances…

Elle s'adossa à ses coussins colorés avec un sourire.

— Si vous voulez, c'est une espèce de police d'assurance.

— Ça, ça me parle plus, opina Mrs Ripperton. Et vous, Sophie, que voudriez-vous être dans votre prochaine vie ?

Sophie resta songeuse un instant.

— Un oiseau…

Elle ne voyait rien d'autre.

— … pour voler où je veux.

— Ah ! fit la maharani.

Elle se pencha de nouveau vers sa cour. La concertation dura un moment, sans égard pour les invitées. Un rien gênée, Sophie attendit en jouant avec sa tasse et sa soucoupe. Les pâtisseries étaient appétissantes, mais elle n'osait pas y goûter, au cas où elle leur trouverait une saveur infecte. Il lui faudrait soit recracher, ce qui était tout simplement impensable, soit avaler, ce qui serait peut-être encore pire. Mrs Ripperton termina le dernier morceau de la sienne en marmonnant combien c'était « un délice ». Puis elle remarqua les yeux baissés de Sophie.

— Prenez un gâteau, mon petit ! Je ne sais pas ce qu'il y a dedans, mais c'est succulent !

Sophie eut un sourire inquiet.

— Oh ! Ne faites pas attention à elles, poursuivit Mrs Ripperton en désignant ces dames qui devisaient avec la maharani. Ça peut durer des heures. Ici, la mesure du temps n'a plus cours. Comme dit Son Altesse, « laissons le temps aux chiens et aux singes ». N'est-ce pas astucieux de sa part ? Nous n'avons qu'à papoter toutes les deux entre nous. C'est tout à fait admis. Et, si vous témoignez de l'intérêt pour ses colifichets, la maharani vous montrera peut-être certains de ses bijoux. Elle a une boîte pleine de perles qui font la taille de balles de ping-pong !

Remarquant que Mrs Ripperton avait fini sa gourmandise, une des dames lui présenta de nouveau le plateau. Cette fois, Sophie se pencha pour en choisir une. Mrs Ripperton ne lui laissa pas le temps de se décider.

— Goûtez donc celui-ci, mon petit, lui dit-elle en pointant l'index vers un des feuilletés imbibés de sirop et saupoudrés de paillettes vert pâle. C'est un peu poisseux, mais c'est tout simplement divin !

Sophie inspecta rapidement la friandise avant de la fourrer

en entier dans sa bouche. Saisie de panique, elle s'aperçut qu'elle aurait dû n'en prendre que la moitié. Elle avait été trompée par son aspect friable, pensant qu'elle fondrait immédiatement. Elle porta délicatement ses mains à son visage afin de dissimuler son embarras. Son geste n'échappa pas à une des dames, qui donna un coup de coude à sa souriante voisine. Sophie s'excusa d'un léger haussement d'épaules tout en hochant la tête d'un air béat. Couche après couche, un tas de sensations craquantes, moelleuses et fondantes, suivies par une explosion de saveurs sucrées, firent danser ses papilles. Elle attrapa une autre pâtisserie, plus petite cette fois, sur le plateau qu'on se dépêcha de lui tendre, et tenta lamentablement de dire merci en hindi, ce qui fit beaucoup rire ces dames. L'une d'elles se glissa vers elle et s'assit gracieusement sur le sol à côté de sa chaise. Sans rien demander, elle lui prit la main et étudia sa paume. Mrs Ripperton sourit à Sophie.

— On s'amuse bien, n'est-ce pas ?

Sophie acquiesça en levant vivement sa main libre pour cacher sa bouche débordante de miettes. Du bout du doigt, la dame de compagnie suivit le dessin des lignes au creux de sa paume. De temps en temps, elle se tournait vers ses compagnes afin d'émettre quelques commentaires à voix basse. En souriant à Sophie, elle lui tapota le dos de la main avant de s'éloigner tout aussi gracieusement qu'elle était venue. La jeune fille était fascinée. Ces femmes avaient des gestes ravissants, presque enlacées les unes aux autres, la main de l'une sur la cuisse de l'autre au milieu des plis soyeux et colorés de leurs saris qui se déployaient autour d'elles. Sophie se tourna vers Mrs Ripperton et lui adressa un sourire qui, espérait-elle, rachèterait l'incident du cyclo-pousse. Fiona s'était surpassée cette fois. Sophie ne s'était pas autant amusée depuis longtemps. Elle imagina avec un frisson la tête que ferait sa mère si elle savait dans quel lieu de perdition elle se trouvait. Quel paradis, ce palais aux arômes de fleurs, d'huile de jasmin entêtante et d'encens ! Mrs Ripperton et elle ne raconteraient leur aventure à personne. Sophie espérait surtout que la maharani l'inviterait à revenir lui rendre visite. Elle aurait aimé être dispensée de la chaise pour pouvoir se prélasser sur les beaux tapis et les coussins de soie, afin d'écouter de plus près leurs murmures.

D'une main parfumée, la maharani fit signe à ses dames de se taire, avant de se redresser sur son séant. Tous les regards se fixèrent sur Sophie.

— Vous devez être amoureuse, dit-elle.

Comme une dame se penchait pour lui chuchoter à l'oreille, la maharani déclara en souriant :

— Une jeune fille qui souhaite renaître en oiseau doit vouloir rejoindre son amoureux. Ainsi, elle veillera sur lui où qu'il aille.

Sur cette prophétie, dans un tintement de bracelets, elle s'abandonna de nouveau à la douceur de ses coussins.

— Alors, petit oiseau, est-ce que nous nous trompons ? ajouta-t-elle.

Sophie piqua un fard. Sa nuque la chatouilla délicieusement, comme si la main de Jag venait de la frôler.

— Sophie ! s'exclama Mrs Ripperton. Vous faites des cachotteries à votre tante Fifi ?

— Bien sûr que non. C'est juste qu'elles se moquent de moi, précisa Sophie, gênée par les fous rires des dames de la cour.

En tapotant affectueusement la main de Sophie, celle qui venait de s'accorder le titre de « tante » dit à la maharani :

— Je me permets de vous faire remarquer que vos amies ne sont pas très charitables. Miss Schofield n'a pas encore pu connaître l'amour. On l'a enlevée à sa vie en Angleterre sans lui en laisser le temps. Mais dès qu'elle rentrera je suis sûre qu'un coup de foudre ne tardera pas. Sait-on jamais, elle pourrait même faire une rencontre ici ! Nous devrions peut-être prier le Dr Reeves d'inviter ses deux fils pour Noël. J'ai vu des photos de l'aîné. Un avocat. Il est beau comme un adonis.

— C'est quoi, un *adonis* ? prononça Son Altesse.

Elle traduisit ensuite l'explication pour sa cour. Pendant que ses dames de compagnie riaient de bon cœur avec Mrs Ripperton, la première maharani croisa le regard de Sophie avec un petit sourire entendu.

9

— J'ai envie de dire au maharaja que je ne suis ni infirmière ni vétérinaire, lança le Dr Schofield attaquant d'un geste irrité son curry de mouton. Si cela ne tenait qu'à moi, j'abattrais ce satané canasson, et elle aussi pendant que j'y suis. Elle n'a rien, tu sais, pourtant elle remet ça avec ses « ouille ! aïe ! ouille ! ».

Il leva les bras et agita les mains pour imiter les airs dramatiques de la deuxième maharani prétendant – haut et fort – que son cœur battait la breloque. Sa femme, les yeux baissés sur son assiette, fit comme si elle ne le voyait pas.

Le Dr Schofield ne se rappelait que très vaguement le moment où son épouse avait perdu sa joie de vivre. Elle gardait désormais une expression impassible, indéchiffrable, comme si elle avait tout le temps l'esprit ailleurs. À une époque, elle avait été de bonne compagnie pourtant, avant la naissance de Sophie. Du moins c'est ce dont il cherchait à se persuader. Cela faisait longtemps que sa mémoire lui jouait des tours, et ses souvenirs n'étaient pas toujours très fiables. Il avait par exemple enfoui les incidents les plus déplaisants de son naufrage conjugal. Veronica, elle, avait sombré dans des abîmes de tristesse. Contrairement à ce qu'elle prétendait, sa mélancolie n'avait rien à voir avec leur déménagement en Inde. De cela, il était certain. Elle aurait été malheureuse n'importe où. Pour lui, c'était éreintant. Au départ, son raisonnement avait été le suivant : au moins, en Inde, Veronica serait bien obligée de sortir la tête du sable et d'admettre qu'elle n'était pas seule au monde ; elle finirait par rencontrer des gens avec qui elle aurait des affinités… Mais, en fin de compte, elle n'était une présence ou un soutien ni pour lui ni pour Sophie.

C'était décidé : ils resteraient en Inde. Tous ces troubles provoqués par la partition n'allaient pas durer plus de deux mois. S'il avait été prévisible que la naissance du Pakistan ne se ferait pas paisiblement, personne n'avait imaginé un chaos de cette ampleur. Au début, ils se disaient tous que ce serait de courte durée. Les nouvelles semblaient inutilement alarmistes. Les Indiens exagéraient, c'était bien connu. Des centaines de milliers de gens massacrés, c'était inimaginable ! répétaient les administrateurs du palais. Toutefois, les semaines passant, ils avaient paru moins convaincus. À en croire les rapports qui leur parvenaient, des trains entiers arrivaient dans les gares remplis de cadavres. On se battait partout. Des millions de malheureux avaient pris le chemin de l'exode, à la recherche de nouvelles lignes frontalières qui se révélaient introuvables. D'interminables colonnes s'étiraient dans les champs sans tenir compte des obstacles naturels.

Quoi qu'il en soit, cela finirait forcément par se calmer, pensait George Schofield, qui n'avait aucune intention de retourner à la grisaille de leur vie londonienne. Il avait été envoyé en poste à Kohima juste avant l'invasion japonaise. Il avait soigné les malades et les blessés, pansé les plaies, amputé les membres gangrenés avec des instruments émoussés par l'usage. Dans la ville assiégée, ils n'avaient pas tardé à manquer de tout, et pas moyen de renouveler les stocks. Combien de fois, étreint par le désespoir, il avait songé à se sauver pour échapper à l'horreur, à défier les dangers du franchissement des lignes ! Mais il n'était jamais passé à l'acte. Qui, à Kohima, n'avait pas été tenté de s'évader, d'ailleurs ? Cependant il avait fait le choix de s'investir à fond. Il travaillait jusqu'à tomber de fatigue, déchirait des draps pour en faire des bandages jusqu'à ne plus sentir ses mains, suturait les lèvres des plaies à l'aide de fils qu'il prélevait sur des uniformes. Il faisait de son mieux étant donné les circonstances, sans se laisser décourager par la précarité des moyens et l'incertitude du résultat. S'il parvenait à sauver une vie, une seule, ses efforts n'auraient pas été vains.

George Schofield n'avait jamais été aussi heureux qu'aux Indes pendant la guerre. Il était tombé sous le charme indéfinissable du pays. Le conflit terminé, une fois démobilisés, beaucoup d'ex-soldats avaient choisi de ne pas rentrer dans le giron de la mère patrie. Le ministre de la Défense, pris d'assaut par les plaintes d'épouses abandonnées, avait arrêté net la démobilisation pour rapatrier les troupes qui restaient encore. Si certains souhaitaient retourner sous les tropiques filer le parfait amour avec une belle indigène, soit, ils n'avaient qu'à le faire à leurs frais. S'il n'y avait pas eu Sophie, George Schofield aurait volontiers pris cette option. Il y avait pire endroit sur terre.

Une fois son engagement au palais arrivé à son terme, il envisageait d'ouvrir un cabinet dans une ville charmante qui attirait les irréductibles parmi ses compatriotes. Dieu sait que nombre d'Anglais avaient décidé de rester. Çà et là, dans toutes les régions du sous-continent, des enclaves avaient pris le nom de Little England ou d'India's Sussex. En regardant une photo, on vous pardonnait votre bévue quand vous reconnaissiez un village du Lake District ou même un hameau des Alpes suisses avec ses chalets, style pendule à coucou, perchés dans la montagne au milieu des sapins. En outre, le climat était, paraissait-il, parfait. Le Dr Schofield avait ainsi plusieurs possibilités en tête. Simla, par exemple, quoique l'hiver y fût bien trop rigoureux. Et puis les pays du Nord étaient sans doute à éviter, puisque là se situait le nœud de la discorde. Plus au sud alors, les Nilgiri peut-être. Assurément, leurs revenus leur garantissaient en Inde un mode de vie bien supérieur à celui qu'ils auraient eu en Angleterre. Ils pouvaient y vivre sans souci du lendemain jusqu'à la fin de leurs jours. À Londres, il n'aurait pas été question d'avoir des domestiques. Et ils avaient pris l'habitude d'avoir des gens à leur service. Les deux guerres mondiales avaient balayé cette survivance d'un autre âge. Sur les champs de bataille en Europe et ailleurs dans le monde, quelle que soit sa situation dans la société, la chair et le sang d'un homme avaient le même prix. Les balles et les obus ne faisaient pas de distinction entre les riches et les pauvres, les nobles et les rustres. Une fois rentré au bercail, aucun homme digne de ce nom ne supportait plus qu'on le traite autrement que sur un pied d'égalité. Tout le monde devait cirer ses propres chaussures et préparer ses propres repas. Personne ne devait bénéficier de plus de deux onces de beurre ou de thé par semaine, pas même le roi d'Angleterre. Non, le Dr Schofield n'était pas pressé de retourner au pays. Trop de mauvais souvenirs.

L'Inde convenait aussi à Sophie. Dès leur arrivée, il avait noté chez elle des changements. Peut-être était-ce à cause du soleil que l'on avait sans cesse dans la figure, ou bien de l'immensité de l'espace, avec ces vastes plaines qui se déployaient à perte de vue au-delà des murs du palais jusqu'au delta situé dans l'État voisin. Sophie s'épanouissait enfin, en Angleterre il avait cru que cela ne se produirait jamais. Ces derniers temps, son sourire lui réchauffait le cœur. Il l'observait parfois traversant la cour d'un pas décidé. Elle se sentait manifestement chez elle. En adoptant le palais, elle était sortie de sa coquille. Il avait été tellement désolé de la voir si malheureuse, alors qu'elle était toute jeune encore. Mais comment expliquer à son enfant que son heure viendrait ? Que la vie lui tendrait des perches de bonheur ? Il ne sert à rien de répéter qu'il faut prendre son mal en patience et qu'il n'y a pas moyen d'échapper à la courbe de sa destinée. Mais depuis un an Sophie avait tellement grandi. Qu'elle adore cet endroit autant que lui, cela suffisait à le persuader : il ne permettrait pas qu'elle aille de nouveau se morfondre dans les tristes lieux de son enfance. Ils n'avaient pas été de bons parents, Veronica et lui. Sophie avait été la victime de leurs erreurs et de leur incapacité à être heureux. Il aurait voulu autre chose pour elle, comme pour lui-même d'ailleurs. Il était préférable qu'ils restent ici jusqu'à ce qu'elle soit prête à voler de ses propres ailes. En ce qui le concernait, sa décision était prise, même s'il ne s'en était pas encore ouvert à sa femme.

10

Jag trimait tout le jour dans une chaleur caniculaire, le cœur lourd. Il n'avait pratiquement pas vu Sophie depuis la nuit dans le jardin clos, deux mois auparavant : quelques minutes volées ici et là, une heure entière quand il parvenait à s'esquiver assez longtemps. Sophie occupait entièrement ses pensées, et il ne songeait qu'à la revoir.

Le personnel qui restait au palais était surchargé après le départ des musulmans. Son père le faisait travailler du lever au coucher du soleil. Sans répit. Il se trouvait en outre toujours quelqu'un pour solliciter son assistance. Des larmes de rage lui venaient aux yeux quand ses tentatives pour se défiler étaient découvertes et ses plans contrecarrés. Il avait voulu envoyer un message à Sophie, rien que pour lui dire qu'il pensait à elle, qu'il rêvait de la rejoindre. Mais un message, c'était impossible. Il allait devoir attendre. Il était prêt à attendre jusqu'à la fin de sa vie si nécessaire. Ces tâches éreintantes étaient en réalité une diversion bienvenue. Le soir, au bout d'une longue journée, son corps nerveux était anéanti de fatigue. Sans tout ce dur labeur, il n'aurait jamais réussi à dormir. Et quand il dormait il rêvait d'elle, il ne rêvait que d'elle. Réveillé à l'aube, sa première pensée était pour elle, et il priait pour qu'elle pense aussi à lui.

Son cœur était pris. Il l'avait su dès l'instant où il avait senti la douceur de ses lèvres sur les siennes. Cette sensation de sombrer dans la terre, comme le soleil qui s'enfonce derrière l'horizon en lâchant dans le ciel sa palette de couleurs. Son corps ne lui avait soudain plus appartenu, réduit à une parcelle du vaste univers qui les entourait par cette nuit noire, sous la pluie des étoiles filantes. Vivre sans elle était inconcevable. Sans l'ombre d'un doute. Mais comment trouver la paix dans tout cela ? Chaque heure du jour devenait un supplice. Le monde n'était plus le même. Son pays était un nouveau dominion où tout devenait possible. Un pays libre qui ne permettrait plus jamais la soumission de son peuple. Ils étaient tous égaux, tous. Elle serait sa femme, et lui son mari, si seulement il trouvait un moyen.

Jag s'appuya brièvement au bord de l'abreuvoir de pierre encastré dans le mur de la *pilkhana*. En s'aspergeant la tête d'eau, il sentit sa peau respirer de nouveau, libérée de l'odeur forte des éléphants et de l'épaisse poussière de paille. Il se sécha avec un linge de coton, puis enfila des vêtements propres avant de rentrer chez lui, les yeux au sol, absorbé dans ses pensées. En débouchant dans la cour de leur maison, il vit par la porte ouverte son père assis en tailleur par terre, l'air en proie à une grande détresse. Jag, affolé, courut jusqu'à lui. Le regard que son père posa sur lui lui glaça le sang.

— Père ?

— Mon fils...

Son père, sans se lever, le fixa avec une expression grave.

— Qu'as-tu fait ?

— Père ?

— Je te pose de nouveau la question, et tu vas bien réfléchir avant de me répondre. Comprends-tu ?

Jag fit oui de la tête. Son père continua plus doucement, en appuyant sur chaque syllabe, chaque mot semblable à une épée qu'il aurait tirée de son fourreau.

— Qu'as-tu fait pour couvrir tes parents de honte ?

Jag, les oreilles bourdonnantes, le regarda d'un air ahuri.

— Sais-tu combien d'années j'ai passées au service de Son Altesse ?

— Vingt-six ans, père.

— Vingt-six ans, répéta son père, les yeux baissés.

— Oui, père.

— Tout ça pour que tu aies une bonne vie, sans crainte de manquer de rien, avec de l'instruction et un patron qui veille sur nous et nous protège. Et c'est comme ça que tu me remercies ?

Jag eut la sensation qu'une lame fouillait ses entrailles.

Son père se tut et hocha la tête en silence, la respiration bruyante, ce qui chez lui n'augurait jamais rien de bon. Puis il se leva et se dirigea vers l'entrée de leur logis. Du seuil, il contempla la pièce meublée très simplement, la petite étagère qui servait d'autel à la mémoire de son épouse. Il y plaçait tous les jours des fleurs fraîches et le soir y allumait une lampe à huile en terre cuite.

— Tu es né ici, dit-il à son fils. Ta mère est morte en te donnant la vie, pour te donner la vie. Elle aurait pu sacrifier la tienne pour sauver la sienne, mais elle n'a pas voulu…

Il esquiva le regard de son fils.

— Elle avait pressenti qu'elle aurait un garçon et prédit que tu serais plus tard un homme remarquable. Je voulais tellement qu'elle continue à vivre. Je voulais la garder à mon côté jusqu'à mon dernier souffle, conformément au serment que nous nous étions prêté. Mais elle a refusé de m'écouter. Elle disait que c'était ce qu'elle pouvait m'offrir de plus beau, que c'était sa seule raison d'être. Un fils. Un fils pour lequel elle est morte. Et c'est comme ça que tu la remercies ?

Jag le fixait, incapable de prononcer un mot. Il vit les veines de son cou se gonfler, ses lèvres se serrer. Et de la gorge de son père jaillit une voix étrange, tremblante de rage :

— Est-ce vrai, ce que j'ai entendu ? À propos de toi et de la jeune fille ?

Jag sentit son visage se vider de son sang.

— Réponds-moi ou il va t'en cuire.

Son père leva une main menaçante. Jag baissa la tête.

— Oui, père.

Il attendit le coup. Rien ne vint. Il redressa la tête. Les traits décomposés, son père alla se planter dans le coin de la pièce et promena les yeux autour de lui, comme s'il essayait de mémoriser ce qu'il voyait.

— Dans ce cas, tout est perdu. Cette rumeur au palais… J'ai refusé d'y croire. Mon fils, me disais-je, ne pourrait jamais faire une chose pareille. Qui ferait une chose pareille ? Tu apportes la honte sur nous. Maintenant, il va falloir payer.

— Mais, père…

— Demain, je solliciterai une audience auprès du régisseur.

Il cueillit une fleur fanée sur l'autel et la tint au creux de sa main.

— Je lui dirai que nous avons causé un grand tort au maharaja et que nous implorons son pardon. Puis nous prendrons nos effets et nous quitterons le palais la tête basse.

— Non !

— Nous ne pouvons plus vivre ici à présent que tu nous as infligé ce déshonneur. Je vais prier pour que les dieux te pardonnent. Quant à moi, je ne pense pas pouvoir le faire jamais.

— Non ! Mais tu ne comprends pas !

— Assez ! J'ai parlé.

— Écoute-moi ! Nous n'avons fait aucun mal. Je l'aime d'un amour aussi profond que celui que tu avais pour ma mère. Comment cela peut-il être mal ?

— L'amour ?

Son père laissa soudain exploser sa colère :

— Comment oses-tu parler d'amour ! Tu ne sais rien ! L'amour est réservé à ceux qui sont promis l'un à l'autre et qui se marient selon les vœux de leurs parents et dont l'union est bénie par les dieux. Voilà ce qu'est l'amour. C'est toute une vie de dévotion, et, s'il le faut, le sacrifice de ta propre vie. Seul celui qui a connu cette souffrance peut regarder un autre homme en face et lui dire qu'il sait ce qu'est l'amour.

— Mais, je sais.

— Assez !

Jag n'avait jamais vu les mains de son père trembler de la sorte.

— Tu ne me reparleras plus jamais de ça ! Tu comprends ? Et tu ne quitteras pas cette pièce avant que j'aie arrangé notre départ. Tu ne sors plus d'ici, ou je te jure que la colère des dieux te tombera sur la tête. Mon propre fils !

Mrs Schofield versa une cuillerée de sucre dans une tasse de café dont elle n'avait aucune envie et feignit de s'intéresser au tour que prenait la conversation dans le salon de Mrs Ripperton. La politique était un sujet jugé vulgaire, ainsi que toute allusion aux communautés religieuses ou aux terribles massacres qui s'étaient produits du nord au sud du pays. Comme la presse et les bruits de couloir ne parlaient que de ça, tout ce qui se disait manquait totalement de naturel. Il restait si peu de sujets abordables que la conversation devait être savamment orchestrée afin d'éviter que l'une de ces dames ne commette un impair fatal. Personne n'était à l'aise depuis qu'ils avaient été destitués de leur statut de classe dominante pour ne plus être que de simples invités dans ce pays. Ils cachaient sous le tapis un sentiment de culpabilité collectif et, pour qu'on n'y voie que du feu, arboraient des sourires crispés et s'appliquaient à n'évoquer que le passé.

La « prison » revenait sans cesse sur les lèvres au milieu des cliquetis des tasses de thé. Que des femmes puissent être incarcérées toute leur vie, voilà, disaient-elles, une preuve de la barbarie de ce pays qui avait encore beaucoup à apprendre. Les langues allaient bon train. On jugeait, on hochait la tête. Pourtant, parmi ces épouses, certaines en leur for intérieur admettaient qu'il y avait pire existence que celle passée dans le luxe en la seule compagnie d'autres femmes, à satisfaire tous ses caprices, à donner des ordres à des servantes et à se parer de bijoux fabuleux.

Mrs Ripperton insista pour que Mrs Schofield accepte un

sablé et lui fit part d'une nouvelle sensationnelle : la future femme du maharaja serait touchée par une maladie congénitale la couvrant de poils. Dieu sait d'où Mrs Ripperton tirait ses informations, mais elle était toujours au courant des derniers potins. À croire qu'elle était au mieux avec la première maharani, ce qui était impensable. Aucune des épouses ne s'avilirait à fréquenter le zénana, où il leur faudrait se prosterner et appeler la maharani « Votre Altesse ». Non, c'était inconcevable.

Mrs Schofield retint un soupir. Une des nombreuses rumeurs circulant au palais parmi les six cents membres du personnel avait atteint la salle des aides de camp. Sophie aurait une liaison secrète avec un jeune Indien, le fils d'un des serviteurs du maharaja. Absurde. Mrs Ripperton ne s'en était pas moins permis d'avertir Mrs Schofield, en prenant soin de lui assurer qu'elle avait fait taire ces ragots malveillants. La jalousie poussait certaines femmes de chambre à colporter des commérages sans fondement. Il ne fallait pas chercher plus loin… Mrs Schofield avait encaissé avec un calme imperturbable, mais intérieurement elle bouillait.

Le Dr Schofield faisait les cent pas dans son bureau. Le soleil bas à cette heure de l'après-midi filtrait par les persiennes et dardait des rayons lumineux à travers la pièce, où scintillaient des nuées de poussière en suspens dans l'air. Sophie, effondrée dans un fauteuil, écoutait les remontrances que son père lui prodiguait à la demande de sa femme.

— Combien de fois faut-il te répéter qu'on ne fréquente pas les domestiques ?

D'un geste exaspéré, le Dr Schofield redressa son col.

— Ça n'est pas bien du tout, Sophie. Tu sais que nous n'avons rien contre ces gens-là, mais tu dois te rappeler qui tu es. Qu'est-ce que tu fabriquais là-bas ?

— Rien.

Sophie baissa les yeux sur ses mains qu'elle tenait

nerveusement croisées sur ses genoux. Elle luttait contre une insidieuse nausée.

— Ce n'est pas une réponse, ma fille, tu sais comment sont les serviteurs. Ils espionnent et répandent des mensonges sur les sahibs. Nous ne sommes pas en odeur de sainteté après tous ces événements. Et voilà que tu leur tends sur un plateau un excellent prétexte pour se payer notre tête…

Son père émit un énorme soupir avant de continuer :

— Tu as agi de manière irresponsable, ma chérie. Une fille de ton âge devrait pourtant avoir plus de jugeote.

Mrs Schofield prit la relève. Les joues écarlates, elle hurla :

— Tu sais ce qui arrive dans ce pays aux filles prises en flagrant délit avec un garçon ?

Pour Veronica, cette humiliation était la goutte d'eau qui faisait déborder le vase. Quand Mrs Ripperton le lui avait dit, elle aurait juré que celle-ci se réjouissait de son malheur, comme si elle guettait depuis longtemps l'occasion de les humilier, elle et sa famille. Elle s'en était doutée dès leur arrivée. Ces épouses de coloniaux, elles étaient toutes les mêmes, à jouer les vertueuses en société alors que par-derrière elles oubliaient tout sens moral. Non seulement la Ripperton se goinfrait sans vergogne, mais en plus elle se mêlait de ce qui ne la regardait pas et se complaisait en commérages. Veronica la soupçonnait même d'être à l'origine de la rumeur. Ce qu'elle se refusait en revanche à envisager, c'était que cette rumeur puisse être conforme à la réalité.

— On parlait, c'est tout, se défendit Sophie.

— Vous parliez ? rétorqua sa mère. Mais que peut-on trouver à dire à un garçon de ce genre ? Tu es vraiment trop stupide ! Tu ne dois plus le voir, tu m'entends ? Je ne tolérerai pas que les gens nous ridiculisent ni critiquent la conduite de ma fille. Ils ont beau être des barbares, aucune jeune Indienne n'oserait être surprise en compagnie d'un garçon. Ce serait la ruine de sa famille.

— Je ne suis pas indienne, marmonna Sophie.

— Quel dommage ! dit son père dans l'espoir de détourner la colère de sa femme. Si tu avais été indienne, tu aurais peut-être été plus avisée. Vraiment, Sophie…

Il conclut d'un ton adouci :

— Qu'est-ce qu'on va faire de toi ?

— Tu aurais pu y penser avant de nous traîner ici ! l'accusa Mrs Schofield en se retournant soudain contre lui.

Son mari s'en tirait à bon compte, lui au moins. Tout le temps occupé, toujours en visite, jouissant du respect qu'inspiraient les médecins, tandis qu'à elle chaque jour semblait interminable. Elle ne comprenait pas le charme que l'on trouvait aux Indes. Ce pays épouvantable où l'on risquait d'attraper d'affreuses maladies, où les pauvres se vautraient dans la fange alors que les riches étaient plus riches que Crésus. Quant au maharaja, elle n'avait jamais vu personnage plus absurde, ce gros bonhomme qui se pavanait comme un paon et entretenait un harem de courtisanes pour satisfaire ses bas instincts. Elle l'avait aperçu une fois, lors d'un de leurs festivals de sauvages. Il ressemblait à un chef tribal trop bien nourri dans ses somptueux vêtements brodés d'or, trônant dans une nacelle d'argent placée sur le dos d'un éléphant caparaçonné. Un faste pompeux du dernier grotesque, depuis sa façon de lancer des pièces de monnaie aux enfants qui se précipitaient pour les ramasser dans les immondices du caniveau, jusqu'à sa suite d'épouses transportées dans des palanquins fermés. Toute cette mascarade lui répugnait. Certaines Anglaises s'y sentaient comme un poisson dans l'eau, bien sûr, mais celles-là auraient eu du mal à trouver leur place ailleurs, des idiotes ou des excentriques inadaptées à la vie en société en Angleterre. Quelques-unes n'avaient d'ailleurs pas toute leur tête, par exemple cette satanée Ripperton… Quant à celles qui s'étaient mises à « vivre à l'indienne », eh bien, il valait mieux ne même pas en parler.

— Tu aurais dû nous laisser chez nous au lieu de nous traîner ici, reprit Mrs Schofield d'une voix dont la stridence ne parut pas atteindre son époux. Tu n'imagines pas l'enfer que je vis. C'est éreintant. Quant à toi, dit-elle en se tournant vers sa fille, tu n'adresseras plus jamais la parole à ce garçon. C'est compris ?

— Oui, maman.

— Si au moins on savait qui c'était, on le ferait renvoyer sur-le-champ.

Sophie avait obstinément refusé de dévoiler l'identité de Jag, prétendant ne pas connaître son nom ni sa fonction dans la domesticité. Elle avait nié qu'il était le fils d'un valet du maharaja. Elle avait menti sans craindre que le rouge ne lui monte aux joues, puisqu'elles étaient déjà écarlates. Le maharaja avait des tas de valets. La seule précision qu'elle avait bien voulu lâcher, c'était qu'elle était tombée plusieurs fois sur lui par hasard. Un point c'est tout.

— Tu ne dois jamais le revoir, tu m'entends ?

— Oui.

Sophie fixait le tapis, incapable de regarder sa mère en face. Elle voyait si peu souvent Jag qu'elle n'avait pas l'impression de mentir gravement. Et, les rares fois où ils s'étaient retrouvés, cela avait été intenable tant ils brûlaient tous les deux intérieurement, chuchotant cachés dans l'obscurité d'un passage secret. Il la tenait dans ses bras. Elle frissonnait. Ils échangeaient des serments qu'ils se savaient dans l'impossibilité d'honorer.

— Je crois que cela suffit pour ce soir, décréta en fin de compte le Dr Schofield.

Il était rentré avec l'intention d'annoncer à Veronica sa décision de rester – un choix qui n'allait pas lui plaire, mais il était persuadé de tenir des arguments convaincants ; il lui ferait voir le bon côté de la chose, il rendrait même cette perspective agréable ; à une condition toutefois : il devait bénéficier de circonstances favorables. Or, la situation ne s'y prêtait pas du tout, avait-il constaté dès qu'il avait franchi le seuil de chez lui pour trouver sa femme en pleine crise d'anxiété, hurlant comme une âme perdue, et sa fille en larmes. Il n'était plus question de sortir de sa poche la broche qu'il avait achetée afin d'amadouer son épouse. Un de ces jours, les accès de mauvaise humeur de Veronica finiraient par ne plus l'émouvoir.

Allongée sur son lit depuis longtemps déjà, Sophie commençait à céder à l'engourdissement du sommeil. La fenêtre ouverte laissait entrer une brise délicieuse qui froissait le rideau diaphane autour de son lit. Un petit bruit – une aiguille tombant sur une dalle de marbre – pénétra sa conscience au bord de l'assoupissement. Elle enfouit son visage dans l'oreiller en appelant à elle l'univers des songes.

Toc. Ses yeux s'ouvrirent. Le bruit se produisit de nouveau, cette fois un peu plus fort, *toc-toc.* Un minuscule caillou roula sur le sol de sa chambre. Elle se tourna vers la fenêtre en cillant des paupières. Dans la nuit sans lune, elle ne distingua que les plis mouvants de la moustiquaire. Un deuxième caillou rebondit sur le parquet.

Sophie se leva d'un bond, écarta la mousseline et posa sa robe de chambre sur ses épaules. Elle alluma une chandelle. En mettant sa main en coupe derrière la flamme, elle réussit à jeter une vague lueur autour d'elle. Pieds nus, elle se dépêcha vers la fenêtre. Elle écarta le rideau et se pencha pour regarder en bas. Au milieu des ombres, Jag avait la tête levée vers elle.

— Jag !

Sa joie fut de courte durée. Elle porta aussitôt sa main à sa bouche. La chambre de ses parents était toute proche. Le savon que sa mère lui avait passé et la dispute qui s'était ensuivie entre ses parents avait beau dater de trois jours, leurs voix furieuses résonnaient encore à ses oreilles. Jusqu'ici, Jag n'avait jamais osé s'approcher de leur maison. Si jamais on le surprenait dans leur jardin, il aurait des ennuis qu'elle préférait ne pas imaginer.

— Qu'est-ce que tu fais là ? murmura-t-elle.

— Descends ! Il faut que je te parle.

— Je ne peux pas ! Mes parents ne sont pas encore couchés…

Sophie jeta un regard inquiet derrière elle à la porte close de sa chambre.

— Où étais-tu passé ? Je t'ai cherché partout !

— Si, tu peux ! Il le faut ! C'est important !

— Quelqu'un a dit à ma mère pour nous. Maintenant je n'ai plus le droit de te voir ni de te parler. Et ils ne me laissent plus aucune liberté.

— Je sais, lâcha-t-il, les poings serrés. C'est pour ça que je dois te parler. Il faut faire vite avant qu'on s'aperçoive de mon absence.

Un instant, Sophie crut entendre bouger derrière sa porte. Elle leva la main pour prévenir Jag et se rua à l'intérieur. Une fois le danger écarté, elle revint à la fenêtre.

— Je ne vois pas comment sortir d'ici. Retrouvons-nous demain. Un endroit où personne ne nous verra. Dis-moi où et quand, et je t'attendrai. Mais il faut que tu t'en ailles, tout de suite ! Si jamais tu es pris, ma mère te fera renvoyer. Vite ! Pars vite !

Jag enfouit son visage dans ses mains et émit un petit cri d'angoisse. Puis il se tourna de tous les côtés comme s'il cherchait un passage secret où l'emmener, mais il n'y en avait pas dans cette partie du palais.

— Je t'en supplie ! l'implora-t-il. Descends !

— Pourquoi ? Qu'est-ce qu'il y a ?

— Nous partons.

— Quoi ? souffla Sophie, comme si un poids énorme lui écrasait soudain la poitrine. Quand ?

— Demain, à l'aube. Mon père a demandé au maharaja de l'émanciper pour qu'il puisse retourner auprès des nôtres.

— Non ! s'entendit crier Sophie en enfouissant à son tour son visage dans ses mains. Tu ne peux pas me laisser seule ici !

— Je n'ai pas le choix, répliqua-t-il d'une voix sombre. Je ne peux pas abandonner mon père. Cela le tuerait.

— Jag ! Je t'en prie, non ! Que vais-je devenir sans toi ?

De nouveau, elle se retourna brièvement, dans l'espoir fou de trouver un moyen de s'échapper. Il n'y en avait pas.

— On pourra s'écrire, dit-il.

— Mais comment ? Nous non plus, nous n'allons pas tarder à partir. Je n'ai même pas d'adresse à te donner. Et personne ne me permettra de recevoir une lettre de toi.

— Alors, c'est toi qui devras m'écrire.

— Mais où cela ?

— J'ai une tante qui habite Amritsar. C'est là que nous allons. Mon oncle est cordonnier...

Jag sortit de sa poche un bout de papier.

— J'ai écrit l'adresse là-dessus...

Il se pencha, ramassa un caillou, l'enveloppa du papier et le lança par la fenêtre, où il vola par-dessus l'épaule de Sophie pour atterrir avec un bruit mat sur le tapis derrière elle.

— Je n'ai rien de mieux à te donner !

— Non ! S'il te plaît ! Je ne veux pas que tu t'en ailles. Et si je n'arrivais pas à te retrouver ? Et si tu ne me retrouvais pas ?

Elle avait si mal au cœur qu'elle en avait des sueurs froides.

— On risque de ne plus jamais se revoir.

Jag savait qu'elle avait raison, mais sur le moment il ne voyait pas quoi lui dire d'autre que :

— Ne t'inquiète pas.

Il aurait tant voulu la prendre dans ses bras, noyer sous ses baisers le désespoir sur son visage.

— Nous ferons bonne route, et dès mon arrivée je t'enverrai un mot. Tu auras de mes nouvelles avant de partir d'ici...

Sophie se mit à pleurer en silence.

— Ne pleure pas, Sophie ! Je t'en supplie !

Elle appuya ses mains contre ses joues, muette de chagrin.

Au loin, des voix traversèrent les ténèbres. Jag se tourna.

— Je dois y aller, dit-il désespérément.

Sophie ouvrit le fermoir de son collier sur sa nuque et abaissa entre ses doigts le médaillon renfermant un portrait de ses parents.

— Tiens !

Elle sortit son bras et écarta le poing.

— C'est tout ce que j'ai à te donner.

Il attrapa le bijou et le serra contre sa poitrine.

— Je te retrouverai, Sophie. Je te le promets. Tu verras.

Sur ces paroles, il s'effaça dans la nuit. Sophie demeura longtemps debout à contempler le souvenir de son ombre.

Des phalènes entrées par la fenêtre ouverte tournoyaient autour de la flamme de la bougie.

11

— Qu'est-ce que tu as, enfin ? dit Mrs Schofield en faisant les gros yeux à sa fille. J'espère que nous n'allons pas avoir à subir encore une de tes monstrueuses bouderies. Cela ne te mènera nulle part, tu sais. J'ai bien envie de faire nos valises et de le laisser en plan. C'est inimaginable, un égoïsme par…

— Maman, s'il te plaît…

Sophie n'avait pas renoncé à faire entendre raison à sa mère, même si c'était épuisant, même si elle n'avait qu'une envie : aller dans sa chambre et s'allonger sur son lit. Était-ce à cause de la canicule ou de son chagrin ? Peu importait. Elle n'avait plus la force de lutter aujourd'hui. Elle était au bord des larmes. Sa mère avait le pouvoir de saper ses dernières miettes d'énergie.

— Il veut seulement ce qu'il y a de mieux pour nous.

— Non, c'est faux. Il fait ça uniquement pour lui. Il se fiche des autres. Ce pays de barbares ! Les hommes ont vite fait ici de tenir l'opinion de leur femme pour moins que rien. C'est honteux. Il sait très bien que nous détestons cet endroit.

— Je ne le déteste pas.

— Bien sûr que si. Je t'ai vue pleurnicher. Je ne suis pas aveugle. Tu te ranges de son côté, comme d'habitude. Je lui ai dit un an, pas plus. Une seule année et nous rentrons en Angleterre, que cela lui plaise ou non. Et si ça ne lui plaît pas nous rentrerons sans lui. Après tout ce qu'il m'a fait supporter, il faudrait que je reste ici aussi longtemps que ça lui chante ? On ne fait pas plus égoïste. Je savais que je commettais une erreur en l'épousant, et maintenant voilà où j'en suis…

Mrs Schofield compta ses corsages et annota rageusement la liste qu'elle avait à la main – se méfiant du *dhobi wallah*[1], elle tenait un inventaire détaillé de tout ce qui partait à la blanchisserie.

— Et j'aimerais que tu te secoues un peu, continua-t-elle sans regarder Sophie.

Elle ramassa la pile de linge, qu'elle inséra tout aussi impatiemment dans un tiroir, et enchaîna sur le même ton :

— Tu devrais être à la mission, au moins tu emploierais ton temps à quelque chose d'utile.

Sophie s'assit au bord du lit. Elle venait d'être prise d'un vertige. Son père avait proposé de prolonger de six mois leur séjour au palais. Après quoi, ils iraient en vacances à Ooty, afin de voir si les lieux leur convenaient, de « tâter le terrain », disait-il. Les Ripperton y avaient loué une maison plusieurs étés de suite. Mrs Ripperton ne tarissait pas d'éloges sur cette ville : son mari et elle projetaient d'y prendre leur retraite, si Rip acceptait un jour de ne plus travailler, ajoutait-elle malicieusement. Elle leur avait montré son album de photos en les recevant un après-midi pour le thé. Le paysage paraissait en effet magnifique. Dans ces fraîches montagnes bleues du sud de l'Inde, le climat était plus proche de celui d'un jardin anglais que d'une plaine désertique. Mais, malgré l'enthousiasme de son père, sa mère n'avait pas accueilli cette décision avec plaisir.

Le Dr Schofield avait garanti à Sophie que sa mère finirait par aimer Ooty. La broche avait fait son petit effet. Lorsque Veronica avait ouvert l'écrin, son visage s'était éclairé, et il pouvait s'estimer heureux d'avoir réussi à lui arracher un sourire, même si c'était un sourire un peu pincé. Il avait toutefois regretté de ne rien avoir acheté pour Sophie, laquelle avait pris la nouvelle plutôt bien étant donné ses troubles

1. Un *dhobi* appartient à la caste de ceux dont la fonction consiste à laver le linge. *Wallah* signifie « celui qui fait le métier de ».

digestifs – elle avait contracté une de ces maladies qui leur gâchaient parfois la vie, aux uns et aux autres, quand ils oubliaient de tenir compte de l'insalubrité de l'eau. Lui-même avait souffert le martyre il y a peu, après s'être rasé avec de l'eau contaminée. Le mal ne durait jamais très longtemps en général. Chez Sophie, il se prolongeait étrangement. Le Dr Schofield la surveillait de près. Si sa santé ne s'améliorait pas, il la ferait examiner par le Dr Reeves. On n'était jamais trop prudent. Elle avait peut-être attrapé un parasite. Le Dr Reeves étant en Inde depuis des lustres, il était plus qualifié que lui pour interpréter les symptômes. Et puis un médecin n'était pas censé soigner sa famille, tout simplement parce qu'il risquait de perdre son objectivité face à la détresse d'un être cher.

— Comment s'est passée ta journée, ma chérie ?

Le Dr Schofield sourit à sa femme. Le dîner était le seul repas où ils s'attablaient tous les trois depuis qu'elle s'était mise à prendre son petit déjeuner dans sa chambre.

— Aussi bien que possible compte tenu des bouleversements que tu nous imposes, répliqua Veronica. J'ai écrit ce matin à ma mère pour lui demander de nous envoyer des vêtements.

— Pourquoi ne commandes-tu pas des choses aux grands magasins de Delhi ? Fiona Ripperton te donnera de bonnes adresses. Elle est toujours en train de s'acheter des fanfreluches.

— Non, merci. Je préfère faire mes courses chez nous.

— Mais c'est ici, chez nous, lui rappela le Dr Schofield en tendant la main pour la poser sur la sienne. Au moins pour le moment. Alors, pourquoi ne pas faire comme les Romains, hum ?

Veronica retira doucement sa main et attaqua son poulet grillé aux pommes de terre bouillies. Elle ne digérait pas la cuisine indienne, dont la seule évocation lui soulevait le cœur. Leur cuisinier avait pour instruction de lui servir des repas simples, le sel et le poivre versés respectivement dans une salière et un poivrier. L'idée que ses mains noires puissent toucher sa nourriture la révoltait.

— Je suis sûr que nous pouvons nous arranger avec ce que nous avons, dit le Dr Schofield. On va se débrouiller, n'est-ce pas, Sophie ?

Celle-ci baissa les yeux sur son assiette de riz et de *dhal*, le plat de lentilles jaunes traditionnel, un menu tout simple qui, espérait son père, lui ouvrirait l'appétit et l'inciterait à avaler plus que quelques minuscules bouchées.

— Sophie ? répéta le Dr Schofield avec un regard insistant.

Comme elle ne répondait toujours pas, il continua :

— Sophie ?

Soudain, il se leva.

— Veronica ! hurla-t-il à sa femme. Vite !

Sophie se plia en deux, agrippée au bord de la table. Son visage vira au gris. Elle emporta dans sa chute la nappe et tout ce qu'il y avait dessus.

Le Dr Reeves sortit de la chambre de Sophie d'un air résolu et referma doucement la porte.

— Elle dort, déclara-t-il aux parents inquiets qui patientaient au salon. Je lui ai donné un antiémétique pour calmer ses nausées et un léger calmant pour lui permettre de se reposer.

— Qu'est-ce qu'elle a ? demanda Mrs Schofield en tordant son mouchoir. Rien de grave ?

— Non, la rassura le Dr Reeves. Ça va aller. Elle a juste besoin de repos. Veillez à ce qu'elle garde le lit quelques jours, et pas de nourriture grasse. Un peu de bouillon de bœuf et des toasts. Peut-être aussi un bouillon de légumes, et quelques tranches de banane. Du lait de coco, ça lui ferait du bien.

Remarquant le haussement de sourcils désapprobateur de Mrs Schofield, il ajouta :

— C'est très nourrissant, même si l'aspect n'est pas très

plaisant. Qu'elle mange peu et souvent, et qu'elle reste allongée. Je reviendrai la voir demain.

— Ce pays grouille de toutes sortes de maladies, se plaignit Mrs Schofield. C'est un miracle que nous n'ayons pas tous attrapé le choléra, étant donné l'insalubrité de l'eau.

Le Dr Reeves ramassa sa sacoche et prit congé.

— Vous ne désirez pas boire un verre ? offrit le Dr Schofield, qui aurait bien voulu que son confrère reste un peu.

— Non, merci, George, répondit le Dr Reeves avec un bref sourire. Je vous verrai demain matin. Je pense que nous avons tous eu assez d'émotions pour aujourd'hui.

Il asséna une tape affectueuse sur le dos de son ami en ajoutant :

— Essayez de vous reposer, tous les deux. Et ne vous inquiétez pas pour Sophie. Tout va bien.

La clinique du palais était abritée par un vaste bungalow situé à l'arrière du pavillon de chasse. Dans ce local, cinq jours par semaine, les médecins tenaient des consultations ouvertes à tous. La petite salle d'attente, comme toujours le lundi, était bondée de patients, souffrant qui de bleus et de bosses, qui de dysenterie amibienne. En général, ils étaient renvoyés au bout de quelques minutes avec les médicaments appropriés à leur cas. Certains sortaient parfois avec, en plus, un précieux mot d'excuse les dispensant de travail pour quelque temps. Ceux-là s'efforçaient de cacher leur joie. Le maharaja se faisait un point d'honneur de préserver la santé et le bien-être de sa domesticité, ce qui de sa part était fort généreux, vu la quantité de chapardage parmi celle-ci. On disait que les celliers du palais ressemblaient à *Fortnum & Mason*, remplis jusqu'au plafond des produits les plus raffinés. La cave à vin excitait l'envie des royaux visiteurs, si rares étaient les millésimes qui s'empilaient sous ses voûtes, sans compter les champagnes, les caisses de whisky Johnny Walker et de gin Bombay Sapphire. Le réglage de la température était un casse-tête permanent et l'objet de soins minutieux, surtout à la saison sèche, où la chaleur devenait fournaise.

Les domestiques piochaient depuis des années à leur guise dans les provisions. Ce n'était un secret pour personne. Une faveur en attirant une autre, un marché noir s'était développé au profit surtout des intermédiaires, qui se remplissaient les poches. L'abondance était telle, pensaient-ils, que personne ne remarquerait les larcins. Dès qu'un article menaçait de manquer, il était remplacé avant que le chef préposé au garde-manger ne s'aperçoive des disparitions suspectes. Mais à présent un problème de taille se posait : le bruit courait que la toute nouvelle troisième maharani avait décidé de fourrer son nez dans la gestion des réserves. Elle aurait décrété un inventaire des celliers afin de mettre au point un système de rationnement permettant d'endiguer les fuites excessives constatées dans les caisses du maharaja, qui devaient se réajuster à la baisse depuis l'indépendance[1]. Une mesure pareille, c'était du jamais-vu. Tout le monde savait qu'une femme était inapte à affronter quelque chose d'aussi complexe que les comptes du palais. Pourtant c'était exactement ce qu'elle s'apprêtait à faire. Et, aux dernières nouvelles, elle parlait même le français, une langue dont la majorité du personnel ignorait jusqu'ici l'existence. Pas étonnant qu'il y ait foule dans la salle d'attente, se dit le Dr Schofield en arrivant avec dix minutes de retard. La moitié des domestiques devaient se ronger les sangs maintenant que leurs petits arrangements allaient être découverts, avec à la clé l'inévitable conséquence : la sanction. Au mieux, le renvoi. Au pire, la prison.

— Bonjour ! *Namasté ! Salaam !* salua le Dr Schofield d'une voix guillerette en se frayant un chemin au milieu des patients assis par terre, qui bloquaient le passage entre l'entrée et la porte de son cabinet de consultation. Bonjour, miss Blanche, ajouta-t-il en arrivant à la hauteur de sa secré-

1. Les maharajas déchus de leur suzeraineté n'avaient en effet plus les mêmes revenus et devaient se contenter d'une pension.

taire. Apportez-moi une tasse de thé quand vous voudrez, s'il vous plaît.

— Dr Schofield…

Mais il était déjà loin dans son cabinet, où il eut l'agréable surprise de trouver le Dr Reeves.

— Robert !

Le Dr Schofield ferma la porte. Il accrocha son chapeau à la patère et remplaça son veston par une blouse blanche, son uniforme de médecin.

— J'allais justement passer vous voir pour vous remercier d'être venu à notre rescousse hier soir, reprit-il. Veronica était comme folle…

Il se laissa choir sur une chaise avant de poursuivre :

— J'ai demandé à Briony d'apporter du thé. Accordons-nous quelques minutes avant d'ouvrir les vannes… Pauvre Sophie. Elle était d'une pâleur extrême hier. Ce matin, quand je suis allé la voir, elle dormait profondément et ses joues avaient repris un peu de couleur. Dieu merci, ce n'est rien de grave. Je commençais à craindre qu'elle n'ait ramassé quelque saloperie…

— George, l'interrompit son confrère d'un air contrarié.

Le Dr Schofield leva les yeux de sa liste de messages.

— Oui ?

— À propos de Sophie.

Le ton de sa voix… ce regard profond et insistant de médecin s'apprêtant à vous annoncer une mauvaise nouvelle. George Schofield le connaissait d'autant mieux, ce regard, qu'il l'avait lui-même souvent pratiqué. Ses mains se figèrent autour de la feuille de papier.

— Oui ? répéta-t-il. Qu'y a-t-il ?

Comme s'il était soudain accablé par la chaleur, le Dr Reeves s'adossa à son siège en prenant une grande inspiration.

— Avant que je vous en informe, George, je tiens à vous assurer qu'il n'y a aucun doute possible. Jamais je ne me permettrais de vous dire cela si je n'en étais pas absolument certain. Je voudrais aussi que vous sachiez que, si jamais je peux faire quoi que ce soit, vous pouvez compter sur moi.

Le Dr Schofield sentit son sang se glacer. Lui revinrent alors en mémoire les pages de ses manuels traitant des maladies tropicales, toutes les formes de mort prématurée qui guettaient ceux qui s'aventuraient dans des pays exotiques.

— Bien, fit-il calmement. Dites !

Le Dr Reeves enleva ses lunettes et se massa l'arête du nez. Il laissa échapper un soupir désolé, sortit un mouchoir de sa poche et entreprit de nettoyer ses verres.

— Je suis navré pour vous, George…

Il marqua une pause et rechaussa ses lunettes.

— Je ne vais pas y aller par quatre chemins…

Robert Reeves regarda son ami droit dans les yeux et prononça :

— Sophie est enceinte.

12

Le Dr Schofield n'aurait su dire combien de temps il fixa d'un air ahuri son confrère et ami tandis que l'énormité de la nouvelle faisait son chemin dans ses neurones. La porte s'ouvrit, livrant passage à miss Blanche, qui fit de la place sur le bureau pour y déposer un petit plateau. Ni l'un ni l'autre ne la regardèrent. Sentant sans doute sa présence indésirable, elle s'éclipsa sans un mot. Le thé demeura sur la table. De fines volutes de vapeur s'élevaient des tasses. Le Dr Reeves finit par reprendre la parole.

— Je sais, dit-il avec un léger hochement de tête. C'est un sacré choc, n'est-ce pas ?

— Seigneur, hoqueta le Dr Schofield en s'affalant contre le dossier de sa chaise, les bras ballants. Juste ciel !

Le Dr Reeves versa du sucre dans les tasses, mélangea et en plaça une devant son ami.

— Tenez. Buvez. Le thé brûlant, c'est ce qui nous a fait gagner la guerre.

— De combien ?

Le Dr Reeves but une gorgée.

— Trois mois, peut-être quatre. Je ne saurais m'avancer.

— Elle le sait ?

— Voyons, George. Sûrement. Pour l'instant, elle doit espérer que cela passera tout seul si elle n'y prête pas attention.

— Bon sang !

Le Dr Schofield n'aurait pas été plus terrassé s'il avait été renversé par un camion. Il souleva sa tasse et marmonna comme pour lui-même :

— Qu'est-ce que je vais bien pouvoir dire à Veronica ?

— Là, je ne peux rien pour vous, mon ami.

Après mûre réflexion, le Dr Reeves ajouta :

— Mais ne tardez pas trop. Ça va se voir bientôt.

Le Dr Schofield ne savait pas quel était le pire : l'idée que sa fille allait enfanter un bâtard ou la perspective d'annoncer la nouvelle à son épouse.

— Qui d'autre le sait ?

— Personne.

— Je peux compter sur votre absolue discrétion ?

— Voyons, George. Vous me connaissez mieux que ça.

— Vous n'avez rien dit à Kay ?

— Non. Et je ne le lui dirai pas. Cela restera entre vous et moi et ces quatre murs.

— Bon sang.

Le Dr Schofield posa sa tasse, respira un grand coup, se leva et demanda :

— Pensez-vous pouvoir vous en tirer seul avec tout ce monde dans la salle d'attente ?

— Bien sûr que oui, lui affirma le Dr Reeves en se levant à son tour.

— Je ferais bien de m'occuper de ça tout de suite.

— George ? dit le Dr Reeves en l'arrêtant dans son élan, la main sur la poignée de la porte pour lui bloquer momentanément le passage.

— Oui ?

— Ménagez-la, promis ? reprit le Dr Reeves, qui ouvrit la porte et posa une main amicale sur son épaule. Elle est terrifiée. À mon avis, elle a déjà assez souffert comme ça.

Le Dr Schofield était bouleversé. Oh, comme il aurait souhaité que ce fût vrai ! Hélas, il savait que les souffrances de sa fille ne faisaient que commencer. Sa femme. Veronica. Son cœur se serra à lui faire mal. Comment allait-elle réagir ? Autant penser à une éruption volcanique qui les anéantirait. Les entrailles nouées par la hantise de la scène qui l'attendait, il traversa la cour d'un pas rapide. Il devait se dépêcher de rentrer s'il voulait limiter les dégâts.

Au son de ses pas dans l'escalier, un sixième sens avertit Sophie que son père savait. Paralysée par la peur, elle se prépara à une entrée fracassante. Mais elle l'entendit ralentir et s'arrêter à la porte de sa chambre. Sophie retint son souffle. Le battant s'entrouvrit doucement.

Le visage d'une pâleur effrayante, il lui ordonna sans lâcher la poignée :

— Sophie. Reste ici, s'il te plaît, et ferme cette porte à clé.

— Papa...

— Ne discute pas.

Sur ces paroles, il s'en fut. Sophie fit ce qu'il lui avait demandé, puis, le cœur battant à se rompre, elle s'assit au bord de son lit, la clé serrée au creux de sa main, les yeux sur la porte. Des voix lui parvinrent du dehors. Elle se mit à la fenêtre et vit leur femme de chambre, le valet et le cuisinier s'éloigner tous les trois dans l'allée, la femme de chambre jetant par-dessus son épaule un coup d'œil perplexe vers la maison. Son père devait leur avoir donné temporairement congé. Il ne voulait pas que quiconque entende ce qui allait être vociféré sous ce toit. Sophie retourna s'allonger. Elle pleura. Elle prit un oreiller contre sa poitrine et le berça, se berça elle-même longuement, l'attente se prolongeant indéfiniment.

L'écho des hurlements de sa mère lui liquéfia les entrailles.

Veronica Schofield marchait de long en large en titubant un peu, son regard anxieux rivé au verre qu'elle tenait entre ses paumes, le visage tétanisé et enlaidi par les pleurs hystériques qui avaient résonné une heure entière derrière la porte verrouillée dont George l'avait écartée. Trois griffures rouges entaillaient la joue de celui-ci là où les ongles de Veronica l'avaient labourée. Heureusement qu'il s'était préparé. Il était même parvenu à lui faire l'injection. Pourtant elle s'était débattue. Alors qu'elle le rouait de coups, il l'avait immobilisée sans ménagement contre le mur et lui avait enfoncé l'aiguille de la seringue dans le bras. La drogue avait agi relativement vite. Veronica avait continué à tourner dans la pièce, mais de moins en moins furieusement. De temps à autre, elle s'arrêtait pour le fixer de ses prunelles haineuses.

— Je comprendrais si tu voulais qu'on rentre tout de suite, lui dit-il.

— Rentrer ? hurla-t-elle en s'écroulant dans un fauteuil. On ne peut pas rentrer chez nous ! Seigneur ! Qu'est-ce que j'ai fait pour mériter un sort pareil ? C'est ta faute. C'est toi qui nous as obligées à venir ici. Tu te fichais bien de ce qu'il adviendrait de nous. Nous sommes toutes les deux horriblement malheureuses, tu ne t'en es pas aperçu ?

S'arrachant du fauteuil, elle se remit à arpenter le tapis en répétant :

— Oh, mon Dieu ! mon Dieu ! Qu'est-ce qu'on va devenir ?

Son mouchoir trempé contre sa bouche, elle gémit :

— C'est sûrement lui ! Ce garçon avec qui elle traîne. Comment as-tu pu la laisser faire ? N'est-ce pas ton devoir de père de veiller à ce qu'elle ne tombe pas entre les griffes d'un de ces satanés sauvages ? Il a dû la prendre de force !

Elle se cramponna au bras d'un fauteuil.

— Et ce, *ce*...

— Je t'en prie, Veronica, s'exclama le Dr Schofield en se passant la main dans les cheveux. J'essaye de réfléchir, enfin !

— Tu réfléchis ! Tu *réfléchis !* À quoi ça nous servira maintenant ? Nous sommes déshonorés ! Tu es content ? rétorqua-t-elle en lui tournant le dos, toujours agrippée au siège, le souffle rauque. Ce garçon ! lâcha-t-elle comme si elle crachait quelque chose de sale. Il faut le trouver...

Elle pivota sur elle-même pour faire face à son mari.

— Il sera pendu pour ça.

— Veronica !

L'expression de sa femme se fit accusatrice.

— Tu étais au courant, n'est-ce pas ? Tu as su tout du long ce qu'elle tramait, affirma-t-elle, sa bouche se tordant en une moue méprisante. Ta précieuse petite fille, aussi dépravée que ces prostituées du harem.

Le Dr Schofield tapa du poing si fort qu'un vase de fleurs se fracassa sur le sol.

— Tu vas te taire ! Assieds-toi et tais-toi ! Enfin ! Tu veux que tout le palais t'entende ?

Sophie, debout dans le couloir, les pieds glacés sur le dallage de marbre, appuya le front au lambris en tendant l'oreille vers les cris assourdis en provenance du salon. Un moment, elle crut que c'était terminé. Elle avait attendu une heure enfermée dans sa chambre. C'était contre elle qu'ils auraient dû diriger leur colère, pas l'un contre l'autre. Elle avait en fin de compte rassemblé assez de courage pour sortir de sa chambre, sachant qu'elle devait se montrer et accepter le châtiment qu'elle méritait.

— Je déteste ce pays !

Veronica jeta son verre à la tête de son mari. Le projectile se brisa en mille morceaux contre la porte en bois. À cet instant, le battant s'ouvrit. Sophie se tenait sur le seuil en robe de chambre, les yeux ruisselants de larmes, les joues cramoisies. Rapide comme l'éclair, sa mère se rua en avant et lui asséna une gifle d'une grande violence qui la fit tomber par terre.

Veronica Schofield s'enferma à clé dans la salle de bains et sanglota comme une âme en peine. Elle pleura à en devenir aveugle. Ses yeux étaient si gonflés qu'elle ne parvenait plus à les ouvrir. Puis, en se soutenant au lavabo, elle s'aspergea la figure d'eau et contempla son reflet dans la glace. Ce visage bouffi. Ces yeux rouges. Elle maudit le jour où elle avait rencontré George Schofield. L'humiliation était encore cuisante. La façon dont sa mère l'avait poussée dans ses bras, ne reculant devant rien pour conclure leur mariage. Et Veronica s'était laissé faire, parce qu'elle avait appris qu'il valait mieux pour elle qu'elle obéisse. Une fille docile, voilà ce qu'elle avait toujours été. Sa mère ne plaisantait pas avec la discipline, et à Ranmore celle-ci était pratiquée avec vigueur. Une fine cicatrice blanche marquait encore à ce jour son fessier là où la peau avait éclaté.

Sa mère lui avait dit d'épouser le médecin, et Veronica lui avait obéi. Mais personne ne l'avait mise en garde. Elle ne s'était pas doutée qu'il faudrait se soumettre à sa volonté sans se plaindre. C'est ainsi que s'était accumulée en elle une profonde amertume. La nudité de cet homme lui répugnait. Pas une fois elle n'avait accepté d'enlever sa chemise de nuit pendant les quelques années où ils avaient partagé le même lit. Elle sautait sur le premier prétexte venu pour esquiver ses avances. Elle se trouvait des excuses ou déclenchait habilement une dispute tard le soir afin de pouvoir ensuite le persuader de dormir dans la chambre d'amis. Et, les rares fois où il n'y avait rien eu à faire, elle était restée allongée, passive, le visage détourné, pendant qu'il se satisfaisait. Quand il se détachait d'elle, il roulait sur le côté et lui tournait le dos. Un jour, elle s'était retrouvée enceinte de Sophie. Elle avait été obligée d'exhiber sa honte aux yeux de tous. Des femmes souriaient sur son passage dans la rue. Son gros ventre signait le forfait de son mari. Elle serait volontiers rentrée sous terre. Et encore, ce n'était rien, comparé à ce qu'elle ressentait lorsqu'elle était forcée de se coucher les jambes écartées devant le médecin qui posait sa main sur elle et regardait cette partie de son corps. Alors, une fois de retour chez elle, elle versait des larmes de rage. Comment osait-on l'obliger à s'exhiber ainsi, comme si c'était normal ? Elle en avait la nausée. Après l'accouchement, elle avait déclaré à son mari qu'il n'était pas question qu'elle se soumette de nouveau à cet affront, qu'il fût infligé par lui ou par quelqu'un d'autre. Il avait eu l'air peiné, mais quelle importance ? Il ignorait ce qu'était la douleur. Comme tous les hommes. Même ceux qui avaient perdu un bras ou une jambe sur le champ de bataille n'en avaient pas idée. Seule une femme ayant donné le jour à un enfant savait ce que c'était. Et Veronica Schofield était résolue à ne plus jamais connaître ça.

En dépit de sa colère, elle reconnaissait que son mari avait raison. Ils devaient envoyer Sophie ailleurs le plus vite possible. Quelque part où personne ne saurait qui elle était ni ne s'en soucierait. Tout le monde savait qu'il existait des endroits où des filles perdues pouvaient cacher leur grossesse, des endroits où on les mettait au travail pour les corriger, ces filles faciles. Sophie serait punie pour le péché impardonnable qu'elle avait commis. Elle serait obligée de souffrir comme sa mère avant elle avait souffert. Elle allait apprendre ce que c'était que d'être une femme. Et pourquoi pas ? Autant qu'elle sache tout de suite qu'un destin de femme était pavé de douleur et d'humiliation. Au moins elle saurait ce que la vie lui réservait. Veronica avait fait de son mieux avec sa fille. Elle l'avait élevée dans la crainte de Dieu, avait veillé à ne pas la gâter, pas comme ces épouvantables mères qui n'arrêtaient pas de dorloter leurs enfants et de clamer sur les toits combien ils étaient merveilleux.

Si quelqu'un avait mal éduqué Sophie, c'était bien son père. Il n'avait pas la moindre notion de ce que c'était que d'élever un enfant. Ayant compris qu'il n'en aurait pas d'autre, il s'était mis à gâtifier avec leur fille et avait fait ses quatre volontés. Et voilà le résultat. S'il avait adopté sa méthode au lieu de s'évertuer à défaire tout son travail dès qu'il le pouvait, ce malheur aurait pu être évité. C'était la faute de son mari, entièrement sa faute. Qu'il en assume maintenant les conséquences. Quant à elle, elle s'en lavait les mains. Qu'il se charge lui-même des arrangements nécessaires. Elle ne voulait plus voir leur fille. Hélas, c'était trop tard pour l'autre solution. Cela avait pourtant été sa première pensée, la première chose qu'elle avait demandée à son mari : de la débarrasser de cette dégoûtante chose noire. Mais à présent ce n'était plus possible. La grossesse était trop avancée. Seul importait désormais que personne ne l'apprenne jamais.

Cependant le palais était déjà au courant. Les murmures traversaient les cloisons, couraient au long des galeries, faisaient le tour des salons, circulaient de bouche à oreille, et les rires du zénana étaient audibles à des kilomètres à la ronde.

Vivre dans la peur, nul sort n'est plus cruel. Sophie n'avait jamais été aussi transie d'effroi et de solitude, pas même aux jours les plus sombres de son enfance, quand elle se cachait au fond de la penderie sous l'escalier, derrière les manteaux. Pendant la guerre, avant leur exil de Londres, une jeune fille de leur quartier était tombée enceinte. Dès qu'elle l'apercevait, la mère de Sophie changeait de trottoir d'un air hautain. Un jour, alors que sa mère prenait le thé dans la cuisine avec les voisines, Sophie l'avait entendue parler du scandale. Elle disait que pour décourager les traînées dans son genre on devrait réinstaurer le travail obligatoire, comme au XIXe siècle.

Sophie l'apercevait de temps à autre, cette jeune fille qui rasait les murs, tête basse. Elle était menue et très jolie. Sophie aimait son manteau bleu pâle.

« Tu vois ça ? s'était exclamée sa mère alors qu'elles traversaient la rue pour éviter de la croiser. Voilà ce qui arrive aux mauvaises filles. »

Elle s'était exprimée à voix suffisamment haute pour être entendue par l'intéressée, en concluant par un tss-tss de désapprobation. Sophie avait eu pitié de cette pauvre fille qui semblait toujours sur le point d'éclater en sanglots. Celle-ci appartenait à une famille ordinaire qui fréquentait la même église que les autres familles du quartier. Ils étaient là tous les dimanches, depuis toujours. Et, d'un jour à l'autre, ils avaient cessé de compter parmi les fidèles. Ce ne fut plus jamais le tour de la mère de la jeune fille d'arranger les fleurs. Le père, comme tous les hommes, était à la guerre, stationné quelque part en Afrique du Nord. Sophie avait essayé d'imaginer ce qui se passait derrière la porte close du numéro 46, dont les rideaux étaient tirés en permanence. Une nuit, quelqu'un avait versé ses ordures dans leur jardinet. À croire que c'était la maison elle-même qui avait jeté l'opprobre sur la rue tout entière. Le voisinage se donnait le mot pour les pousser dehors, pour purger le quartier de cette engeance. Sophie avait été choquée par l'hostilité ambiante. C'était effrayant de voir la façon dont tous ces gens s'étaient retournés contre l'une des leurs, comme s'ils faisaient retomber sur elle toute leur haine pour le véritable ennemi, celui qui envoyait des bombes sur leurs maisons et trouait la peau de leurs hommes. Depuis qu'elle était elle-même enceinte, Sophie pensait très fort à cette jeune fille en se demandant ce qu'elle était devenue. Juste avant le départ de Sophie et de sa mère pour le Wiltshire, elle avait fait une fugue. Après quoi, personne n'avait plus entendu parler d'elle.

Parfois, pendant ses insomnies, Sophie imaginait qu'elle était l'amie de la jeune fille du 46. Elle lui disait tout ce qu'elle avait sur le cœur. La jeune fille comprenait. Elles riaient, elles se tenaient par la main, elles faisaient la sourde oreille aux méchants ragots et aux jugements fielleux. Sophie se la figurait dans son manteau bleu pâle. Si seulement elle avait pu reculer dans le temps. Elle regrettait de ne pas avoir passé outre à l'attitude de sa mère et couru vers la jeune fille pour lui chuchoter qu'elle espérait que tout irait bien pour elle. Même si elle n'avait pas eu le courage de tenir tête à sa mère ouvertement, elle aurait au moins pu lui écrire un mot et le glisser anonymement par la fente de la porte de la maison aux rideaux tirés. Nul n'aurait su. Même si elles ne s'étaient pas parlé, la jeune fille aurait été un peu réconfortée de voir que quelqu'un avait pour elle de gentilles pensées et lui voulait du bien. Cela lui aurait donné de la force, Sophie le savait, car elle partageait désormais sa terreur. Elle se sentait tellement seule, recluse dans sa solitude ainsi que dans une forteresse désolée. La jeune fille au manteau bleu aurait compris, elle.

13

Jag se faufila jusqu'au sommet des remparts en ruine et scruta l'étendue dévastée qui se déployait aussi loin que portait son regard. Il ne savait pas pourquoi il s'obstinait à grimper ici chaque matin. Il s'attendait peut-être à voir autre chose. On aurait dit qu'il n'arrivait pas à y croire. À travers le paysage ravagé, scarifié, se déroulait une scène de catastrophe d'ampleur biblique, un océan de misère humaine dans toute sa déchéance et sa saleté, ponctué çà et là par les flammes des bûchers funéraires qui brûlaient sans cesse, cendres et fumée soufflées aux quatre coins du camp, un champ de bataille fumant qu'inondaient les épaves de l'humanité, une mer d'âmes errantes. Une immobilité inquiétante tenait sous son empire une foule innombrable de gens qui ne conservaient plus que des lambeaux de leur vie paisible d'autrefois. Ils s'entassaient autour des quelques puits pris d'assaut. Ailleurs, d'interminables files d'attente serpentaient à perte de vue pour atteindre les points de distribution. Ils attendaient patiemment qu'on leur tende un peu de nourriture alors que les rations s'amenuisaient. Aucune dispute n'éclatait, aucune bagarre, les seuls bruits étant ceux de la survie, les seuls gestes ceux nécessaires quand on a la volonté de vivre une heure de plus.

Ce n'était pas ainsi qu'aurait dû se dérouler la renaissance de leur antique et honorable pays, l'établissement d'une liberté pour laquelle tant d'entre eux avaient sacrifié leur vie et qu'ils avaient accueillie dans une telle explosion de joie. Toute joie avait été bannie. La misère et la mort régnaient. Les chants de triomphe ? Les feux d'artifice ? Les nuits étaient désormais éclairées par les incendies destructeurs qui embrasaient l'horizon. Jag songeait à son père, muet d'horreur alors qu'ils sautaient du train pour échapper à la meute attaquant le convoi. Ils avaient rampé sous le wagon et, abasourdis par les cris de terreur autour d'eux, s'étaient accrochés aux bogies, le nez enfoui dans la crasse des essieux, plaqués contre le châssis puant et huileux, tandis que le sang coulait entre les lattes du plancher de la voiture au-dessus d'eux.

Deux cent cinquante kilomètres, voilà la distance qu'ils avaient parcourue à pied. Ils s'étaient joints à une caravane humaine si longue qu'elle semblait n'avoir ni début ni fin. Leurs effets avaient été soit volés, soit perdus, leurs vêtements étaient dégoûtants. Après ce qu'il leur était arrivé dans le train, son père n'avait plus desserré les dents. Finies, les histoires qu'il racontait sur sa belle ville natale. Il ne décrivait plus à son fils l'existence qui les attendait là-bas, ni la famille qu'il n'avait pas vue depuis des années, ni les futurs amis qu'il avait hâte de rencontrer.

Jag aurait voulu l'entendre lui parler de nouveau, rien que pour ne pas se sentir si seul. Au début du voyage, son père, ayant mis sa colère en sourdine, l'avait ravi avec ses talents de conteur. Il souriait en évoquant les anecdotes de son enfance, le lever du soleil sur le lac, la voix de sa mère qui chantait en broyant le riz dans la meule en pierre qu'il se faisait un plaisir de nettoyer en fin de journée. Ces récits leur avaient permis de regarder vers l'avenir sans crainte. Son fils allait apprendre à connaître ses proches qui l'attendaient avec impatience. Ils lui choisiraient une ravissante jeune fille pour qu'il en fasse son épouse, et elle lui donnerait un fils pour perpétuer son nom. Pendant que Jag et son père attendaient le train dans la cohue du quai de gare, celui-ci lui avait parlé de sa belle-sœur qui n'était qu'une enfant à l'époque de son mariage avec sa mère. Il avait décrit le Temple d'or d'Amritsar et les villages des environs où il avait passé les premières années de sa vie. Le seul épisode qu'il eût passé sous silence était un drame : ses parents, son frère et sa sœur avaient été retrouvés parmi les centaines de morts du massacre d'Amritsar en 1919.

Ce jour-là, le jour où la troupe avait ouvert le feu, il y avait des milliers de gens à Jallianwala Bagh, le jardin clos de hauts murs au centre d'Amritsar. Des hommes, des femmes et des enfants étaient tombés à terre, fauchés. Ils avaient été nombreux à se jeter dans l'immense puits. La fusillade avait duré dix minutes. Les soldats avaient marqué une pause et, sur l'ordre du général Dyer, ils avaient rechargé. Mais il n'y avait pas d'autre sortie que celle bloquée par les militaires britanniques.

Après avoir échappé à l'horreur du train, Jag et son père avaient cheminé en silence. Lorsque ce silence était devenu trop pesant, Jag s'était mis à son tour à raconter des histoires, les siennes. Il avait grandi dans un palais et avait été élevé par un homme courageux qui, ayant quitté son pays natal des années plus tôt après s'être marié, avait réussi à devenir le valet d'un maharaja. Tout petit déjà, ayant découvert une porte dérobée tombée en désuétude, il avait appris à se promener caché à l'intérieur des murs du palais. Il avait répété que son père était un homme remarquable, qu'il avait poussé son fils à s'instruire et à devenir un homme aussi bon que lui, pour honorer la mémoire de sa mère qu'il n'avait pas connue. Même s'il n'avait jamais vu de photo d'elle, Jag la connaissait aussi bien qu'il connaissait son père. Il avait décrit son visage fin, sa voix douce, sa dévotion pour son époux. Il avait dit qu'elle s'était réincarnée en oiseau et veillait sur eux jour et nuit, tournoyant si haut au-dessus de leurs têtes qu'ils ne pouvaient pas la voir. Elle soufflait sur eux son haleine d'amour. Elle était là à cet instant, elle les protégeait, elle les guidait vers leur terre.

Jour après jour, semaine après semaine, ils avaient marché. Un soir, la caravane épuisée avait atteint le sommet d'une colline pour découvrir un tableau inimaginable, tragique. Un vaste camp de réfugiés où le sol disparaissait sous un amas de ce qui méritait à peine le nom de tentes et de huttes.

Terrassés de fatigue, ils n'avaient pas eu la force d'aller plus loin. Son père s'était tenu un instant sans rien dire, puis il s'était accroupi et avait pris sa tête dans ses mains.

Ils comptaient parmi ceux qui avaient eu de la chance. De l'autre côté de la frontière, à Rawalpindi, il y avait un camp encore plus immense, situé désormais dans le nouveau dominion du Pakistan. Les conditions y étaient, paraissait-il, bien plus terribles.

Jag retourna à l'endroit où il avait laissé son père, dans l'ombre de leur maigre abri, un vieux morceau de toile à sac planté sur des bâtons, qui ne protégeait ni du soleil ni du froid nocturne. Son père était resté assis sans bouger.

— Père, déclara-t-il en s'accroupissant à côté de lui. Il faut que tu t'étendes et que tu te reposes. Il y a un peu moins de monde au puits. Je vais aller chercher de l'eau.

Très doucement, il prit son père par les épaules et l'obligea à s'allonger.

Jag avait mis des heures à débarrasser le sol de ses cailloux, grattant la terre à en avoir les doigts en sang, mais décidé à dégager au moins assez de surface pour permettre à son père de se coucher sans avoir des pierres qui s'enfonçaient dans son corps de plus en plus décharné. Son père était en effet devenu si frêle que ses os pointaient.

— Tiens, dit Jag en roulant une couverture pour lui en faire un oreiller. D'abord, je vais t'apporter de l'eau, ensuite j'irai faire la queue pour de la nourriture. La file d'attente est longue, je serai parti un moment. Il vaut mieux que tu dormes.

Les yeux de son père restèrent ouverts ; il n'opposa aucune résistance.

— Là, fit Jag en massant les bras et les jambes maigres. Il ne faut pas que tes articulations deviennent raides. Il faut les remuer de temps en temps pour éviter qu'elles te fassent souffrir.

Le vieil homme accepta passivement les soins prodigués

par son fils, qui souleva sa jambe, la plia, fit tourner lentement sa cheville.

— Quand on arrivera dans ta ville, reprit Jag, tu auras envie d'y entrer la tête haute ! C'est chez toi, après tout. Et ce sera bientôt chez moi aussi. On va se trouver une confortable petite maison, dans le même quartier que la famille de maman. Ils vont être tellement heureux de te voir !

Jag, en se déplaçant à croupetons, passa à l'autre pied avant de dire à haute voix ce qu'il pensait tout bas :

— Ils ont sans doute déjà décidé où nous habiterions. Je suppose qu'ils sont impatients de nous voir, mais ne nous faisons pas de souci. Ils sauront qu'on est ici, que nous attendons notre tour comme tout le monde.

Les actualités n'étaient pas diffusées dans le camp, qui devait se contenter du bouche-à-oreille. On s'échangeait des histoires, rien que pour avoir un sujet de conversation. Les nouvelles qui circulaient n'étaient que des conjectures chuchotées dans le vent.

Jag perçut un éclat de couleur à la périphérie de son regard. Le pied de son père sur les genoux, il se tourna pour découvrir un homme accroupi au bord de leur misérable refuge. La tête enturbannée de rouge, celui-ci les observait intensément.

— Comment va ton père aujourd'hui ? demanda-t-il.

Jag reporta les yeux sur le vieil homme.

— Ça ira. Il a juste besoin de repos.

— Tiens, dit l'homme au turban en lui tendant un petit ballot. Il faut qu'il mange. Toi aussi.

Au creux du cornet de tissu dépassait un morceau de *roti*[1].

— Non, dit Jag. Tu as ta propre famille à nourrir.

L'homme, un sikh, occupait quelques mètres carrés derrière leur hutte.

— S'il te plaît, l'implora le sikh. Mon épouse et moi refusons de manger si vous n'avez rien. Nos enfants ne manque-

1. Pain indien plat et moelleux sans levain.

ront de rien, mais nous n'avalerons pas un grain de riz tant que nos voisins n'auront pas mangé aussi.

Jag continua à masser les jambes de son père.

— Non, nous ne pouvons pas vous prendre votre pain.

Un bruit faible monta du corps allongé. Jag se pencha vivement pour coller son oreille à la bouche de son père. Le vieil homme tenta de parler, mais aucun son ne sortit. Les lèvres sèches tressaillaient. Soudain, la main de son père lui empoigna la chemise.

— Qu'y a-t-il ? demanda Jag à voix basse.

Son père avait un regard suppliant. Sa bouche s'ouvrit et se referma. Puis il laissa sa tête tomber sur le côté, à bout de forces. Jag se tourna vers leur voisin.

— Je ne sais pas quoi faire, dit-il en luttant contre les larmes.

L'homme entra sous l'abri à quatre pattes.

— Mange, ordonna-t-il en lui collant le ballot contre la poitrine. Mange quelque chose. Tu dois tenir bon, sinon comment pourras-tu aider ton père ?

Jag ouvrit le ballot et brisa un morceau de pain. Il l'enfonça dans sa bouche, la culpabilité paralysant sa langue. Il s'obligea à mastiquer, sentit la peau de ses joues se tendre à craquer, des larmes lui piquer les yeux.

— C'est bien, approuva l'homme en posant une main compréhensive sur l'épaule de Jag. Tu dois coûte que coûte survivre. Nous devons tous survivre à tout prix. Il le faut.

Il prit le pied du père de Jag dans ses mains et le posa sur ses genoux. Il se mit à lui masser le mollet, avec les mêmes gestes doux que Jag.

— Mon épouse pense que nous rentrerons bientôt chez nous, dit-il en secouant tristement la tête. Tous les jours elle me pose la question : Quand rentrons-nous ? Je lui réponds que nous ne rentrerons jamais, mais elle refuse de me croire. Tout ce qu'elle comprend, c'est qu'on a tout abandonné. Notre maison, notre vie.

— D'où venez-vous ?

— D'un village pas loin de Lahore. Mon épouse a demandé à des voisins de surveiller notre maison. Elle n'est sans doute plus qu'un tas de cendres à l'heure qu'il est, ou bien d'autres gens l'occupent.

— Notre train a été attaqué, dit calmement Jag. Depuis, mon père ne parle plus.

Un silence s'ensuivit. L'homme le rompit :

— Au début, personne n'y croyait, puis les choses ont empiré petit à petit, la radio a annoncé la création du Pakistan. On a commencé à se dire qu'il allait falloir partir, tous, le village au complet…

Il posa tendrement le pied du père de Jag sur la couverture.

— Puis il y a eu les attaques. Notre village a été le dernier de notre *tahsil*[1]. Ils étaient des milliers à nous menacer. Ils sont arrivés avec leurs chameaux, leurs chevaux, pour transporter le butin. On était déjà au courant. Notre village comptait de nombreux militaires, ils étaient aux aguets… Les anciens ont convoqué une réunion et on a décidé de se défendre tout seuls. Les armes existantes ont été rassemblées, on s'est préparés à l'attaque. Des artisans se sont mis à fabriquer de nouveaux fusils. Quand on a appris que des foules se dirigeaient vers nous, tous ceux d'entre nous qui étaient inaptes au combat ont été cachés dans une des monumentales demeures…

L'homme se balança lentement avant de poursuivre :

— Les femmes et les enfants ont été installés dans une autre maison protégée par des gardes, et on a constitué des petits groupes de défense tout autour. Les militaires se sont avancés à la rencontre des envahisseurs. On avait placé des francs-tireurs dans les arbres. Il y a eu un grand cri. L'attaque a commencé. Les francs-tireurs ont abattu dix, vingt ennemis. Ensuite, tous ceux d'entre nous qui étaient armés ont tiré. Les attaquants ont battu en retraite, mais on savait que c'était temporaire. Il fallait se dépêcher de partir. On a tous fait nos bagages le plus vite possible.

1. Division administrative, municipalité.

L'homme marqua une pause et but un peu d'eau.

— On avait beaucoup de buffles. On les a lâchés en espérant qu'ils s'en iraient, puis on a chargé ce qu'on a pu sur des chars à bancs et on a pris la route. On a cru qu'on pourrait atteindre la frontière en quinze jours. On a pris pas mal de nourriture. De la farine, du *ghee*[1] et d'autres denrées qui se conservent bien. On n'a pas eu le temps de faire les difficiles. Ils nous avaient à l'œil. On a tout embarqué, et en partant on les a vus qui se déversaient par milliers dans notre village pour tout mettre à sac et nous voler notre bétail.

Jag écoutait attentivement. À voir l'expression concentrée et sombre de l'homme, il était évident qu'il attendait depuis longtemps l'occasion de dire ce qu'il avait sur le cœur.

— Quinze jours…, chuchota celui-ci comme s'il se parlait à lui-même et ne croyait pas à sa propre bêtise. Cela nous a demandé près de deux mois. Quand je dis qu'on a pris la route, c'est une façon de parler, il n'y avait pas de route. Seulement de la boue. Notre convoi a avancé à une allure d'escargot. D'autres villages se sont joints à nous en chemin. Nous formions une colonne de plus de quatre-vingts kilomètres. Les rations diminuaient rapidement et les animaux manquaient d'herbe. Pourtant, tout du long, des pilleurs se tenaient embusqués, prêts à nous arracher la chemise sur le dos. À cause d'eux, nous ne pouvions pas solliciter les secours des fermes sur notre passage. Puis nous avons entendu dire que le pont Balloki avait été détruit. Ç'a été un coup terrible pour nous.

— Je suis désolé, dit Jag, honteux d'avoir refusé l'aide de son voisin, jour après jour.

— L'eau, c'était le pire, continua l'homme. Au début, on buvait celle d'un ruisseau qui coulait à côté de la piste boueuse, mais quand on a vu ce qu'il y avait dedans ma femme a refusé d'y toucher. Si nous tombions sur un puits persan[2], on buvait de cette eau-là, sauf que les gens avaient

1. Beurre clarifié qui sert d'huile et se conserve à la chaleur.
2. Roue hydraulique entraînée par un animal de trait.

tellement soif qu'ils ne laissaient rien. En une demi-heure le puits était à sec, ou rempli de gadoue. Personne n'avait envie d'attendre qu'il se remplisse. L'eau, c'était toujours la course. Pas mal de gens buvaient quand même l'eau du ruisseau…

L'homme dévisagea tristement Jag.

— Le courant charriait des cadavres, des charognes gonflées qui défilaient devant nous. On attendait qu'ils soient passés pour remplir nos gamelles.

Jag eut l'impression que le poids du malheur tassait le pauvre homme dans le sol desséché.

— Tu as eu de la chance de t'en sortir vivant, dit-il.

L'homme opina.

— Finalement, on a appris que le pont avait été réparé. Notre convoi s'est remis en marche. Les Gurkha[1] sont venus à notre rencontre à Khem Karan et nous ont escortés de l'autre côté de la frontière. Ils ont fait ce qu'ils ont pu. Ils ont donné à manger aux bêtes qui nous restaient. Mais on était tous épuisés.

— Je déteste les musulmans, marmonna Jag.

— Ne dis jamais une chose pareille, répliqua l'homme en lui jetant un regard sévère. Ce sont les pilleurs et les voyous qui sont à blâmer. Des hommes sans dieu, en dépit de ce qu'ils prétendent. Des païens sans cœur ni conscience. On a eu des amis musulmans. C'étaient de braves gens. Pour leurs fêtes, ils nous invitaient chez eux et partageaient leur repas avec nous. Évidemment, nous ne mangions que leurs fruits secs, puisque le reste de la nourriture nous était interdit. Enfants, nous étions toujours les uns chez les autres. Tout le monde a le même Dieu, nous sommes tous les fils du même Dieu, quel que soit le nom de notre religion. La nouvelle frontière est une limite artificielle. Elle n'existe pas aux yeux de Dieu, seulement à ceux des hommes, qui ont été aveuglés par l'orgueil de politiciens manipulateurs.

— Tu ne veux pas te venger ?

1. Unité d'élite indienne de l'armée britannique.

— Non. La paix ne sera jamais rétablie tant qu'on cherchera à se venger. D'abord viennent les attaques, puis les représailles, un cercle infernal qui finira par tous nous tuer, déclara-t-il en secouant la tête. Rien dans ma religion ne dit que celui qui n'est pas sikh est mon ennemi. Ma foi m'enseigne la fraternité universelle et le respect des autres religions comme étant les égales de la mienne. Mon père était un des anciens du village, un homme sage qui n'aurait jamais permis qu'on maltraite un musulman.

— Où est ton père ?

L'homme dévisagea de nouveau Jag.

— Ils l'ont tué. Ils lui ont coupé la tête. Je n'étais pas là, mais les autres m'ont raconté. Ils ont dit qu'il avait essayé de remettre sa tête sur son cou, que son corps s'était redressé, que sa main avait cherché dans la poussière avant qu'il ne s'avoue vaincu et ne la morde finalement, cette poussière. Je ne les ai pas crus.

Un silence cruel s'abattit sur eux.

— Maintenant, mange, dit-il à Jag. Ensuite tu pourras aller à la chasse à la nourriture. Les files d'attente sont longues. Je reste ici pour m'occuper de ton père.

14

Le déjeuner de Noël était une des rares occasions où les serviteurs étaient dispensés de service. Il se déroulait dans la salle des banquets, une immense pièce ne servant que les grands jours et décorée, en cette occasion, de guirlandes en papier colorées et de lanternes chinoises. Découper l'oie était un honneur dévolu à l'Anglais possédant le plus d'ancienneté. Depuis deux ans, ce privilège revenait au Dr Reeves. La table croulait sous les mets, plus succulents les uns que les autres. Des plats traditionnels agrémentés d'un petit cachet exotique. Chou rouge parfumé aux clous de girofle. Pommes de terre parsemées de graines de moutarde noire. Jus de viande assaisonné d'une pincée de cardamome. Le plum-pudding était cette année préparé par Mrs Ripperton, suivant une recette de sa mère. Un méli-mélo complexe de fruits secs, d'épices et de graisse de rognon, dont le secret était transmis de génération en génération, avec la possibilité, mettons en cas de rationnement pendant une guerre ou autre cause de pénurie, de se passer de certains ingrédients. En l'occurrence, celui qui manquait était la graisse de rognon. Il n'y avait pas eu moyen de s'en procurer. Le résultat restait à voir. En attendant, Mrs Ripperton avait promené son bol à droite et à gauche dans les bureaux, afin que chacun puisse mélanger la préparation pour se porter bonheur.

Le Dr Reeves tapota le bord de son verre avec sa cuillère afin d'obtenir le silence.

— Chers amis, commença-t-il. Avant de nous régaler de ce somptueux festin, je voudrais prononcer quelques mots en hommage à ceux d'entre nous qui, très probablement, ne prendront plus jamais place autour de cette table…

Un murmure étouffé parcourut l'assemblée.

— Pour nous autres Anglais, le déjeuner de Noël est un rituel qui nous a accompagnés aux quatre coins du globe. Partout dans le monde, des familles s'attablent autour d'une oie rôtie, exactement comme celle-ci. Alors accordons-leur une pensée et levons nos verres à leur santé et à leur bonheur…

Il attrapa son verre.

— Aux amis absents, dit-il.

Les autres l'imitèrent, répétèrent « Aux amis absents » et burent une gorgée.

— Et l'année prochaine, parmi ces absents, on comptera un bon nombre d'entre nous aussi. Les Schofield, les Ripperton, les Bridgeport, Kay et moi, bien entendu, et la chère miss Blanche. Cette table ne sera peut-être plus qu'une chose du passé, et jamais plus ce palais ne sera le témoin de pareilles réunions.

Inutile d'être prophète. Le maharaja était de nouveau en déplacement, ayant assisté aux fêtes marquant le jubilé d'argent – les vingt-cinq ans de règne – du maharaja de Jaipur avant de se rendre aux célébrations à Baroda. Ceux qui se trouvaient autour de la table étaient presque tous plus ou moins sur le départ. Ils ne seraient, semblait-il, pas remplacés. Avec quelle énergie ils s'étaient cramponnés aux reliefs de leur vie d'autrefois, se serrant autour des braises mourantes de l'Empire, absorbant le peu de chaleur que dispensait l'éclat décroissant du « joyau de la Couronne ». Bientôt les malles seraient bouclées, les adieux s'éterniseraient, on se jurerait une amitié éternelle. Les Reeves avaient décidé de prendre leur retraite et de retourner en Angleterre, avec deux serviteurs, afin d'adoucir les affres de la transition entre le luxe des Indes et la vie des gens ordinaires. Les Bridgeport allaient tenter leur chance ailleurs, dans ce qui restait de colonies, avec l'espoir d'y refaire fortune. C'était la solution choisie par la majorité. Ainsi partaient-ils, qui aux Bermudes, qui en

Rhodésie, qui à Hong Kong. Quoique citoyens britanniques, certains n'avaient pratiquement jamais mis les pieds sur la terre de la mère patrie : quelques années de pensionnat, peut-être, ou des vacances instructives chez des cousins. Leur façon de parler semblait curieusement désuète. Ils s'exprimaient en effet dans une langue ayant fleuri en des jours lointains et restée telle quelle, insensible à la marche du temps. De bien des manières, ils étaient définitivement en dehors du coup. Aussi vivaient-ils les événements actuels comme la fin d'une époque, une époque glorieuse dont le souvenir leur resterait chevillé à l'âme jusqu'à leur dernier souffle. C'était dans l'air, tout le monde le percevait, même les cuisiniers, qui avaient préparé avec une gravité inhabituelle les nombreux plats de fête traditionnels des sahibs. L'oie avait été arrosée cérémonieusement, les pommes de terre rôties amoureusement. À un moment donné, le chef pâtissier s'était essuyé les yeux sur sa manche et mouché dans son torchon avant de retourner à son sirop de sucre qui frémissait dans la casserole. Avec quelle douceur certaines choses se terminaient ! Avec quelle violence d'autres commençaient, telle l'apparition d'une nouvelle étoile résultant d'une énorme explosion !

Veronica Schofield sirotait son eau, d'une absolue sobriété en présence d'autrui. Le brandy qu'elle buvait dans l'intimité de sa chambre ne regardait personne d'autre qu'elle. George jeta un bref regard à sa femme. Elle n'avait sans doute aucun mal à se contenter d'un peu d'eau. En se mettant à table, elle était déjà probablement à moitié soûle. Que lui importait, à lui ? Elle avait l'alcool triste, ce qui était mieux que de subir ses hurlements. Ces derniers temps, il l'encourageait même, veillant à ce que les carafes demeurent remplies dans l'espoir que Veronica se retirerait plus souvent pour se reposer, des siestes favorisées en outre par les teintures qu'il lui administrait. Ces vieux remèdes à base de plantes médicinales aux effets puissants avaient contribué à la calmer, dans une certaine mesure, chaque dose lui étant présentée mélangée à une bonne lampée de brandy, qu'elle feignait d'avaler avec dégoût. C'était devenu intolérable, cette atmosphère entre eux. Peut-être devait-il se rendre à l'évidence : il était à bout de patience. Il avait fait tout son possible pour préserver sa famille, pour que de tout cela sorte quelque chose de bon, mais Veronica était hors d'atteinte. Elle ne voulait pas qu'on l'aide. Elle préférait se complaire dans le monde tordu qu'elle s'était construit à partir de la lecture des Évangiles, de son passé d'enfant battue et d'immersions dans des bains froids. Il n'y avait rien qu'il pût faire pour son épouse. Dire qu'il avait mis tout ce temps à le comprendre. Quel imbécile il avait été, et voilà qu'il s'apprêtait à tourner la page d'un nouveau Noël, d'une nouvelle année.

— Les Anglais des Indes tirent leur révérence, continua le Dr Reeves. Dans les années à venir, nous pourrons tous affirmer que nous avons joué un petit rôle dans un épisode capital de l'histoire…

Il se tourna vers sa femme, assise à sa droite, et posa sur son épaule une main pleine de tendresse.

— Quant à Kay et moi, nous espérons que vous viendrez tous nous rendre visite chez nous, dans le Dorset. Il y aura toujours de la place pour vous, même si nous ne pouvons pas vous promettre qu'il y aura un *khitmutgar* pour vous servir à table ni un boy pour cirer vos chaussures.

— Je suis accablé ! lança Rip à la ronde. Si seulement Fiona avait accepté de divorcer, Briony et moi aurions pu nous échapper ensemble dans le soleil couchant !

L'éclat de rire fut général. Seule Mrs Schofield s'abstint. Elle faisait tourner entre ses doigts le pied de son verre d'eau, le regard rivé sur les lueurs vacillantes des bougies.

— Jamais de la vie ! s'exclama Mrs Ripperton en donnant un coup de coude à Sophie. Jusqu'à ce que la mort nous sépare, mon cher, que ça te plaise ou non !

Les rires redoublèrent.

— De toute façon, qu'est-ce que la charmante miss Blanche ferait d'un vieux bouc comme toi ? ajouta Mrs Ripperton.

Elle adressa un clin d'œil goguenard à Sophie. L'intermède

terminé, l'assemblée fixa de nouveau son attention sur le Dr Reeves, qui reprit d'une voix émue :

— Alors pour l'heure, mangeons et buvons… Pour mon épouse et moi-même, cela a été une aventure merveilleuse, et j'espère que cela ne sera pas la dernière…

Il leva son verre avant de conclure :

— Vive le roi ! Vive l'Angleterre !

L'oie avait trop attendu. Le plat fut servi presque froid. Quelle importance ? Ils auraient voulu que ce repas ne s'achève jamais. Si seulement ils avaient pu différer le moment où le rideau tomberait et où les feux de la rampe s'éteindraient.

— On ne vous a pas entendue, mon petit, murmura Mrs Ripperton à Sophie alors qu'ils en étaient enfin au dessert.

— Pardon, dit celle-ci.

Cet échange était noyé dans le joyeux brouhaha des conversations.

— Ne vous faites pas de souci, poursuivit Mrs Ripperton en contemplant du coin de l'œil le pudding intact dans l'assiette de Sophie. Vous n'avez qu'à l'écraser un peu et le cacher sous la sauce…

Sophie la remercia d'un bref sourire.

— Vous allez nous manquer, mon petit, mais je dois avouer que je trouve formidable que vous traciez toute seule votre chemin. Rien n'est pire que d'être menée à la baguette par ses parents. Il est temps que vous voliez de vos propres ailes et que vous goûtiez à la grande aventure de la vie.

— Oui, fit Sophie.

Le dialogue était si prévisible que ce « oui » lui était venu machinalement. Dans deux semaines, elle devait partir pour l'Orissa, dans l'est du pays, où elle passerait plusieurs mois à enseigner à des enfants les rudiments de l'anglais, un legs de l'Empire que l'Inde naissante n'avait aucune intention de renier. En tout cas, c'est ce qu'ils avaient laissé entendre. Pendant son absence, son père terminerait sa mission auprès du maharaja tandis que sa mère descendrait à Ooty chercher une maison agréable à louer. Son père avait tout prévu. À son retour, Sophie trouverait ses parents installés sous le climat tempéré de la villégiature perchée dans les Nilgiri. Là, ils pourraient tous recommencer à zéro. Là, ils pourraient oublier.

Sophie, à mesure que s'était répandue la nouvelle de son départ, avait reçu bien des témoignages d'admiration et des félicitations. Les uns et les autres lui affirmaient qu'elle était sûrement douée pour l'enseignement, étant donné sa nature enjouée et sa patience à toute épreuve. Et elle, elle était tenaillée par l'impression de commettre une imposture. Avec quel sourire hypocrite et quels remords elle accueillait leurs bonnes paroles ! Sa mère aurait voulu qu'elle s'en aille tout de suite, mais son père avait refusé, horrifié à l'idée que sa fille puisse être enfermée en un lieu éloigné alors que sa mauvaise conscience à lui l'étoufferait. Il était impensable de passer Noël sans elle. Le silence hostile dont le châtiait son épouse n'était pas cher payé pour pouvoir embrasser sa fille en cette matinée bénie. Il avait offert des rubis montés en boucles d'oreilles à Sophie, allongée dans son lit. Il lui avait demandé de ne pas en parler à sa mère.

— Quand vous débarquerez à Ooty, tout cela sera de l'histoire ancienne, dit Mrs Ripperton en plongeant sa cuillère dans son pudding. C'est un endroit merveilleux. Rip et moi y avons passé de très bons moments, et j'aimerais beaucoup y retourner. Vous savez, je m'aperçois que les souvenirs ont le chic pour s'accumuler, comme quand on fourre ses vieilles affaires au fond d'une armoire. Ils restent là tant qu'on les y laisse, puis, un beau jour, des années plus tard, on range son armoire et qu'est-ce qui ressurgit ? tous vos souvenirs du temps jadis…

Sophie espérait que cela ne se produirait pas ainsi pour elle. Pour le moment, c'est à peine si elle arrivait à se lever le matin. Elle était comme morte. Ses seuls instants de répit, elle les puisait dans ses rêves, la nuit. Auprès de Jag. Elle lui confiait ses ennuis. Il l'étreignait, la consolait, lui promettait que tout se terminerait bien. Elle enfouissait son visage dans sa chemise de coton, humait son odeur, ce parfum qui remplissait encore ses narines quand elle se réveillait, débordante de désir. À mesure que le bébé grandissait dans son ventre, elle se sentait de plus en plus proche de lui. Et, le sommeil lâchant la bride à ses pensées, elle se tournait et se retournait jusqu'au jour.

— Quand votre engagement sera fini, vous viendrez nous rendre visite, lui dit doucement Mrs Ripperton. Votre père aura monté son cabinet d'ici là, mais vous n'aurez pas envie de retourner chez vos parents. Vous allez suffoquer dans le nid familial. Vous verrez, vous serez devenue une adulte.

— Non, laissa tomber Sophie d'un ton sec.

Elle n'avait pas réfléchi à son avenir, incapable de voir plus loin qu'à quelques mois devant elle. Ce qui se produirait après, elle n'avait pas la force de l'envisager. Cela n'existait pas. Le printemps surviendrait, puis la saison des pluies et, à un moment ou à un autre entre les deux, elle donnerait le jour à un enfant, un enfant qui pour l'instant dormait tranquillement dans son ventre, dissimulé par les plis de cette robe affreuse qu'elle avait retouchée la veille au soir en défaisant les coutures. Cet ouvrage lui avait pris des heures, mais elle avait été contente de pouvoir se concentrer sur quelque chose dans le silence de sa chambre, cela l'avait distraite de ses soucis. Sa mère refusait de lui parler depuis qu'elle avait appris la consternante nouvelle. Elle prenait soin de ne plus la regarder sinon pour lui lancer de temps à autre un regard furibond, à croire qu'elle concoctait quelque horrible vengeance. Sophie n'avait de toute façon rien à lui dire. Elle en avait assez des colères de sa mère. Plus jeune, beaucoup plus jeune, elle ne comprenait pas les raisons de la mauvaise humeur maternelle, persuadée que c'était sa propre faute, qu'elle méritait sûrement d'être grondée. Elle s'était tant efforcée de lui plaire, se pliant à tout ce qui était exigé d'elle et même à ce qui ne l'était pas, dans le seul but de soulager sa mère et de la rendre heureuse. Les punitions tombaient malgré tout, parfois sous forme d'une pluie de critiques, d'autres fois par l'entremise d'une canne qui s'abattait sur l'arrière de ses jambes, les marquant de stries rouges qui lui brûlaient la peau. Sa chambre n'avait pas été assez bien rangée. Les assiettes pas empilées comme il fallait. Elle avait fait trop d'erreurs en travaillant son piano. Quoi qu'elle fît, l'issue était la même.

Sa mère ne prenait plus ses repas avec eux. Sophie s'en félicitait. Elle se retrouvait seule avec son père, qui faisait comme si de rien n'était, comme si tout était normal, et l'accueillait en souriant avec un baiser sur le haut de sa tête. Pour meubler le silence, il lui lisait des extraits d'articles de journal qu'il jugeait dignes d'intérêt. Tous les deux traversaient sur la pointe des pieds le champ de mines de leur routine quotidienne, épuisés par les efforts constants que cet exploit représentait. Et, dès l'instant où Mrs Schofield émergeait des deux pièces où elle se tenait confinée, l'air se solidifiait. Sophie avait entendu ses parents se disputer le matin même. Des mots avaient été échangés à propos du déjeuner de Noël, forcément, puisque sa mère avait finalement surgi une demi-heure plus tard, ses lèvres serrées barrées d'un trait de rouge. Au moins à table, assise à côté de Mrs Ripperton, Sophie ne voyait pas son visage.

— J'ai un petit cadeau pour vous, ma chère, chuchota Mrs Ripperton alors qu'un objet glissé sous la nappe se retrouvait sur les genoux de Sophie. J'ai remarqué que vous ne portiez plus votre joli médaillon, je me suis dit que vous le jugiez trop jeune pour vous. Ce n'est rien du tout. Juste une babiole qui vous rappellera les moments formidables que nous avons passés ensemble.

Sophie palpa la bourse de velours fermée par une mince cordelette. Puis elle baissa les yeux et l'ouvrit. Le rang de perles de Mrs Ripperton luisait dans son écrin moelleux.

— Pour que vous n'oubliiez pas nos escapades, ajouta celle-ci. Je tiens à ce que vous sachiez que je pense le plus grand bien de vous. Vous avez été le rayon de soleil de ma morne existence. J'espère que nous resterons amies pour toujours.

Sophie sentit venir les larmes. Elle n'allait pas pouvoir les retenir. Tout lui était supportable, sauf la bonté. La tendresse de Mrs Ripperton l'avait désarçonnée. Elle aurait voulu lui rendre son cadeau, lui dire qu'elle n'en était pas digne et que… Oh ! si elle savait, que penserait-elle d'elle alors ? Chère Mrs Ripperton, envers qui elle s'était montrée si grossière, l'évitant quand celle-ci cherchait sa compagnie, s'effaçant dans les renfoncements des portes, se cachant dans l'ombre jusqu'à ne plus l'entendre appeler son nom. Elle avait trouvé son enthousiasme gênant. La façon dont Fiona passait son bras sous le sien et parlait sans fin de tout ce qu'elle entreprenait quand elle avait son âge. Elle tenait à jouer avec elle à des jeux de société démodés d'autant moins amusants qu'elles n'étaient pas du tout sur la même longueur d'onde. Mais aujourd'hui tout cela s'estompait. Aujourd'hui Sophie n'aurait souhaité être assise à côté de personne d'autre, bien à l'abri sous son ombre massive. La corpulence de Mrs Ripperton empêchait les gens de remarquer que son propre tour de taille s'arrondissait. Si elle savait…

Sophie glissa la petite bourse dans son sac. Elle se sentait emplie de honte et de culpabilité. Si seulement elle avait pensé à apporter quelque chose à Mrs Ripperton, un modeste gage de sa gratitude maintenant que se profilait la fin du séjour au palais. Eût-elle prévu son état d'esprit actuel qu'elle se serait dépêchée de terminer la broderie qu'elle avait commencée à contrecœur rien que pour avoir les mains occupées en la présence déprimante de sa mère. C'était du mauvais ouvrage. Elle n'avait jamais été une artiste de l'aiguille, mais Mrs Ripperton ne lui en aurait pas tenu rigueur. Sophie soupçonnait qu'elle aurait apprécié la broderie justement à cause de sa maladresse. Elle aurait pu l'emballer dans du papier de couleur, avec un ruban et une étiquette décorative où elle aurait écrit : *Pour tante Fiona, de la part de son affectionnée Sophie*. C'était ce qu'elle aurait dû faire, oui.

La main de Mrs Ripperton se posa de nouveau sur le genou de Sophie, munie cette fois d'un mouchoir bordé de dentelle. Elle pencha légèrement son buste considérable en avant, formant devant Sophie un écran derrière lequel celle-ci devenait invisible, et s'écria :

— Robert chéri ! Y a-t-il encore de ce délicieux pudding ?

Plus tard, dans l'immobilité de la nuit, Sophie rêva de Jag. Ils étaient assis au bord du bassin dans le jardin aux lotus. Les carpes dorées chatoyaient sous la surface de l'eau, se faufilant entre les tiges. Jag lui tenait la main et lui chuchotait à l'oreille. Sophie fut soudain réveillée par une étrange sensation dans le bas-ventre, comme le coup de queue d'un poisson. Elle resta tranquille et attendit, les yeux grands ouverts à présent. Et puis, de nouveau, minuscule, presque imperceptible, un papillon frétilla dans le tréfonds de son corps. Elle retint son souffle, toujours sans bouger. C'était son bébé.

1958

L'enclave diplomatique, New Delhi

15

Une bouffée d'air chaud entra à l'intérieur du Dakota au moment où la porte s'ouvrit, et avec elle l'odeur forte du kérosène et un nuage de poussière sèche. Sophie déboucla sa ceinture et lissa les plis de sa robe désespérément chiffonnée. Elle avait pourtant cherché à débarquer en beauté, et s'était changée plusieurs fois avant de choisir sa tenue pour la dernière étape de leur voyage. Elle regretta de ne pas avoir opté pour un vêtement dans un tissu moins froissable, un tailleur léger avec un corsage en soie, par exemple, plutôt que cette robe à la coupe fluide. À présent, elle avait l'air d'avoir dormi tout habillée. Son cœur cognait, ses paumes étaient moites… les nerfs.

— Prête à affronter le peloton d'exécution ?

Lucien frôla sa main. Elle avait été bien silencieuse pendant le vol, et il avait remarqué qu'elle se mordillait le coin de la bouche. À présent, la voilà qui se tournait vers lui : elle n'avait pas entendu un mot de ce qu'il venait de lui dire.

— Tu vas très bien t'en tirer, lui affirma-t-il. Je vais demander au chauffeur qu'il te dépose à la maison. Tout est arrangé. Tu vas vite t'acclimater.

— Faut-il vraiment que tu partes tout de suite ?

— Hélas, oui, ma chérie. Histoire de faire bonne impression. Je serai de retour en un clin d'œil. Tu n'oublies pas la réception de ce soir, n'est-ce pas ?

Par le hublot, Sophie vit une voiture noire glisser sans bruit le long du Dakota. La voiture se figea, et le petit drapeau fixé à l'avant du capot s'affaissa dans la touffeur statique de l'air. Saisie d'un subit malaise, Sophie se crispa pour ne pas trembler. Si seulement elle pouvait rester à bord et prier le pilote de la ramener d'où ils venaient. Qu'il décolle, qu'il l'arrache à cette terre. Une fois qu'elle serait en bas de la passerelle, une fois son pied posé sur le sol de ce pays, celui-ci allait réclamer son dû et l'avaler. Jadis une partie d'elle-même avait pris racine ici, une partie qu'elle avait laissée derrière elle en tranchant dans le vif de son cœur. Elle avait tenté de s'en défaire, en vain. Cette partie repoussait tel un rosier. Elle taillait pourtant impitoyablement, jusqu'à faire gicler le sang. Non, elle ne pouvait pas y retourner. Elle devait bannir cela de son esprit, car chaque fois que ses pensées résistaient à la censure elle en était malade, désespérée, suffoquée. Toute personne dotée d'un tant soit peu de bon sens s'en apercevrait au premier regard. Elle n'avait jamais prévu de revenir, pas de manière consciente en tout cas. Pourtant, là, sur le point de débarquer, elle se demanda si elle n'avait pas su depuis le début ce retour inévitable.

Elle ne voyait vraiment pas ce qu'elle aurait pu faire d'autre. Cette décision avait été la bonne, sans aucun doute. Il y avait longtemps qu'elle s'était réconciliée avec sa conscience, avant que celle-ci ne la condamne au pilori. Elle avait passé tellement de temps dans cet endroit obscur et lugubre. Il lui avait fallu des années pour se sortir de cet abîme : une année avant de pouvoir passer une journée entière sans pleurer, deux avant de pouvoir supporter d'entendre de la musique, trois avant de pouvoir se concentrer sur la lecture, et ainsi de suite, tout doucement, elle s'était rétablie, progressant péniblement sous l'œil attentif de son père. Parfois elle avait réussi à se leurrer en se disant que le passé était mort, qu'elle était enfin parvenue à se construire une nouvelle vie. Mais voilà à présent que la porte de l'appareil s'ouvrait sur un vent chaud chargé de poussière et de souvenirs.

À la descente de l'avion, la chaleur la frappa telle une boule de feu propulsée par le macadam qui cuisait au soleil et par les moteurs bouillants du Dakota. Le petit cri qui lui échappa fut heureusement noyé dans le bruit ambiant. Une fois les deux pieds sur le tarmac, elle sentit son âme attirée vers le sol, tirée vers le centre de la Terre. L'Inde. *Mon Inde. Mon amour.*

Sophie était assise, très polie, dans le salon de sa voisine. Elle en était à sa deuxième tasse de thé. Elle ne pensait plus à sa robe chiffonnée.

— C'est votre premier poste ?

— Oui, répondit Sophie.

— Ma pauvre. Rien ne vaut d'être jeté directement dans le grand bain, n'est-ce pas ? Enfin, dites-vous bien que ce pourrait être pire. Mon premier poste a été Damas. Dieu, quelle horreur ! Une vraie fournaise et la maison tenait à peine debout. Stephen a presque été obligé de m'attacher pour m'empêcher de reprendre le premier avion pour l'Angleterre. C'est facile pour eux, bien sûr. À un homme, personne n'aurait l'idée de demander de rendre une maison confortable au milieu du désert ni de faire des amabilités à des rustres qui crachent en public. Oh, ce fut affreux ! Je n'en pouvais plus. Nairobi a été tout aussi catastrophique, même si les épouses de diplomates étaient sympathiques là-bas, contrairement à celles d'ici. Vous voulez un conseil ?

Tessa attrapa sa tasse de thé avant de poursuivre :

— Surveillez vos arrières. Croyez-moi. Je sais de quoi je parle. On a tôt fait de vous planter un couteau dans le dos. Et quoi qu'il arrive évitez Rosamund Appleton. Sa conversation est d'un ennui mortel. Elle ne sait que s'extasier sur son fils. Vous voyez le genre.

Elle but une gorgée de thé, reposa la tasse sur sa soucoupe délicate et enchaîna :

— Melanie Hinchbrook est plutôt marrante. Ce qui n'est pas le cas de son mari, un vrai goujat, celui-là, ajouta-t-elle avec un petit sourire malicieux. Mais Melanie s'en fiche.

Elle a de la ressource, sauf que la dernière fois qu'elle s'est fait prendre il l'a menacée de lui mettre une balle dans la tête et de retourner ensuite l'arme contre lui. Rien de pire qu'un mari jaloux, vous ne trouvez pas ? Il est amoureux fou d'elle, bien sûr, et quel homme ne le serait pas ? Mais je trouve ça d'un malsain… Il aime qu'elle porte des robes affriolantes rien que pour voir les autres la reluquer. Bizarre, n'est-ce pas ?

Sophie ne savait trop quoi dire.

— Quelle idée aussi d'épouser un type qui a l'âge d'être son père, continua Tessa. De son côté, il devait se douter de ce qui l'attendait ; on ne peut pas tout coller sur son dos à elle, je suppose. Il est peut-être… vous savez ce que je veux dire. Bon, et si on passait à quelque chose de plus intéressant…

Elle se leva, se dirigea vers le plateau des alcools sur le bahut qui occupait un coin de l'agréable salon, et disposa deux verres.

— Un martini ? lança-t-elle à Sophie, la question contenant d'avance la réponse.

Sophie jeta un coup d'œil à sa montre. Pas tout à fait onze heures et demie.

— Elle a eu une liaison à une époque avec Charles Smythson, le prédécesseur de votre mari. Tout le monde était au courant, sauf bien entendu l'épouse de Charles. Cette dernière avait été d'une grande beauté en son temps. Vous auriez vu les photos de mariage… Ce n'était plus du tout la même femme, elle était méconnaissable…

Tessa apporta les cocktails à la table, des glaçons cliquetant contre le verre, et en tendit un à Sophie.

— Cruel, n'est-ce pas ? Certains hommes deviennent plus beaux en vieillissant, alors que leurs femmes se transforment en gargouilles…

Sophie but une gorgée. L'alcool était tellement fort qu'elle tressaillit.

— Je ne comprends pas comment on peut se laisser aller

à ce point, poursuivit sa voisine. Elle n'avait même pas quarante ans et savait très bien que son mari était un incorrigible coureur de jupons. Elle devait avoir l'habitude. On sait en général qui couche avec qui au mal qu'ils se donnent pour s'éviter dans les cocktails. Celle que je plains le plus, c'est Lucinda Bevan. Son mari est l'homme le plus séduisant que j'aie jamais connu, je vous jure. Il y a sûrement anguille sous roche.

Sophie avait tout de suite pris Tessa Wilde en sympathie. Sa robe à pois du dernier chic, ses cheveux d'un blond de miel relevés en un élégant chignon, son rouge à lèvres parfait, sa candeur désarmante. Elle était agréablement surprise, d'autant que ce n'était que son premier jour. Lucien l'avait prévenue : les usages du protocole diplomatique concernant les épouses étaient assommants et il faudrait qu'elle s'habitue à vivre au milieu d'un cercle de dames charitables, pendant que lui vaquerait à ses affaires.

— Comment vous êtes-vous rencontrés, vous et votre mari ?

— Je travaillais à Whitehall, au Foreign Office.

— Oh ! s'exclama Tessa en levant un sourcil étonné. Alors vous êtes une de ces dangereuses femmes libres ?

— Eh bien, fit Sophie en buvant un peu de thé, peut-être, en effet.

— Cela ne va pas plaire dans les rangs de l'AEDP. Elles préfèrent les nouvelles dociles et serviables…

— L'AEDP ?

— L'association des épouses de diplomates. Elles se plaisent à penser qu'elles veillent à nous éviter les ennuis en nous occupant par de modestes organisations caritatives et en orchestrant les mini-drames qu'entraîne le choix, mettons, de celle qui va organiser la tombola de Noël. Rosamund Appleton est notre présidente, et, mon Dieu, elle nous le rappelle assez ! Son mari est le chargé d'affaires. Dès qu'une réunion est convoquée, elle devient d'une férocité barbare. Dire qu'elle a la peau dure serait inexact. Ce n'est pas de la peau, c'est du cuir. Quoi qu'il arrive, ne vous portez jamais volontaire.

— C'est ce que mon père disait de l'armée.

— Une fois que vous avez mis le doigt dans l'engrenage, ils ne vous laissent jamais tranquille.

— Depuis combien de temps êtes-vous ici ?

— Deux ans. En fait, ça s'est plutôt bien passé. Dès qu'on est acclimaté et que tout roule comme il faut, il n'y a pas de quoi se plaindre. Ou très peu. On bénéficie du meilleur des deux mondes, l'ancien et le nouveau. La communauté d'expatriés est énorme, comme vous pouvez vous l'imaginer. Incroyable le nombre de gens qui sont restés. Mais aussi, pourquoi quitter ce mode de vie ? Je ne lève pratiquement pas le petit doigt, sauf lorsque les enfants viennent en vacances, et quand bien même, ils sont ravis de jouer aux petits nababs avec les domestiques et passent le plus clair de leur temps au country club.

— Combien d'enfants avez-vous ?

— Deux, un garçon et une fille.

— Ils doivent vous manquer.

— Pas autant que je le clame sur les toits. On se croit obligé de dire que les enfants nous manquent, mais, pour tout vous avouer, dix ans dans la peau d'une mère de famille, ça suffit amplement. J'avais hâte de les voir partir et de respirer un bon coup…

Elle émit un petit rire cristallin.

— Oh, ce n'est pas tout à fait vrai. Vous comprendrez quand vous aurez des enfants. Vous voulez des enfants, n'est-ce pas ?

— Eh bien, fit Sophie, contrariée par cette question inattendue. Oui, une fois que nous serons installés.

C'était l'évidence même, se dit-elle. Bien sûr qu'ils auraient des enfants. Cela prendrait peut-être un certain temps, voilà tout. Tout le monde n'en avait pas tout de suite, et peut-être avait-elle dépassé l'âge idéal. Mais oui, un jour ou l'autre, ils en auraient. Après tout, cela faisait seulement cinq mois qu'ils étaient mariés, même si Sophie s'efforçait de ne pas compter.

— Dans ce cas, vous feriez mieux de vous dépêcher pour avoir ça derrière vous. Ici, tout est plus facile, c'est merveilleux, on ne manque jamais d'aide.

— Oui, c'est-à-dire…

Après une légère hésitation, Sophie ajouta :

— J'espère que ce ne sera pas trop long. On ne sait jamais avec ces choses-là.

— Oh là là, écoutez-moi ! Voilà que je vous embête, répliqua Tessa d'un ton de reproche dirigé contre elle-même. Je suis là à bavarder alors que vous n'avez pas encore eu le temps de défaire vos malles. Veuillez me pardonner.

— Ne vous excusez surtout pas, dit Sophie en souriant. Il y a tant de choses que je dois assimiler. Depuis mon mariage, j'ai à peine touché le sol. La semaine dernière a été chaotique. Les bagages, la réexpédition du courrier, mille et un détails à régler…

— Et votre mari s'attend à ce que tout se passe comme par magie, bien sûr ?

— Oui.

— Bienvenue au club des épouses de diplomates. Avant tout, vous devez apprendre à choisir votre personnel.

— N'est-il pas déjà en place ?

— En principe, si, répondit Tessa. En réalité, tous les bons domestiques ont été kidnappés dès que les Smythson ont passé la porte. Rosamund vous a pris votre cuisinier. Je ne sais pas où a échoué votre femme de chambre, ni votre jardinier, mais celui qui taille votre haie en ce moment est nouveau. Il faut que je demande à Vicky s'il en sait plus long.

— Vicky ?

— Notre majordome. C'est une perle !

Tessa se dirigea vers le mur et appuya sur un petit bouton électrique. Quelques instants plus tard, un Indien de haute taille, très mince, d'âge indéterminé, se matérialisa sur le seuil, vêtu d'une sorte de pyjama en coton. Il attendait les ordres.

— Memsahib ?

— Vicky, voici la nouvelle memsahib de la maison voisine, Mrs Grainger. Elle voudrait savoir où en est le personnel. Pouvez-vous nous informer de la situation ?

Vicky inclina légèrement la tête pour marquer son respect à l'endroit de Sophie.

— Memsahib, il y a beaucoup de changements dans votre domesticité. Je vous conseille de leur faire passer des essais. Vous ne devez pas leur permettre de vous mentir ni de vous tromper. Si vous avez besoin de les remplacer, je vous trouve des gens travailleurs.

— Hum, fit Tessa. Merci, Vicky. C'est un très bon conseil.

— Je peux quelque chose d'autre pour vous, memsahib ?

— Non. Ce sera tout. Oh..., se ravisa-t-elle en attrapant un verre vide et en secouant le glaçon à l'intérieur. Vous voulez bien être gentil ?

— Bien entendu, memsahib.

Il sourit et emporta les deux verres. Sophie comprit avec un temps de retard qu'il allait juste les resservir. Il se mit à préparer des apéritifs encore plus corsés que ceux de Tessa.

— Vicky a raison, dit celle-ci. Pour ce que vous en savez, votre cuisinier n'est peut-être même pas capable de cuire un œuf. D'après Vicky, au moment d'un départ, les domestiques proposent leurs services au plus offrant qui s'engage à leur garantir une place. Ils prétendent que personne ne remarquera le changement parce qu'à nos yeux ils se ressemblent tous. Cela provoque toutes sortes d'imbroglios, surtout quand ils se révèlent incapables. Vous n'aurez plus qu'à les renvoyer si vous voulez éviter la pagaille. On a vu la compétence ou l'incompétence du personnel faire et défaire les réputations. Ici, recevoir est primordial. Alors autant que vous partiez du bon pied...

Vicky posa les cocktails sur la table basse entre elles et sortit du salon.

— Ne laissez surtout pas aller les choses, pas une minute, continua Tessa. Si vous voyez que le balayeur est mou du poignet, signalez-lui tout de suite qu'il risque la porte. Même traitement pour tous autant qu'ils sont, sinon ils vous prendront pour une faible créature dont on peut impunément abuser. Et veillez à ne pas laisser traîner des objets de valeur. La discipline, c'est ce qu'il faut leur imposer. Une fois que vous aurez fixé les limites, vous n'aurez plus d'ennuis. Vous restez déjeuner, n'est-ce pas ?

— Sophie ! Qu'est-ce qui te prend, enfin ?

Sophie fut réveillée brutalement par une main qui la secouait.

— Regarde l'heure !

Sa désorientation était totale ; l'espace d'un instant, elle ne sut plus où elle était. Puis tout lui revint d'un seul coup. À peine arrivée, elle avait reçu une invitation de Tessa Wilde, leur voisine. Pourquoi ne pas aller prendre le thé pendant que les domestiques défaisaient les malles ? Puis elle avait tout naturellement été retenue à déjeuner, encore une invitation dont elle n'avait pas réussi à se dépêtrer. Et cela s'était éternisé. Elle était tellement épuisée par le voyage. De retour chez elle, elle avait juste voulu s'étendre et fermer les yeux quelques minutes, mais elle avait eu la nausée. La pièce s'était mise à tourner autour d'elle. Un léger mal des transports, avait-elle pensé. Cela allait passer. Elle avait besoin d'un peu de repos, voilà tout.

— Sophie !

Lucien la tira par le bras. Elle s'assit sur le lit, la tête lourde, et chercha à accommoder sa vision à l'obscurité. La pièce était plongée dans un réseau d'ombres étranges.

Lucien gagna la porte et appela :

— *Koi hai ?* Il y a quelqu'un ?

Pas de réponse.

— *Koi hai ?* cria-t-il de nouveau. Quelqu'un peut m'expliquer pourquoi cette maison est dans le noir ? Pour l'amour du ciel, marmonna-t-il en allumant une lampe. Vraiment, chérie ! À quoi penses-tu ? Nous sommes attendus au cocktail dans une demi-heure.

Il fit le tour de la pièce, allumant toutes les lampes.

— Oh, mon Dieu ! s'exclama Sophie qui se frotta le visage et les yeux, vannée, la bouche pâteuse. Je suis désolée. Je me suis endormie.

— Alors ne reste pas à te prélasser ! Lève-toi !

Lucien disparut dans la pièce voisine qui servait de dressing.

Sophie se mit debout en se tenant un instant pour recouvrer son équilibre.

— Je voudrais qu'on m'apporte du thé, dit-elle.

— Du thé ? hurla-t-il du dressing. On n'a pas le temps. Enfile une robe, et dépêche-toi !

— Tu peux m'accorder une minute ?

Elle ramassa sa montre sur la table de chevet. Ses yeux mirent quelques secondes à enregistrer ce qui figurait sur le cadran.

— Oh, bon sang !

Sophie se précipita vers sa coiffeuse, s'assit sur le tabouret et tendit la main pour prendre sa brosse avant de se tourner vers son reflet dans la glace. Elle avait horriblement mauvaise mine, constata-t-elle en se maudissant de s'être conduite avec la naïveté d'une collégienne. Elle n'aurait jamais dû boire du gin à onze heures du matin, plus du vin à table, Vicky veillant à ce que leurs verres restent remplis, au point qu'au bout d'un moment elle ne savait plus combien elle en avait bu. Tessa tenait apparemment mieux l'alcool. Sophie se promit d'être désormais sur ses gardes. Lucien avait raison d'être furieux contre elle. Ils étaient arrivés depuis moins d'une journée, et elle était tombée dans le premier panneau venu. Sophie empoigna sa brosse et entreprit de se coiffer d'une main pendant que de l'autre elle se mettait du rouge à lèvres.

Lucien jeta un coup d'œil inquiet par la vitre de la voiture qui fonçait sauvagement au long des larges boulevards de New Delhi, bordés de luxueux immeubles inondés de lumière derrière leurs hauts murs et leurs grilles. La nouvelle ville tranchait avec le désordre des quartiers anciens. On se serait plutôt dit dans une capitale moderne comme Washington. Le chauffeur klaxonnait impatiemment pour s'ouvrir un passage au milieu des cyclo-pousse et des vaches errantes qui remarquaient à peine la voiture, jusqu'à ce qu'il tourne dans Rajpath. Rashtrapati Bhavan, la majestueuse bâtisse connue autrefois sous le nom de Viceroy's House, se dressait au loin, accueillante, au sommet d'une côte, son vaste dôme dominant la ville, l'image même de la grandeur impériale.

Ils roulaient en silence. Lucien espérait que l'incident n'était pas de mauvais augure. Sophie avait seulement eu à surveiller le déballage de leurs malles par les domestiques et à distribuer les tâches. Pas un travail bien compliqué. Elle avait eu tout le temps qu'elle voulait pour se reposer et se préparer. Elle savait à quel point ce genre de réception était important. Ils devaient faire bonne impression devant les anciens. Oh ! et puis, après tout… il n'y avait rien à gagner à en faire tout un plat. Autant ne pas se gâcher la soirée. Il l'observa. Elle ne s'était pas encore remise. Il le voyait au pli de sa bouche, légèrement pincée à la commissure alors qu'elle regardait par la fenêtre. Il n'aurait pas dû hausser autant le ton avec elle. Ce n'était pas sa faute si elle s'était fait harponner dès que la voiture l'avait déposée. Il aurait dû prévoir un coup de ce genre. Mais les domestiques, où étaient-ils donc passés ? Il faudrait faire tomber quelques têtes. Lucien prit la main de Sophie dans la sienne. Il aurait dû rester avec elle au lieu de filer tout droit à la chancellerie. Cela n'aurait dérangé personne, sauf qu'il avait été pressé de montrer qu'il était de ceux capables de passer leur nuit à voyager et le jour à travailler, sans transition.

— Pardonne-moi ma colère, chuchota-t-il.

Sophie tourna vers lui un regard désolé.

— Tu me pardonnes ? insista-t-il.

— C'est moi qui te dois des excuses. Je n'arrive pas à croire que j'aie été aussi stupide.

— Étant donné les circonstances, tu n'as rien à te reprocher. Et tu as bien fait d'accepter son hospitalité.

— Nous sommes horriblement en retard. C'est ma faute.

— Ça ne fait rien, répondit-il avant de lever la main de Sophie jusqu'à ses lèvres et d'y déposer un baiser. Personne ne se sera aperçu de notre absence. De toute façon, on pourra toujours inventer quelque excuse. Cela n'a rien d'un incident diplomatique grave, n'est-ce pas, Mrs Grainger ?

— Non, fit Sophie en se blottissant contre lui. Mais je n'aurais pas dû me faire avoir. Ce n'était pas sérieux de ma part.

— Tu racontes n'importe quoi, lui dit-il en appuyant ses paroles d'un clin d'œil. J'adore les femmes pas sérieuses…

Ils gravirent les marches du gigantesque escalier avec une heure de retard.

— Grainger !

Un homme corpulent dont les cheveux étaient aussi blancs et rares que sa face était rubiconde joua des coudes dans la foule pour venir les accueillir.

— Nous nous demandions où diantre vous étiez passés ! Vous avez loupé les discours de bienvenue, ce qui vous aurait fait une belle jambe, entre nous. Toujours les mêmes rengaines.

— Je vous prie de nous excuser, déclara Lucien en serrant cordialement la main de l'homme. Le chauffeur a pris le mauvais virage. Un peu plus, on se retrouvait à Tombouctou. Permettez-moi de vous présenter mon épouse. Sophie ?

Il pivota vers elle, tout sourire.

— Tony Hinchbrook, un de nos meilleurs conseillers.

— Enchantée, fit Sophie en tendant la main.

— Ma chère Mrs Grainger, dit ce dernier en lui faisant le baisemain. Vous êtes un plaisir pour les yeux.

— Merci.

Elle le gratifia de son sourire le plus charmant, en dépit du fait qu'il était manifestement ivre.

— Je vous aurais volontiers présenté ma femme, mais elle s'est volatilisée, reprit Tony Hinchbrook en se tournant à droite puis à gauche sans conviction. Elle est sans doute avec les autres épouses, en train de comploter dans un coin. Il n'y a rien de tel que l'odeur du sang frais pour délier les langues. Et puis on est tous impatients de faire la connaissance de ceux qui sont venus remplacer les Smythson.

— J'espère que l'on ne décevra pas trop, glissa Lucien.

— Cela m'étonnerait, Grainger, répliqua Hinchbrook en se tapotant le nez. Disons que votre réputation vous a précédés.

— Est-ce une bonne ou une mauvaise chose ?

— Qui sait ? repartit le conseiller avec un sourire énigmatique. Mettons que l'histoire le dira.

Un serviteur s'approcha sans bruit et leur offrit des flûtes de champagne.

— Crois-tu que je pourrais plutôt avoir de l'eau de Seltz ? demanda Sophie à son mari.

Lucien fit la sourde oreille. Il prit deux flûtes sur le plateau et lui en tendit une d'office.

— Appleton se trouve dans les parages ? interrogea-t-il. Je voudrais lui présenter mes plus plates excuses pour ce retard.

— Il est quelque part, répondit Tony Hinchbrook. Sans doute toujours avec Gresham, un collègue américain. On est tous préoccupés par la situation au Kerala, surtout les Américains.

À cet instant, un gong fit sonner sa voix grave.

— Trop tard, dit Tony. Le dîner est servi. J'espère que vous savez où vous êtes assis…

Il se tourna vers Sophie avec une lueur malicieuse dans les yeux.

— Il y en a qui ont été passés par les armes pour avoir trafiqué le plan de table.

La salle de banquet s'ouvrit devant eux à la manière d'une caverne dorée. Une longue table dressée d'une centaine de couverts. Chaque assiette était mise en place avec une précision géométrique. L'argenterie rutilait, les verres jetaient mille feux, les candélabres emplissaient l'immense pièce d'une clarté douce. Sophie ne lâcha pas le bras de Lucien. Elle s'efforçait d'ignorer les regards posés sur eux, les murmures qui circulaient, les têtes qui pivotaient, quand on ne les toisait pas ouvertement. En revanche, elle n'oubliait pas de sourire, en espérant que cela lui donnait l'air d'être sûre d'elle. Au fond, elle était contente d'être arrivée en retard. Si c'était là l'accueil chaleureux réservé aux nouvelles venues par les épouses de diplomates, Dieu sait quelle douche froide lui aurait été administrée pendant le cocktail où ces dames auraient eu tout le loisir de l'inspecter. Elles lui auraient peut-être demandé d'ouvrir la bouche pour pouvoir examiner sa dentition.

— Grainger !

Lucien promena les yeux à la ronde.

— Par ici ! entendit-il de nouveau.

Un grand blond affichant un large sourire s'avança la main levée pour le saluer.

— Ah ! s'écria Lucien. Bevan ! Je te parlais justement de lui.

— Bien sûr, opina Sophie en essayant de ne pas montrer qu'elle ne savait pas de qui il s'agissait.

Elle avait été bombardée de tant de noms avant leur départ qu'ils s'étaient tous mêlés pour former un énorme nœud. Qui était qui, elle n'en avait aucune idée. Ni de ce qu'ils faisaient, ni à qui ils étaient mariés. Elle ne se rappelait même pas le nom du conseiller avec qui ils discutaient avant le coup de gong du dîner. Avec la chance qu'elle avait, elle allait se retrouver assise à côté de lui.

— Bevan, dit Lucien en échangeant une poignée de main avec le blond. Mon épouse, Sophie.

— Enchantée, prononça-t-elle en songeant qu'elle devait absolument se fourrer le nom de celui-ci dans le crâne.

— James Bevan… Jim, précisa l'homme à Sophie, qui lui serra la main. La journée a été longue pour vous.

— Oui, répondit-elle. Assez longue.

— Ne vous laissez pas impressionner par tout ce tralala. Dites-vous que c'est un dîner entre amis, sauf qu'il y a beaucoup d'amis et que c'est bien moins intéressant.

Il lui sourit, et elle ne put s'empêcher de noter qu'il était extraordinairement séduisant. Soudain, la mémoire lui revint : l'homme dont Tessa Wilde avait parlé le matin.

— Grainger, votre place est ici, annonça-t-il en désignant un couvert. En position de tête, à côté du patron. Il a sûrement l'intention de vous tenir la jambe toute la soirée.

— Mrs Grainger ?

Sophie se retourna pour découvrir une femme à l'allure de matrone.

— Ros Appleton, se présenta la dame en lui tendant une main gantée. L'épouse de David Appleton. Je vous cherche depuis le début de la soirée.

— Enchantée… Nous avons été malencontreusement pris dans des embouteillages. Notre chauffeur s'est trompé de rue et…

— Vous êtes par ici, avec nous.

— Oh, fit Sophie en lâchant à regret le bras de Lucien.

— Vous ne voudriez quand même pas rester coincée avec ces messieurs pendant qu'ils parlent boutique.

Sophie jeta un coup d'œil à Lucien, dans l'espoir qu'il volerait à son secours, mais son mari était en train de serrer la main à un autre personnage pendant que l'incroyablement séduisant Jim Bevan lui chuchotait quelque information importante à l'oreille.

— Venez donc ! dit Rosamund Appleton en la prenant par le coude et en l'entraînant d'une main autoritaire. Je nous ai assises avec les Hinchbrook et je vous ai mise en face du général Hurst. L'armée de Sa Majesté… Il est ici en visite avec son épouse pour quelques jours. De bonne compagnie, quoiqu'il ne soit pas très beau à regarder, le pauvre homme... avec son œil de verre.

Dans le bourdonnement des conversations animées par la centaine de voix, Lucien s'octroya quelques instants pour observer autour de lui : la grande salle des dîners de gala somptueusement ornementée, le faste chatoyant des robes de satin et l'éclat doré des décorations. Tout cela, c'était ce qu'il avait cherché dès le départ, la raison qui l'avait fait entrer aux Affaires étrangères. Cette existence enchanteresse pour ceux qui avaient assez de talent pour gravir les échelons jusqu'au sommet. Désormais plus aucun obstacle ne se dressait sur le chemin qu'il s'était choisi. Avec un sourire de contentement, il se remit à écouter David Appleton.

— Vous remarquerez quelques sourires crispés ici et là, signe que les choses ne vont pas bien pour tout le monde, disait ce dernier. Les élections ne se sont pas déroulées exactement comme prévu. Un tour de plus que nous a joué le parti du Congrès... Ce qui se passe au Kerala est un sale coup. Personne ne l'avait vu venir. Si ces Indiens n'étaient pas aussi querelleurs, ils feraient peut-être de meilleurs hommes politiques. C'est un miracle qu'on parvienne au moindre résultat.

— Et que pensez-vous de Nehru ? s'enquit Lucien.

Bien entendu, il avait lu toute la littérature qu'il avait pu trouver : des tonnes de télégrammes et de dossiers confidentiels décrivant la situation actuelle du point de vue politique et commercial, et fournissant des renseignements d'importance variée. Mais, à son avis, il valait toujours mieux cueillir ses informations à la source.

— Nehru ? Qu'est-ce que vous croyez ? Il est fatigué, surmené, déprimé. Qui ne le serait pas à sa place ? C'est un homme remarquable, là-dessus il n'y a aucun doute, mais il ne rajeunit pas et cela m'étonnerait qu'il puisse s'imposer avec toute l'énergie qu'on lui connaissait. Le succès des communistes au Kerala a été une sacrée gifle, et les Américains ne l'ont pas digéré, dit Appleton en marquant une pause pour tirer une bouffée de son cigare. Voilà ce qui arrive quand les chefs se mettent à se créer un nid douillet. Je parle des Indiens, bien sûr. C'est tout ce qu'ils savent faire. La corruption est un fléau. En dépit de ce que les gens pensent, les électeurs ne sont pas tous stupides. Au moins Nehru a eu la sagesse de dénoncer publiquement les défaillances du parti du Congrès, mais qu'est-ce que cela change si l'on n'a rien d'autre à proposer ? Le citoyen lambda n'en a rien à foutre de la politique. Il veut être sûr d'avoir de quoi manger et assez d'eau potable.

— En quoi cela nous concerne-t-il ?

— Cela ne nous concerne en rien, répliqua David Appleton avec un sourire goguenard. Ce n'est plus notre affaire, grâce au ciel. Autant qu'on sache, il n'y a pas de politique à long terme sur quoi que ce soit. Si la situation n'était pas aussi épineuse, ce serait risible. L'indépendance a été une autre paire de manches. Tout le monde voulait la même chose, mais ça, c'était il y a dix ans. Aujourd'hui, on a un parti majoritaire qui ne parvient même pas à s'entendre sur le menu du déjeuner, poursuivit-il en faisant tourner pensivement son cigare pour en retenir la cendre. Certains sont décidés à construire une Inde moderne, avec ce que cela suppose de progrès scientifiques et sociaux, alors que les autres préféreraient garder un pays arriéré formé d'une mosaïque de villages tout juste aptes à se suffire à eux-mêmes. Et si en plus le gouvernement central ne peut pas accorder ses violons, alors que peuvent-ils espérer ?

— Et les socialistes ?

— Oh, ceux-là, ils ne comptent pas, fit-il en tétant son cigare. Ils n'ont aucun pouvoir. Nehru leur a volé leur discours il y a déjà longtemps, avec ses généreuses ambitions pour la société indienne. Leurs arguments sont minces, et aucun d'eux n'a de sens pratique politique. Non, ce sont les communistes qui inquiètent tout le monde. Ils sont bien organisés et efficaces. Ils ont beaucoup d'argent pour leurs campagnes, et on sait tous d'où il vient.

— De Russie ?

— Sans aucun doute. Et de Chine. Ils sont trop contents de financer l'avancée du communisme, quoique rien ne soit corroboré officiellement. Voilà ce qu'on récolte quand on s'avise de serrer la main à des Khrouchtchev et à des Boulganine. Plusieurs dirigeants du Congrès s'aperçoivent qu'ils ont commis une grosse erreur. On aurait pu croire qu'ils avaient plus de bon sens que cela.

— Et maintenant que va-t-il se passer ?

— Rien, répondit Appleton en haussant les épaules. Les chefs du Congrès au Kerala ne sont même pas capables de former un front uni pour s'opposer aux communistes. Ces derniers sont bien installés dans la place, et quant au temps qu'il faudra pour les déloger… C'est la règle, dans ce pays. Tout progresse à une lenteur effroyable, le reste n'est que belles paroles de la part de politiciens ambitieux mais incompétents. Tout ce qu'ils disent n'est que du vent. Alors que ce pays a besoin d'hommes d'action. D'un pouvoir fort, autoritaire.

— Nehru ne correspond pas à cette description ?

— En tant qu'homme d'État ? Je ne lui trouve aucune imperfection. C'est un génie. Il a conquis le cœur de son peuple, vous pouvez en être certain. Mais en tant que leader ? ajouta Appleton avec un petit rire étouffé. Il est doux comme un agneau…

Lucien approuva de la tête en silence.

— Ce n'est pas moi qui le lui reprocherai, reprit son hôte. Il fait ce qu'il peut. Ils sont quatre cents millions dans ce pays, en grande majorité des paysans analphabètes. Vous vous imaginez un peu. Quatre cents millions. Gouverner une multitude pareille est une tâche quasi impossible tant qu'ils vivent dans la dissension.

— La dissension entre qui et qui ?

— Vous le découvrirez bien assez tôt.

David Appleton mâchonna son cigare en contemplant la

nouvelle recrue d'un air songeur, se demandant si ce jeune homme était aussi brillant qu'on le lui avait laissé entendre. Les choses étaient sur le point de se compliquer, surtout avec la perspective de la visite officielle prévue pour la nouvelle année. Cela l'aurait arrangé que Smythson reste encore six mois, au moins il avait de la bouteille, mais avec un peu de chance ce garçon ne se révélerait pas trop mal.

— Vous aimerez Nehru. Son entourage est de qualité, lui aussi. Bon, ils n'en sont qu'au début. Nous nous contentons du rôle de spectateurs. Ils peuvent compter sur notre assistance tant que nous n'avons pas à nous salir les mains. Il y va de l'intérêt de tous que les dirigeants du Congrès se maintiennent au pouvoir, et notre mission consiste à veiller à ce que le gouvernement actuel bénéficie d'un soutien non seulement intérieur mais aussi extérieur.

— Quoi d'autre ?

— Eh bien, le Cachemire demeure une pomme de discorde, répondit David Appleton en cherchant une position plus confortable sur sa chaise dorée à la feuille. Vous avez sûrement lu les télégrammes à ce sujet. Des bruits courent, bien sûr, toujours les mêmes, mais il est hors de question pour nous de nous engager militairement si l'escalade se poursuit, ce qui est plus que probable, à voir la tournure des événements. Il faudra qu'ils trouvent tout seuls une solution, comme pour le reste. Après tout, si vous mettez un État souverain à la porte pendant une fête, vous ne pouvez pas le rappeler ensuite pour faire le ménage, si ? Mais attention à ce que vous direz à ceux qui vous mettront au pied du mur, Grainger. Vous êtes sur des sables mouvants, regardez où vous posez les pieds.

— Je vois.

— À part ça, vous vous plairez ici. Les mondanités vont bon train. Personne n'a vraiment envie de travailler. Les Indiens se chargent fort bien de semer la pagaille sans notre aide.

Sophie observait la bouche de Rosamund Appleton en espérant que cesseraient de remuer ces lèvres d'où se déversait un flux sans fin de paroles qui lui fendaient le crâne. C'était insupportable, et pourtant elle devait le supporter, ainsi que l'envie irrépressible de bâiller. Elle sentit les muscles au fond de sa gorge se contracter, ses narines commencer à s'ouvrir. Prends une profonde inspiration, se dit-elle sévèrement, et essaye de comprendre ce que cette dame est en train de te raconter.

— ... foyer pour les incurables. Dans un sens, cela paraît inutile, n'est-ce pas ? À quoi bon en hospitaliser une centaine, alors qu'il y a des milliers d'infirmes dans les rues ? Mais personne n'ose rien dire. Ils tiennent à leurs institutions comme à la prunelle de leurs yeux. Vous n'aurez pas le temps de vous ennuyer avec toutes ces bonnes œuvres. Le problème, c'est de tout caser. Parfois, j'ai l'impression que je n'ai même pas le temps de penser !

Rosamund Appleton marqua une pause pour boire un peu d'eau. Elle a peut-être fini, songea Sophie. Pourvu que ce supplice s'arrête...

— Mais d'abord, il faut trouver vos marques, continua son hôtesse. Visitez ce qu'il y a à visiter. Je peux vous emmener faire le grand tour, si vous voulez. Notre chauffeur le connaît par cœur, et je suis une véritable encyclopédie sur chaque site, à force, voyez-vous. C'est un peu rasoir, mais obligatoire. Les gens aiment bien qu'on les prenne en charge et qu'on leur montre tout ce qu'il y a à voir. Il faut que vous alliez au Qutb minar, le célèbre minaret qui date du XIIIe siècle. Une épouse du harem du maharaja de Kapurthala s'est jetée du haut de cette tour... pour se suicider ! C'est une ville merveilleuse, de l'avis des Indiens, la nouvelle ville en tout cas. Elle a été construite par Edwin Lutyens, voyez-vous, quoique je ne pense pas que les Anglais se seraient donné autant de mal s'ils avaient su qu'ils seraient obligés de l'abandonner quelques années plus tard. Je vous conseille cependant d'éviter certaines rues. Une crasse et une pauvreté inimaginables, des maladies effroyables. Ne buvez jamais l'eau à moins qu'elle n'ait été bouillie au préalable. Et ne faites pas attention aux mendiants. Ils sont partout, et si vous avez le malheur de faire l'aumône à l'un d'eux vous en aurez mille qui vous tomberont dessus. Il faut savoir passer devant eux sans les voir. De toute façon, à quoi rime d'aider des gens qui ne s'aident pas eux-mêmes, n'est-ce pas ?

Sophie la regardait fixement, les yeux fatigués à en pleurer, des démangeaisons aux coins des paupières. Elle ne se rendit pas tout de suite compte que la bouche de son interlocutrice ne bougeait plus. Rosamund Appleton la dévisageait d'un air bizarre. Sophie s'aperçut avec horreur qu'elle attendait une réponse de sa part. Que venait-elle de dire ? Sophie avait l'esprit tellement ailleurs qu'elle aurait tout aussi bien pu être endormie. La journée entière et maintenant cette soirée étaient un naufrage. Elle enfonça ses ongles dans ses paumes et indiqua par un battement de cils à sa volubile voisine qu'elle avait toute son attention.

— C'est très intéressant, avança-t-elle au petit bonheur.

En réalité, elle cherchait un moyen de la décider à importuner quelqu'un d'autre avec ses bavardages. Elle ne tiendrait pas une seconde de plus.

— Je me demande ce qu'en pense le général ? débita-t-elle tout d'une haleine en se penchant vers le susnommé.

L'œil de verre se posa froidement sur elle tandis que l'autre resta à moitié fermé.

— Général Hurst ? insista-t-elle.

Elle s'était exprimée d'une voix sonore, trop sonore. Les conversations autour d'elle s'arrêtèrent net. Toutes les têtes se tournèrent vers elle.

— Quoi ? aboya le général d'un ton qui laissait penser qu'elle l'avait interrompu au milieu de quelque chose de capital.

— Rien, répondit Sophie, contrite. Je voulais juste…

— Il faut parler plus fort ! lui cria-t-il. Je suis sourd

d'une oreille, précisa-t-il en levant un doigt vers son côté gauche. Mon tympan a été déchiré pendant la guerre du Pacifique.

— Oh ! fit-elle, avant d'ajouter plus fort : C'est terrible !

— Vous êtes adorable, ma chère, mais vous ne devez pas vous frapper. La surdité a ses avantages.

Il fit rouler son œil valide en direction de Rosamund Appleton, laquelle avait jeté son dévolu sur l'épouse du général, qui avait la malchance d'être assise à la gauche de l'impénitente bavarde.

— J'ai cru que cette soirée ne se terminerait jamais, lâcha Sophie d'une voix lasse en ôtant ses souliers. Tessa Wilde a raison au sujet de cette Appleton. Je n'ai jamais entendu personne jacasser comme ça.

— Tiens, dit Lucien en lui présentant ses boutons de manchette. Tu peux m'aider, s'il te plaît, chérie ?

Sophie dégagea les boutons en or de leur boutonnière.

— Elle m'a demandé de passer chez elle vers onze heures demain matin. Je ne crois pas que j'en aurai le courage.

— Je crains, ma chère, que cela ne fasse partie du poste. Je traite avec les tacticiens, toi avec les épouses et les enfants. Tu n'as qu'à sourire et penser à l'Angleterre.

Sophie décrocha ses boucles d'oreilles.

— J'ai l'horrible pressentiment qu'elle a l'intention de me présenter tambour battant à l'association des épouses de diplomates, et nos affaires ne sont même pas encore déballées.

— Tu vas très bien t'en sortir.

— Tant qu'elle ne m'oblige pas à boire une demi-pinte de gin avant le déjeuner, repartit-elle en lui tournant le dos.

— Ce qui me rappelle, dit Lucien en abaissant la fermeture Éclair de sa robe. Ce n'était pas très adroit de ta part, chérie, de réclamer de l'eau de Seltz. Je crois que personne n'a remarqué, Dieu merci. Refuser une flûte de champagne, cela ne se fait tout simplement pas. C'est un affront personnel à ton hôte. Une attitude hautaine et méprisante.

— Oh ! fit Sophie. Je n'y avais pas pensé.

— Bien sûr que non, répondit-il en plantant un baiser sur sa nuque. Mais rien n'attire plus les soupçons que l'abstinence. Je ne voudrais pas qu'on pense que j'ai épousé une bégueule.

Il lui sourit puis alla s'enfermer dans la salle de bains.

16

Sophie se sentait comme un poisson dans un bocal, avec tous ces yeux fixés sur elle tandis qu'elle répondait à une question après l'autre.

— Pour tout vous avouer, ça s'est passé très vite, dit-elle. Je suis tombée des nues le jour où il m'a fait sa proposition. Je lui ai même demandé s'il était sûr.

Sa remarque provoqua des rires.

— Veinarde, opina Rosamund Appleton. J'ai bien failli renoncer avec David. Ça lui a pris trois ans. Si je ne l'avais pas menacé de le planter là, cela aurait pu se prolonger jusqu'à la fin des temps.

— Nous autres dans la diplomatie ne sommes pas des couples comme les autres, bien sûr, observa Melanie Hinchbrook. On devrait nous payer grassement pour le travail que nous fournissons.

— Ici, on n'exige pas grand-chose de nous, rectifia Lucinda Bevan. J'ai adoré tous nos postes en Inde. Calcutta, je m'y suis follement amusée. C'était la fête permanente.

— Oh, les fêtes ! soupira Tessa en feignant une immense lassitude. Il va falloir vous y faire, Sophie.

— Ainsi qu'à subir des raseurs.

— Prenez garde au caporal Fellowes. On le surnomme la pieuvre.

— En plus, vous êtes son genre.

— Combien de temps avez-vous travaillé au Foreign Office ?

— Deux ans, dit Sophie.

— Et vous louiez un logement ?

— En fait, je partageais un petit appartement avec une amie qui travaillait pour le London Phil...

— Vous vous rendez compte ! s'exclama Melanie Hinchbrook à la cantonade. Pouvoir se lever le matin et faire ce que l'on veut. Je donnerais n'importe quoi pour avoir accès à un grand magasin.

— Il va vous falloir vous accoutumer au climat et à côtoyer les indigènes. Pour certaines d'entre nous, c'est un calvaire. Tout le monde n'est pas capable de s'adapter au style de vie.

— Toute femme tentée d'épouser un homme dans la carrière diplomatique devrait être autorisée à le prendre à l'essai la première année. Si ça ne colle pas, elle devrait pouvoir déchirer son acte de mariage et le faire annuler ! On ne sait pas d'avance dans quoi on s'engage, et ensuite il est trop tard pour reculer.

— Delhi est un paradis, comparée à certains postes. La Chine est en général considérée comme le comble de l'horreur et, si j'ai un conseil à vous donner, évitez certains pays africains. Pour ma part, je n'avais qu'une hâte, c'était de quitter Nairobi. C'était abominable.

— Ne l'écoutez pas, intervint Tessa. Celle qui vous a précédée a été très heureuse ici, il n'y a pas de raison que vous ne le soyez pas aussi.

— June Smythson a été catastrophée le jour où Charles a été rappelé à Whitehall. Leur temps d'affectation était terminé, mais elle espérait trouver un moyen de rester, même si son mari en avait manifestement par-dessus la tête d'être ici. Elle était comme folle !

— Quatre ans, c'est long, approuva Melanie Hinchbrook. Mais c'est le maximum qu'on puisse faire et ce n'est pas bon de prolonger indéfiniment une affectation. Ceux qui sont loin de l'Angleterre depuis trop longtemps ont tendance à embrasser les mœurs du pays. Pauvre June, elle était dans tous ses états en partant. Comment trouvez-vous la maison ?

— Parfaite, répondit Sophie.

— Pas de problèmes de personnel ? l'interrogea Melanie en regardant Ros Appleton à la dérobée.

— Eh bien…, fit Sophie.

Elle hésita un moment. Il lui faudrait renvoyer le majordome, c'était certain. Lucien n'aurait pas dû trouver la maison plongée dans le noir et elle endormie. Elle s'était demandé si Santash ne l'avait pas fait exprès, rien que pour la mettre dans l'embarras. De toute évidence, il ne l'aimait pas, et c'était réciproque. Son expression renfrognée la mettait mal à l'aise.

— Il y a bien quelques détails à rectifier. Par exemple, je n'ai pas une haute opinion de Santash, le majordome.

— Je vous l'avais dit, opina énergiquement Tessa à l'adresse des autres avant de se tourner vers Sophie. June Smythson ne jurait que par lui, comme si cet homme était un saint, mais en ce qui me concerne je n'ai jamais pu le blairer. Il y en a qui ont vraiment mauvais esprit. C'est la faute de June. Elle était trop intime avec les serviteurs, surtout avec celui-là. Ça lui est monté à la tête. Vous savez, un jour…

Elle baissa la voix pour raconter :

— Un jour, je l'ai surpris dans la cour où le *dhobi* suspendait le linge, et vous savez ce qu'il faisait ?

Elle se pencha vers le cercle de femmes.

— Il *touchait* sa lingerie fine. Vous vous rendez compte ? C'est vrai, assura Tessa en se tournant de nouveau vers Sophie. Le bruit a même couru qu'elle…

— Tessa, la coupa Ros Appleton en la fusillant du regard. Merci de ne pas colporter ces méchants ragots. De la pure médisance, je ne veux pas en entendre davantage, surtout que la pauvre femme n'est plus là pour se défendre.

— Comme cette histoire avec Edwina Mountbatten[1],

1. L'épouse de lord Mountbatten, le dernier vice-roi des Indes, arrière-petit-fils de la reine Victoria, héros de la Seconde Guerre mondiale, qui a réussi en un temps record – quelques mois seulement – à organiser le retrait de l'Angleterre des Indes. Le couple Mountbatten s'était lié d'une véritable amitié avec l'homme d'État indien Jawaharlal Nehru, issu d'une longue lignée d'aristocrates hindous.

enchérit Melanie Hinchbrook en s'appuyant au dossier de sa chaise et en haussant un sourcil entendu à l'intention de Sophie. Elle avait beaucoup d'affection pour Nehru, vous savez. Un peu trop d'affection, si vous voulez mon avis. Le bonhomme était fou amoureux.

— Assez, Melanie, lui ordonna Ros Appleton.

— Quoi ? Le secret le moins bien gardé de Delhi ! s'exclama Melanie avec un petit soupir amusé.

— Mais imaginez le scandale si cela avait été vrai, intervint Lucinda. Lady Mountbatten avec un *hindou* !

Le sourire de Sophie se figea. Ce courant d'insinuations calomnieuses s'était si facilement infiltré dans le salon. Elle porta sa tasse à ses lèvres et contempla les jolis boutons de rose peints à la main sur la soucoupe.

— Oh, Lucinda ! Arrêtez, enfin ! s'écria Melanie. June avait un faible pour le valet de chambre de son mari, et alors ?

— Mesdames ! lâcha Ros d'un ton sec. Je ne tolérerai pas un mot de plus. C'est indigne de vous.

— Mieux vaut le renvoyer, Sophie, souffla Tessa à Sophie. Et si vous voulez vous sentir plus tranquille, glissez-lui quelques billets. Pourvu qu'il débarrasse le plancher. C'est un sale type.

— Mais comment le remplacer ? s'enquit Sophie.

— Je vais en toucher un mot à Vicky. Je vous l'envoie demain matin, une fois que Stephen n'aura plus besoin de lui. Il saura quoi faire.

— Heureusement que nous avons Vicky, soupira Lucinda. Il suffit de lui poser la question, et il remuera ciel et terre pour vous rendre service ! La femme de chambre qu'il m'a trouvée l'année dernière est une merveille.

— Merci, dit Sophie. Je me réjouis tellement d'être ici.

— Vous ne chanterez pas la même chanson cet été quand le thermomètre affichera quarante-quatre degrés à l'ombre.

Sophie ouvrit la bouche pour répondre, mais le groupe s'était mis à caqueter passionnément.

— Celles d'entre nous qui ont été échaudées se débrouillent

pour fuir les grosses chaleurs. Que les maris se les coltinent ! Les mois de mai et juin en particulier sont intenables. Après quoi, ce sont les vacances scolaires et les mômes qui débarquent en s'attendant à ce qu'on leur trouve des distractions à toutes les heures du jour et de la nuit.

— Les domestiques ne sont pas là pour s'en charger ? avança Tessa.

— Dieu merci, il y a les domestiques, et puis il y a le club.

— Avec tout ça, on n'a pas le temps de s'ennuyer, observa Rosamund. Il y a toujours quelque chose à faire. Des bonnes œuvres en veux-tu en voilà, et puis les tombolas à organiser, et des fêtes enfantines. Je parie qu'à la fin de la semaine vous n'aurez plus une heure de libre dans votre agenda. En tout cas, n'hésitez pas à solliciter notre assistance, nous sommes à votre disposition.

— C'est très gentil à vous, déclara Sophie non sans quelque appréhension.

Comme prévu, Vicky se présenta chez Sophie le lendemain matin à dix heures tapantes. Celle-ci avait tenté de persuader Lucien de faire le sale boulot à sa place. Pendant le dîner, la veille, elle lui avait affirmé que ce serait mieux pris si cela venait d'un homme. Lucien avait rétorqué que pas du tout, tout ce qui concernait la maison et les domestiques relevait de son domaine à elle. Cinq minutes après l'arrivée de Vicky, la domesticité au complet – cuisinier, balayeur, femme de chambre, *dhobi*, jardinier, majordome et chauffeur – se trouva réunie sur la véranda derrière la maison. Ils avaient tous l'air affolés. Enfin, tous sauf Santash, qui affichait une expression tellement sévère que Sophie n'osait même pas regarder de son côté. Elle prit sur elle pour leur adresser quelques mots, que Vicky traduisit simultanément de manière à minimiser les risques de malentendu. Ils devaient venir chacun à tour de rôle prendre leurs ordres dans le bureau, où elle leur expliquerait ce qu'elle attendait d'eux. Ensuite, Sophie rentra dans la maison. Peu après, Vicky lui amena le premier d'entre eux.

— Santash, commença-t-elle. Le sahib préfère être servi par son propre valet. Il vous félicite de vos bons et loyaux services auprès des Smythson, mais il estime que vous avez mieux à faire ailleurs…

Elle ramassa l'enveloppe qu'elle avait préparée pour lui.

— Là-dedans, vous trouverez une lettre de recommandation et une indemnité de départ. Votre congé prend effet immédiatement. Vos fonctions seront remplies par quelqu'un d'autre.

Santash la dévisagea quelques instants puis, sans un mot, prit l'enveloppe.

— Ce sera tout, dit Vicky en lui indiquant la porte d'un signe de tête.

Santash jeta alors à l'autre Indien un regard si venimeux que Sophie en eut froid dans le dos.

— Dehors ! ajouta Vicky.

Santash pivota sur ses talons et sortit en claquant la porte. Sophie attendit encore quelques longues secondes avant de s'écrouler dans le fauteuil de bureau.

— Dieu soit loué ! Je dois vous avouer que j'ai trouvé toute cette histoire très désagréable.

— Ne vous inquiétez pas, memsahib, lui assura Vicky. Je me suis renseigné. Je connais un excellent valet. Il cherche une place chez un particulier. Il s'appelle John. C'est un chrétien, mais il a d'impeccables références. J'essaye de vous le réserver, déclara-t-il en baissant pudiquement les yeux. Il faut peut-être débourser un peu d'argent, pour le libérer de…

— Bien sûr, s'empressa de répondre Sophie.

Elle ouvrit le tiroir de Lucien, sortit quelques petites coupures et les tendit à Vicky, qui les glissa dans sa poche sans même y jeter un coup d'œil.

— Je vous suis très reconnaissante, Vicky. Santash avait l'air furieux. Étant donné son attitude, je me demande pourquoi Mrs Smythson ne l'a pas renvoyé elle-même.

Vicky la regarda un instant comme s'il avait quelque chose à dire à ce sujet, puis il changea d'avis.

— Votre cuisinier ne vous causera pas d'ennuis, memsahib. Il est qualifié, sauf que son anglais n'est pas bon. Il fera tout pour vous plaire. Vous lui expliquerez ce qu'il doit faire et lui donnerez des ordres qu'il est capable de comprendre. Comme ça, il sera heureux. Et un cuisinier heureux est un bon cuisinier, memsahib. Je vous l'amène.

Une fois Vicky sorti, Sophie s'imposa quelques respirations profondes, lissa sa robe et se mit debout. Vicky revint en compagnie du cuisinier. Sans lever les yeux, celui-ci ôta sa toque et la tint nerveusement entre ses mains. Vicky lui ordonna de se redresser et lui rappela les bonnes manières.

— Memsahib, marmonna le cuisinier.

— Dilip, fit Sophie. Vous avez tout ce qu'il vous faut à la cuisine ?

— Oui, memsahib.

— C'est bien, dit Sophie en lui souriant. Vous n'avez rien contre la viande de bœuf ?

— Non, memsahib.

— Parfait. Mr Grainger aime son steak saignant. Très saignant.

17

Des dossiers confidentiels circulaient autour de la table, chacun les ouvrant à tour de rôle. David Appleton leva les yeux.

— Il est évident que le programme de cette visite a déjà été longuement réfléchi, mais le Premier ministre a accepté en même temps l'invitation de l'Australie, ce qui signifie qu'il ne restera chez nous que quatre jours.

— Quatre jours ?

— Hélas. Quatre jours en Inde, quatre au Pakistan et moins de deux à Ceylan.

Jim Bevan ôta ses lunettes et laissa échapper un soupir d'exaspération.

— C'est ridicule.

— Downing Street n'a pas eu tellement le choix. Ils ne pouvaient pas dire non, n'est-ce pas ? Bon, en effet, quelqu'un aurait pu y penser avant.

— Magnifique, grommela Tony Hinchbrook.

— Néanmoins, c'est à nous de veiller à faire de cette visite un événement remarquable, et il n'est pas question de nous écarter du programme. Le Premier ministre s'entretiendra avec le président des États-Unis, le Premier ministre canadien et les autres chefs de gouvernement de l'OTAN. Les conversations porteront sur les craintes devant la montée du communisme.

— Quatre jours, répéta Jim Bevan, ce n'est pas suffisant pour prolonger la visite en dehors de Delhi.

— Ils sont déjà au courant, dit Lucien en épluchant son dossier. À ce que je vois, tout va se passer chez nous. Le Premier ministre enchaînera en se rendant tout droit à Karachi en avion.

— Je suppose que cela simplifiera les choses, approuva

Hinchbrook. Moins une visite est longue, moins on a de risque de désordre.

— Et pour ce qui est de lady Macmillan ?

— Il va falloir mettre au point un programme à part. Pour commencer, voyons si elle a des envies particulières. Que l'AEDP organise un thé ou quelque chose.

— Et pour la presse ?

— Trois correspondants britanniques accompagnent la visite. En revanche, la presse d'ici est libre.

— Est-ce une visite amicale ?

— Oui, répondit David Appleton, et je ne veux pas entendre la moindre contestation, surtout en présence des journalistes.

— Et la sécurité ?

— À mon avis, il n'y a pas de souci à se faire de ce point de vue. Downing Street prend les mesures habituelles, et nos collègues indiens veilleront à ce qu'il n'y ait pas d'anicroche. Nous redoublerons nous-mêmes de vigilance. Alors attention à vos faits et gestes, messieurs. Ce n'est peut-être pas une bonne idée de se rendre chez une maîtresse avec un garde du corps sur les talons…

Ces paroles firent affleurer quelques sourires autour de la table.

— Nous entourerons aussi la résidence de mesures de sécurité exceptionnelles, histoire de veiller au grain. Il y a une note d'information relative à l'organisation du personnel. Ces dames de l'AEDP vont s'en occuper…

Il referma le dossier devant lui.

— Je vous recommande à tous de lire attentivement les instructions, et on se réunira de nouveau à trois heures cet après-midi.

Vicky tenait audience assis à une table dans un coin de l'*Apna Stop*, une buvette qui servait du *chai*[1] sur Janpath,

1. Thé.

dissimulée derrière le fouillis d'étals du bruyant bazar à l'extrémité commerciale du boulevard, proposant de tout, depuis des draps en coton jusqu'à des paniers d'épices et de bétel. Vicky avait rarement à plonger la main dans sa poche pour payer son Coca-Cola. Tout le monde savait combien il était puissant et influent, à condition de savoir se montrer persuasif. Comme par magie, il vous dégotait des emplois inespérés. Il avait ainsi placé un grand nombre de gens de maison. Le dimanche défilait à sa table un flot régulier de candidats, dont le visage se peignait de désespoir ou de reconnaissance, selon qu'ils obtenaient ou non ses faveurs. Vicky aimait être le point de mire. Rien ne le mettait de bonne humeur comme de constater le respect général qu'inspirait sa personne. Il fallait voir avec quel plaisir sans mélange il buvait les éloges de ceux qui insistaient pour lui offrir son repas.

Le dimanche, Vicky n'était plus un domestique. Il devenait un homme d'affaires que les passants regardaient avec déférence se diriger vers l'*Apna Stop*, où il s'attablait pour la journée. Il y discutait avec les habitués et ne se pressait pas quand il remarquait un individu qui s'approchait timidement, dans l'espoir de décrocher un entretien avec ce prodige dont on disait qu'il contrôlait le marché du travail dans les enclaves résidentielles du quartier diplomatique. Il arrivait que Vicky prenne sa décision avant même que le postulant franchisse le seuil. Trop laid. Une mauvaise dentition. Des vêtements crasseux. Trop vieux. Au début, il s'était laissé déborder par le déluge de requêtes ; la nouvelle de ses prouesses s'étant répandue, il avait vite été accueilli par une file d'attente. Ne sachant plus comment s'en dépêtrer, il avait fini par engager un type costaud qu'il rémunérait pour chasser les hordes de fâcheux n'ayant pas de quoi lui verser des arrhes. Il n'était pas une œuvre de bienfaisance. À chaque fois qu'il acceptait d'aider quelqu'un, il engageait sa propre réputation. Ils devaient avoir des références solides et fiables s'ils voulaient entrer au service de particuliers. S'ils ne pouvaient pas présenter les papiers requis, alors, bien entendu, cela coûtait beaucoup plus cher. Et si jamais ils étaient engagés, ce qu'il n'était pas en mesure de garantir, ils étaient invités à lui verser une modeste commission sur leurs gages. Il exigeait peu, seulement un très raisonnable trente pour cent, et uniquement la première année, après quoi il réduisait ses tarifs. Il n'était pas de ces individus cupides, de ces profiteurs qui grugeaient les employés en les obligeant à prendre des engagements qu'ils ne pourraient jamais tenir. Pour sa part, il partait du principe que tout le monde devait être content. Quant à lui, il l'était assurément, car sa vie était fort confortable.

— Il fait un peu frisquet aujourd'hui, dit le propriétaire des lieux en essuyant la table de Vicky et en troquant le cendrier en fer-blanc plein de mégots contre un propre. L'hiver approche.

— On est en octobre, repartit Vicky d'un ton qui laissait supposer que la remarque de son interlocuteur était plutôt sotte.

— Comment vont les affaires ?

— Je ne me plains pas, répondit Vicky d'un air hautain.

— Le fils de mon cousin a besoin de trouver un bon boulot, laissa tomber le patron en frottant une tache invisible sur le bois usé de la table.

— Pourquoi tu ne lui offres pas de te donner un coup de main au restaurant ? suggéra Vicky.

— Il veut conduire une voiture.

— Où est-ce qu'il a appris ?

— N'importe qui peut conduire une voiture.

— Comme n'importe qui peut faire ton *makai na bharta*.

Vicky écrasa son mégot et alluma une autre cigarette. Le patron balança sa tête de droite et de gauche en émettant de petits bruits d'exaspération.

— C'est un bon à rien. Sa mère est persuadée qu'il est une espèce de gourou. Il ne fait rien de ses journées et se croit supérieur à tout le monde…

L'air de penser à autre chose, Vicky lâcha l'allumette éteinte dans le cendrier.

— Et ils veulent que je fasse de lui un homme ? continua le propriétaire. Que je lui trouve un emploi comme ça, simplement parce qu'ils n'ont pas le courage de lui dire en face comment c'est, la vie ?

D'un geste dégoûté, il fit mine de lancer son torchon vers le ciel.

— Toi et moi, le travail, on connaît, on a réussi, nous, mais va apprendre ça à ces jeunes. Ils ont la tête gonflée de… d'air.

Avec un marmonnement désapprobateur, il partit servir d'autres clients.

Une voix retentit soudain :

— Mr Vivekanand ?

Vicky sursauta à la vue de celui qui venait de se matérialiser devant lui. Puis il jeta un coup d'œil au type assis sur une chaise à l'entrée de la buvette. Que faisait ce bougre qu'il payait grassement pour lui éviter ce style de désagrément ? L'homme haussa un sourcil et montra ses mains ouvertes : il n'y était pour rien. Vicky se tourna de nouveau vers l'intrus.

— Oui ?

— J'ai entendu dire que vous cherchiez des vigiles pour une enclave résidentielle du côté de Connaught Place.

— Où est-ce que tu as entendu ça ?

— Le garde au portail…

Vicky examina l'homme de la tête aux pieds. Une stature imposante en dépit de sa minceur. Un port altier. Des épaules larges. Une expression déterminée. Un gaillard tel que celui-ci ne devait pas avoir besoin d'un intermédiaire pour trouver un emploi. Peut-être un migrant, songea Vicky. Delhi pullulait de jeunes paysans robustes venus faire fortune en ville. Celui-ci était sûrement sans le sou. Pourtant ses vêtements étaient propres et repassés, ses joues rasées de frais, ses cheveux peignés et huilés.

— Tu es qui ?

— Je m'appelle Ramakrishnan, Jagaan Ramakrishnan.

— Eh bien, Jagaan Ramakrishnan, tu as mal entendu. Je

ne reçois personne sans rendez-vous. Et tu ne vois pas que je suis occupé ?

Vicky se détourna d'un air las. L'homme ne bougea pas d'un pouce.

— Psst ! fit Vicky en claquant des doigts pour appeler le patron. Apporte-moi un Coca, bien frais, s'il te plaît.

Le patron déposa sur la table une bouteille qu'il décapsula devant son client. Vicky but longuement au goulot puis dévisagea de nouveau l'importun.

— Tu es toujours là ?

— Je veux un travail dans l'enclave, comme gardien de nuit.

— Ah oui, vraiment ? dit Vicky en souriant, amusé malgré lui. Et qu'est-ce qui te fait croire que je m'intéresse à ton cas ?

— Je sais ce qui vous intéresse.

L'homme jeta une enveloppe épaisse sur la table. Les yeux de Vicky se posèrent dessus le temps d'un battement de cils. Son sourire vacilla, et il se raidit sous le regard glacial de celui qui se tenait debout à côté de lui.

— Tu es bien arrogant pour un homme qui cherche du travail.

— Je veux être posté au deuxième corps de garde, celui au coin entre les deux…

— Je sais où est le deuxième corps de garde, le coupa sèchement Vicky en posant sa bouteille de Coca d'un mouvement nerveux. Tu te prends pour qui ?

— Regardez à l'intérieur.

Vicky fit glisser l'enveloppe sur ses genoux. Il éplucha la liasse de billets du gras du pouce, le visage de plus en plus rouge. Qui que soit cet homme, c'était de toute façon un imbécile.

— Tu as déjà fait ce genre de travail ?

— J'en ai fait de toutes sortes.

— Tes références ?

Jagaan sortit de sa poche deux feuilles de papier.

— Je vois, dit Vicky en feignant de les lire avec soin, une

comédie visant à cacher son quasi-analphabétisme. Et depuis combien de temps tu es à Delhi ?

— Un bout de temps.

— Tu es loin de chez toi.

Vicky ne pensait pas se tromper. L'homme avait les yeux verts des habitants des plaines de l'extrême nord de l'Inde. Ce dernier garda le silence.

— Enfin, tu parais capable de te défendre, reprit Vicky en rangeant l'enveloppe dans sa tunique. Je vais voir ce que je peux faire.

Jagaan avait parcouru plus de trois mille kilomètres, depuis Amritsar dans le Nord jusqu'à Ootacamund dans le Sud profond. Il avait traversé six États et une multitude de villes et de villages à bord d'une suite de trains bondés, de cars surchargés, dormant en route, s'accordant de brefs répits lors des escales les plus importantes où il pouvait faire sa toilette, se laver et manger un repas chaud. Il essaya de se rappeler l'instant où il avait découvert la maison du médecin et, sur le portail, le nom *Iona* gravé dans le bois tendre. Emporté par son élan, il était allé droit à la porte et avait frappé sans hésiter. Il ne s'était même pas accordé une seconde de réflexion. Il était venu dans un seul but, se présenter au Dr Schofield, lui révéler qui il était et la raison de sa visite. D'après le faire-part paru dans le journal, elle s'était mariée à Londres, mais l'annonce avait été publiée par le Dr G. J. M. Schofield d'Iona, à Ootacamund, et c'était pour voir le Dr Schofield que Jagaan avait fait tout ce chemin, sachant qu'il n'avait rien à perdre.

Une femme entre deux âges lui avait ouvert, grassouillette et le regard lointain, un chiffon à poussière à la main. Elle l'avait toisé d'un air supérieur. Il lui avait demandé si c'était bien la maison du Dr Schofield. Elle avait rétorqué par d'autres questions, sur son identité et la raison de sa présence. Jagaan avait répondu qu'il souhaitait entretenir le Dr Schofield du mariage de sa fille. C'était la première fois qu'il prononçait le patronyme de Sophie à haute voix depuis tant d'années, et ces syllabes avaient résonné en lui avec une cruelle douceur. Mais la femme avait peut-être mal compris. Elle l'avait fixé d'un œil perplexe en lui disant que « miss Sophie » n'habitait pas ici. Elle s'appelait désormais Mrs Lucien Grainger et vivait à New Delhi, dans une belle demeure. Son mari était un diplomate, presque un ambassadeur, lui avait annoncé non sans fierté Mrs Nayar, comme s'il s'agissait de sa propre fille, tout en secouant son chiffon dans le souffle pur de la brise montagnarde. Elle avait continué à parler, sans s'apercevoir qu'il était sous le choc, tout son monde venant d'être mis sens dessus dessous. Sophie avait un nouveau patronyme, mais surtout elle était ici, en Inde.

Il devait la voir. Alors seulement il saurait quoi faire. C'est ainsi qu'il était reparti vers le nord, parcourant plus de mille cinq cents kilomètres. Parfois, elle lui semblait si proche qu'il avait l'impression qu'il lui suffirait de tendre la main pour la toucher. Il n'avait jamais douté qu'il la retrouverait. En revanche, il ne s'était pas attendu à ce que sa quête lui coûte aussi cher. L'argent de son oncle avait fondu, entièrement fondu, et Amritsar paraissait très loin.

18

Sophie secoua le tube pour en faire tomber une aspirine qu'elle avala avec une gorgée d'eau avant de revenir au reflet blafard que lui renvoyait la glace de sa coiffeuse. Munie de son rouge à lèvres, elle se pencha et appliqua quelques touches rubis en haut et en bas, lissa la matière onctueuse du bout du doigt puis pressa ses lèvres l'une contre l'autre. Elle s'adossa ensuite à sa chaise, les yeux toujours sur son visage, et poussa un soupir. Elle ouvrit un petit tiroir et choisit des boucles d'oreilles. Elle les mit. Puis elle souleva le rang de perles qui lui avait été offert jadis pour Noël, alors qu'elle se trouvait dans un endroit sombre, un lieu de solitude. Elle le garda quelques instants dans la main en se rappelant la gentille Fiona Ripperton. Une vieille dame maintenant, sûrement. Sophie enroula le collier autour de son cou et agrafa le minuscule fermoir de diamants.

Pas moyen, hélas, d'échapper au dîner de ce soir. Pourtant elle s'était juré le vendredi précédent qu'elle préférerait se jeter du haut d'une falaise plutôt que d'endurer une autre soirée interminable en compagnie des amis de son mari. Cela serait peut-être différent si Lucien ne s'obstinait pas à boire comme un trou. Les autres n'étaient pas non plus des parangons de sobriété. Quelle que soit l'heure de la journée, la vie paraissait tourner autour de « l'apéritif ». Le matin, du sherry, ou bien, s'il y avait eu un cocktail la veille au soir, un bloody mary. L'heure du déjeuner se profilant, on passait au gin-tonic, puis, pendant le repas, au vin. Avec le café venaient les digestifs. L'après-midi, dès qu'il y avait une visite, le sherry refaisait son apparition. Ensuite, à six heures on passait aux cocktails avant d'affronter un dîner arrosé des habituels « bons crus ». C'était un miracle, se disait-elle, que tous ces gens tiennent encore debout.

Lucien avait raison à propos du protocole. Refusez un verre, et vous jetez un froid, comme si vous cherchiez délibérément à embarrasser ceux qui en ont déjà un à la main. Sophie n'avait pas tardé à s'apercevoir que le meilleur moyen de se dérober tout en restant polie était soit d'accepter le verre et de le garder une heure en y trempant de temps à autre les lèvres, soit, si c'était en journée, de lancer d'un ton dégagé qu'elle mourait de soif, est-ce que cela dérangerait leur hôtesse si elle buvait plutôt une tasse de thé d'abord ? Cela, comme le reste, était une pépite de connaissance que récoltait chaque expatriée ayant appris à naviguer sur les eaux houleuses des conventions sociales de la vie diplomatique à New Delhi. Il ne servait à rien d'aller à rebours des us et coutumes des derniers vestiges de l'Inde anglaise. Ceux qui étaient restés ou qui étaient arrivés juste après l'indépendance se plaisaient à conserver le vernis de la fabuleuse colonie d'autrefois. Ils vivaient toujours sur un grand pied, entourés de domestiques et dispensés des corvées du quotidien. La seule différence, c'était qu'ils ne pouvaient plus régner en maîtres absolus sur les indigènes. Sophie n'en avait cure. Elle n'avait jamais eu la fibre autoritaire, et puis Lucien avait de la grandeur pour deux. L'Inde dont elle était tombée amoureuse n'était pas cette fade comédie de mœurs. Chaque matin s'étirait devant elle la morne routine d'une journée qui n'en finissait pas. Elle faisait tout ce qui lui était demandé, souriait quand il fallait sourire, serrait la main à des gens qu'elle ne connaissait pas et qui lui étaient parfaitement indifférents, et se tenait au côté de son mari quand le devoir l'exigeait. Elle accomplissait toujours les mêmes gestes, prononçait les mêmes paroles pour meubler les mêmes conversations, mangeait la même cuisine aux mêmes tables… Parfois, elle s'asseyait à sa coiffeuse et en se coiffant se surprenait à se rappeler avec nostalgie les cliquetis de la salle des dactylos et l'odeur aigre de toast brûlé dans la moiteur de la petite cuisine de son appartement. Pourtant, elle n'avait pas le droit de se plaindre. Ce n'était pas la faute de Lucien. Elle pouvait s'estimer heureuse qu'un homme tel que lui l'ait choisie, elle, comme épouse. Elle désirait avoir un enfant, désespérément, plus que jamais. Quand Tessa, le premier jour, lui avait demandé de but en blanc si elle voulait des enfants, elle avait cru que son cœur allait exploser. Pendant toutes ces années, elle avait vécu dans le déni, s'interdisant d'y penser. Un bébé, son corps doux et chaud, tout petit dans ses bras, endormi contre elle. C'était en elle un vide, un gouffre, une douleur lancinante.

Ils avaient encore eu une dispute la veille au soir. Lucien n'était pas rentré avant une heure du matin. Au lieu de se coucher à onze heures comme elle le faisait d'habitude, Sophie l'avait attendu, tant et si bien qu'elle avait fini par bouillir d'indignation. Mais, lorsque Lucien avait franchi la porte, elle était si fatiguée que sa colère était tombée comme le vent quand il cesse de gonfler une voile. Elle avait eu l'intention de lui demander où il avait passé la soirée et s'il allait la laisser seule plusieurs soirs par semaine, pourtant quelque chose l'en avait empêchée. Elle aurait eu l'air d'une mégère, et elle s'était juré de ne jamais être cette femme-là. Aussi s'était-elle bornée à lui faire observer qu'il aurait pu l'avertir qu'il comptait rentrer tard, ce à quoi il avait rétorqué qu'il était éreinté et pas en état de supporter sa mauvaise humeur.

— Tu n'es pas encore prête ?

Lucien venait de surgir.

Toujours assise à sa coiffeuse, Sophie se leva, et la traîne de sa robe noire se déploya sur le sol. Elle attrapa le châle drapé au pied du lit. Il faisait froid à Delhi à cette époque de l'année. Froid, humide et brumeux. Lucien caressa brièvement des yeux les lignes de sa mince silhouette, puis se détourna et sortit. Hier encore, lui semblait-il, il restait avec elle, assis au bord du lit, pendant qu'elle s'habillait. Il l'aidait à remonter la fermeture Éclair de sa robe, passait lui-même son collier autour de son cou, lui tapotait affectueusement les fesses. Sophie prit sa pochette, une pochette en velours noir fermée par une perle, et y logea son tube de rouge à lèvres, son poudrier en or et un mouchoir de dentelle.

Dehors, Lucien l'attendait en fumant une cigarette en bas du perron.

— Enfin, grommela-t-il alors qu'elle descendait l'escalier et glissait sa main dans le creux de son coude.

Ils se dirigèrent vers la voiture.

— Essaye de ne pas être ivre, ce soir, mon chéri, dit-elle doucement. Tu te sens tellement mal le len…

— Oh, par pitié !

Et il leva le bras pour l'obliger à le lâcher.

— Tu ne vas pas remettre ça, si ? Parce que dans ce cas tu n'as qu'à rester ici avec ta satanée migraine.

— Non ! protesta Sophie avec un sourire forcé. Je suis désolée, chéri. C'est juste que je…

— Quoi ? Que tu ne peux pas t'empêcher de me harceler ? Tu sais que tu deviens une vraie enquiquineuse ? Et personne n'aime les enquiquineuses. Elles sont trop chiantes.

Sophie s'installa sans un mot sur la banquette derrière le chauffeur. Lucien contourna la voiture, ouvrit la portière d'un geste brusque et s'assit à côté d'elle.

— Pardon, dit-elle.

Lucien jeta un bref regard à la main que sa femme avait posée sur la sienne et avec son pouce traça de minuscules cercles sur son alliance qui était un peu lâche. Elle avait beaucoup maigri depuis leur mariage au début de l'été. Il se souvenait d'une époque où ses courbes remplissaient sa robe du soir dont le décolleté laissait entrevoir l'éclat d'albâtre d'une chair pulpeuse. Pendant leur nuit de noces, après la cérémonie élémentaire dans les locaux sombres de la mairie de Marylebone, il avait admiré son corps dans la lumière du clair de lune, émerveillé par la chance qu'il avait. Elle possédait la beauté d'une sculpture de Canova. La peau translucide, cette pâleur délicate, les seins doux et ronds comme des fruits. S'il fermait les yeux, il pouvait presque croire qu'il étreignait Catherine.

— Vous voilà ! s'exclama Tessa Wilde en jouant des coudes dans la foule pour venir prendre Sophie par le bras. J'ai cru un horrible instant que vous ne viendriez pas !

— Moi aussi, répliqua Lucien en embrassant Tessa sur la joue. Où est votre tendre moitié ?

— Dans la salle de billard, il parle boutique avec David Appleton et consorts. Oh ! Maladroite que je suis !

Elle leva vivement la main et frotta du bout des doigts la trace de rouge à lèvres sur la joue de Lucien.

— Voilà qui est mieux, reprit-elle. Je ne voudrais pas qu'on se fasse des idées.

Lucien sortit son mouchoir pour se frictionner plus vigoureusement.

— À tout à l'heure ! lança-t-il aux deux femmes avant de s'enfoncer dans la cohue.

— Eh bien ! souffla Tessa. Heureusement que vous êtes là. J'ai mal à la bouche à force de sourire. Ces hommes ne s'arrêtent donc jamais de parler ?

Elle cueillit deux flûtes de champagne sur le plateau d'un serveur qui passait par là et en tendit une à Sophie.

— Si encore ça s'arrêtait là, mais bien sûr, une fois à la maison, Stephen voudra me rapporter tous les détails de tout ce qui s'est dit ce soir.

Avec un hochement de tête, elle but une gorgée de champagne.

— Dieu sait pourquoi il pense que ça m'intéresse, conclut-elle.

Sophie leva les yeux au ciel, comme si elle aussi devait supporter de fastidieux discours de la part de son mari plutôt que ces longs silences qui avaient dernièrement cessé de la gêner. Elle avait renoncé à tout semblant de vraie conversation, préférant s'en tenir aux sujets sans risque, ce qu'on lisait dans le journal ou qui venait dîner. Lucien ne sollicitait jamais son opinion sur rien et, quand elle s'exprimait, il se débrouillait pour lui donner l'impression qu'elle était stupide. « Qu'est-ce que tu en sais ? disait-il en prenant un air supérieur. C'est l'ennui avec vous autres, les femmes, faisait-il observer. Un peu de connaissance est une chose dangereuse. »

Tessa promena son regard autour de la pièce.

— Juste ciel, fit-elle à voix basse. Comment est attifée Ros Appleton ?

Sophie attendit quelques instants avant de jeter un coup d'œil. Prise sur le fait, elle sentit Tessa l'empoigner par le bras. Celle-ci jura entre ses dents et l'entraîna vers la contrevenante.

— Ros ! s'exclama Tessa d'un ton guilleret. Quelle robe *ravissante* !

Sophie se coucha cette nuit-là avec une bouillotte. Elle avait ses règles, encore une fois.

1948

Cuttack, Orissa

19

Le palais lui paraissait loin. Depuis deux jours, Sophie et son père parcouraient les vastes étendues des régions du centre de l'Inde, progressant vers l'est, dans le Madhya Pradesh puis l'Orissa, presque jusqu'au golfe du Bengale. Pendant les heures où il faisait noir, alors que le train glissait dans l'immense paysage, Sophie, de sa couchette, regardait par la fenêtre et écoutait le souffle régulier de son père, le bruit de roulis des wagons-lits, le lent et lourd cliquetis qui la berçait de sa douceur. La lune, pleine et blanche, pesait dans le ciel nocturne, la couche de crasse sur la vitre ourlant son éclat d'un halo vaporeux. Sophie pensait à Jag, quelque part baigné par cette même lueur bleue qui prêtait à la vie sur terre un aspect si fragile. Au point du jour, les voyageurs commençaient à se réveiller, le *chai wallah* passait dans le couloir armé d'une bouilloire en fer-blanc et versait à la louche le thé brûlant et sucré dans des gobelets en terre cuite.

Le voyage se déroula comme dans un brouillard. Trains, cyclo-pousse, salles d'attente, repas basiques dépourvus de goût, avalés distraitement alors qu'ils ne savaient même pas quelle ville ils traversaient, seulement qu'ils se rapprochaient de leur destination : l'endroit où il la laisserait seule mettre au monde l'enfant qu'elle portait. Au soir, ils atteignirent Cuttack et passèrent la nuit dans le bungalow du bureau de poste. Sophie, incapable de trouver le sommeil, écouta son père respirer en se demandant si lui aussi était réveillé et redoutait le lendemain.

À midi le jour suivant, ils arrivèrent à la mission. Une porte solidement incrustée dans un mur couleur de rouille, dépourvu de fenêtre, qui occupait la moitié de la rue étroite. Il n'y avait pas à s'y tromper, tout correspondait à la description : l'atelier du tailleur de pierre au coin, le jacaranda amputé d'une branche. La rue était tranquille, modeste affluent d'un labyrinthe de passages dont les inextricables ramifications s'entrelaçaient comme des catacombes à l'écart des rues passantes. La porte de la mission, beaucoup plus grande que les autres et au chambranle ornementé, était munie d'un guichet carré. Le bois ancien, desséché comme le reste de ce pays aride, présentait de fines craquelures là où il avait été cuit par le soleil. Çà et là autour de l'encadrement, le mortier s'était effrité, mais ce n'était guère étonnant vu l'âge vénérable du bâtiment, lequel paraissait en bien meilleur état que les autres constructions qui se serraient au long de la chaussée. Un enchevêtrement de câbles électriques précairement déployé d'édifice en édifice se chargeait de transporter le courant, quand celui-ci n'était pas coupé. Le Dr Schofield vérifia l'adresse qu'il avait inscrite sur un bout de papier. Sa main tremblait. Il eut du mal à déchiffrer sa propre écriture. Il regarda de nouveau la porte.

— Ce doit être ici, dit-il.

Les fleurs sculptées dans le bois collaient à ce qu'on leur avait décrit. Sinon, rien n'identifiait le lieu, ni plaque ni le moindre nom. C'était conforme aux indications du marchand qui avait pointé le doigt dans la bonne direction tout en examinant la valise qu'il avait à la main et la jeune fille debout, nerveuse, à côté de lui, sachant pourquoi elles étaient là. Tout le monde savait à quoi servait la maison.

Le Dr Schofield frappa le bois sec avec le pommeau de sa canne et fixa intensément la porte, comme si son regard seul était un sésame, alors qu'il était incapable de regarder sa fille, et de lire la peur et l'incertitude sur son visage.

Sophie s'appuya brièvement de la main au mur. La matinée avait été épuisante. Durant la dernière étape de leur long voyage, ils avaient été bringuebalés dans un char à bancs tiré par un chameau puant ; elle en avait encore la nausée. Elle se sentait si lasse qu'elle était prête à s'allonger par terre dans la rue. Nuit après nuit, le sommeil la fuyait. Elle se tournait et se retournait dans son lit, à l'écoute du bébé, se demandant quel sort leur était réservé. Elle avait entendu parler de ces endroits où les femmes perdues étaient obligées de laver par terre, de trimer dans l'étuve d'une blanchisserie, d'endurer les humiliations pour expier la faute d'avoir donné la vie. Elle avait envisagé d'en finir. Sauf qu'en se tuant elle tuerait aussi l'enfant. L'enfant de Jag. *Leur* enfant.

Cette nuit-là dans le jardin aux lotus, elle avait, peut-être, su ce qu'elle faisait. Rien à cet instant n'aurait pu l'arrêter. Le désir était trop fort. Elle le voulait trop fort. La force du désir avait fait vibrer toutes les fibres de son être. Même si elle s'était doutée qu'elle aurait à le payer toute sa vie, le risque n'était pas entré en ligne de compte. Mais au bébé, au bébé elle n'avait pas pensé, pas un seul instant. À présent, il lui fallait assumer les conséquences. Le bébé le sentait aussi, déstabilisé dans son ventre, il devinait sa peur. Et maintenant ils étaient ici, dans cet endroit que lui avaient imposé ses parents, sans discussion, cet endroit connu d'elle sous la seule appellation de *partir*. Son père debout devant la porte imposante, dans une ville au milieu d'un désert. Son père n'osant pas la regarder. Elle se sentait perdue. Qu'il la laisse ici, qu'il l'abandonne ainsi, c'était incompréhensible.

Du plus profond d'elle-même, la panique monta. Elle était près d'éclater en sanglots, de se jeter aux pieds de son père, de le supplier de la ramener chez eux. Il ne pourrait pas lui dire non. À son égard il n'avait jamais manifesté que de la bonté, il ne la laisserait pas. Mais il n'était pas question qu'elle lui demande ça. La nouvelle l'avait anéanti. Une affreuse grimace avait tordu son visage, comme s'il avait reçu un coup de poing dans l'estomac. Elle avait brisé le cœur de son père. La honte de ce qu'elle avait fait la rongeait. Elle ne pouvait même pas le regarder ; chaque fois qu'elle se tournait vers lui, ses yeux se remplissaient de larmes et elle sentait son cœur chavirer.

Elle avait pensé à son père tous les jours pendant toutes ces années où il était loin. Elle guettait constamment par la fenêtre dans l'espoir de voir sa haute silhouette distinguée dans son uniforme. Elle se le figurait lâchant son sac et la prenant dans ses bras, la faisant tournoyer pendant qu'elle le couvrait de baisers. Et puis elle avait eu l'impression de grandir d'un seul coup. Elle était devenue la femme qui attend le retour de son bien-aimé. Le jour où il était rentré de la guerre, sa mère, elle, était restée à l'intérieur, sans déroger à ses habitudes. Étrange normalité familiale. Le père et la fille s'étaient embrassés dans l'allée. Elle l'avait entraîné dans la cuisine, où sa mère l'avait regardé comme on regarde un inconnu, avant de lui tourner le dos et de lui préparer à manger. Alors un nuage noir avait fondu sur eux. La même noirceur qui les avait engloutis le matin où le Dr Reeves avait informé son père qu'elle était dans de sales draps, le matin où sa mère s'était jetée sur elle au salon. La gifle qui l'avait envoyée au sol avait été suivie d'une pluie de coups qui aurait pu se prolonger éternellement si son père n'était pas intervenu, sa mère transformée en furie la rouant de coups de pied en hurlant. Sophie avait eu des ecchymoses si terribles que son père avait été obligé d'inventer une histoire : elle avait trébuché sur l'ourlet de sa robe de chambre et roulé jusqu'en bas des marches de marbre du perron.

Au moins il avait été là pour la secourir. Sophie songea à la petite vie qui grandissait en elle et se prit à se rappeler toutes les fois où il n'y avait eu personne pour la protéger contre les crises de colère de sa mère, comme le jour où elle lui avait cassé une brosse en écaille de tortue sur la tête. Sophie avait osé protester alors que sa mère lui faisait mal en la coiffant, en tirant sur les nœuds dans ses cheveux. La brosse s'était abattue sur son crâne, là, tiens, ça te donnera une raison de pleurer. Cela ne se produisait jamais quand son père était dans les parages. Sophie respirait alors, sa présence seule étant un gage de sécurité. Elle n'en parlait jamais, mais il arrivait que son père se taise, les sourcils froncés au-dessus de son journal. Il lui demandait de s'approcher. Il inspectait l'arrière de ses jambes, ses bras, une bosse sur son front. Parfois il allait chercher sa sacoche, il lui permettait de jouer avec le stéthoscope pendant qu'il tamponnait son bobo avec un coton ou y appliquait un onguent, lui faisait un pansement avec un beau nœud. Ses parents ne se parlaient plus ensuite, quelquefois durant des jours. Son père la gardait près de lui, l'emmenait se promener, boire une citronnade au pub du quartier pendant qu'il prenait une pinte de bière, ou rendre visite à un de ses amis, « discuter le bout de gras », disait-il, alors qu'il ne mangeait jamais rien chez eux. Elle ne le quittait pas. Sa mère, elle ne la voyait plus du tout. Puis la guerre avait éclaté, il avait été envoyé dans un pays lointain, et le nuage noir était revenu. À présent, le nuage pesait sur eux, cette fois pour de bon.

Sous le soleil de midi, Sophie se rendit compte qu'elle était assoiffée. Elle regretta de ne pas avoir accepté la tasse de *chai* sucré proposée par le marchand. Elle était sûre d'avoir glissé une petite gourde d'eau potable dans sa valise avant de partir le matin, mais impossible de mettre la main dessus. Elle l'avait sans doute oubliée ou laissée dans la cabane de la poste avec la gentille dame qui l'avait aidée à mettre son sari en chantant doucement pendant qu'elle-même pleurait toutes les larmes de son corps.

Le soleil de janvier semblait encore plus féroce dans cette rue étroite, devant ces hauts murs qui emprisonnaient l'air comme dans un four. Le Dr Schofield frappa encore une fois, un peu plus fort, et regarda autour de lui avec une expression fautive tandis que ses coups de canne s'amplifiaient dans la caisse de résonance formée par les vieilles bâtisses.

— Allez, marmonna-t-il dans sa barbe.

Il fit un saut de côté pour éviter l'eau d'un seau que quelqu'un renversait d'une fenêtre proche. Le liquide gicla par terre à quelques mètres de leurs pieds. Il commença à s'évaporer avant d'atteindre le caniveau. À la périphérie de ce ruissellement, les taches noires des gouttelettes s'effacèrent presque instantanément. Sophie plissa les yeux pour scruter les fenêtres sans visage. Elle était au bord de l'évanouissement. Elle se retourna vers la porte avec inquiétude. S'ils n'ouvraient pas vite, elle n'allait pas pouvoir tenir debout beaucoup plus longtemps. Le bébé dormait dans son ventre, sans bouger. Elle jeta un coup d'œil à la figure empourprée de son père. Il laissa échapper un soupir d'exaspération adressé à la porte. Et si personne ne venait ? Il leur faudrait rebrousser chemin. Elle ferma les yeux et pria.

Des pas se rapprochèrent derrière le battant. Le claquement d'un loquet. Le guichet s'ouvrit. Les traits d'une femme apparurent derrière l'écran de bois chantourné.

— Qu'est-ce que c'est ? dit l'apparition, dont les yeux exploraient la rue pour voir qui avait eu l'audace de frapper à sa porte.

Elle mit du temps à accommoder dans le soleil éblouissant. Quand elle parvint à distinguer les silhouettes debout dans la rue devant elle, elle s'enquit :

— Que puis-je pour vous ?

Son expression était soupçonneuse.

— Est-ce la mission St Bride ? interrogea le Dr Schofield en levant sa petite feuille de papier.

— Qui êtes-vous ?

La femme se rapprocha de l'écran et inspecta la rue des deux côtés. De derrière la porte venait une sourde et constante cacophonie laissant penser que la maison était pleine de monde.

— Il n'y a rien d'inscrit sur la porte, expliqua le Dr Schofield. Je n'étais pas sûr que nous étions à la bonne adresse.

— Qu'est-ce que vous voulez ?

— Je suis le Dr George Schofield, et voici ma fille, Sophie.

Il marqua une brève pause avant de poursuivre :

— Je crois que vous nous attendez. Il fait très chaud dehors, ajouta-t-il en ôtant son chapeau pour montrer combien il était éreinté. Pouvons-nous entrer ?

La dame l'observa encore quelques instants puis ferma le

guichet. Peu après, un lourd battant s'ouvrit sur des gonds invisibles et la porte parut se fendre en deux, comme si deux entrées s'emboîtaient l'une dans l'autre. La dame prit Sophie par le bras pour l'aider à passer par-dessus la marche et l'attira dans la fraîcheur derrière l'épaisse muraille de pierre. Le Dr Schofield enjamba la marche à la suite de sa fille.

— Veuillez m'excuser, déclara la femme en fermant le verrou et en les gratifiant, enfin, d'un sourire. Nous recevons beaucoup de visites importunes. Il y a des gens qui réprouvent ce que nous faisons. On cherche à nous nuire. C'est pourquoi nous préférons rester anonymes. Venez...

Remarquant la fatigue de Sophie, elle l'invita à s'asseoir sur le banc de pierre froide le long du mur.

— Je vais vous apporter de l'eau, annonça-t-elle.

Sophie obtempéra avec reconnaissance, fit glisser de sa tête le pan de sari et s'éventa avec sa main. L'air était moins accablant à l'ombre de la voûte de la porte cochère. Quel soulagement de pouvoir s'accorder ce moment de repos ! Elle se tourna vers la petite cour carrée encaissée à la manière d'un cloître au cœur de la résidence. Une nuée de moineaux s'ébrouaient dans une flaque au pied d'une vieille pompe à eau manuelle. Sophie respira les puissantes odeurs de poussière sèche et d'épices qui collaient aux murs.

La dame revint avec un pichet de terre cuite et deux tasses. Grande et svelte, elle avait des cheveux d'un noir de jais, une peau claire, diaphane, éclairée par des taches de rousseur. Elle s'assit à côté d'eux et leur versa de l'eau à chacun. Le Dr Schofield songea qu'elle n'était pas tout à fait indienne, une métisse. Sa grâce languide avait quelque chose d'apaisant. Sophie lui prit le gobelet des mains et but d'un trait, goulûment. Elle hocha la tête avec gratitude pendant que la dame la resservait. Le Dr Schofield, quant à lui, buvait prudemment, à petites gorgées.

— Ne vous inquiétez pas. Ce n'est pas l'eau du puits, précisa la dame en souriant. Elle ne convient pas à tout le monde. Celle-ci a été bouillie.

— Merci, dit Sophie en lui rendant le gobelet. Je me sens beaucoup mieux.

La dame approuva d'un signe de tête.

— La déshydratation est un risque qu'il ne faut pas négliger. Vous devez vous rappeler de beaucoup boire.

— Il n'a pas été facile de vous trouver, fit remarquer le Dr Schofield.

— Nous ne faisons pas de publicité, répliqua leur hôtesse en remplissant le gobelet de Sophie. D'où venez-vous ?

— De l'est, répondit évasivement le Dr Schofield avec un léger froncement de sourcils. Mais au départ nous venons d'Angleterre.

— Je l'aurais deviné toute seule.

La dame éclata d'un rire sonore, généreux, qui découvrit des dents blanches.

— Mais vous n'avez pas fait un grand détour pour un…

Elle se tut, soudain gênée, avant de reprendre :

— Ça ne fait rien. Juste que c'est un long voyage pour aboutir dans cette maison délabrée et surpeuplée. Nous faisons de notre mieux. En ce moment, c'est pas trop mal, mais il y a des périodes où on est débordées. Veuillez me pardonner pour tout à l'heure. Nous sommes sur nos gardes de crainte de représailles. Personne ne veut jamais admettre qu'une jeune fille ne devient pas grosse toute seule. Il y a des viols, parfois par quelqu'un de la famille, dit-elle d'un ton factuel, sans se laisser démonter par l'embarras manifeste du médecin. D'autres ont été menées en bateau et laissées en carafe. Vous savez comment c'est, ajouta-t-elle avec un sourire pour Sophie. Ici on ne pose pas de questions. Aucun cas de figure ne nous est inconnu.

— Vous parlez très bien anglais, la complimenta Sophie.

— Je suis allée à l'école en Angleterre.

— Vraiment ? fit le Dr Schofield en se redressant, résolu à se montrer impressionné en dépit de sa fatigue.

Dieu merci, pensa-t-il. Dieu merci, cette maison était telle qu'on la lui avait décrite. Il n'aurait pas supporté de déposer Sophie dans un de ces endroits horribles dont il avait entendu parler. Il serait reparti avec elle. Sa femme le savait, il l'avait prévenue. Le lieu devait être convenable, sinon il ne la laissait pas. Veronica avait hurlé, elle lui avait lancé un vase à la figure, elle lui avait déclaré que si jamais il osait revenir avec Sophie, elle le quitterait. Elle ne tolérerait pas cette dernière humiliation.

Avec la sensation de détente, le Dr Schofield éprouva soudain un immense épuisement. Rassemblant le peu de forces qui lui restaient, il parvint à sourire à cette femme qui aujourd'hui leur avait témoigné de la bonté.

— Mais, si vous avez fait vos études en Angleterre, comment avez-vous abouti dans ce coin reculé ?

— Ma mère a fondé cette mission, il y a des années de cela.

— Votre mère ? répéta le Dr Schofield, soudain plus attentif. Miss Pinto est votre mère ?

— Oui, répondit la dame en souriant. Elle est originaire de Goa. Là-bas, elle a eu une liaison en supposant bêtement que cela se terminerait par un mariage. Puis elle a découvert qu'elle m'attendait, dit-elle en haussant modestement les épaules. Son amant a filé en vitesse. Il était anglais, bien sûr, et déjà marié. Ils l'étaient toujours à l'époque. Ma mère a été obligée de s'éloigner de tous ceux qui lui étaient chers et de refaire sa vie. Elle a fait semblant d'être veuve. Elle a porté un sari blanc et s'est rasé la tête. Elle a accouché seule, sans l'aide de personne.

Voyant que Sophie, frappée par autant de franchise, la fixait avec des yeux ronds, elle ajouta :

— Ne soyez pas inquiète. Cela aurait pu être pire.

La dame but dans son gobelet, puis reprit :

— Au moins il a eu la correction de lui offrir une belle somme d'argent avant de disparaître, en guise de dédommagement. Elle a pu s'acheter une maison et n'a pas eu de problème pour m'entretenir. Elle a trouvé cet endroit, qu'elle a acheté pour trois fois rien. Le reste de l'argent, elle l'a placé.

Ma mère s'est révélée avisée en termes d'investissements. Et parfois nous recevons des donations.

Elle se tourna vers le Dr Schofield d'un air respectueux.

— Votre générosité, c'est un don du ciel.

Le Dr Schofield acquiesça d'un petit signe de tête. Après la guerre, on disait qu'il fallait épargner pour les mauvais jours. Une expression stupide. Pourtant, en dépit des aléas de la vie et de la mort, il avait mis de l'argent de côté. Et maintenant ils étaient là, ces fameux mauvais jours. Dieu sait qu'il se serait volontiers dépouillé de tout ce qu'il avait pour éviter ce drame, et à sa fille ce sort cruel. Mais il ne pouvait rien faire d'autre. Au moins ce don avait l'avantage de soulager un peu sa conscience.

Devant l'expression songeuse du Dr Schofield, la dame s'anima et tapa dans ses mains.

— Bien ! Nous n'avons jamais manqué de rien. Pour le moment, nous avons douze femmes en tout en pension, mais cela pourrait changer demain. Certaines ne restent pas longtemps, cela dépend. D'autres sont ici depuis des années, elles ont trop peur de l'extérieur.

— Ça alors, qui l'eût cru ? fit observer le Dr Schofield en levant les yeux et en admirant la vieille bâtisse décrépite dont le rose fané disait la splendeur passée, la maison revêtant un charme féminin approprié.

— Voulez-vous venir faire connaissance avec la famille ?

Remis de leur coup de chaud, Sophie et le Dr Schofield suivirent leur hôtesse à travers la cour. Une porte dans un coin s'ouvrait sur un petit bureau en désordre. La dame s'annonça en donnant de la voix, passant aisément à l'hindi tandis qu'elle présentait les nouveaux venus, les faisait entrer dans la pièce encombrée, où une femme âgée, toute ronde, à l'allure tranquille, leva les yeux d'une pile de papiers.

— Maa ? Voici le Dr Schofield et sa fille, Sophie.

— Ah, fit miss Pinto en se levant. Nous nous rencontrons enfin.

Elle échangea une poignée de main vigoureuse avec le médecin et salua Sophie d'un sourire cordial.

— Asseyez-vous, je vous en prie.

Leur laissant le temps de s'installer, elle continua :

— Je vois que vous avez fait la connaissance de ma fille, Pearl.

— Oui, dirent-ils.

— Je peux vous offrir un peu de thé ?

— Oui, merci, répondit le Dr Schofield.

S'ensuivirent des propos sur la chaleur et la poussière. Le thé arriva. Le médecin constata que sa main tremblait. La tasse cliquetait légèrement contre la soucoupe.

— Il ne faut pas vous inquiéter, assura miss Pinto. Votre fille ne craint rien ici avec nous. Le moment venu, nous nous occuperons bien d'elle. Nous la garderons quelques jours ensuite. Puis, si tout va bien, vous pourrez venir la chercher.

Miss Pinto n'avait jamais eu, elle, à s'arracher à sa fille. Celle-ci était tout ce qui lui restait ; l'enfant parfaite qu'elle avait mise au monde seule. Une peur, une douleur abominables. Mais perdre son enfant, cela aurait été une souffrance pas même imaginable. Hélas, les choses ne se passaient pas ainsi pour les jeunes femmes qu'elles accueillaient. Leurs bébés leur étaient enlevés. Elles ne les revoyaient plus jamais. Pour certaines, c'était leur souhait. D'autres suppliaient, cajolaient, en vain. Les bébés chanceux étaient adoptés, les autres transférés dans les nombreux orphelinats qui recueillaient les petites victimes de femmes qui ne voulaient ou ne pouvaient assumer la responsabilité des vies qu'elles avaient créées. Au moins, aucun bébé ne serait tué, abandonné à la mort dans la rue ni empoisonné par sa mère. C'était ce que miss Pinto avait à proposer de mieux. Chaque enfant devait par la suite modeler son destin à partir de l'infortunée existence qui lui était imposée.

Le Dr Schofield reposa sa tasse sur le bureau.

— Et l'enfant ?

Il regretta aussitôt la question qui lui avait échappé.

Pourquoi l'avoir posée ? Il n'en savait rien. Elle lui était soudain apparue essentielle. Il savait que c'était insuffisant et, de toute façon, trop tard. Aucun d'entre eux n'avait jamais prononcé ce mot. Ni sa femme, ni lui, ni sa fille. Elle allait avoir un enfant, et tout ce qui lui venait à l'esprit dans ce bureau étouffant, dans le bruit du ventilateur de plafond qui tournait lentement, tout ce qui lui venait à l'esprit était l'amour immense qui l'avait submergé quand elle était venue au monde, cette jeune femme assise à présent à côté de lui, avec un petit qui grandissait dans son ventre, un petit qu'elle ne connaîtrait jamais. Cela le déchirait, qu'elle soit obligée d'endurer cette terrible épreuve qui imprimerait en elle sa marque indélébile. Il se demanda si elle se remettrait jamais, si elle pourrait oublier et aller de nouveau de l'avant. Cette pensée lui tordait le cœur. Son pire cauchemar s'était réalisé. Elle qui devait avoir un avenir souriant, sa petite fille. Il se l'était si souvent figurée adulte, trouvant sa voie, découvrant les joies de la vie, marchant jusqu'à l'autel à son bras. Un jour… Il avait rêvé d'elle en un lieu où tous les torts qui lui avaient été faits étaient réparés, un lieu où elle était à l'abri et heureuse. Jamais il n'avait prévu ceci.

— On prendra soin de l'enfant, et il sera placé dans une gentille famille, affirma miss Pinto en souriant à Sophie. C'est dur, je sais, ma chère petite, mais c'est ce qu'il y a de mieux. Avec le temps, vous comprendrez. Vous êtes jeune. Vous avez la vie devant vous, et il y aura d'autres enfants.

Sophie prit sur elle pour opiner, courageuse, les lèvres serrées.

— Je vous promets, continua miss Pinto en se levant pour venir la consoler. Vous vous remettrez, votre bébé aura une bonne vie.

Le Dr Schofield n'osait pas quitter sa tasse des yeux. Il n'avait pas besoin de regarder l'expression du visage de Sophie pour savoir qu'elle était déjà anéantie. Il le sentait aussi sûrement que les courants d'air tiède remués par le ventilateur rouillé. Il termina son thé en silence, sans remarquer que la valise avait disparu.

— Maintenant, docteur, c'est le moment de dire au revoir à votre fille.

Le cœur de Sophie fit un bond. Ils venaient à peine d'arriver. Elle s'attendait à ce qu'il reste avec elle jusqu'à ce qu'elle soit prête. Au moins quelques heures pour se préparer à la séparation. Elle se tourna vers son père d'un air désespéré, avec l'envie de hurler : *Ne me laisse pas ici !*

— Je vais vous accorder quelques instants, ne soyez pas trop longs. C'est encore pire.

Miss Pinto sortit en fermant doucement la porte.

Il faisait pitié dans son costume chiffonné et, quand il se mit debout, il sembla s'affaisser. Le visage baissé, il leva la main et se pinça, fort, l'arête du nez.

— Ça va, papa, dit Sophie.

Elle n'avait pas la force de lui prendre la main ni de s'avancer pour qu'il la prenne dans ses bras. Elle resta debout, là, honteuse.

— Ça va aller. Tu ne dois pas t'inquiéter pour moi.

— Oh, Sophie !

Il l'enveloppa dans ses bras, la serra tendrement.

— Je suis tellement désolé, ma chérie.

Sophie n'avait encore jamais vu son père pleurer.

20

Le train entra en gare avec six heures de retard. Le Dr Schofield, las après ce long voyage, se coiffa de son chapeau et descendit sur le quai. Un jeune garçon accourut et voulut lui prendre sa sacoche.

— Moi porter ! Moi porter ! criait-il.

— *Chale jao !*

Le médecin le poussa et serra sa sacoche contre sa poitrine. Ces petits chenapans, ils savaient s'y prendre. Ils fauchaient ce qu'ils pouvaient et disparaissaient dans la foule comme par magie. En se frayant un chemin dans la bousculade, il sortit de la gare pour trouver Mr Ripperton qui attendait debout à côté d'une voiture bleue du palais, chauffeur au volant. Le maharaja devait être de retour et attendait sans doute un visiteur important pour avoir dépêché le premier aide de camp à sa rencontre. Le Dr Schofield se dirigea vers la zone où se réunissaient les cyclo-pousse.

— George !

Il se figea.

— George !

Mr Ripperton le salua de la main, jeta son mégot par terre et l'écrasa du talon avant de s'avancer.

— J'ai cru que vous n'arriveriez jamais.

Ils se serrèrent la main.

— Rip, fit le Dr Schofield. Qu'est-ce qui vous amène à la gare ? Un visiteur de marque ?

— Vous, seulement vous. J'ai pensé que vous auriez besoin d'une voiture. On n'est jamais assez prudent en ce moment. Il y a encore beaucoup de tentatives d'intimidation. Lundi dernier, quelqu'un a reçu un coup de couteau. Personne ne veut désigner le coupable, bien sûr. Le pauvre type a bien failli perdre un rein.

Le chauffeur sauta de la voiture pour prendre la sacoche du médecin. Il la déposa sur le siège avant et courut ouvrir les portières pour ces messieurs.

— Comment s'est passé votre voyage ?

— Bien... Poussiéreux.

— C'est formidable, ce que fait Sophie... Soigner ces pauvres gens, surtout en ce moment. Ils seront bientôt tous sur pied. Vous avez visité l'endroit ?

La voiture démarra au milieu de la foule en klaxonnant.

— Oui, un peu.

— Je suppose qu'ils sont tous pareils, dit Rip en imitant par contagion l'attitude lasse de son compagnon. Mais cela va lui faire du bien de quitter notre vieux mausolée. Ce n'est pas drôle pour la jeunesse de moisir ici, quoique ma pauvre Fiona est toute chagrine. Sophie lui manque déjà horriblement.

George, le visage tourné vers la fenêtre, était incapable de se concentrer sur le bavardage dont l'abreuvait l'autre passager. C'était en effet une des fonctions attachées au poste de Mr Ripperton. Il devait entretenir les gens de passage et veiller à ce qu'ils ne manquent de rien. Sa compétence en la matière était indéniable. Pendant tout le trajet, de sa voix mélodieuse et d'un ton égal, il lui livra des bribes d'informations à propos de sujets qui n'intéressaient pas du tout le médecin. Lequel se bornait à faire oui de la tête, ou non, ce qui suffisait à encourager le flot de paroles. George aurait préféré que Rip ne se donne pas la peine de venir le chercher. Il aimait mieux être seul avec ses pensées. La perspective de retrouver sa femme lui pesait comme un joug. Tout ce qu'il voulait, c'était manger et dormir. Mais avant cela il lui faudrait encaisser les insultes de Veronica, qui n'oublierait pas de lui rappeler combien il était un mari et un père en dessous de tout. Impossible de l'éviter. Elle avait eu tout le temps de laisser bouillonner en elle un tas d'émotions négatives qui avaient accaparé son esprit et exploseraient dès qu'elle aurait posé les yeux sur lui. Elle ne lui épargnerait rien. Elle lui cracherait à la figure toutes les erreurs qu'il avait commises dont elle pouvait extraire le souvenir de sa mémoire. Et aujourd'hui il ne prononcerait pas un mot de protestation. Cela ne servirait qu'à aviver son malheur. Aujourd'hui, il était trop fatigué. Il n'y avait qu'un moyen de s'en tirer : faire face et en avoir fini le plus vite possible. Un verre de whisky et un somnifère ne seraient pas une mauvaise idée, avant ou après. Peut-être plutôt avant, pour amortir le choc.

Après ce qui lui parut une éternité, la voiture franchit le grand portail du palais et remonta lentement l'allée.

— Portez la sacoche du Dr Schofield chez lui, voulez-vous ?

Le chauffeur salua. Mr Ripperton attendit qu'il fût parti.

— George, avant de filer, il faut que vous sachiez quelque chose. Venez prendre un verre, ce ne sera pas long.

Trop éreinté pour discuter, George le suivit à travers la cour bleue.

Mrs Ripperton était debout à la fenêtre de leur salon, contemplant la fontaine fraîchement plantée de soucis jaune vif. Elle avait à la main un gin-tonic.

— George !

La porte d'entrée s'ouvrit avant qu'ils aient eu le temps de gravir les marches. Elle embrassa le médecin sur la joue et entraîna les deux hommes à l'intérieur.

— Oh, George, venez donc vous asseoir ! Vous devez être complètement rétamé, mon pauvre. Vous avez eu des problèmes avec les trains ?

— Non, répondit-il. Juste du retard et le désordre habituel.

Mr et Mrs Ripperton échangèrent un regard. Fiona attendit que les deux hommes soient chacun munis d'un whisky avant de s'asseoir avec eux.

— Oh, George, j'ai une mauvaise nouvelle pour vous, j'en ai bien peur ! commença-t-elle.

Le Dr Schofield leva les yeux, impassible. Rien ne pouvait plus le toucher après ce qu'il avait vécu ces derniers jours.

— C'est Veronica. Sa mère est tombée malade. Elle était dans tous ses états.

Étant donné l'humeur massacrante de Veronica la dernière fois qu'il l'avait vue, il était préférable d'être averti. Une situation encore plus pénible que celle escomptée l'attendait donc.

— Merci de me prévenir. Maintenant, il vaut mieux que je termine ça vite pour aller voir comment elle va.

— C'est que…

Mrs Ripperton lança un bref coup d'œil à son mari. La veille au soir, pendant leur dîner, ils avaient discuté de la meilleure manière de le lui annoncer. L'histoire de la mère malade était un pur mensonge. Aucun télégramme n'avait été livré à Mrs Schofield, pas même une simple lettre. Dans le cas contraire, la missive serait arrivée d'abord dans le bureau de l'aide de camp, où le courrier était trié avant d'être distribué. Veronica Schofield n'avait même pas attendu une journée après le départ de son mari et de sa fille pour faire ses bagages. Dieu seul savait ce qui s'était passé derrière les portes closes de leur maison. Fiona supposait qu'elle avait quitté son époux pour de bon après la dispute. Tout le monde dans cette partie du palais avait entendu les échos de la scène de ménage. Bruits d'objets brisés, de portes claquées, hurlements… Rip lui avait fait remarquer que cela ne les regardait pas et qu'elle ne devait pas s'en mêler. Ils informeraient George de son départ, un point c'est tout.

— C'est justement ça, reprit Fiona Ripperton après avoir dopé son courage avec une bonne lampée de gin. Elle est partie.

Le Dr Schofield, qui avait eu l'intention de vider d'un trait son verre, laissa son geste en suspens. Mrs Ripperton lui adressa un sourire attristé.

— Oh, George, je suis désolée.

George Schofield se pétrifia. Dans sa tête il se repassait le film de sa vie. La guerre avait ouvert un gouffre entre sa femme et lui. Sophie avait douze ans quand il était parti, une fillette adorable, timide et frêle. Il faisait pousser des haricots dans le jardin. Ils avaient un chat appelé Pumpkin qui dormait dans le carré de légumes. Puis la guerre était venue, et quand il était rentré, Sophie avait dix-sept ans. Il l'avait à peine reconnue, la ravissante jeune fille qui avait ouvert la porte après l'avoir attendu toute la journée derrière le rideau de la fenêtre. Elle avait accueilli son retour avec des larmes de joie. Sophie ne ressemblait pas du tout à sa mère, cette femme qui était devenue pour lui un fardeau et qui au fil des années avait fait de lui un homme brisé. Un homme qui n'était plus que l'ombre de lui-même. Tous ses efforts pour maintenir son couple coûte que coûte s'étaient finalement soldés par un échec.

Il songea aux moments où il aurait voulu que sa femme s'en aille, qu'elle fasse sa valise et qu'elle disparaisse de sa vie. Aux moments noirs où il l'imaginait morte et se voyait lui-même en deuil au bord de sa tombe, sa fille à son côté. Au moins il serait sorti de cet enfer et n'aurait plus ce sentiment atroce d'appréhension chaque fois qu'il rentrait chez lui, où que soit ce chez-lui, comme s'il pénétrait dans un espace à la fois vide et étouffant. Pourtant il s'évertuait à prévoir ses changements d'humeur et à ruser avec sa névrose. Ce n'était pas tellement pour lui-même qu'il avait de la peine, mais pour Sophie. Il était inquiet pour elle. S'ils étaient venus ici, c'était afin d'arracher Veronica à son existence recluse, à cette solitude dans laquelle elle retenait Sophie prisonnière, et où cette dernière s'enfonçait comme un pauvre petit veau pris dans des sables mouvants. Au moins, elle n'était plus maltraitée. En tout cas c'est ce qu'il croyait. Le jour où il avait révélé la grossesse de Sophie, il avait été pour la première fois témoin de la violence que sa femme exerçait à l'encontre de sa fille. Le choc l'ayant privé de ses moyens, il n'avait pas pu protéger Sophie de la violente gifle de Veronica.

Enfant, Sophie n'avait jamais parlé des mauvais traitements que sa mère lui infligeait, pas une seule fois, même quand il l'avait interrogée sur ses bleus et ses bosses. Elle disait qu'elle était tombée ou s'était cogné la tête. Et il avait préféré la croire. Il lui avait même recommandé d'être plus attentive à l'avenir. Que Veronica puisse être à l'origine de ces contusions, ce n'était même pas pensable et ne lui avait d'ailleurs pas traversé l'esprit. Toutes les mères punissaient leurs enfants. C'était un mal nécessaire qui faisait partie d'une « bonne éducation ». Qu'il fût ou non d'accord avec ses méthodes, cela paraissait secondaire, puisqu'il n'était pas là pour s'en occuper. Veronica n'aurait jamais dû devenir mère. Elle n'était pas capable d'élever un enfant. Même quand Sophie n'était encore qu'un bébé, il avait surpris sa femme abaissant un regard impassible sur le berceau où la petite pleurait. Elle était sortie de la chambre et avait fermé la porte sur les cris de l'enfant.

Il s'était dit que cela passerait, l'indifférence, l'absence totale d'intérêt. Il arrivait parfois qu'une jeune maman se trouve débordée par les événements. Il avait veillé à ce qu'elle bénéficie de toute l'aide disponible. Une femme de ménage était venue chaque matin. Il s'était arrangé avec des infirmières du quartier pour qu'elles passent régulièrement voir si tout allait bien, autant pour la mère que pour l'enfant. Pourtant rien n'avait réussi à la tirer de son profond abattement, et elle lui avait fait comprendre qu'elle ne prendrait plus le risque de tomber enceinte. Ce qui n'était pas plus mal, s'était-il dit et répété au fil du temps, le caractère de sa femme se durcissant avec les années. Toutefois, il ne s'était pas imaginé qu'elle irait jusque-là. C'est en rentrant un soir et en trouvant sa fille cachée dans la penderie sous l'escalier qu'il avait mesuré l'étendue du problème. Un côté de son petit visage était maculé de sang séché. Veronica avait refusé de lui donner des explications. Elle n'avait même pas voulu lui raconter ce qui s'était passé. Sophie avait sept ans à l'époque. Il avait dit à Veronica que si jamais il trouvait de nouveau leur fille dans cet état il la ferait enfermer dans un asile avec une bande de harpies hurlantes. Et, si elle pensait que c'étaient des menaces en l'air, elle avait tort. Il lui suffisait de consulter un confrère, et il aurait les deux signatures nécessaires pour la faire interner d'office. Veronica avait eu l'air d'en tenir compte, puisque George n'avait jamais revu une seule goutte de sang de Sophie.

Fiona sirota un peu de gin-tonic et fit un petit sourire à son mari. Le Dr Schofield semblait ailleurs, le regard rivé au-delà de la fenêtre ouverte sur l'ombre qui divisait en deux le mur de la cour. Soudain, il leva son verre et le vida d'un trait. Puis il en tapota la base sur la table, signe qu'il en voulait un deuxième. Sans un mot, Mr Ripperton alla chercher la bouteille, remplit généreusement le verre de son ami et s'en versa un autre pour lui tenir compagnie.

Personne ne prononça une parole. Il n'y avait rien à dire.

1958

Ootacamund, « La Reine des stations des Montagnes bleues »

21

Mrs Nayar leva les mains devant son visage, laissa échapper un cri de joie et prit dans ses bras celle qui venait d'arriver à l'improviste.

— Miss Sophie !

Elle la serra très fort contre elle avant de crier en se tournant vers l'intérieur de la maison :

— Salil ! Miss Sophie est ici ! Salil !

Sophie sentit qu'une main ferme la déchargeait de son sac de voyage. Mrs Nayar l'entraîna de l'autre côté de la jolie porte en bois ajouré.

— Le Dr Schofield pas ici. À la clinique. Venez, on va voir tout de suite !

Elle tira Sophie par la manche en s'exclamant :

— Il est tellement content vous voir. Où est votre mari ?

— Hélas, il n'y a que moi.

— Pourquoi pas téléphoner ?

— Je voulais que ce soit une surprise.

Mrs Nayar éclata de rire.

— Oh ! Ça pour lui *grosse* surprise !

— Comment va papa ?

— Il va très bien. Il parle tout le temps de vous. Il dit vous avez mari *burra sahib*, un homme important. On était tous heureux pour vous et on espère que vous venez ici nous voir. Il est tellement fier. Il met une annonce dans tous les journaux, même dans le *Times of India* ! Dr G. J. M. Schofield d'Iona, à Ootacamund, a le bonheur d'annoncer le mariage de sa fille miss Sophie à un grand monsieur Machin Chose à Londres ! Il veut que tout le monde sait que sa fille faire un si bon mariage ! Un visiteur vient de loin pour vous donner des félicitations, mais je lui dis que vous vivre pas ici, que vous vivre à Delhi !

— Miss Sophie !

Le cuisinier traversa le couloir en fonçant comme un buffle depuis l'arrière de la maison, le visage fendu d'un sourire radieux.

— Salil ! s'écria Sophie en lui serrant affectueusement la main. C'est formidable d'être de retour. S'il vous plaît, ajouta-t-elle en se tournant vers Mrs Nayar, ne dérangez pas papa. Je vais rester ici et me reposer un peu. Il sera bien étonné de me trouver en rentrant de la clinique.

Mrs Nayar parut d'abord déçue, échangea quelques mots avec Salil dans leur dialecte rapide que Sophie n'était jamais parvenue à comprendre.

— Bien, dit-elle. Je vous apporte du thé, et Salil fait un dîner spécial pour la fête.

— Vous vouloir *gunpowder chicken* ?

— Oh là là ! Je crains de ne pas être assez en forme pour supporter un de vos fameux baptêmes du feu, répondit Sophie avec tact.

Salil possédait des papilles d'acier et, si on le laissait faire, il vous préparait des plats contenant assez de piments rouges pour tuer un éléphant.

— *Gunpowder chicken ?* s'écria Mrs Nayar en le menaçant de son index. Tu veux donner cauchemars à miss Sophie ? Tu fais rien avec ta poudre à fusil. Fais du thé. Pas *masala chai*. Du vrai thé anglais avec lait bouilli.

— Merci, Mrs Nayar. Je le prendrai dans le bureau de papa.

En ôtant ses gants, Sophie entra dans la pièce préférée de son père, dominée par une table en acajou massive installée dans l'alcôve du bow-window donnant sur le jardin. Sur un tas de papiers en désordre, les objets disparates habituels, un marteau à réflexes à manche en os, la tête métallique d'un otoscope, une cuvette en forme de haricot remplie d'élastiques. La photo de mariage qu'elle avait envoyée par avion six mois plus tôt, alors que l'été commençait en Angleterre, trônait au milieu de ce fouillis, dans le cadre ayant jadis contenu la photo prise le jour des noces de ses propres parents, debout côte à côte dans une attitude raide à la sortie d'une église.

Sophie se percha comme autrefois au coin de la table et regarda par la fenêtre. Tout en dénouant le foulard autour de son cou, elle caressa le vieux chat noir et blanc qui dormait sur le fauteuil de son père.

— Bonjour, Poocha, murmura-t-elle.

L'animal ouvrit un œil paresseux et se lova autour de sa main en ronronnant.

Dehors, la brume qui l'hiver voilait en permanence le sommet des monts Nilgiri noyait le jardin d'une ouate légère d'où émergeaient par moments les arbres, comme dans un rêve. Sophie avait passé beaucoup de temps dans ce jardin. Elle s'était remise lentement à l'ombre protectrice des branches du jacaranda festonnées de fleurs lilas. De son fauteuil du planteur[1] en teck gris argenté, elle avait observé les allées et venues de la maisonnée. Salil s'occupait de son potager pendant que Mr Nayar s'essoufflait derrière la vieille tondeuse à gazon manuelle. Salil n'avait pas son pareil pour faire germer des semences délicates et préparer des plats succulents avec les légumes tout juste cueillis pour le dîner. Il les posait sur la table en déclarant que les légumes avaient poussé le matin même pendant qu'ils prenaient leur petit déjeuner.

Poocha roula sur le flanc et coula la tête entre ses pattes. Le coussin du fauteuil était chaud à l'endroit où il s'était couché. Sophie le laissa en paix. Elle se mit à la fenêtre et écarta davantage le rideau de dentelle. Cette pièce sentait

1. Fauteuil bas et profond mis au point par les ébénistes du sud de l'Inde pour le confort des planteurs, et dont les accoudoirs pouvaient se déplier pour y poser les jambes.

bon son père. La note musquée de l'huile de teck, le parfum de la cire d'abeille qui servait à nourrir les boiseries des murs, l'arôme suave des cigarettes qu'il aimait fumer en bricolant les instruments cassés sans le moindre espoir de les réparer. À croire qu'Iona avait absorbé une partie de lui, la partie douloureuse dont il avait éprouvé la nécessité de se décharger. La maison avait été construite au tournant du siècle par un homme d'origine écossaise qui depuis une vingtaine d'années dormait du sommeil éternel au cimetière St Stephen. Une jolie bâtisse à un étage en pierre gris tourterelle et à colombages, nichée dans le bleu-gris d'un bosquet de conifères odorants et d'eucalyptus. Pour eux, elle s'était faite refuge accueillant, à croire qu'elle était reconnaissante qu'on rallume des feux dans ses cheminées. En la voyant, Sophie avait laissé échapper un soupir. D'un charme désuet en dépit de son côté belle demeure bourgeoise, cette maison était celle qu'elle aurait choisie pour elle-même. Sous l'avancée du toit de bardeaux verts, les quatre chambres à coucher regardaient vers l'orient et le précipice dont les flancs abrupts dominaient une vallée aux forêts touffues peuplées d'une faune piaillante. La façade ouest, percée de moins de fenêtres, donnait sur la montagne et la forêt dense dont le couvert était rompu çà et là par une clairière où les arbres semblaient s'écarter pour livrer à l'admiration de pittoresques chalets accrochés en altitude et profitant d'une vue imprenable. Son père avait fait le bon choix, cet endroit avait été pour elle un sanctuaire. Un lieu où la guérison était devenue possible.

Un petit coup fut frappé à la porte ouverte. Salil, chargé d'un plateau en bois, entra de son pas vif et déposa son fardeau sur la table à côté de la cheminée où une bûche pétillait.

— Je fais pour vous un bon sandwich légumes-beurre, dit-il en attrapant le tisonnier et en poussant jusqu'au fond de l'âtre la bûche rougeoyante avant d'y jeter une deuxième prise dans le panier. C'est formidable de vous voir, miss Sophie.

Il se redressa et lui fit un immense sourire.

— Nous autres on dit toujours : Quand est-ce que Sophie de retour ? Et maintenant, compléta-t-il avec un petit balancement de tête qui exprimait son bonheur, vous êtes ici.

— Merci, Salil. Je suis contente d'être rentrée.

— S'il vous plaît, dit-il en désignant sur le plateau le bouquet de primevères pâles à côté de la tasse. Appelez si vous avez besoin d'autre chose.

— Tout est merveilleux, approuva-t-elle en s'asseyant au coin du feu. Que pourrais-je souhaiter de mieux ?

La chaleur de l'âtre s'enroula irrésistiblement autour des jambes lasses de Sophie et l'enveloppa d'un cocon de tendresse. Elle ôta ses chaussures – c'était plus fort qu'elle –, replia ses jambes dans le grand fauteuil moelleux, posa la tête contre le cuir vert râpé. Fermer les yeux, rien qu'une minute. La journée avait été longue.

Le livre qu'elle tenait, glissant de ses doigts, atterrit sans bruit sur les coussins brodés éparpillés autour d'elle. Les traits de son visage se détendirent. Pour la première fois depuis longtemps, elle dormit d'un sommeil profond et serein, emportée loin des tracas de ce qui constituait désormais son petit monde, hissée dans les sphères subtiles où tout était arrangé, où toutes choses renaissaient. Ils dansent. Il la fait tournoyer. Elle renverse la tête en arrière et elle rit, elle rit. Jamais elle n'a été aussi heureuse. Dans ses bras, entraînée par la musique. Le *Durbar hall* est vide. Ils sont seuls, seuls avec l'orchestre. Légère, le cœur gonflé d'amour, elle contemple son visage souriant, ses yeux vert pâle. Dans son sommeil, Sophie poussa un soupir. Elle se sentait si bien, une onctueuse chaleur l'enveloppait de sa douceur sensuelle. La voix de son père lui parvint dans son rêve. Ils se promènent tous les deux à pied sur les sentiers d'une forêt, le soleil filtre à travers le feuillage frémissant et pommelle le sol de taches de lumière vive. Elle a mal aux jambes, c'est la danse, elle a des courbatures. « Pourquoi ne pas m'avoir téléphoné ? » fit la voix de son père. Elle ouvrit les yeux.

— C'est ce que je lui dis ! gloussa Mrs Nayar du couloir. J'ai dit on va à la clinique tout de suite, mais elle a dit de pas vous déranger !

Le Dr Schofield entra en hâte sans avoir complètement enlevé son manteau dont une manche pendouillait dans son dos, une manche que Mrs Nayar s'empressa de saisir pour l'aider à se dépêtrer de son vêtement. Sophie déplia son corps fourbu et se leva en s'étirant et en étouffant un bâillement heureux. Elle avait dormi, elle avait rêvé. De quoi, elle avait oublié.

— Bonjour, papa.

Elle se jeta dans ses bras et ferma les yeux tandis qu'ils s'étreignaient affectueusement.

— Quand es-tu arrivée ? demanda son père en posant son menton sur le haut de la tête de Sophie.

— Il y a deux heures environ. Je crois. Je me suis endormie.

— Vous faites la toilette avant le dîner, lui rappela Mrs Nayar en les bousculant, coupant court à leurs effusions, avant de jeter une autre bûche dans la cheminée.

Par une nuit aussi noire, les flammes de l'âtre se reflétaient sur les vitres de la salle à manger. Les volets ayant été laissés ouverts, les papillons de nuit attirés par la lumière se heurtaient aux carreaux. Le plafond avait été repeint, nota Sophie, l'horrible caca d'oie déposé par la nicotine remplacé par un blanc cassé qui égayait infiniment la pièce. Quelque chose d'autre avait changé, mais elle mit un certain temps à voir quoi.

— Où est le piano ?

— Débité en bûches pour le feu.

— Non !

— Si. Et j'en ai été bien aise. Cette vieille horreur. Après ton départ, je me suis débarrassé d'un tas de choses. Pas exprès, bien sûr. Je me suis mis à ranger un peu, et de fil en aiguille la moitié de la maison s'est retrouvée sur la pelouse.

— Papa !

— Quoi ? Ce n'est qu'un tas de saletés, quand on y pense, tous ces trucs qu'on trimballe avec soi. Pour la plupart, je ne sais même pas d'où ils sortent. Au bout d'un moment, c'est accablant. Avoir peu de possessions, c'est la voie de la sagesse. Ça permet de se dire qu'on peut lever le camp quand on veut.

— Tu as la bougeotte ?

— Pas du tout. Pour quoi faire ? J'ai toujours voulu être médecin de campagne. Seulement je n'aurais pas imaginé que ma campagne serait en Inde. Je suis content là où je suis, même si je ne déteste pas prendre le train de temps en temps. Tu aurais dû me laisser venir t'accueillir à Delhi.

— Nous voulions d'abord nous installer. Tu sais comment c'est.

— Cela m'aurait été égal. Le temps m'a paru long, tu m'as manqué.

— Toi aussi, tu m'as manqué.

Et ô combien ! Elle avait pensé tout le temps à lui, mais elle avait un mari désormais, et celui-ci était prioritaire sur sa liste. Chaque fois qu'elle avait tenté d'aller voir son père, un empêchement avait surgi. Finalement, Lucien avait déclaré que si cette visite était pour elle tellement importante, qu'elle y aille seule, il était beaucoup trop occupé. À son père, elle ne dirait rien, elle tairait ses doutes. Lucien et elle n'étaient peut-être pas faits l'un pour l'autre. Hormis le souhait de vivre en Inde, ils n'avaient rien en commun. Ou bien était-ce justement parce qu'ils vivaient en Inde qu'elle avait tant de mal à s'adapter à la vie conjugale ? Toujours est-il que ce n'était pas ce qu'elle avait espéré. Leur couple avait un côté artificiel, comme si elle passait ses journées à faire semblant d'être quelqu'un qu'elle n'était pas. Une épouse qui était une invention, un rôle qu'elle endossait comme on enfile un manteau alourdi par le poids de la culpabilité. Sophie regarda son père et se demanda comment avait été sa vie avant qu'il ne s'aperçoive que son mariage était une erreur.

— Tu as dû mettre des jours à venir de Delhi, dit-il.

— Voyons, papa, j'ai pris l'avion.

Sophie se resservit des pickles faits maison de Salil. Elle ne s'était pas rendu compte à quel point elle avait faim avant que le couvercle, en se soulevant du plat de riz, ne libère d'appétissantes vapeurs parfumées au safran et aux oignons frits.

— C'est un de nos privilèges, remarqua-t-elle d'un ton d'autodérision en tapotant le bord de son assiette avec sa cuillère.

Que c'était donc agréable de dîner de façon aussi décontractée. Elle pieds nus, son père posant son coude sur la table quand il en avait envie.

— J'ai pris un vol Delhi-Bombay, puis un autre pour Coimbatore, assez terrifiant, c'est le moins qu'on puisse dire. Des pickles ?

— Heureusement que je ne le savais pas, déclara le Dr Schofield en prenant le plat des mains de sa fille pour le poser négligemment à côté de lui. Sais-tu qu'un avion s'est écrasé en février sur ce trajet en tuant tout le monde à bord ? Un De Havilland de l'Air Force, je crois. Il a décollé de Coimbatore pour Mangalore et n'est jamais arrivé. La météo était tellement mauvaise qu'ils n'ont même pas pu envoyer des secours. Il a fallu quatre jours pour retrouver les débris de l'appareil. Nageant dans une mare de sangsues, apparemment.

— Quelle horreur !

— Ce n'est pas comme ça que j'aimerais mourir, observa-t-il en remplissant leurs verres de vin.

— Tu as des nouvelles de nos amis ?

— Pas grand-chose que tu ne saches pas déjà. Les Ripperton sont partis au Canada pour être près de leur fils. Je n'ai pas l'impression que cela ait très bien marché. Rip s'est mis à perdre ses facultés peu après leur arrivée. D'après ce que j'ai compris, il est devenu assez sénile. Ils envoient toujours une carte à Noël. On verra ce que Fiona nous écrit cette année. J'espère que ça va. Fiona accusait le déménagement. Elle avait l'air très affectée par le tour que prenaient les événements.

— Pauvre Fi, dit Sophie en hochant la tête. Je regrette de ne pas avoir été plus gentille avec elle quand j'étais jeune. Elle s'est donné tellement de mal pour l'être avec moi. Je me cachais pour l'éviter.

— Je sais, fit son père en souriant. Moi aussi.

— Et Kay et le Dr Reeves ?

— Rentrés en Angleterre, aux dernières nouvelles en tout cas. Je suis tombé par hasard sur lui peu après ton départ, dans un camp de réfugiés où j'ai fait une mission.

Le Dr Schofield marqua une pause. Il attrapa son verre et but une gorgée de vin d'un air songeur.

— Tu n'imagines pas ces endroits, Sophie. Après toutes ces années, ils sont encore des milliers, que dis-je ? des centaines de milliers, à s'entasser dans ces camps et ces colonies sans espoir d'être secourus. Je ne vois pas de solution en perspective. Il y a trop de gens et pas assez de ressources. À mon avis, le gouvernement espérait qu'ils disparaîtraient.

Il émit un discret tss-tss de désapprobation avant de reprendre :

— On ne peut pas déplacer des millions de gens et escompter que tout soit réglé comme du papier à musique. Qu'avaient-ils fait de leur bon sens, enfin ? Certains de ces camps sont devenus des bidonvilles. Les gens se sont construit des abris de fortune plutôt que d'attendre que le gouvernement se décide à faire quelque chose pour eux. Ils se sont fixés sur place et forment désormais des communautés sédentaires. Cela m'étonnerait qu'ils aillent ailleurs.

Il se tut comme s'il avait perdu le fil de ses pensées.

Sophie lui sourit. Elle savait combien ces souvenirs lui étaient pénibles. Cela avait été une époque hideuse.

— Rawalpindi était le pire. Un véritable enfer. Je n'ai de ma vie vu autant de gens. La terre en était couverte, un tapis de corps humains, et ils n'avaient rien, rien. Le terrain était désertique, sans une feuille, sans un brin d'herbe en vue.

Il hocha la tête avec une gravité qui disait sa consternation quand il repensait au carnage et à la destruction dont il avait été témoin. En qualité de médecin bénévole, il avait effectué quatre missions dans les camps, dont le souvenir le hanterait jusqu'à son dernier souffle.

— Nous avons fait ce que nous avons pu, enchaîna-t-il. Je suis content d'y être allé. Ce n'est jamais mauvais de se rappeler pour quelle raison on a embrassé cette profession, après tout.

Le Dr Schofield décrocha sa serviette de son col et la jeta sur la table.

— Comment ça va à la clinique ? s'enquit Sophie.

— Très bien. Nous en sommes à vingt lits maintenant. L'extension a tout changé, et finalement c'est beaucoup plus simple que prévu. Le Dr Pretti soigne les femmes. Nous avons une demi-douzaine d'infirmières en tout et des tas de jeunes médecins ravis de passer des vacances actives chez nous. Ils viennent de la grande ville et nous filent un coup de main en échange d'un petit séjour à Iona ou dans une des pensions de famille.

— Ça ne te gêne pas d'avoir des pensionnaires ?

— Personne ne dort jamais dans ta chambre, bien sûr. Cela me plaît au contraire, pourquoi pas ? Je préfère recevoir des gens plutôt que de laisser grandir les toiles d'araignée. En plus, c'est toujours agréable d'avoir autour de soi des jeunes avec qui bavarder. Ce n'est pas bon pour un vieux bonhomme excentrique comme moi de rester trop longtemps en sa seule compagnie.

— Tu n'es pas vieux.

— Dis ça à mes genoux.

— Iona me manque. Delhi est comme un asile de fous, comparée à ici.

— Moi, je ne pourrais pas vivre là-bas. Je ne me rappelle même pas la dernière fois que j'ai mis les pieds dans un enfer pareil. Sans doute à Calcutta, lorsque je suis revenu des camps. Je n'en croyais pas mes yeux.

— Ce n'est pas si terrible, une fois qu'on est habitué.

— Es-tu heureuse en mariage, ma petite fille ? Je n'aurais jamais osé t'en parler, mais je commençais à me demander si tu sauterais jamais le pas.

Il posa son verre et ajouta :

— Je ne crois pas que ta mère et moi ayons donné le bon exemple.

Le Dr Schofield étouffa un discret soupir et hocha la tête. Ce qui est fait est fait, se dit-il, et ce n'est pas la peine de pleurer. Sophie était une adulte. Elle était assez intelligente pour ne pas reproduire les erreurs de ses parents. Étant donné tout ce qui s'était passé, c'était un miracle qu'elle soit devenue une aussi belle personne.

— Mieux vaut tard que jamais, répliqua Sophie.

— Raconte-moi un peu, alors. Comment est-il ?

— Il est brillant.

— C'est tout ?

— Et immensément ambitieux.

Comme son père la regardait par-dessus ses lunettes, elle précisa :

— Il est promis à une superbe carrière. Tu n'as pas à t'inquiéter, je n'ai pas épousé un bon à rien.

— Je ne m'inquiète pas du tout. Tu n'as besoin de personne pour te dicter ta conduite, et je sais que tu n'as jamais supporté les imbéciles. Non, je me soucie seulement de ton bonheur.

Il l'observa à la dérobée. Elle avait maigri. Peut-être était-ce les effets pervers de la mode actuelle ?

— Es-tu heureuse ? questionna-t-il.

— Oui. Très.

— Bien. Je ne te cacherai pas que je suis déçu qu'il n'ait pas pu faire le voyage avec toi. Déjà qu'il m'a privé du plaisir de mener ma fille à l'autel.

— Nous voulions faire le plus simple possible.

— Tu veux dire qu'*il* voulait faire le plus simple possible.

— Pas du tout. C'est moi qui ai décidé, et moi seule. C'était pour moi une corvée dont je devais me débarrasser. Je n'aurais pas supporté une noce en grand tralala.

— As-tu…

Son père laissa sa phrase en suspens, mais Sophie comprit tout de suite. Il ajouta cependant :

— Ta mère, l'as-tu…

— Non. Je ne vois pas pourquoi.

Elle avait passé des mois à se torturer en se demandant si elle devait raconter à son père la brève visite qui l'avait bouleversée. Jusqu'ici, elle n'avait rien dit.

— Le passé, c'est le passé, alors il vaut mieux ne pas en parler.

— Oui, approuva son père doucement. Oui, tu as sans doute raison.

— Je crois que je ne peux plus rien avaler, soupira-t-elle en repoussant son assiette. C'est cet air frais de la montagne. Ça m'a ouvert l'appétit, mais là, je cale.

— Comment trouves-tu Delhi ?

— Il y fait plus froid que je ne croyais, surtout la nuit, mais la maison est merveilleuse. Dans une de ces jolies petites enclaves résidentielles. Tu vois le genre. Une douzaine de maisons derrière des murs avec un portail gardé. Nous sommes en sûreté. Personne ne viendra nous cambrioler, et je ne risque pas de trouver des mendiants sur mon perron.

Sophie regretta aussitôt ses paroles. Ce n'était pas ainsi qu'elle parlait à son père. Elle venait seulement de reproduire les propos conventionnels qu'elle entendait à Delhi en compagnie de son mari et des gens qu'il fréquentait. Elle avait un instant oublié où elle était et avait permis à l'autre Sophie de se manifester, la Sophie qui s'évertuait à rentrer dans le rang, la Sophie pédante. Elle sentit le rouge lui monter aux joues.

— Vous me paraissez vernis, loin du bruit et de la fureur du monde, fit remarquer son père en haussant un sourcil.

— Oui, tu as raison, nous sommes vernis.

— Pourvu que ce privilège ne te monte pas à la tête.

Sophie lui sourit. Elle ne devait pas oublier qui elle était en réalité.

— Nous sommes dans la ville nouvelle, pas loin des Lodi Gardens. Nos voisins sont en poste depuis deux ans. Ils m'ont tous aidée à m'acclimater, mais je trouve ça encore un peu bizarre.

— Qu'est-ce qui est bizarre ?

— Être la femme de quelqu'un, répondit-elle, sans être certaine d'avoir voulu dire cela.

— Il a beaucoup de chance, déclara le Dr Schofield en terminant son riz. Et, s'il est aussi brillant que tu le dis, il le sait.

— Merci, papa.

— Je vais bien devoir le rencontrer un de ces jours, n'est-ce pas ? Tout ce que je sais de lui, c'est qu'il est bel homme et que vous formez un beau couple. J'ai votre photo sur mon bureau.

— J'ai vu.

— Alors, pourquoi n'est-il pas venu avec toi ?

— Il est horriblement occupé. Moi-même je l'ai à peine vu dernièrement. Il y a un tour d'Inde qui se prépare, quelque chose d'important dont je n'ai pas le droit de parler. Harold Macmillan vient en visite officielle. C'est le branle-bas de combat général.

— Ah oui ? Quand cela ?

— Début janvier.

— Crois-tu que tu auras l'occasion de le rencontrer en personne ?

— Le Premier ministre ? Je l'ignore, mais je vais sûrement rencontrer lady Macmillan. Nous autres épouses de diplomates sommes chargées de la distraire pendant que son mari travaille.

— Voilà de quoi se réjouir.

— Je ne me fais pas d'illusions. Cette visite se résumera à un tas de chamailleries à propos de qui s'assied à côté de qui… La presse sera là, bien sûr, elle n'en perdra pas une miette. Tous voudront se faire photographier avec le Premier ministre pour pouvoir accrocher le cliché sur leur mur là où il ne passera pas inaperçu. Lucien et moi sommes les seuls à ne pas avoir une collection de photos de nous posant à côté d'une ribambelle de dignitaires. Ah, non, il m'a juré qu'il en avait une de lui quelque part avec Nehru, enfin, pas lui tout seul, tout un groupe.

— Le moment venu, je compte sur toi pour te mettre au premier rang, repartit le Dr Schofield. Et tu m'en enverras un tirage pour que je l'accroche dans mon bureau à la clinique. Comme ça, je pourrai leur dire à tous que c'est ma fille.

Sophie rit.

— Tu es aussi vaniteux qu'eux.

— Plus ! Parce que je suis aussi plus fier de toi.

Mrs Nayar se présenta.

— Terminé ? s'enquit-elle.

— Oui, merci, répondit le Dr Schofield, qui s'adossa à son siège et posa la main sur son ventre avec un grognement d'aise. C'était succulent.

— Oui, délicieux, enchérit Sophie.

— Bien, fit Mrs Nayar en commençant à débarrasser. Je vous apporte le dessert.

— Oh non, pitié ! s'exclama Sophie en levant la main. Je ne peux plus rien avaler.

— Si, dit Mrs Nayar d'un ton ferme. Vous prenez un dessert.

Le médecin regarda sa fille en haussant le sourcil.

— Tu ferais mieux de ne pas discuter.

— Je n'ai pas le droit de discuter avec qui que ce soit depuis quelque temps, rétorqua Sophie. Je dois surveiller toutes mes paroles. C'est comme vivre dans un camp militaire. Il se trouve toujours quelqu'un pour vous épier et écouter aux portes.

Elle soupira et tendit le plat de riz à Mrs Nayar avant d'enchaîner :

— Londres me manque. J'ai reçu il n'y a pas longtemps une lettre de Margie. J'étais tellement contente de réentendre sa voix en la lisant. Elle épouse Fred, son violoncelliste aux yeux de biche. Cela fait des années qu'elle l'aime.

— Et lui, l'aime-t-il en retour ?

— Je crois que oui. Il a l'air, en tout cas, même si Margie se plaignait toujours qu'il était trop bien élevé…

Son père sourit, le nez dans son verre.

— Dieu sait comment il va supporter la vie avec Margie, continua Sophie. Elle qui discute toujours tout. Elle adore se chamailler…

— J'en déduis qu'on ne discute pas avec Lucien.

— Non. On n'a pas de sujet de discorde.

— Cela viendra, dit son père en lui faisant un clin d'œil. Je suis convaincu que vous finirez par trouver matière.

— J'espère que non, répliqua Sophie, se félicitant de réagir en adulte.

Comme c'était agréable de plaisanter soudain d'une chose qui vous avait paru indicible. Tous les couples se disputaient. Certains un peu, d'autres beaucoup. C'était un fait. De toute façon, les discussions qu'elle avait eues avec Lucien ne pouvaient même pas être qualifiées de disputes. Il n'y avait pas eu de casse. Personne n'avait été blessé. Et les silences n'avaient pas duré. Il sortait en disant qu'elle avait intérêt à se reposer – il n'avait pas envie d'avoir à supporter sa mauvaise humeur. Puis il revenait au milieu de la nuit se glisser entre les draps. Il sentait le whisky. Il posait sur elle une main froide. Il lui faisait parfois l'amour avant de sombrer dans un sommeil de plomb. Au matin, il fredonnait en se rasant et l'embrassait avant de partir à la chancellerie.

Enfant, Sophie avait rêvé de princes, de châteaux et d'amour éternel. Au fil des années, comme toutes les filles, elle avait compris qu'ils n'existaient que dans les contes de fées. Ces belles histoires, elles étaient loin à présent. La magie avait disparu. Elle s'accoutumait à être mariée, elle s'habituait à son mari. Jamais elle n'avait pensé que ce serait facile, mais quand même pas aussi dur. Les heures vides, l'impression de perdre son temps, sa vie, sa vie qui coulait entre ses doigts comme si elle n'avait pas de prise sur elle. Si son union avec Lucien n'était pas à la hauteur de ses espérances, elle devait en assumer sa part de responsabilité et s'efforcer de renforcer leurs liens pour construire une base solide à la famille dont elle rêvait.

— Et ton retour en Inde, comment le vis-tu ?

Le Dr Schofield avait bien réfléchi avant de poser cette question. Il avait toujours craint qu'elle revienne un jour et que ce soit mauvais pour elle. Il avait déjà eu assez de mal à la convaincre de partir.

Sophie venait d'avoir vingt-quatre ans au moment de la séparation qui avait été pour lui un déchirement. Leurs liens étaient si forts, ils se tenaient cramponnés l'un à l'autre. Il se reprochait d'avoir permis à cet état de choses de s'éterniser pour la seule raison que cela l'arrangeait, lui. La présence de Sophie à son côté avait été une bénédiction pendant qu'il s'ajustait à sa nouvelle existence, à la paix de la montagne. Ils étaient tous les deux éprouvés et avaient besoin de panser leurs plaies. George Schofield n'avait pas vu d'autre solution que d'installer sa fille à Ooty auprès de lui. Ils étaient arrivés le 2 juin 1948. Il la revoyait assise dans la voiture, les yeux levés vers la maison. Jamais il n'oublierait ce moment. Finalement, elle était descendue de voiture, mais elle était restée très longtemps à contempler les lieux, le gazon en pente qui butait sur la falaise dominant la vallée boisée. Comme son cœur avait pesé lourd, et comme il aurait voulu pouvoir trouver les paroles pour la réconforter. Elle avait à peine desserré les dents au cours des trois jours de voyage depuis

Cuttack. Ils n'avaient rien à se dire, pour la bonne raison qu'il n'y avait rien à dire. Les mots manquaient pour décrire ce qu'ils ressentaient, et de toute façon ils n'avaient pas envie de parler. Il lui avait tenu la main en silence, espérant au fond de lui qu'il avait pris la bonne décision, qu'elle aimerait voir éclore les teintes lilas de l'aurore depuis la fenêtre de la chambre qu'il avait décorée pour elle, que les roses du papier peint ne lui paraîtraient pas trop pimpantes, qu'elle ne lui en voudrait pas d'avoir jeté les vêtements ternes dont sa mère bourrait son armoire et de les avoir remplacés par quelques robes d'été et des châles de couleur qu'il renverrait au magasin s'ils ne lui plaisaient pas. La découverte d'Iona n'avait pas rendu Sophie moins taciturne. « C'est beau », s'était-elle contentée de souffler d'une voix à peine audible. Il l'avait enlacée par les épaules et l'avait serrée très fort contre lui.

— C'est bizarre, déclara Sophie. Quand j'étais en Angleterre, l'Inde me manquait énormément, et pourtant j'avais peur d'y revenir. Je n'ai pris conscience de ce dilemme que lorsque Lucien s'est mis à évoquer un poste à Delhi. Je n'y peux rien, c'est comme ça.

Elle haussa les épaules et ajouta :

— Ma place est ici.

Son père, les yeux baissés sur le vin dans son verre, eut un petit hochement de tête.

— Tu as entendu pour le maharaja ?

— Oui. Quel dommage ! Mais c'est tout de même incroyable qu'il ait vécu si longtemps, vu sa corpulence. Les maharanis ont dû être affreusement tristes.

— Cela m'étonnerait. La première maharani s'est sûrement frotté les mains. Une fois le vieux mort, c'est son fils qui devenait le maharaja et elle était bien tranquille. Il paraît que ce garçon ne vaut pas grand-chose. Ce n'est pas plus mal qu'il n'ait plus de royaume à diriger. Il l'aurait perdu au casino ou dans l'alcool… Sa mère est une femme impossible, je le sais, même si je n'ai pas eu l'honneur de la rencontrer en personne.

— Tu te trompes, elle adorait le maharaja...

Son père lui jeta un regard étonné.

— Fiona Ripperton et moi allions prendre le thé avec elle au zénana, expliqua-t-elle. Tu ne peux pas te figurer le luxe ! Et elle était charmante.

— Eh bien, ça alors ! s'exclama le Dr Schofield en se redressant sous l'effet de la surprise.

C'était la première fois qu'ils évoquaient sa vie au palais, ce miroir aux alouettes qui avait entraîné leur perte. Elle avait peut-être atteint l'âge où l'on se met à faire le point, où l'esprit se hasarde dans les ombres du chemin qui vous a mené jusqu'au moment présent. Il observa son enfant pendant qu'elle se remémorait le passé, et son cœur se serra un instant, mais seulement un instant, car un petit sourire éclaira le visage de Sophie. C'étaient de bons souvenirs qui lui revenaient. Il lui rendit son sourire.

— Un jour elle a fait ouvrir ses coffres à bijoux pour me montrer combien ceux-ci étaient lourds à porter. Tu n'imagines pas tout ce qu'il y avait là-dedans. Un vrai trésor de pirate. Ses dames de compagnie ont passé une heure à fouiller avant de trouver ce que la maharani leur demandait. Elles m'ont couverte des pieds à la tête. J'étais clouée sur mon siège. C'était comme essayer de marcher avec deux boulets de plomb aux pieds et un joug sur les épaules. Elle m'a raconté que son mariage avait été un supplice à cause de ça. Elle avait eu tellement de bleus et d'égratignures qu'elle avait hurlé de douleur et pleuré quand on lui avait enlevé les bijoux à la fin de la journée.

Sophie jeta un coup d'œil à sa bague de fiançailles, aux feux clairs du diamant coûteux et pourtant insignifiants comparés à ceux des myriades de joyaux qui s'élevaient telles de fabuleuses stalagmites des coffres dorés à la feuille.

— Elle fumait une énorme pipe à eau. Elle m'a fait essayer

une fois. J'ai tellement toussé que j'ai cru mourir. Fi Ripperton en revanche s'en sortait comme une reine.

Son père rit.

— Tu penses quelquefois au palais ? lui demanda Sophie.

— Quelquefois, dit-il en glissant rapidement sur les souvenirs. C'est devenu un hôtel.

22

— Le Premier ministre sera accueilli à l'aéroport de Palam par Nehru et quelques autres membres du gouvernement, dit David Appleton en s'adressant aux hommes réunis autour de la table. Une fois les formalités terminées, ils se rendront à la résidence du Premier ministre. Vous avez tous son itinéraire sous les yeux. Combien de gens assisteront au cocktail de jeudi ?

— Tout le monde s'attend à être invité.

— Essayons de nous en tenir aux huiles, s'il vous plaît. Je veux que le Premier ministre en sorte à huit heures tapantes afin qu'il ne soit pas en retard au banquet donné par les Indiens. Nous attendons toujours une copie du discours de Nehru. Quand est-ce que Hinchbrook rentre de Calcutta ?

— Jeudi, répondit Lucien.

— Il faudra trouver quelque chose à faire à lady Macmillan le vendredi. Vous pouvez en charger les épouses ?

David Appleton s'accorda un temps de pause pour reprendre son souffle, boire un peu de thé et faire une note dans la marge.

— Le soir, un gala est prévu au Fort-Rouge.

Lucien fronça les sourcils et tourna la page de son document pour étudier la feuille de route.

— Le Premier ministre doit inaugurer le nouveau bâtiment du Haut-Commissariat britannique.

— Ah, fit Appleton. Vendredi après-midi ?

— Ça devrait aller.

— Parfait, dit-il en annotant sa feuille. Mettons vers quatre heures de l'après-midi. Je suppose qu'on est tous conscients qu'il faut laisser au pauvre homme le temps de pisser à un moment ou à un autre ?

La nuit tombait sur Delhi. Le noir charbonneux du ciel retenait prisonnières les brumes glacées qui glissaient lentement des sommets lointains de l'Himalaya. Dans les rues, des silhouettes se tenaient à croupetons autour de feux de bois, emmitouflées de couvertures et de châles, grappes humaines d'où s'élevaient de blanches volutes, haleines à peine sorties des bouches qu'elles s'évaporaient dans l'air austère de décembre. Quand viendrait le matin, et il finirait par venir même si c'était de mauvais gré, il lui faudrait pénétrer l'épaisse couche de ce brouillard qui s'attardait comme un invité importun. Le soleil mettrait ensuite des heures à se montrer, s'il se montrait, peinant à percer le couvercle que l'hiver avait posé sur la ville, et puis la nuit tomberait de nouveau, et la ville s'enfoncerait une fois encore dans la longue nuit froide.

Lucien alluma une cigarette et avala la fumée en la retenant longtemps dans ses poumons. Les yeux fixés sur le reflet que lui renvoyait la fenêtre aux volets clos, il réfléchissait. Il devait procéder avec prudence et manœuvrer sans bouleverser l'ordre des choses. La patience n'avait jamais été son fort. Pensif, il tira une nouvelle bouffée de sa cigarette. Il ne conviendrait pas de pousser trop loin le bouchon. De ce point de vue, il devait imiter Sophie. Elle, elle n'allait jamais trop loin. Il y avait chez elle quelque chose de stoïque qu'il ne parvenait pas à définir. Elle avait l'art de vous désarmer. Pour preuve, à chaque fois qu'il avait eu envie d'en découdre avec elle, elle s'était esquivée habilement, et il s'était retrouvé le bec dans l'eau. Au début, il n'avait pas remarqué. Mais depuis qu'ils vivaient ensemble, qu'ils dormaient chaque nuit sous le même toit, il se disait qu'elle n'était peut-être pas, après tout, aussi naïve qu'il l'avait cru. Elle avait une façon d'aborder les autres, une attitude qui leur donnait l'impression qu'elle était blanche comme neige, sans arrière-pensée aucune, et il n'avait pas encore compris comment elle s'y prenait. Il se promit de l'observer de plus près, avec l'intention de s'inspirer de cette extraordinaire modération afin de s'en servir à son avantage. Cela se révélerait peut-être un outil de persuasion précieux. Il tira sur sa cigarette et prit soin d'employer un ton adouci pour demander :

— Tony a-t-il mentionné dans quel ordre hiérarchique se font les invitations pendant la visite du Premier ministre ?

Melanie Hinchbrook fronça les sourcils.

— Qu'est-ce que c'est que cette question ?

— Vous êtes sa femme. Si quelqu'un sait comment cela fonctionne dans le sérail, c'est vous.

— Je crains de n'avoir aucune idée de ce dont vous parlez. Tony sait que je ne m'intéresse pas à ces choses-là. J'ai cessé de l'écouter depuis belle lurette. Cela lui est complètement égal, au demeurant. Du moment que je suis la ligne du parti et que j'adresse mes charmants sourires aux gens qu'il faut.

— Mais vous avez entendu quelque chose ? L'itinéraire du Premier ministre est arrêté, je le sais. Vous l'avez vu, sûrement ?

— Pour quoi faire ?

— Lady Macmillan. Vous devez…

— Oh, que vous êtes embêtant à la fin !

Elle prit une cigarette et se pencha pour l'allumer à la flamme qu'il lui présentait.

— Thé et cancans, dit-elle en faisant un rond de fumée. C'est comme si c'était déjà fait, parce que c'est toujours pareil. Couper un ruban par-ci, tapoter les têtes d'un tas de vilains petits infirmes par-là, tout en prenant des airs compatissants pour les objectifs de ces messieurs les journalistes.

— Tss…

— Vous paraissez déçu.

— Je le suis, en effet.

— Pourquoi, dans ce cas, ne lui posez-vous pas directement la question ?

— J'espérais que vous me donneriez un tuyau.

— Eh bien, non, fit-elle en tirant une nouvelle bouffée. Il sera de retour jeudi, mais je vous conseille d'attendre qu'il se soit requinqué après son voyage pour l'interroger. Il déteste se déplacer. Ça le met dans une humeur de chien. Je me suis toujours demandé pourquoi il était entré au Foreign Office.

Elle marqua une pause, intriguée par le silence inhabituel de Lucien.

— Nous recevons les Appleton à dîner samedi, reprit-elle. Nous devions être tous les quatre, traduisez : ils vont se mettre à causer dans un coin avec leurs cigares pendant que je serai obligée de supporter Rosamund toute la soirée. Vous aimeriez peut-être vous joindre à nous ?

— Tony n'y verra pas d'inconvénient ?

— Je ne vois pas pour quelle raison. Et même, je lui confesserai que j'ai fait une erreur et que c'est trop tard pour la rattraper.

— Je ne voudrais pas vous mettre dans l'embarras.

— N'y pensez pas ! Venez à six heures et demie pour l'apéritif, et je ferai en sorte de vous réserver un petit tête-à-tête avec lui.

— Bon, si vous êtes sûre. Évidemment, il faut que je consulte ma petite femme. Au cas où elle aurait prévu autre chose ce soir-là.

Il n'y avait rien d'autre. Lucien en était absolument certain. Hormis les réceptions officielles, les pages de l'agenda de Sophie étaient blanches.

— Ne devait-elle pas rentrer il y a quelques jours ? s'enquit Melanie.

— Quatre jours, oui, mais la météo a été très mauvaise. Elle a préféré rester un peu plus longtemps, puis attraper un train pour Madras, où elle prendra un vol pour Delhi.

— Je lui avais bien dit de ne pas y aller. Ros Appleton n'est pas ravie de son absence. Les préparatifs de Noël sont d'un casse-pieds, surtout maintenant que les enfants nous sont tombés dessus. Le club est en folie. Il y a des jeunes dans tous les coins qui font un barouf du tonnerre. Au moins cette année personne n'hésitera à les renvoyer en Angleterre. Appleton tient à ce qu'ils soient tous partis avant le 3 janvier pour qu'on puisse briquer le pont avant la visite de Macmillan.

— Franchement, son absence ne m'a pas déplu, à moi, remarqua Lucien en tirant plus fort sur sa cigarette.

— Oh, mince ! Regardez ce que vous avez fait !

D'une pichenette sur le couvre-lit en satin, Melanie Hinchbrook envoya au sol la cendre de sa cigarette.

23

Le Dr Schofield ralentit pour permettre à sa fille de le rattraper.

— Veux-tu qu'on s'arrête quelques minutes ?

— Non. Ça va très bien, dit Sophie d'une voix essoufflée.

Elle avalait de petites bouffées d'air pur.

— C'est le problème avec vous, les jeunes, repartit son père. Vous manquez d'endurance.

— D'exercice, tu veux dire.

Finalement, elle cria pouce, les mains sur les hanches, et, haletante, ajouta :

— Depuis que j'ai quitté Londres, je ne crois pas avoir fait plus de deux cents mètres à pied.

La main pressée contre son cœur qui battait à se rompre, elle respira fort.

— C'est bien joli d'avoir un chauffeur à disposition, mais je n'ai pas pensé à ce que ce luxe ferait à mes muscles. Aïe ! Aïe ! Aïe !

Elle prit une profonde inspiration puis débita :

— Je ne crois pas que je pourrais traverser Hyde Park d'un bout à l'autre.

Au bout d'un moment, son père lui demanda :

— Tu te sens mieux ?

— Oui, ça va beaucoup mieux.

Son père se remit à marcher de son pas égal.

— Prends-en de la graine, dit-il. Une demi-heure de marche par jour, ça vous garde un homme, ou une femme, en bonne santé.

— Lucien ne veut pas que je me promène seule. Peu

après notre arrivée, j'ai eu le malheur d'aller seule aux Lodi Gardens. Aux reproches qu'il m'a adressés à mon retour, on aurait cru que je m'étais promenée dans la rue en petite tenue.

Au grand soulagement de Sophie, le sentier devint moins escarpé, puis ils tombèrent sur un chemin.

— Il a raison, bien sûr, reprit-elle. Ce n'est pas une bonne idée de sortir seule. Les femmes s'attirent des ennuis et se font importuner.

— Demande à ton mari de t'accompagner.

— Il aime mieux la natation. Il se lève à l'aube pour faire des longueurs à la piscine du club. Quelquefois, il y retourne la nuit. Il dit que ça l'aide à réfléchir.

— Je regrette que tu sois obligée de repartir si vite.

Sophie s'arrêta et hésita avant de répondre. Comme elle avait déjà prolongé son séjour bien plus longtemps qu'il n'avait été entendu avec Lucien, de toute façon elle était en mauvaise posture. Tant qu'à se faire prendre pour un œuf, autant voler un bœuf… Elle avait voulu en parler à Lucien avant son départ, mais il n'était jamais disponible pour en discuter. À chaque fois, il lui avait dit : « Plus tard, on en parlera plus tard. » Et quand ce « plus tard » survenait il était trop fatigué, ou trop occupé. « Bon sang, ça ne peut pas attendre ? »

— Tu viendras passer Noël avec nous ?

— Noël ?

Son père médita quelques instants avant de répondre :

— Pourquoi pas ?

Veneet Gupta entra dans le poste de garde et tira un tabouret devant la table bancale où était posée une lampe à pétrole. Le petit brasero à ses pieds diffusait une chaleur agréable autour de ses jambes.

— C'est mort ce soir, fit-il en drapant ses épaules d'une couverture.

— T'as déjà fini ta ronde ? s'étonna Bhavat Singh.

— Y a personne. Je vais pas me geler les couilles pour rien.

— T'attends le retour de ta gonzesse, hein ? lui lança Bhavat Singh. Celle du numéro 6 laisse les volets de sa salle de bains ouverts. Elle croit qu'on ne peut pas la voir.

Il eut un large sourire et posa ses mains sur sa poitrine.

— Des mangues blanches bien mûres avec des tétons roses. Pas vrai, Veneet ? Tu voudrais bien goûter à ce fruit, allez, dis-le.

— Son mari est un porc. Je lui montrerais, moi, ce que c'est qu'un homme, ricana-t-il en empoignant son entrejambe.

— Tu devrais être en train de patrouiller, lui rappela le nouveau.

— Écoutez-le, celui-là, lâcha Veneet. Monsieur est là depuis cinq minutes et déjà il donne des ordres.

Le nouveau se leva.

— Bon, alors j'y vais, dit-il en sortant dans la nuit.

Les pas lents de Jagaan Ramakrishnan se perdirent dans l'humidité froide avec le panache de vapeur blanche de son souffle. Les maisons étaient silencieuses. Ici et là une lampe allumée éloignait les fantômes pendant que des domestiques aux pieds légers ouvraient les lits et rangeaient les vêtements de la journée. Une ampoule se mit à briller sur le perron du numéro 5. La porte d'entrée s'ouvrit. Un serviteur en surgit et alluma les lampes-tempête, dont la chaude lueur jaune se diffusa dans la brume.

— *Namasté*, l'interpella à voix basse Jagaan en joignant les mains sans interrompre pour autant sa ronde.

Il suffisait qu'il manifeste sa présence. Par une fenêtre du numéro 8, il reconnut l'entremetteur, celui que les femmes appelaient Vicky, qui dormait dans un fauteuil du salon de la memsahib, la tête renversée en arrière, bouche ouverte. Jagaan eut un sourire intérieur. S'il ne se réveillait pas avant l'arrivée de sa patronne, celle-ci allait surprendre son valet ronflant dans son fauteuil préféré, un verre de whisky vide à côté de lui – elle le jetterait dehors en lui disant d'aller se faire voir ailleurs. Ce serait bien fait, songea Jagaan, pour ce chacal qui méritait d'être réincarné en rat.

Il continua à marcher en surveillant les coins sombres, les oreilles bourdonnant du raffut des grenouilles et des insectes nocturnes. Rien ne bougeait dans l'air immobile et froid où son haleine forait des trouées de chaleur. Il marqua une halte devant le numéro 6 et leva les yeux. La lumière du perron était mise, une fenêtre à l'étage éclairée, le reste de la maison plongé dans l'obscurité. Jagaan sortit sa lampe-torche et en promena le faisceau sur le crépi blanc de la façade en se reculant pour inspecter le côté du bâtiment. Il éteignit sa lampe et se pencha par-dessus la grille en fer forgé en étirant le torse et en se retenant des deux mains aux barreaux. C'était bien ce qu'il pensait. Ce salopard s'était sûrement introduit dans le jardin pour épier la femme dans sa salle de bains – le reflet sur le mur nu de la maison voisine indiquait qu'elle était éclairée. Jagaan remit la lampe à sa ceinture et poursuivit son chemin jusqu'à la dernière bâtisse de l'enclave. Des éclats de voix, une dispute, deux domestiques sans doute, celui qui criait le plus fort se plaignant de travailler plus que l'autre.

Une fois au terme de sa ronde, Jagaan s'arrêta, les mains sur sa matraque, les yeux levés vers les pâles étoiles visibles à travers le voile de brume. Autrefois, il connaissait sur les constellations des légendes qu'on lui avait racontées. Il se promit de tenter de se les remémorer un jour. Il n'avait qu'à interroger un ancien. Il était important de préserver la mémoire de ces histoires, surtout maintenant que tant de gens avaient quitté leur pays natal pour commencer une nouvelle vie ailleurs. Delhi était une ville étrange. Ou une ville d'étrangers. L'une ou l'autre, il ne saurait décider. En tout cas une ville perdue, comme si elle avait été retournée et vidée de ses habitants pour être repeuplée par des gens venus d'ailleurs. Une ville perdue sans mémoire. Jamais il ne se serait douté qu'il échouerait en ce lieu dont le passé avait été effacé.

Il se remit en route et retourna lentement sur ses pas en direction du corps de garde. De nouvelles lampes avaient été allumées, bornant les allées et éclairant les escaliers. Au numéro 8, le fauteuil était vide, le verre de whisky envolé.

Il en éprouva une petite déception. Non que ce fût important. Tout s'expiait finalement, que ce soit dans cette vie ou la prochaine. Il ne fallait pas être pressé. Il fit une halte devant le numéro 4 et leva les yeux vers la fenêtre noire de la chambre où elle dormait. Elle n'était pas là, bien sûr. D'après le registre du corps de garde, elle était partie en voyage. Son lit était vide, les draps froids.

La première fois qu'il avait aperçu Sophie, il avait été bouleversé. Elle sortait de chez elle en compagnie de son mari. Jagaan avait eu l'impression que le temps était aboli, qu'ils s'étaient parlé la veille, à la fontaine de l'orangeraie. Elle n'avait pas changé, sauf par des détails qui à ses yeux ne comptaient pas : sa chevelure retenue en chignon, les habits élégants, les talons hauts. Mais il ne lui avait fallu que quelques jours pour percevoir la meurtrissure, pour percer à jour ce que la vie lui avait fait, et il en avait eu le cœur brisé. Il aurait tant aimé avoir le pouvoir de traverser les murailles, s'étendre sur son lit pour le réchauffer en priant pour elle. Il le laisserait en apparence intact de sorte que, lorsqu'elle s'y allongerait à son tour, elle s'émerveillerait du délicieux moelleux de sa couche et glisserait dans un sommeil réparateur protégé par ses prières, et elle rêverait de lui. Jagaan leva machinalement la main vers sa poche de poitrine et la posa un instant sur la lettre, contenue dans l'enveloppe de soie bleue qu'il avait cousue lui-même avec un soin infini. S'arrachant à la contemplation de la fenêtre, il reprit sa ronde.

— Le voilà, fit Bhavat Singh. Le loup solitaire.

— Tout est calme, déclara Jagaan.

— Ha ! s'exclama Veneet. Je te l'avais bien dit. C'était pas la peine de sortir te geler les couilles.

Le vigile se tourna vers Bhavat et enchaîna :

— Tu devrais voir la taille de son soutif ! Des hamacs ! On pourrait s'en servir comme filet pour pêcher dans la rivière.

Bhavat Singh regarda Jagaan.

— Qu'est-ce que t'as ?

— J'ai pas envie qu'on me casse les pieds avec la femme du numéro 6.

— Le numéro 6 ? Qui parle du numéro 6 ? ricana Veneet. On parle du numéro 10. La vieille avec le gros cul. Son soutif est comme…

— Des hamacs, j'ai entendu, le coupa Jagaan.

— Et toi ? Je parie que t'aimerais te faire une Blanche. Madame Mangues-Blanches du numéro 6, hé ?

— Non, dit Bhavat Singh. Il en pince pour la grosse du numéro 10, pas vrai, le nouveau ?

Jagaan les ignora. Il se servit une petite tasse du *chai* qui infusait sur le brasero.

— Il voudrait qu'elle l'écrase entre ses énormes nibards, termina le vigile.

Les phares d'une voiture balayèrent la fenêtre du corps de garde. L'espace d'un éclair, la pièce fut baignée d'une lumière crue.

— Une voiture ! s'écria Bhavat Singh en bondissant de sa chaise et en se ruant sur la porte.

— Zut, pesta Veneet en suivant son collègue, tête basse. Maintenant on va tous devoir se geler les couilles. Tu viens ?

— Dans une minute, répondit Jagaan, le dos à la fenêtre. Je bois ça en vitesse.

24

À la frontière entre la vieille ville et la nouvelle, les rues pullulaient d'une foule multicolore aux prises avec la vie quotidienne. Des chars à bancs tirés par des chevaux, parfois croulant sous les passagers, se frayaient un chemin entre les étalages des magasins bien approvisionnés. Il faisait froid. Les passantes se serraient dans leurs saris et leurs châles. Les hommes assis sur leurs talons devant les buvettes de *chai* fumaient des bidis. Çà et là, accrochés aux murs décrépits, des sanctuaires miniatures décorés de lumineux colliers de fleurs de soucis laissaient monter vers le ciel des volutes d'encens. Les plus grands de ces sanctuaires s'ornaient d'arrangements floraux plus compliqués, pâles œillets d'Inde et fleurs roses au parfum exquis, disposés suivant des motifs concentriques. Des groupes de policiers se tenaient debout, oisifs, au coin des rues avec leurs longues matraques noires, en short et tunique cintrée, le béret kaki égayé d'une bande rouge. Ils bavardaient entre eux sans paraître remarquer la cohue se mouvant autour. La vieille ville grouillait de gens et d'animaux, vaches errant dans les bazars, chiens fouillant les ordures dans les caniveaux, singes chapardeurs guettant l'occasion du haut des toits. Pour des milliers d'hommes, de femmes, d'enfants, la rue était le seul foyer, l'endroit où l'on achète, où l'on vend, où l'on mange, où l'on dort, où l'on fait ses ablutions. Des fakirs aux cheveux comme de l'étoupe expiaient leurs fautes en se perçant la chair avec des crochets de métal ou en s'allongeant sur des planches cloutées. Dans un coin, le visage blanchi à la cendre des morts, un sadhu oscillait en marmonnant des incantations tout en tirant de longues bouffées sur son *chillum* de terre cuite. Une frêle mélodie s'élevait de la flûte d'un charmeur de serpents devant lequel, comme sous hypnose, un cobra se balançait en gonflant le cou ; à deux pas, un petit panier en osier attendait les oboles.

— Ça doit vous changer d'Ooty, dit Lucien.

— Je ne sais pas comment on peut supporter ça, répliqua le Dr Schofield, qui regardait le spectacle par la fenêtre de la voiture. Je pense qu'un homme a dans sa vie un nombre limité d'années pendant lesquelles il tolère la vie citadine, ensuite le charme s'estompe. Le temps imparti est encore plus court dans une grande cité comme celle-ci. On arrive vite à un point où on ne peut plus suivre.

— Je peux comprendre.

— Et puis j'ai toujours préféré la campagne. Je suis parfaitement heureux dans un trou perdu avec rien d'autre à faire qu'à compter les moutons.

— Je suis pour ma part un citadin. Quoiqu'une petite maison de campagne ne me déplairait pas, un jour. Du moment que je peux aller à la pêche.

Lucien se disait que le Dr Schofield devait être le genre d'homme qui aimait la pêche, ce qui permettrait de meubler la conversation pendant les deux prochaines heures. Sophie l'avait manipulé pour qu'il accepte cette sortie, orientant habilement la conversation au cours du dîner et réussissant à le mettre au pied du mur. S'il s'était douté de ses intentions, il aurait été plus prudent et aurait inventé une excuse couvrant toute la journée. Et maintenant, à cause des ruses enjouées de sa femme, le voilà coincé avec ce raseur. Si le vieux n'avait pas été assis avec eux à table, il aurait déclaré tout bonnement à Sophie que c'était hors de question. Et après, au moment d'aller se coucher, toutes ces foutaises sur ce-serait-bien-que-vous-vous-connaissiez-mieux blablabla. Elle lui avait joué un sale tour, et il ne le lui avait pas caché, mais elle était tellement contente d'elle qu'elle n'avait même pas remarqué son exaspération. Maintenant qu'il était dans cette galère, autant en prendre son parti, même s'il n'avait plus rien trouvé à dire à peine franchi le portail de l'enclave.

— La pêche, hein ? À la mouche ou à la ligne ?

— Ça m'est égal, dit Lucien, du moment que le poisson est récalcitrant.

Cette boutade sembla mettre le Dr Schofield de bonne humeur.

— Vous devriez venir à Ooty. Les lacs sont gorgés de poisson. On attrape forcément quelque chose.

— C'est une idée. Peut-être cet été, quoique ce soit difficile pour moi, étant donné mon emploi du temps chargé.

— Vous n'avez pas de congé annuel ?

— Si. Mais en principe on nous l'accorde pour nous permettre de retourner en Angleterre voir la famille et remplir nos obligations. Il est bon de quitter une fois par an le pays où l'on est en poste, je trouve.

Le Dr Schofield observait Lucien. Un beau parleur, le mari de sa fille ; les mots lui venaient aisément, et il les choisissait bien. En l'écoutant discourir et louvoyer entre euphémismes et propos affables, le médecin eut la nette impression que son gendre n'avait pas la moindre intention de venir lui rendre visite à Ooty. Ce n'était pas à son programme, un point c'est tout. Ooty pour lui était synonyme de corvée. Ce qui n'empêchait pas Lucien d'arborer une expression de franchise absolue en évoquant ses engagements et en feignant d'être désappointé.

Peu à peu, la rue congestionnée se transforma en un large boulevard moins encombré. Ils laissaient derrière eux la foule incessante, la multitude mouvante de la vieille ville. Par la fenêtre, il voyait à présent un parc au milieu duquel se dressait un grand hôtel blanc de style colonial.

— Nous y sommes. Ils ont un bar épatant et le jardin est assez agréable. Avec un peu de chance, on aura un rayon de soleil. On dirait qu'il a envie de montrer le bout de son nez. Qu'en pensez-vous ? fit Lucien en se penchant vers la fenêtre pour scruter le ciel.

Le Dr Schofield s'accordait quelques doigts de whisky seulement le dimanche avant le déjeuner, lorsque à son bureau il tripotait ses instruments cassés en se demandant comment il allait bien pouvoir les réparer. Il avait du mal avec tout ce qui relevait de la mécanique. Ce n'était pas par manque d'intérêt. Tout ce qui touchait le fonctionnement des appareils le fascinait, mais restait un mystère. Malgré tout, il s'y attelait, surtout le dimanche matin, pendant que d'appétissantes odeurs d'épices émanaient de la cuisine où Salil s'affairait au fourneau et que Mrs Nayar gazouillait toute seule – son mari, sous prétexte de monter la garde, somnolait sur une chaise à l'arrière de la maison. Quand parfois il avait l'impression de toucher au but, les pièces paraissant sur le point de s'emboîter parfaitement, soudain il perdait le fil de ses pensées et abandonnait l'objet démantelé avec un soupir. Il leva son verre et admira la teinte jaune paille du single malt.

— Du Speyhawk, précisa Lucien. Je crois qu'il vous plaira. Cigarette ?

Le Dr Schofield hésita, puis :

— Merci, oui. Pourquoi pas ?

Il mit la cigarette entre ses lèvres et l'alluma à la flamme que lui présenta Lucien, puis il s'adossa confortablement dans son fauteuil.

— Du scotch et des cigarettes au déjeuner. Qu'est-ce qu'un homme peut souhaiter de plus, n'est-ce pas ?

— Ne vous méprenez pas, dit Lucien en souriant. Je ne viens pas ici tous les jours. Mais c'est vrai, on s'habitue vite au luxe.

— Vous vous plaisez en Inde ?

— Delhi est un excellent poste. Cela faisait un moment que je le convoitais. Je serais parti volontiers plus tôt, mais…

Il marqua un temps d'arrêt avant de conclure :

— Le moment n'était pas venu.

— Ah, fit le Dr Schofield en savourant sa gorgée de scotch

avec un petit hochement de tête qui exprimait son approbation. Un diplomate doit être marié, c'est cela ?

— Eh bien, répliqua Lucien avec un rire bref. Ce n'était pas prévu. Mais, oui, j'ai eu la chance…

— De tomber amoureux d'une jeune femme familière du pays et qui parle en plus la langue. Vous l'étudiez ?

— Pas vraiment, dit Lucien en ouvrant la carte. Je glane des expressions par-ci par-là, mais de nos jours ce n'est pas indispensable. Tout le monde parle anglais. Tous ceux avec qui je traite, en tout cas.

— Combien de temps comptez-vous rester ?

— Toute la durée du poste, répondit Lucien en parcourant rapidement les descriptions des plats dans le menu. Quatre ans, quoique cette décision ne dépende pas complètement de nous puisqu'on peut être appelé ailleurs avant que se termine le temps de la mission.

— Sophie a trouvé sa place ?

— Je crois que oui. Les épouses de diplomates sont formidables. Elles sont tout le temps en train d'organiser quelque chose. C'est un travail en soi, vous savez. Sophie va vite s'y faire.

Lucien tira sur sa cigarette. Sophie était trop tendue, voilà pourquoi elle n'était pas à l'aise en société. Pourquoi ne pouvait-elle pas se détendre un peu ? Cela le dépassait. Bien sûr, c'était un gros changement, mais qu'est-ce qu'elle croyait ? Il avait sa carrière, n'est-ce pas, une très sérieuse affaire qui lui mangeait tout son temps. Elle l'avait su d'emblée, non ? Si elle voulait un mari casanier fumeur de pipe au coin du feu, elle s'était fourvoyée. Bon, il était parfois sur les nerfs, mais elle aurait pu avoir la délicatesse de ne pas le lui rappeler à tout bout de champ. Sa bonne humeur perpétuelle, cet air de toujours espérer quelque chose, c'était déprimant à la fin. Elle était tellement prévisible. C'était d'un ennui ! Parfois il pouvait presque l'entendre penser : « Peut-être cette fois… »

— Et le poste vous convient ?

— Il ne pourrait pas me convenir mieux, répondit Lucien en fermant la carte d'un coup sec. Je crois que je vais tenter le rosbif.

— Je prendrai comme vous, opina le Dr Schofield, qui n'avait pas ouvert la sienne.

Lucien passa commande et se cala dans son fauteuil. Le Dr Schofield le dévisagea avec une expression songeuse avant de déclarer :

— Il paraît que la première année de mariage est la plus épineuse. Il faut s'habituer l'un à l'autre. Mais je ne voudrais pas être indiscret. Je suis très heureux que Sophie ait trouvé un bon partenaire. Elle est fille unique, vous savez, ce qui fait de moi un père un peu trop protecteur. Même si Dieu sait qu'elle est assez grande pour mener sa barque et décider par elle-même. Mais j'espérais…

Il laissa sa phrase en suspens.

— Quoi ?

— Qu'elle finirait par rencontrer un type solide comme vous, dit-il avec un sourire. Je n'ose pas vous chiper une autre cigarette…

— Mais si, bien sûr.

— Merci.

Lucien lui présenta son briquet. Le Dr Schofield se renfonça dans son fauteuil en fumant.

— Je suis enchanté d'avoir une compagnie masculine. Je n'avais pas imaginé que j'aurais un jour un gendre. J'espère que nous serons bons amis.

— Buvons à l'amitié, déclara Lucien en faisant signe au garçon de remplir son verre. Un autre ?

— Pourquoi pas ? Je n'ai bu qu'un seul verre, je l'ai juste rempli plusieurs fois…

— Nous nous rattraperons par une petite marche dans le jardin après le déjeuner.

— Quelle bonne idée… Il paraît que vous êtes un excellent nageur.

— Je fréquente en effet la piscine, quand l'envie m'en prend...

— Cela ne vous dérangerait pas que je vous accompagne ? Il y a longtemps que je n'ai pas nagé. Cela ferait du bien à mes vieilles articulations.

— Là, je vous arrête tout de suite. Il fait beaucoup trop froid en ce moment pour la piscine.

— On commence, mesdames ?

Ros Appleton tapota le bord de sa soucoupe avec sa cuillère afin d'obtenir l'attention générale. Le brouhaha de voix haut perchées diminua peu à peu dans le salon, dont tous les sièges étaient occupés. Ros Appleton se mit debout devant la cheminée et leva devant elle la feuille détaillant le fameux emploi du temps qu'elles attendaient toutes. Tessa avait confié à Sophie qu'elle ne voyait pas pourquoi on ne pouvait pas en faire des copies. À l'entendre, c'était typique de la part de Ros de convoquer une de ces ridicules réunions rien que pour jouer à la grande dame, comme si c'était elle qui avait établi le programme de la visite de l'épouse du Premier ministre. Le moment n'en était pas moins solennel. Chacune d'elles avait hâte d'apprendre quelle serait sa fonction. Pendant que le silence gagnait la féminine assemblée, Vicky veilla à leur faire servir des rafraîchissements.

— Parfait, dit Ros en s'éclaircissant la gorge.

Elle prit son temps pour lire la liste pendant que l'audience frémissait d'impatience.

— Bien. Passons aux choses sérieuses, si vous voulez bien.

Une nouvelle pause. Puis :

— Mrs Clark nous recevra pour le thé qui permettra à lady Macmillan de rencontrer les épouses de quelques résidents britanniques de Delhi.

— Comme qui ? interrogea Tessa.

— Je n'ai pas terminé. Lady Macmillan visitera le nouveau foyer d'incurables, Cheshire Home. Et avant que vous ne protestiez, coupa-t-elle en levant la main devant les visages horrifiés, on s'arrangera pour qu'il n'y ait plus aucun malade contagieux, et lady Macmillan ne s'approchera pas de ces pauvres gens. Ensuite, le samedi, petit déjeuner pour les épouses des ministres et des hauts fonctionnaires indiens.

— Et qui s'occupera de cette réception ? questionna Melanie Hinchbrook.

— Je vous en prie, fit Ros d'un ton sec. Ne m'interrompez pas, s'il vous plaît.

— J'ai l'impression d'être de nouveau à l'école, murmura Tessa à Sophie.

— Cela se passera à la résidence du Premier ministre. Aucune de vous n'est invitée.

— Je parie qu'elle, elle y sera, grommela Tessa.

— À onze heures et demie, lady Macmillan visitera le Cottage Industries Emporium et le Kashmir Emporium où lui sera présentée la production artisanale et traditionnelle.

— Et qui l'accompagnera pendant ces visites ?

— Lady Macmillan vient avec son entourage.

— Mais nous aurons quand même l'occasion de la voir ?

— Celles qui ont le plus d'ancienneté, sûrement, mais la visite est brève.

— Nous n'organisons pas un déjeuner ou un thé en son honneur ?

— Pas cette fois.

— Oh, que c'est décevant !

— Nous ne sommes pas à Kensington, Tessa, rétorqua Ros en la fusillant du regard. Si vous voulez en jeter plein la vue à vos amis, je vous conseille plutôt d'inviter Cary Grant à dîner et de ne pas oublier d'appeler les journaux avant.

Sophie dut se mordre les lèvres pour s'empêcher de sourire. Elle se concentra sur le manteau de la cheminée pendant que Ros poursuivait :

— La mise au point de ce programme a été laborieuse. Je ne permettrai aucune remarque désobligeante.

— Pardon, dit Tessa en donnant un coup de coude à Sophie.

— Bien sûr, reprit Ros, nous sommes toutes ravies à la perspective de cette visite, et je suis certaine que chacune d'entre nous se retrouvera casée quelque part d'une manière ou d'une autre.

Sophie jeta un coup d'œil à sa montre. Presque deux heures. Avaient-ils déjeuné ? S'entendaient-ils bien ? Lucien avait paru contrarié quand elle lui avait annoncé qu'elle avait invité son père pour Noël. Leur premier Noël à deux, etc. On aurait cru qu'il cherchait délibérément à éviter de faire la connaissance de son père. Cela avait en tout cas provoqué un de ces moments pénibles où elle s'efforçait de ravaler sa déception pendant qu'il maugréait et finissait par décréter qu'il avait besoin de se détendre en faisant quelques longueurs de piscine. Elle ne devait toutefois pas oublier les paroles de son père : les débuts de la vie commune sont un cap difficile à passer. Se marier, avait-il dit, c'était évoluer sur une corde raide sans filet. Il fallait apprendre à mettre un pied devant l'autre sans perdre l'équilibre. Elle s'y était prise tard, lui avait-il fait observer, ce qui rendait l'exploit encore plus périlleux, puisqu'elle avait sûrement acquis toutes sortes d'habitudes. Il avait prononcé ces mots avec un gentil sourire et allumé une cigarette pendant que Mrs Nayar débarrassait la table après leur avoir proposé de se resservir du dessert de Salil.

— Ça va ? lui demanda Tessa avec un nouveau léger coup de coude.

— Oui, répondit Sophie en redescendant sur terre pour se concentrer sur Ros Appleton et son interminable liste.

— Quel dîner ! soupira le Dr Schofield en s'écroulant dans un fauteuil. Je ne vais plus avoir faim pendant une semaine. Tony Hinchbrook est un sacré personnage, n'est-ce pas ? Ce type d'homme… On n'en fait plus des comme ça de nos jours. Un vieux de la vieille du temps des colonies. Sa femme est charmante, je dois dire. Dommage qu'elle soit partie en hâte, quoique j'aurais sans doute fait de même à sa place.

— C'est un rustre quand il est ivre, affirma Sophie en faisant glisser son châle de ses épaules. Ce n'est pas la première fois qu'elle le plante quelque part pour aller s'enfermer chez elle. Elle espère sans doute qu'il dormira sur son paillasson. Il ne se souviendra de rien demain matin au réveil. Apparemment, c'est comme ça chaque fois. Pourquoi les gens se sentent obligés de se soûler dès qu'ils sont hors de chez eux, ça me dépasse.

— Je plains son foie, remarqua le médecin.

— Un petit digestif ? proposa Lucien en se dirigeant vers le buffet.

— Je monte me coucher, annonça Sophie en embrassant son père sur le sommet de la tête.

— Bonsoir, chérie, lui lança Lucien. Je te rejoins tout de suite.

— Non, merci, fit le Dr Schofield avec un geste de refus poli. Je crois que je vais aller me coucher, moi aussi. Oh, ajouta-t-il en posant une main sur sa poitrine. Vous n'auriez pas un peu de bicarbonate de soude ? Ce repas était un peu trop riche pour ma faible constitution.

— Il doit y en avoir dans le placard à pharmacie de la salle de bains. Voulez-vous que j'aille vous en chercher ?

— Ne prenez pas cette peine, répondit le Dr Schofield en lâchant un petit rot. Je vais le trouver.

Le médecin se leva et demanda :

— Cela vous dérange si je sors quelques minutes ?

— Pas du tout, dit Lucien en se servant un verre.

— Cela me fera du bien de respirer un bol d'air frais et de me dégourdir les jambes. Juste quelques minutes. On va voir si ça me remet d'aplomb.

— Faites donc. Prenez votre temps, mais ne quittez pas l'enclave.

Le Dr Schofield resta quelques instants sur le perron, le temps d'allumer une cigarette, puis il remonta son col et descendit les quelques marches. Il avait de méchantes brûlures d'estomac. Il aurait dû faire attention, et au moins éviter le champagne, lequel n'était manifestement pas aussi bon que le laissait croire l'étiquette. Un poison, oui. Certes sur le moment, c'était un vrai délice, mais un délice qui coûtait cher après. Il franchit le portail de la maison et fit quelques pas sur la route en fumant sa cigarette. Le corps de garde était éclairé. Il s'en rapprocha et regarda par la fenêtre. La cabane était vide. Quelques mètres plus loin, un mince faisceau de lumière : une lampe-torche. La sentinelle marcha à sa rencontre.

— Sahib ? dit Veneet en accélérant l'allure. Vous avez besoin de quelque chose ?

— Désolé, répondit le Dr Schofield en se sentant tout à coup honteux d'avoir été surpris à espionner. Je me dégourdis juste les jambes.

— Il fait froid ce soir, lui fit remarquer Veneet.

— Oui, plutôt, répliqua le médecin en regardant autour de lui d'un air inquiet.

— Tout va bien, sahib. Nous veillons ici toute la nuit pendant que tout le monde dort.

— Nous avons de la chance de vous avoir.

— Vous passez de bonnes fêtes ce soir, sahib ?

— Oui, très bonnes.

— C'est une belle fête, votre Noël, votre Pâques aussi. Une très belle fête.

— Oui, on y est attachés.

— Mais c'est mieux avec plus de feux d'artifice, sahib, opina Veneet avec conviction. Toutes les fêtes sont plus belles avec des feux d'artifice. Vous avez pas assez de feux d'artifice en Angleterre à Noël…

— Vous avez sans doute raison, acquiesça poliment le médecin.

— C'est une cigarette américaine ?

— Euh…, fit le Dr Schofield en baissant les yeux. Américaine ? Je ne suis pas certain. Des Player's. C'est américain ?

— Les Player's, de très bonnes cigarettes. J'aime les Player's, approuva Veneet non sans arrière-pensée.

— Oh, oui, bien sûr, dit le médecin en sortant le paquet de sa poche. Voulez-vous…

Veneet prit trois cigarettes qu'il fourra dans sa poche.

— Vous voulez du *chai* ? proposa le vigile en désignant d'un geste la porte ouverte de la cabane, où une casserole fumait sur un réchaud.

Après quelques instants de réflexion, le Dr Schofield se décida.

— Pourquoi pas ? Je ne vous dérange pas dans votre travail, au moins ? interrogea-t-il en entrant.

— Non, sahib. On fait des rondes chacun à notre tour, on veut pas de rôdeurs dans le coin.

Veneet attrapa deux tasses en terre cuite sur la table et les remplit de *chai*. Le Dr Schofield hésita en voyant que sa tasse avait déjà servi et n'avait pas été lavée. Oh, et puis zut, songea-t-il. À Rome… Il sirota la boisson brûlante, sucrée et laiteuse, qui lui laissa dans la bouche un goût piquant de cannelle.

— Vous êtes un invité du numéro 4 ?

— Oui. Ma fille habite ici.

— Vous êtes le père de Mrs Grainger ?

— Oui.

— C'est très bien.

Veneet but son *chai* d'un air satisfait. Peut-être qu'ils n'étaient pas tous à mettre dans le même panier, ces Anglais. Celui-ci semblait ne pas se prendre pour quelqu'un de supérieur à lui. Et il lui avait donné des cigarettes américaines. Ceux de la maison où il séjournait, c'était autre chose. Pas qu'ils le regardaient avec mépris. Ils ne le regardaient pas du tout. Ils franchissaient les portes de l'enclave dix fois par jour sans un bonjour ni un bonsoir, ni un merci de vous geler les couilles toute la nuit dehors. Lui, il aimerait habiter une maison comme celle-là et rentrer à deux heures du matin d'une fête sans se soucier des gens qui la gardaient propre ni de ceux qui la protégeaient. Et, s'il avait une maison comme celle-là et rentrait soûl au milieu de la nuit, lui aussi sortirait peut-être se dégourdir les jambes et fumer une cigarette américaine et bavarder un moment avec le *chowkidar*, rien que pour montrer qu'on n'était pas snob. Il lui donnerait même un pourboire, un petit quelque chose pour lui manifester sa reconnaissance. Peut-être que ce sahib allait lui donner un pourboire. Après tout, c'était une fête religieuse, et tout le monde savait que les *wallah* anglais distribuaient des étrennes à Noël.

— Vous aimez le *chai*, sahib ?

— Excellent, approuva le Dr Schofield en évitant soigneusement de boire le fond de la tasse, où flottait un peu de matière.

Des pas se rapprochèrent à l'extérieur. Le Dr Schofield posa la tasse sur la table.

— Bien, maintenant je vais vous souhaiter bonne nuit et vous laisser continuer votre travail.

Veneet redressa le buste en faisant claquer ses talons et en suivant des yeux les mains du sahib, ces mains qui ne lui avaient rien donné.

Sur le seuil, le Dr Schofield eut l'impression de se cogner à un arbre. Dans le noir, il n'avait pas vu celui qui entrait. Un bras puissant le retint de tomber.

— Sahib !

Jagaan se recula pour vérifier qu'il n'avait rien. Heureusement qu'il ne marchait pas vite.

— Oh, oh, je suis désolé, fit le Dr Schofield en remettant ses lunettes droites. C'est ma faute. Je ne regardais pas où j'allais.

— Pas de mal, sahib ?

Celui-ci leva son visage. Jagaan sentit ses poumons se vider d'un seul coup. Il se détourna en toute hâte et d'une voix étranglée dit à Veneet :

— S'il te plaît, tu peux accompagner le sahib jusqu'à sa porte ?

Veneet le toisa d'un air indigné.

— Moi ? Pourquoi tu le fais pas, toi…

Mais Jagaan avait déjà redisparu dans la nuit. Veneet émit un grognement puis adressa au Dr Schofield un sourire forcé. S'il le raccompagnait, il serait bien obligé de lui donner quelque chose.

— Venez, sahib. Si vous voulez, vous pouvez vous appuyer à mon bras. Non, prenez mon bras tout de suite, c'est plus sûr.

— Je vous assure que je n'ai pas besoin d'aide, protesta le Dr Schofield. Je vais très bien.

Il venait de s'apercevoir que ses brûlures d'estomac n'étaient plus qu'un mauvais souvenir. L'infusion qu'il venait de boire y était-elle pour quelque chose ? se demanda-t-il. Le gingembre, peut-être… Elle avait eu un goût de cannelle et de gingembre et un arrière-goût de quelque chose d'autre dont le souvenir lui échappait. Quelques mètres plus loin, le médecin ralentit. Une image remontait du fond de sa mémoire, un visage d'autrefois, mais où l'avait-il vu ? Il se retourna brusquement pour regarder le corps de garde.

— Sahib ? Ça va ?

— Oui, répondit le Dr Schofield avec un froncement de sourcils. Cet homme, l'autre sentinelle.

— Oui, sahib. Il vous a bousculé, il va avoir de gros ennuis. Je vais le dire… Non, je vais moi-même le faire, je suis son supérieur…

— Non, surtout pas. Ce n'était pas sa faute. C'est juste que, un instant, il m'a semblé…

Il se massa le menton, incapable de renouer le fil de ses pensées. Ce vigile aperçu l'espace d'un éclair. Quelque chose à propos de ce visage. De ces *yeux*… Qu'était-ce ? Le médecin continua à marcher vers la maison.

25

Le Dr Schofield descendit prendre son petit déjeuner dans sa tenue de voyage, un vieux costume trois pièces dont l'étoffe en lin était devenue douce et lumineuse avec le temps, une chemise de coton dans la même teinte ocre, ouverte au col, un foulard rouge autour du cou. Sophie le contempla un instant sans rien dire, avec la sensation de le voir différemment, puis elle se rendit compte de ce que c'était.

— Qu'as-tu fait de ta moustache ?

— C'est mieux ?

Avec un petit sourire satisfait, il se passa la main sur son visage désormais glabre.

— John m'a proposé de me raser ce matin, alors j'ai pris la décision tout d'un coup. J'avais oublié à quoi je ressemblais sans.

— Ça me plaît.

Sophie, désarçonnée quand même un peu, lui versa son café. Elle jeta de nouveau un coup d'œil vers lui. Il lui semblait qu'ils avaient remonté dans le temps, qu'ils étaient assis à une autre table, ailleurs, où personne ne parlait et où l'atmosphère était à couper au couteau.

À cet instant, Lucien fit son apparition.

— Bonjour, George. Chérie, aurais-tu vu mon portefeuille ?

Et se tournant brièvement vers le Dr Schofield, il ajouta :

— Je ne sais pas où je l'ai posé…

Sophie était déjà debout.

— Je vais te le retrouver.

— Du café ? proposa le médecin en soulevant la cafetière.

— Je n'ai pas le temps, hélas.

— Mais si, voyons, rétorqua le Dr Schofield en remplissant sa tasse. Asseyez-vous tranquillement pendant que Sophie retrouve votre portefeuille.

Lucien accepta de mauvaise grâce.

— La journée s'annonce dure ? demanda le Dr Schofield.

— Pas plus que d'habitude.

— C'est une visite importante pour vous tous.

— Oui, la première fois qu'un Premier ministre en poste vient en Inde.

— Ça alors. Voilà quelque chose que j'ignorais, dit le Dr Schofield en buvant une gorgée de café. C'est extraordinaire, quand on y pense, non ?

— Oui.

— J'espère que tout se passera bien, surtout pour vous. Vous devez demander à Sophie de me tenir au courant.

— Merci. Ce sera dans les journaux, à la radio et aux actualités dans les cinémas. Vous pourrez suivre la visite pas à pas où que vous soyez.

— Je n'y manquerai pas. Et je vous chercherai sur les photos…

Sophie entra avec le portefeuille de Lucien à la main.

— Tiens, fit-elle en lui souriant. Il était dans ton autre veste.

— Merci, chérie, répondit-il en l'embrassant sur la joue. Bon, eh bien, il faut que je file maintenant.

Le Dr Schofield se leva. Lucien lui serra la main.

— George, je suis heureux d'avoir fait votre connaissance. Merci d'être venu nous voir. J'espère que votre voyage de retour ne sera pas trop pénible, et faites-nous savoir que vous êtes bien arrivé. Avez-vous tout ce qu'il vous faut ?

— Merci, oui. Tout est impeccable, assura-t-il à son gendre, dont la main serrait chaleureusement la sienne. Ç'a été une merveilleuse visite, même si je dois avouer que vous m'avez trop gâté avec vos excellents whiskies. Je vais devoir me réhabituer à mon ordinaire de Black Label.

— Jusqu'à la prochaine, lui lança Lucien, qui se dirigeait vers la sortie en rangeant son portefeuille dans sa veste.

Un silence suivit son départ. Sophie reprit sa place.

— Tu as vu ça ? s'exclama-t-elle. Il n'a rien remarqué.

Son père se tourna vers elle.

— Ta moustache, précisa-t-elle. Si tu l'avais teinte en rose, peut-être… Oh, et puis, quelle importance ? Que veux-tu manger ?

— J'ai déjà pris mon petit déjeuner. J'étais debout à six heures pendant que vous dormiez encore tous les deux. Dilip m'a fait des œufs. C'est un bon garçon. Je crains de lui avoir fait la peur de sa vie, à entrer comme ça dans sa cuisine pour me servir moi-même. Il dormait dans un coin. Tu aurais vu le bond qu'il a fait.

Le Dr Schofield se rassit à son tour avant de poursuivre :

— Je te félicite, ma chérie. Lucien me semble un type bien. Je pense que tu as bien choisi.

— Merci, papa, dit Sophie en tendant la main pour la poser sur celle de son père. Je suis tellement contente que tu aies pu venir. Nous en sommes très heureux tous les deux.

Dilip se présenta sur le seuil, ôta son bonnet et s'avança pour poser un petit paquet sur la table, joliment emballé dans du papier sulfurisé.

— Votre pique-nique, Dr George.

— Ah, Dilip ! Merci ! Grâce à vous, je vais survivre aux inévitables retards.

Il se leva, prit la main de Dilip dans la sienne. Celui-ci eut un sourire gêné.

— Vous veillerez sur Mrs Grainger pendant que je serai absent, ajouta le Dr Shofield. Surtout, qu'elle prenne un petit déjeuner complet de temps en temps.

— Oui, Dr George.

Après avoir coulé un sourire timide à Sophie, Dilip retourna à la cuisine.

— Un sandwich au poulet rôti ! s'exclama le médecin en levant triomphalement le paquet. Un pique-nique de roi.

— Tu es sûr que tu ne veux pas que je t'accompagne à l'aéroport ?

— Il n'en est pas question. Tu sais comme je déteste les scènes d'adieu. On reste là à tourner en rond sans savoir quoi se dire. Non. Reste ici et attaque ta journée pendant que je me mêle à la plèbe.

— Memsahib ?

C'était John, le nouveau majordome, qui venait de faire son entrée. John donnait toute satisfaction.

— La voiture est avancée. J'ai chargé la valise du sahib.

— Merci, John, dit le Dr Schofield avec un grand sourire. Bon, c'est le signal du départ, alors.

Il étreignit sa fille, ferma les yeux, chercha en vain des mots pour la rassurer. Il avait bien vu qu'il y avait des problèmes. En apparence, tout allait bien, mais un je-ne-sais-quoi manquait à l'appel, quelque chose la dérangeait, il le sentait à sa nervosité. À certains moments, il avait été traversé par l'horrible pensée qu'elle avait peut-être hérité des prédispositions de sa mère. Choqué d'envisager une telle possibilité, il l'avait aussitôt repoussée avec horreur. Pourtant pas une fois il ne l'avait entendue rire comme autrefois pour une bêtise, comme ce jour à Ooty où Poocha, alors presque encore un chaton, était tombé dans l'étang en pourchassant une jeune hirondelle. Poocha s'était débattu et s'était hissé tant bien que mal sur la berge, une expression scandalisée sur sa petite gueule, pendant que l'hirondelle sans pitié descendait en piqué frôler l'eau autour de lui. Sophie avait été prise d'un fou rire. Elle riait tellement que des larmes ruisselaient sur ses joues. En entendant ses cris, ils étaient tous sortis de la maison en courant, et comme ils avaient ri en la trouvant pliée en deux, se tenant les côtes de rire ! C'était la première fois qu'elle riait depuis des mois.

— Prends bien soin de toi. Tu m'entends, murmura-t-il dans ses cheveux.

— Tu peux compter sur moi.

Sophie se recula et prit les mains de son père dans les

siennes, regrettant qu'il ne reste pas ou qu'elle ne puisse pas partir avec lui. Auprès de lui, elle se sentait rendue à elle-même. Elle savait de nouveau qui elle était. Sa fille. Et elle savait ce qu'il avait dans la tête, alors que l'homme avec qui elle vivait... Peut-être cela viendrait-il avec le temps, ou bien apprendrait-elle à être moins exigeante.

— Tu peux m'accompagner jusqu'à la voiture.

Le Dr Schofield lui offrit son bras.

— Mais pas de larmes, d'accord ? dit-il en lui souriant courageusement. Je ne tiendrais pas le coup.

Sophie avait eu honte de pleurer, surtout devant une voisine. Sophie était seulement passée chez elle dans l'intention de la saluer, peut-être boire un café et bavarder un peu afin de reprendre pied dans la vie quotidienne. Il n'y aurait pas eu de problème si Tessa ne s'était pas montrée aussi gentille. La bonté est plus difficile à supporter que le reste quand on se sent au fond du trou. Et à présent elles étaient toutes les deux confortablement installées dans un des énormes canapés de Tessa, détendues par le gin-tonic que Sophie n'avait pas su refuser. Tessa avait eu raison. Elle se sentait déjà beaucoup mieux. Elle avait été toute retournée pour rien.

— C'est une question d'âge, lui expliqua Tessa. Votre vie défile devant vos yeux et vous paniquez. Je me rappelle mes trente ans, vous n'y êtes pas encore tout à fait. Les enfants étaient petits et j'étais lessivée dès le matin. J'avais l'impression d'être une vieille serpillière. Je vous assure. C'est un âge dangereux pour les femmes, mais ça finit par passer.

— Comment avez-vous fait ?

— J'ai pris un amant, répliqua Tessa d'un ton neutre. Adorable. Il savait à peine un mot d'anglais. Ça a fait merveille... comment dit-on déjà... ma *joie de vivre*[1] s'en est trouvée fort aise. J'étais radieuse. Il avait vingt-quatre ans, un corps d'adonis. Mon Dieu...

1. En français dans le texte original.

Elle secoua la tête en souriant.

— Stephen m'aurait tuée s'il l'avait appris, enchaîna-t-elle. Le plus bizarre, c'est qu'à mon avis ça n'avait rien à voir avec Jean-Pierre… Il s'appelait comme ça. Je n'étais pas amoureuse de lui ou quoi que ce soit. Je crois que c'était l'aventure qui me plaisait. Le danger. Ce dont je souffrais était sûrement l'ennui, l'insatisfaction, pour employer un mot plus savant. Oui, c'est cela. L'insatisfaction, comme si ma vie s'écoulait sous mes yeux sans que j'en aie jamais rien fait d'intéressant. Aucune femme n'a envie de se réveiller un beau matin vieille, avec le sentiment d'être passée à côté de la vie, n'est-ce pas ?

— Sans doute.

— Surtout une fois que vous avez des enfants et que votre mari cesse de vous regarder, que vous avez l'impression tout d'un coup de faire partie des meubles ou d'être sa paire de pantoufles préférée.

Tessa prit une cigarette dans la boîte sur la table et l'alluma avant de poursuivre :

— Mais il a fallu l'arrivée de Jean-Pierre pour que j'en prenne conscience. Ce garçon m'adorait, et je dois avouer qu'avec lui je me sentais comme la reine de Saba ! Vous ne pouvez pas savoir l'imagination qu'il déployait derrière la porte de la chambre à coucher !

Sophie sourit avec Tessa, le cœur chaviré au souvenir d'un désir si fort qu'il est une souffrance, alors qu'on se sent tellement en vie qu'on est près de mourir, qu'on est ouverte et vulnérable, qu'on veut se donner tout entière. Elle avait essayé, vraiment, avec Lucien, se persuadant que cela finirait par se produire, qu'ils deviendraient de plus en plus proches l'un de l'autre, de plus en plus heureux. Pourtant quand ils faisaient l'amour, c'était de façon détachée, sans émotion. Elle était à chaque fois déçue. Il lui arrivait de se demander s'il se rendait même compte qu'elle était là.

— En deux mois, j'étais transformée, continua Tessa. J'ai été plus loin encore. J'ai jeté tous les vêtements que je n'aimais pas et je suis allée dévaliser les boutiques. Stephen a presque eu une crise cardiaque quand les factures se sont mises à pleuvoir. Sauf qu'il a retourné sa veste lorsque tout le monde s'est mis à le féliciter d'avoir une femme aussi charmante.

Tessa papillonna des paupières en signe de complicité.

— Un mariage réussi est tout un art. La première règle, autant que je sache, c'est qu'il faut garder le portefeuille de son mari ouvert et sa propre bouche fermée…

Tessa se leva et alla appuyer sur le bouton de la sonnette.

— Vous restez déjeuner, n'est-ce pas ?

26

Jagaan arriva au corps de garde peu après le coucher du soleil. Il avait à peine dormi. Le matin, la famille dans la chambre à côté de la sienne avait fait tellement de bruit qu'il avait eu beau se couvrir la tête de son oreiller, impossible de trouver le sommeil. Puis, l'après-midi, il avait fait plusieurs heures de queue au bureau de poste, où le préposé prenait un malin plaisir à faire traîner les formalités avec chaque client exaspéré. Le travail de nuit commençait à avoir sur lui des effets nocifs, comme si sa vie s'était inversée, la porte du jour s'ouvrant sur un monde qui se dilatait à l'infini dans une clarté surnaturelle. C'était à la nuit que désormais Jagaan appartenait, dès lors que le soleil sombrait et que le crépuscule vaporeux s'emparait des rues. La lune montait à l'est, redescendait à l'ouest et disparaissait. Dans les cieux frissonnaient alors les constellations dont Jagaan avait oublié depuis longtemps les histoires. Enfin les ténèbres viraient à un bleu saphir radieux puis à un lilas très pâle, puis au rose avant de flamboyer d'un éclat orangé au moment où le soleil se hissait péniblement au-dessus des toits noyés de brume de la vieille ville.

Bhavat Singh se baissa pour ouvrir la trappe du brasero et y jeter un bout de bois.

— Il va encore faire froid cette nuit, dit-il en se redressant et en se massant le bas du dos. Moi je serai bien au chaud au lit avec ma femme.

Il appuya ses paroles d'un sourire viril.

— Comment s'est passée la journée ? s'enquit Jagaan.

— L'invité du numéro 4 est parti ce matin. Il est venu ici et nous a laissé quelque chose. Tiens, ta part…

Il sortit dix roupies de sa poche et les lui donna.

— Ne dis rien à Veneet. Il ne le mérite pas. Lui, quand il reçoit un pourboire, il ne le partage jamais.

Jagaan le remercia et empocha le billet.

— Bon, je m'en vais retrouver ma famille maintenant, reprit Bhavat Singh en tapant sur l'épaule de Jagaan. C'est bon d'être auprès de sa femme et de ses enfants. Mon fils est un sacré coquin, sa mère n'en peut plus. Elle prétend qu'elle travaille dix fois plus que moi, rien qu'à lui courir après. Je lui ai dit qu'elle n'a vraiment pas à se plaindre mais, entre nous, je suis content que ce soit elle et pas moi qui s'occupe de lui toute la journée.

Devant l'expression soudain lointaine de Jagaan, Bhavat Singh émit un petit rire et ajouta :

— Tu ne sais même pas de quoi je parle, n'est-ce pas ? Un jour peut-être tu te marieras et tu auras un fils. Alors tu sauras de quoi il retourne quand on rentre chez soi comme dans la fosse aux lions.

— Moi aussi, j'ai un fils, dit doucement Jagaan. Il a neuf ans et autant d'énergie qu'un bataillon de cinquante hommes.

Bhavat Singh le fixa un instant d'un air gêné avant de rétorquer :

— Pourquoi tu n'as rien dit ?

Il posa une main sur son front et haussa la voix :

— Pourquoi tu nous as pas dit que t'avais une femme et un enfant ? Comment tu as pu laisser Veneet te parler comme ça ? Je lui aurais cassé la gueule, moi, s'il m'avait insulté en ma qualité de père de famille.

— Je n'ai pas dit que j'avais une femme.

Jagaan alla au réchaud se verser une tasse de *chai*. Bhavat, de plus en plus embarrassé, se détourna en soufflant :

— Oh ! Je suis désolé.

Jagaan observa le visage de Bhavat Singh que reflétait la vitre de la fenêtre. Il avait si souvent vu cette expression, les gens pensant toujours la même chose : une épouse décédée.

Quelle autre explication pouvait-il y avoir ? Pour sa part, il n'en offrait jamais aucune. Pour quoi faire ? Cela ne regardait personne d'autre que lui, et de toute façon rien n'était encore définitif. Lui qui avait cru ne jamais la revoir… Il avait honte aujourd'hui de ce renoncement. Jagaan se rappela le jour où il avait pour la première fois tenu son fils dans ses bras, un ballot dodu aux joues rondes et douces, à la tête ornée d'une touffe soyeuse de cheveux noirs. Il en avait eu le souffle coupé. Dans la frimousse dorée, il revoyait le visage de Sophie. À propos de la mère, ils ne savaient rien, disaient-ils. Au cours des mois qui avaient suivi, Jagaan avait épuisé toutes les ressources à sa disposition. Il avait harcelé Mr Shirodkar, l'avocat du quartier, pour qu'il écrive à la Croix-Rouge ou réclame leurs listes de passagers aux compagnies de paquebots. Ces investigations avaient été vaines. « C'est presque impossible de retrouver une personne qui ne veut pas qu'on la retrouve », lui avait dit son oncle le jour où son fils avait fait ses premiers pas. Ces premières années à Amritsar avaient été les plus dures, Jagaan se posant sempiternellement les mêmes questions. Il avait eu tout le temps d'y réfléchir, et il était certain de deux choses. Il l'aimait de toutes les fibres de son être, et elle l'aimait en retour. Il en était convaincu. Si sa vie avait pris ce tour, c'est qu'il y avait une raison ; c'était la volonté des dieux. Aussi s'était-il résigné à patienter. Il avait promis de l'attendre toute sa vie s'il le fallait. Il attendrait, il garderait la foi, toujours il garderait un espoir.

Et puis, le dernier samedi de juin, alors qu'un nouvel été cruel s'annonçait et que Jagaan essayait de moins penser à Sophie, tout avait basculé. Un soleil de plomb pesait impitoyablement sur la ville. Le Temple d'or luisait dans la touffeur, fondait sous l'éclat des cieux. Dans l'atelier de son oncle, il faisait aussi chaud que dans un tandoor[1]. Ruisselants de sueur, ils travaillaient depuis l'aube. Le soleil du matin les avait trouvés vidés de leurs forces. C'est à ce moment que

1. Four en terre cuite utilisé dans la cuisine indienne.

Mr Shirodkar avait remarqué le faire-part dans le *Times of India*. Ce nom-là, il ne l'avait pas oublié en huit ans. Et le voilà soudain qui surgissait, là, sous ses yeux, dans le journal. Mr Shirodkar avait quitté sa table sans terminer son petit déjeuner et marché d'un pas beaucoup trop rapide par cette chaleur en direction du numéro 7 de Kim Street. Il avait d'abord montré le journal à l'oncle de Jagaan, Parvesh Gupta, le cordonnier, même si ce dernier ne savait pas lire l'anglais et ne le comprenait pas non plus, puis il l'avait apporté à Jagaan. Après avoir dit bonsoir à son fils, Jagaan avait quitté Amritsar avec la bénédiction des siens et la moitié des économies de son oncle.

— Ton fils va à l'école ?

Bhavat Singh avait tout à fait changé d'attitude. Il s'adressait à lui avec des intonations respectueuses.

— Bien sûr.

— Et…, hésita Bhavat Singh, qui ne savait s'il devait poursuivre dans cette voie avec ce malheureux qui pleurait un être cher. Il habite avec ta famille ?

— Oui. À Amritsar.

— À Amritsar ? s'exclama Bhavat Singh en penchant la tête de surprise. Tu ne ressembles pourtant pas à un Pendjabi.

— Et à quoi tu reconnais un Pendjabi ?

Au bout de quelques instants, Jagaan sourit. Bhavat lui rendit son sourire. Ils savaient tous les deux à quoi ressemblait un Pendjabi. Un Pendjabi ressemblait à Bhavat Singh – Delhi en abritait une multitude depuis qu'ils étaient venus s'y réfugier après que leur pays eut été déchiré en deux.

— C'est à cause de tes yeux, expliqua Bhavat Singh. Je te croyais plutôt descendant d'Afghans ou quelque chose comme ça.

— Non, mais tu n'es pas le premier à me faire cette remarque. Du côté de mon père, on vient de très loin au nord. Il disait toujours que là-haut les gens sont capables de voir dans le noir.

— Je te présente toutes mes excuses, déclara Bhavat

Singh en posant sa main sur son cœur. Je suis désolé de la manière insultante avec laquelle on t'a taquiné. Je parlerai aux autres et…

— Non, répéta Jagaan. Je préfère que tu ne dises rien à personne. Ma famille ne regarde que moi.

— Mais…

— Mais rien du tout, Bhavat Singh.

— Alors pourquoi m'en parler à moi ? s'étonna ce dernier en fronçant les sourcils, déconcerté à la fois par la brusque révélation et par la volonté de cet homme de continuer à être la cible des railleries de leurs camarades.

Jagaan eut un doux sourire intérieur.

— J'ai un ami au pays, un sikh, comme toi. C'est un homme bon. Tu me le rappelles.

Jagaan regarda s'éloigner Bhavat Singh par la fenêtre de la cabane en songeant à l'épouse que cet homme allait retrouver chez lui. Elle serait en train de préparer leur dîner. Il se demanda si elle s'était lavé la tête aujourd'hui en pensant à son mari. Si elle avait choisi avec soin la couleur de son sari, si elle s'était mis du khôl aux yeux. Il pensa aussi aux deux enfants de Bhavat Singh, une fille et un garçon. Il les imagina ensemble sous le toit familial, se chauffant au coin du feu, grimpant sur leur père en riant pendant que leur mère débarrassait la table et leur ordonnait de laisser papa tranquille.

Une voiture s'avança jusqu'aux grilles de l'enclave. C'était le numéro 4. Le mari, celui qui vivait avec elle et dormait dans son lit. Cet homme qui était rarement à la maison et rentrait parfois au milieu de la nuit, débraillé, suant le whisky. Jagaan baissa la flamme de la lampe-tempête. On ne le distinguait plus qu'à peine dans l'obscurité. Il suivait des yeux la voiture qui remontait l'allée et s'arrêtait devant chez elle.

Sophie se tenait debout devant la cheminée, un verre d'eau de Seltz avec des glaçons et une rondelle de citron à la main. Un autre verre attendait son mari, arrosé d'une généreuse dose de gin. Elle n'avait pas porté cette robe depuis sa lune de miel, se disant qu'elle était trop belle pour tous les jours. Plus tôt dans l'après-midi, après un déjeuner un peu trop prolongé pendant lequel elle avait bu un peu trop de vin, elle avait accepté que Tessa vienne chez elle l'aider à trier son armoire. En tombant sur la robe dans son cocon de papier de soie, Tessa s'était émerveillée et lui avait demandé si elle pourrait la lui emprunter un jour afin de la donner à copier à son *darzi*. Dès que Sophie l'avait mise, elle s'était sentie mieux. Elles avaient épluché sa garde-robe, le tri de ses affaires se révélant une distraction bienvenue.

— Chéri !

Elle accueillit Lucien avec un baiser.

— Qu'est-ce que c'est ? On reçoit ce soir ?

— Oui.

Elle le prit par la main et le mena au canapé. Elle posa le verre de gin-tonic sur la table.

— Ce soir, c'est moi qui te reçois. Un cocktail à deux. J'ai envoyé le personnel au cinéma. Dilip nous a préparé un dîner froid. On peut manger quand on veut et faire ce que l'on veut.

— Voilà qui est rassurant.

Lucien prit son journal et une lampée de gin-tonic.

— J'ai cru un instant qu'on allait l'avoir sur le dos pour le Nouvel An.

— Qui ?

— Ton père. On va pouvoir enfin respirer tranquille ici sans devoir faire des salamalecs et se creuser la tête pour trouver des sujets de conversation sur la faune et la flore.

— Lucien ! s'écria Sophie en le fixant d'un air sidéré. Comment peux-tu dire une chose pareille ?

— Oh, tu ne vas pas en faire tout un plat, répliqua Lucien en ouvrant le journal. Tu as eu ce que tu voulais, tu as pu lui en mettre plein la vue avec ta vie de luxe. Maintenant qu'il sait que tu n'es pas une pauvre fille affligée d'un bon à rien, il va peut-être nous ficher la paix.

— C'est horrible, ce que tu dis là ! s'exclama Sophie, les joues écarlates. C'est mon père et il est le bienvenu chez nous.

— Bien sûr, chérie, du moment que ce n'est pas trop souvent.

Sophie resta rivée sur place. Il ne l'avait toujours pas regardée. Après tout le mal qu'elle s'était donné... Elle s'était coiffée, elle avait passé une demi-heure à se maquiller, elle avait installé un bouquet de fleurs fraîchement coupées sur leur table de chevet. Et lui, il restait là à lire le journal, avec cette totale indifférence à sa personne qu'il s'employait à peaufiner depuis quelque temps.

— Peux-tu avoir au moins la gentillesse de me regarder quand je te parle, dit-elle d'une voix basse et égale.

Lucien replia son journal avec une lenteur délibérée, puis il le mit de côté. Alors seulement il posa les yeux sur elle, un regard devant lequel elle se retint de pleurer. Que lui avait-elle fait pour qu'il la traite ainsi ? S'était-elle trompée à ce point sur son caractère ? De jour en jour, elle en était plus douloureusement consciente, et pourtant ces moments-là la prenaient toujours au dépourvu.

— Alors, tu es contente, Sophie ? Tu vois, tu as toute mon attention si tu veux bien me dire de quoi tu te plains ?

Sophie, le cœur battant à se rompre, s'accorda un moment de réflexion avant de répliquer avec calme, décidée à tirer les choses au clair et à éviter une nouvelle dispute :

— Je ne me plains de rien. Quoique la tentation soit forte parfois. Je suis très attachée à mon père et je ne te permets pas de parler de lui de cette façon. C'est un homme bon, et à cette minute on ne peut pas en dire autant de toi. Je ne tolérerai pas qu'il soit mis à l'écart de notre famille.

— Quelle famille ? répliqua Lucien en reprenant son journal. Au cas où tu ne l'aurais pas remarqué, ma chère, nous n'avons rien de tel.

Il tourna une page et la parcourut d'un œil détaché avant d'ajouter :

— Je me serais attendu à ce que tu sois sur le point d'avoir un enfant, après tout ce temps.

Sophie le contempla, bouche bée.

— Non ? Eh bien. Ce n'est pas faute d'avoir fait les efforts nécessaires. Tu devrais peut-être aller consulter pour voir ce qui ne va pas chez toi, à moins que tu ne sois… bon… il est encore trop tôt pour s'avancer sur ce terrain.

— Je n'en crois pas mes oreilles ! rétorqua Sophie, écœurée. Comment peux-tu me dire une chose aussi affreuse ? Je suis ta femme, tu me dois le respect que je mérite. Et regarde-moi en face, merde ! s'écria-t-elle en tremblant.

— Ah, là, c'en est trop ! dit Lucien en se levant et en jetant le journal par terre. Je ne te permets pas. Tu entends ? Je ne supporterai pas ça.

— Pas ça quoi ?

Sophie le poursuivit dans le couloir. Il ramassa son manteau.

— Je fais tout ce qu'on attend de moi, reprit Sophie. Je m'occupe de la maison, je reçois tes amis et je dis à tes collègues combien tu es remarquable. Je suis comme un petit chien obéissant avec la bande de ces dames les épouses, je subis toutes leurs hypocrisies, bonnes œuvres et petites magouilles. Je me morfonds pendant des heures ici pendant que tu vas à la piscine ou je ne sais où alors que je suis toute seule à moisir ici. C'est un cauchemar.

Sophie avait la nausée. Quel affreux moment de lucidité ! Une vitre embuée sur laquelle elle aurait dessiné un minuscule rond à travers lequel elle voyait la vérité. C'était elle, là, qui dérivait vers le large où personne n'entendait plus ses cris alors que de toute son âme elle aspirait à la sécurité de la terre ferme, à sentir sous la plante de ses pieds quelque chose de solide. Son cœur était une terre dévastée balayée par le vent du désir. Pendant des années, elle avait cru avoir oublié la douleur de l'amour, elle avait cru… Mais elle s'était enfouie au-dedans, profondément, et maintenant elle ressurgissait avec une telle force qu'elle lui coupait la respiration.

Cette triste comédie qu'elle avait sous les yeux, comment cela pouvait-il être de l'amour ? C'était comme flotter à la surface de la vie alors qu'elle voulait s'y plonger tout entière, oh, s'y noyer même… que son eau lui remplisse les poumons et l'engloutisse. Elle dévisagea Lucien.

— Parfois j'ai la sensation que tout ça est faux. Ce n'est pas possible que ma vie soit devenue ça, cette *chose.*

Elle leva les mains au ciel.

Un silence mortel remplit le vestibule. Lucien mit son manteau. Son regard glacial la transperça : ce que voyait ce regard, c'était une folle. Elle l'était peut-être, pensa-t-elle, ne se rappelant tout à coup plus ce qui avait déclenché la dispute. L'esprit vide, elle resta plantée là, un liquide brûlant coulant dans ses veines.

Sans la quitter des yeux, Lucien enroula son écharpe autour de son cou.

— Je sors, dit-il, et je te conseille d'aller te coucher et de cuver ce que tu as bu.

Les cris avaient cessé. Jagaan, totalement immobile alors que son cœur était en éruption, observait les silhouettes derrière les volets à claire-voie. Si seulement il était arrivé plus tôt. Si seulement il n'avait pas perdu de vue le Dr Schofield, il aurait été plus rapide à la trouver.

La porte du numéro 4 s'ouvrit. Jagaan se recula dans l'ombre. L'homme tourna le coin de la maison en appelant son chauffeur. Une fenêtre s'alluma à l'étage. C'était elle, dans une robe jaune imprimée de fleurs blanches, avec un large ruban bleu passant par-dessus ses épaules et lui descendant jusqu'à la taille. Elle retira une épingle à cheveux de son chignon. Elle ploya la tête, se prit le visage dans les mains et resta un moment sans bouger avant de se détourner. La lumière s'alluma dans la pièce voisine.

Un bruit de moteur. La voiture s'avança doucement devant le numéro 4. Le mari monta dedans, et elle s'éloigna. Jagaan leva de nouveau les yeux vers la douce clarté qui brillait à la fenêtre de la chambre. Sois forte, lui dit-il en son for intérieur, car je ne suis pas loin et je vais trouver un moyen de rétablir les choses. À travers le voile de brume, il la vit revenir à la fenêtre et fermer les volets.

1948

Inde du Nord

27

— Pardon, mon gars, dit l'aide-soignant en épongeant son front noir de sueur et de poussière avec un chiffon sale. Si tu peux nous l'amener ici, on verra ce qu'on peut faire, mais il n'est pas question qu'un médecin aille se balader de l'autre côté du camp. Ni aucun de nous d'ailleurs, précisa-t-il avec un geste découragé vers la multitude agglutinée autour de la tente du poste sanitaire.

La terre disparaissait sous l'amas de corps à différents stades d'agonie. Cinq mois s'étaient écoulés depuis la partition, et il en arrivait encore.

Jag se sentait désemparé. Devant pareille détresse humaine, que pouvait-il dire ? Il scruta le spectacle qui s'offrait à son regard et repéra des centaines d'hommes squelettiques qui auraient pu être son propre père, qu'il avait laissé plusieurs heures plus tôt sous la garde de leur voisin. C'était sans espoir. Même s'il parvenait à le porter jusqu'au poste sanitaire, ce qui serait déjà en soi un exploit, il n'y aurait rien ici pour lui qu'une prolongation à sa misère au milieu d'autres semblables à lui. Les médecins faisaient de leur mieux, mais ils étaient débordés. La seule solution pour eux était de soigner en priorité ceux qui avaient une chance de s'en tirer, d'abord les femmes et les enfants. Car, si les femmes mouraient, qui s'occuperait des petits ? Et, si les petits mouraient, qui s'occuperait des parents une fois la paix revenue ? Qui serait le sang nouveau de l'Inde ? Les vieux, on pouvait s'en passer. Ils avaient la vie derrière eux et déjà la chance d'avoir vécu assez longtemps pour voir leur pays libéré. Le moment était venu pour eux de céder la place à la génération qui allait tenir entre ses mains le destin de l'Inde. Tout le monde l'avait bien compris, surtout les anciens, qui se couchaient pour mourir sans un murmure.

Jag hocha la tête : il comprenait. Pendant qu'il était là, il ne put pas dire non aux nombreuses demandes d'aide. Il souleva des malades pour les étendre sur des civières. Il porta vingt lourds baquets d'eau – le poste sanitaire avait la priorité au puits. On le remercia d'une poignée de biscuits secs et d'autant d'eau qu'il était capable de boire. Il s'assit pour étancher sa soif, mangea un biscuit et emballa le reste dans un bout de tissu avant de glisser le paquet dans sa poche déchirée. Il faut qu'on s'en aille d'ici, pensa-t-il ; il faut qu'on quitte cet endroit qui pue la mort et le désespoir. C'était devenu intenable. Quoi qui les attende à Amritsar, ce ne pouvait être pire qu'ici.

Il rebroussa chemin à travers le camp en se faufilant entre les corps léthargiques, parfois dans l'odeur pestilentielle des égouts à ciel ouvert et celle de la fumée âcre lâchée par les brasiers de bouse de vache devant lesquels des femmes se tenaient accroupies, attisant les flammes avec leurs mains. Tout autour, les gens faisaient avec ce qu'ils trouvaient, survivant comme ils le pouvaient en attendant d'être déplacés. Qu'ils attendent donc, pensa Jag ; lui n'attendrait plus. Quitte à transporter son père sur son dos, il irait jusqu'à Amritsar. Ils en étaient capables, car il était jeune et robuste. Ce n'était pas si loin pour lui. Il se rappelait le nom de la rue, Kim Street ; il trouverait la route, il ramènerait son père aux siens. Là-bas, il pourrait le soigner. Ils auraient de quoi manger, un toit sur leur tête, un médecin de quartier pour venir à son chevet. Tout allait bien se passer. Tout allait s'arranger. Il fallait seulement qu'ils partent.

Jag n'en progressait pas moins lentement, comme s'il cherchait à garder en réserve son énergie pour le long voyage qui les attendait. À un moment donné, il eut la nette sensation que quelque chose s'ébranlait derrière lui. Il s'arrêta, fit volte-face. À mi-distance, un groupe d'hommes discutait bruyamment. À partir de cette masse indistincte, des silhouettes se détachaient, se dressaient debout, se retournaient en criant, détalaient vers d'autres coins du camp où, comme une réaction en chaîne, leur présence provoquait un nouveau rassemblement. Jag mit sa main en visière au-dessus de ses yeux pour mieux voir à contre-jour cette foule qui telle la houle ondulait dans toutes les directions. Il s'était passé quelque chose. Peut-être le convoi de camions était-il arrivé avec les provisions tant attendues et la possibilité, pour certains du moins, de quitter le camp. Leur tour était peut-être venu, finalement.

Quelques secondes plus tard, les gens près de lui se levèrent.

— Je parie qu'il est musulman ! cria quelqu'un.

— Non ! cria une autre voix quelque part. C'est un hindou ! Il lui a tiré dessus dans son propre jardin alors qu'il allait à la prière !

— Qu'est-ce qu'il y a ? appela un homme plus loin.

— Le Mahatma ! Gandhiji est mort[1] !

L'onde de choc le renversa presque avant de continuer au-delà et tout autour de lui. Le camp au complet était en émoi. Jag se fraya un chemin à travers les hurlements de douleur, les pleurs de chagrin, les cris de rage. Il sentit en lui se creuser un vide, il pensait à la « Grande Âme » qui les avait conduits hors de l'obscurité vers la lumière. Partout où il posait les yeux, les gens pleuraient, les femmes déchiraient leurs saris, se griffaient jusqu'au sang, s'arrachaient les cheveux. Des hommes à quatre pattes semblaient s'accrocher à la terre. Mais lui, il devait continuer à avancer. Aussi obligea-t-il son regard à fixer un point au loin, vers les ruines des remparts. Pourvu qu'il soit celui qui l'annoncerait à son père. Mais au fond de lui il était persuadé qu'il savait déjà, la nouvelle se transmettant par la voie des airs beaucoup plus rapidement qu'il ne pourrait jamais courir.

1. Gandhi fut assassiné à Delhi le 30 janvier 1948 par un extrémiste hindou.

Quand il retrouva enfin le carré de sol sous l'abri branlant, la première chose qu'il vît, ce fut son voisin, Navinder Singh, accroupi à l'intérieur, en larmes : il veillait le corps frêle du père de Jag.

28

C'est la nuit que Sophie trouvait difficile à supporter le chagrin qui s'infiltrait peu à peu à travers les murs frais tandis que la lune se levait. Certaines criaient sans honte, d'autres versaient des larmes silencieuses sous leurs draps, hors de vue des autres. Les yeux de Sophie, eux, restaient aussi secs que la poussière qui tourbillonnait dans les chambres du haut, cette poussière qui entrait par bouffées chaudes par les fenêtres ouvertes, portée par le vent des plaines désertiques. En mars, avec le changement de saison, la chaleur s'était mise à grimper. Il arrivait à Sophie de déambuler dans la maison en laissant ses doigts courir sur les murs, sur les bords des étagères, caressant partout la même fine patine qui teintait le bout de ses doigts d'une couleur rouille. Elle levait ses mains à son nez et respirait ces vents anciens qui déplaçaient la matière d'une terre aride à une autre. Cette odeur lui servait de point d'ancrage, l'odeur de la terre, et elle se disait que cela aussi passerait. Elle avait l'impression d'être devenue quelqu'un d'autre, une personne différente. Elle n'était plus elle-même, plus du tout, même quand elle s'allongeait pour se reposer et lâchait la bride à ses pensées : souvenirs d'enfance, de l'époque où elle était écolière, la guerre, le palais, le jardin aux lotus. Elle songeait à Jag aussi. Il lui manquait tellement que son cœur se contractait douloureusement. Mais sa mémoire n'était pas la sienne, elle appartenait à une autre, à celle qu'elle avait été jadis avant de partir. Cette fille avait disparu à présent, jamais elle ne reviendrait. Un coup d'œil dans la glace suffisait à lui en donner la preuve.

Deux mois plus tôt, le port du sari s'était révélé une bénédiction dès que Mrs Chowduray dans l'obscurité du bungalow de la poste lui avait offert un des siens alors que Sophie s'énervait avec sa robe. Pendant les deux dernières semaines de son séjour au palais, elle s'était escrimée avec des bouts de fil et des épingles à nourrice. Sa mère refusait d'admettre que les formes de sa fille s'arrondissaient. Ne restait plus à Sophie qu'à pleurer d'exaspération devant son armoire. Elle se résignait à se boudiner dans des vêtements qu'elle trouvait immondes, et sa mère, en la voyant aussi mal attifée, se contentait de ricaner. Finalement, ce matin dans le bungalow où il faisait si sombre, alors que rien ne lui allait plus, Sophie avait craqué. Elle avait jeté sa robe par terre avant de courir s'enfermer dans la salle d'eau. Mrs Chowduray n'avait fait ni une ni deux. L'épouse de l'administrateur du bureau de poste connaissait l'existence de la mission. Tout le monde la connaissait, en réalité. Sophie n'était pas la première à avoir transité par là pour cacher un enfant secret. Mais il valait mieux se taire. Cela aurait pu arriver à sa propre fille, à présent adulte et mariée, enceinte du troisième petit-enfant de Mrs Chowduray. Après avoir supplié Sophie de sortir de la salle d'eau, elle l'avait prise dans ses bras, l'avait consolée, lui avait dit de ne pas s'inquiéter, et l'avait habillée avec des gestes tout doux, en lui parlant à voix basse, souriante alors qu'elle lui enfilait un court *choli*[1] blanc, drapait la longue pièce de coton bleu ciel du sari autour de sa taille puis en fixait le pan restant sur son épaule. Alors que Mrs Chowduray lui montrait comment rabattre le sari sur sa tête, Sophie avait été enveloppée par le léger parfum de clou de girofle que dégageait le tissu.

Au début, Sophie s'était sentie nue. L'absence de couture permettait à l'air de toucher sa peau à des endroits interdits. C'était une sensation étrange, d'être ainsi drapée dans une bande d'étoffe, vêtue seulement d'une chemisette courte et d'un jupon lâche. Elle avait l'impression désagréable que d'un

1. Corsage serré à manches courtes qui laisse le ventre dénudé.

moment à l'autre l'ensemble pouvait se défaire et s'enrouler à ses pieds. Quand elle avait osé sortir de la salle d'eau, elle avait aperçu son reflet dans la fenêtre près de la porte. Couverte de la tête aux pieds de plis blancs et bleus, il ne restait d'elle plus rien de visible.

Si seulement elle avait su qu'elle l'aimait. Si seulement… Mais elle n'avait pas compris, pas sur le moment. Elle était trop jeune, trop troublée, percevant mal ce qu'elle ressentait et ce que cela signifiait, et maintenant il était trop tard. Cela avait surgi de nulle part. Elle ne s'y attendait pas. Personne ne lui avait rien dit. Personne. Pas même les grandes histoires d'amour des romans. L'amour, cela s'annonçait par quelque chose. Il y avait des signes, des sensations qui ne trompaient pas. Pourtant, elle ne l'avait pas su. Elle n'avait rien vu venir. Mais pourquoi donc personne ne lui avait dit que l'amour s'avançait à pas de loup alors que vous regardiez ailleurs ? Si seulement elle avait su, cela aurait peut-être tout changé.

Le bébé bougeait paisiblement à l'intérieur de son ventre gonflé. Le souffle coupé, Sophie se redressa en s'appuyant d'une main au mur et se cambra afin de soulager son dos. Elle avait faim, avec une envie de banane écrasée au lait de coco. Elle mangerait, puis se reposerait pendant les heures chaudes. Elle se réveillerait à celle où le soleil en se couchant à l'occident libérerait la pression de la Cocotte-Minute.

— Sophie !

La fille appelée Lotus agita en l'air une noix de coco depuis le seuil de la cuisine. Lotus n'était pas son vrai nom. Si elles souhaitaient préserver leur anonymat, les filles étaient invitées à prendre un pseudonyme avant d'intégrer la maisonnée. Ce n'était pas obligatoire, mais fortement conseillé si elles voulaient protéger leur avenir. À celles qui ne parvenaient pas à s'en trouver un, miss Pinto proposait des noms de fleurs, d'où le nombre de Rose, d'Iris et de Violette ayant séjourné sous ce toit. Sophie avait décliné l'offre. De toute façon, elle se sentait si peu elle-même qu'elle craignait en abandonnant son prénom de disparaître pour de bon. Une des pensionnaires, folle de colère à son arrivée, s'était fait appeler Rumpelstiltskin[1]. Les autres l'appelaient Rumpel, et elle ne comptait pas parmi les pleurnicheuses. Elle était dure comme la pierre. Lotus, en revanche, était molle comme le beurre. Elle pleurait tout le temps, et quand elle ne pleurait pas elle riait ou distribuait les câlins à toutes celles qui avaient l'air d'en avoir besoin. À croire qu'elle avait en elle un trop-plein d'amour dont elle ne savait que faire. Toutes, elles adoraient Lotus.

En principe, elles ne devaient pas se demander les unes aux autres comment elles avaient échoué là, mais elles ne pouvaient s'empêcher de se poser mutuellement des questions. Les confidences circulaient. Elles parlaient plus qu'elles ne l'avaient jamais fait, dans les coins ou la nuit dans leurs lits. Comme si ce lieu n'existait pas et qu'elles évoluaient dans un monde à part, une mince couche entre terre et ciel que personne d'autre ne connaissait ni ne comprenait. Une fois la lourde porte de St Bride refermée sur elles, tout ce qui s'étendait au-delà des craquelures dans la terre cuite des murs s'évaporait tout simplement au soleil. Il n'y avait plus d'autre monde que celui-ci. Et les enfants, désirés ou non, grandissaient. Il n'y avait que cela, les non-nés qui s'acheminaient vers la lumière. Et, pendant qu'ils attendaient l'heure de voir le jour et d'être donnés à d'autres, leurs mères parlaient.

Sophie avait entendu dire que Rumpel avait été « un cas », révoltée contre tout et n'importe quoi. Sa présence avait très vite semé le trouble dans la minuscule communauté. Miss Pinto avait jugé que la meilleure solution était de la prendre chez elle, dans l'aile qu'elle occupait avec sa fille, au demeurant un logement modeste. Personne n'avait plus vu miss Pinto pendant des jours, et personne ne savait ce qui s'était passé derrière la porte close. Quand elle avait enfin émergé de là avec la fille qui s'était affublée d'un pseudo ridicule, miss Pinto avait refait les présentations, et les autres lui avaient réservé un accueil amical. À présent, Rumpel devait accou-

1. Dans les contes de Grimm, le nom anglais du nain Tracassin.

cher d'un moment à l'autre. Elle était énorme, la dimension de son ventre effrayait les filles encore loin du terme de leur grossesse. Elle n'était guère loquace, mais lorsque Lotus lui avait demandé si elle aussi serait aussi grosse, Rumpel avait posé son livre et lui avait souri gentiment. « Non, lui avait-elle répondu. Pas aussi grosse. Moi, c'est spécial. J'en ai deux là-dedans. »

Il y avait toujours une corvée ou une autre qui réclamait leur attention. Chacune y mettait du sien pour tenir la maison dans un état de propreté impeccable. Elles travaillaient de conserve à un rythme tranquille, les aînées transmettant leur savoir aux plus jeunes. On les encourageait à tirer une juste fierté de l'accomplissement des tâches les plus simples et à les considérer comme une forme de méditation. Sophie savait dorénavant préparer un savoureux riz pilaf avec des épices. Rien qu'en apprenant à tenir correctement son aiguille, presque du jour au lendemain, ses talents de brodeuse avaient pris leur envol. Elle qui ne se serait jamais imaginée s'emparant d'un panier de raccommodage, c'était désormais une de ses occupations préférées, tant elle aspirait à devenir experte dans l'art des reprises si parfaites qu'elles étaient invisibles.

Aucune d'entre elles n'était considérée comme une domestique, même celles qui étaient là depuis longtemps et n'avaient d'autre fonction que de se rendre utile. Cela faisait quinze ans que Jinty, la cuisinière, était à la mission, ce qui représentait près de la moitié de sa vie. Après la naissance de son bébé, elle n'avait eu nulle part où aller. La cuisine était devenue son domaine. Elle avait un talent inné pour mitonner des repas succulents à partir des ingrédients les plus humbles. Donner sa fille à l'adoption l'avait brisée, et elle s'était consolée aux fourneaux, prodiguant à ses préparations tout l'amour d'un cœur de mère.

Ruth, une veuve à l'allure de matrone d'une bonne soixantaine d'années, avait débarqué un beau matin d'avant-guerre. Sage-femme de son métier, elle avait un temps travaillé à Singapour et avait entendu parler de la mission par une amie qui habitait Calcutta. Elles avaient toutes deux été formées à St Mary's Hospital dans le quartier de Paddington à Londres et avaient continué à s'écrire. Ruth, effrayée par la perspective d'une longue retraite solitaire maintenant que son mari n'était plus, s'était dépêchée de faire ses valises et de prendre un bateau pour l'Inde avant que ses enfants n'aient vent de ses intentions. Ils avaient déjà commencé à se chamailler pour savoir ce qu'ils allaient faire d'elle « maintenant que papa est parti ». Elle les avait entendus parler d'elle comme d'une pauvre vieille plus bonne à rien qu'à garder ses trois insupportables petits-fils. Ils envisageaient de la rapatrier en Angleterre et de la loger dans un petit appartement non loin de la maison de son fils, à Hove – on s'attendait à ce qu'elle reste sagement à la maison à écouter la radio, à la disposition de sa belle-fille quand celle-ci daignerait s'aviser de son existence et lui déposerait les enfants. Rien qu'à la perspective d'une vie pareille, Ruth broyait du noir. La femme de son fils était une raseuse, l'appartement en question un clapier, et puis elle n'avait aucune intention de s'infliger un autre hiver anglais.

Ruth avait passé quelques semaines à se demander par quel moyen se dérober à ces machinations qui allaient la précipiter dans une sénilité prématurée. La fuite lui avait paru la meilleure solution. Elle leur avait envoyé une lettre de Calcutta en leur expliquant qu'elle n'était pas encore assez vieille pour accepter leur offre et leur assurant que, lorsqu'elle aurait atteint ce stade, elle ne manquerait pas de le leur faire savoir. Elle venait d'accomplir le geste le plus libérateur de ses vénérables cinquante-neuf années. Voyager en territoire inconnu éveillait chez elle un esprit aventureux. Au départ, elle s'était dit qu'elle irait rendre visite à ses enfants, rien que pour leur donner une bonne leçon, en attendant de prendre une décision pour l'avenir, mais, de fil en aiguille, elle oubliait de partir. Il se trouvait toujours quelqu'un pour avoir besoin d'elle, et se sentir utile avait quelque chose de réconfortant.

La bonne, Roopa, une jeune fille taciturne qui ne connaissait pas son âge, était arrivée depuis peu. Son bébé né le printemps précédent avait été promis à un couple sans enfant de Talcher, dans l'État de l'Orissa. Le père adoptif était professeur de sciences, sa femme enseignait la géographie à l'université. Ils étaient fous de joie à l'idée de bientôt recevoir un tel don, un petit garçon parfait, avec dix doigts et dix orteils et un doux cri. Afin d'aider la mère à commencer une nouvelle vie ailleurs, ils lui avaient versé une généreuse somme d'argent. Débarqués la veille de la date de l'échange, ils avaient dormi dans le sombre bungalow de Mrs Chowduray, où ils avaient juré solennellement qu'ils chériraient l'enfant comme la prunelle de leurs yeux et l'élèveraient au mieux. La mère n'avait jamais le droit de rencontrer les parents adoptifs ni d'assister à leur réception de l'enfant. Cela aurait été trop douloureux pour elle, et pour les autres, source d'embarras. Ils devaient être convaincus que ce bébé qu'ils prenaient dans leurs bras était le leur. Ils n'avaient pas envie de penser au chagrin de celle dont les bras désormais resteraient vides. La mère, en ce qui les concernait, n'existait pas. Elle ne voulait pas de l'enfant, par conséquent elle n'avait aucun droit. C'était comme ça, il n'y avait pas de remède.

Au premier étage de la maison, une pièce s'ouvrait sur un petit balcon qui surplombait la cour, encadré par deux fenêtres. Cette chambre, réservée à la mère et son bébé, était peinte en bleu pastel. Un grand lit aux montants en bois sculptés était équipé d'un matelas confortable tendu de draps blancs et orné de gros coussins moelleux. Aux murs pâles étaient accrochées des images de divinités des deux sexes et d'animaux fabuleux. Suspendus au plafond, des mobiles en verre coloré captaient les rayons du soleil et jetaient dans tous les coins des reflets chatoyants. Une table contre un mur accueillait une cuvette en émail pour le bain du nouveau-né et une petite boîte de couches propres. C'était là, dans cette pièce, que chaque bébé passait le peu de temps qui lui était imparti auprès de sa mère, un lieu propice aux murmures et aux promesses. Personne n'était autorisé à y pénétrer, sauf miss Pinto et sa fille. Ces dernières faisaient le ménage tous les jours et ouvraient la porte-fenêtre du balcon pour faire entrer l'air frais. Les filles dans la cour pouvaient alors apercevoir miroiter les cailloux de verre, sachant que leur heure viendrait à elles aussi où pendant quelques jours elles se coucheraient là-haut, et se permettraient peut-être de rêver. La seule pièce de la maison où elles étaient reconnues comme la mère de leur enfant, et où on leur accordait toute la tranquillité qu'elles voulaient. Derrière cette porte, elles devaient se faire une raison et accepter le destin de leur bébé.

Roopa avait gardé le sien contre elle toute la nuit. En larmes, elle l'avait allaité. Comment renoncer à ce fils, à cet enfant parfait ? Comment continuer à vivre sans savoir où il était ni s'il était heureux ? Jamais elle n'en aurait d'autre que lui, cela au moins était certain, car elle ne serait l'épouse de personne. Elle ne le supporterait pas. Elle répétait à son fils combien elle l'aimait et combien elle était désolée qu'il soit né dans ces circonstances, qu'il méritait mieux et que lorsque son temps ici-bas serait écoulé il se réincarnerait en roi aimé de tous. Cette ultime nuit, Roopa avait tenu à rester seule. Alors que le soleil se couchait, Pearl avait disposé dans la pièce plusieurs coupelles de terre cuite remplies d'huile où trempaient à moitié des mèches qu'elle alluma. La lueur vacillante des flammes faisait clignoter les larmes de verre suspendues et adoucissait la couleur vive des derniers rayons du soleil qui dansaient tout autour de la pièce. Cela avait été la plus belle nuit de sa vie. Quel divin sentiment de paix l'avait envahie tandis qu'elle appuyait l'oreiller sur la tête du bébé. Lorsque Pearl les avait trouvés au matin, il n'y avait plus d'espoir pour l'enfant, dont le petit corps gisait, inerte et gris, dans les bras de sa mère. Au début, elle avait cru Roopa morte aussi, tant il y avait de sang partout. Mais elle respirait encore. Tout juste. Miss Pinto supposa qu'elle avait perdu connaissance après s'être enfoncé le bout de verre coloré dans le bras pour s'ouvrir la veine.

Sophie s'était trouvée en agréable compagnie au milieu de cet assortiment insolite. Elles étaient toutes dans la même galère. Sophie était soulagée de ne plus sentir peser sur ses épaules le poids de l'opprobre. Personne ne traversait la rue pour les éviter, personne ne les crucifiait avec des paroles blessantes. Pourquoi avoir honte ? Elles étaient toutes les enfants de Dieu, les non-nés compris. Miss Pinto le leur rappelait chaque jour, en prenant soin de leur faire remarquer qu'Adam et Ève n'étaient pas mariés. Elle avait l'habitude de piocher dans les croyances de diverses religions et s'octroyait parfois le droit de changer ou de réinterpréter les Écritures dans l'intérêt de sa démonstration.

À la mission, la routine était plutôt souple. Petit déjeuner à huit heures. Porridge ou *dosas*, de fines crêpes de riz farcies avec les restes du dîner de la veille. Mais, avant de manger, les plus matinales retrouvaient miss Pinto dans la cour pour une séance de yoga[1]. Au départ, Sophie n'avait pas osé se joindre à elles, préférant les observer de la fenêtre de sa chambre. Miss Pinto se contorsionnait dans toutes sortes de postures, sans effort apparent, se courbant jusqu'à terre ou se tenant debout sur une seule jambe, les yeux fermés, les mains levées vers le ciel tandis que ses pensionnaires riaient et perdaient l'équilibre. Miss Pinto ouvrait alors un œil, et un petit sourire flottait sur ses lèvres. Puis elle sortait de sa posture.

Sophie n'aurait jamais imaginé que toute une maisonnée pouvait ainsi vivre en bonne entente. On n'avait pas à prendre de gants avec les autres, personne ne se murait dans des silences hostiles. Elle qui avait toujours vécu avec cette sensation au creux de son estomac, d'aussi loin qu'elle s'en souvienne, avec cette impression qu'un tas de sable tournoyait au fond d'un torrent glacé. Chaque jour, chaque nuit, elle était poursuivie par l'ombre d'un pouvoir maléfique. Elle s'attendait d'un moment à l'autre à ce que le couperet tombe. Pour elle, c'était normal, et elle était en permanence sur le qui-vive. Comme si toute sa vie elle avait traîné avec elle un

1. En Inde, la pratique du yoga est courante depuis toujours dans les centres de soins.

bouclier et une épée. Peut-être ici, dans ce drôle d'endroit, elle serait finalement en mesure de déposer les armes. Elle qui s'était attendue à être maltraitée, punie, soumise à des paroles dures et à des visages sévères, voilà qu'elle découvrait une gentillesse et une douceur qui jusqu'ici s'étaient dérobées à elle. Elle en était bouleversée.

— Comment te sens-tu ?

Ruth, l'œil rivé sur la trotteuse de la montre en argent qu'elle gardait épinglée à sa poche, prenait le pouls de Sophie.

— Très bien.

— Je vais tâter un peu ce bébé, je peux ?

Sophie s'allongea sur le lit et laissa la sage-femme palper son gros ventre.

— Ruth ?

— Oui, mon petit ?

— Ça va faire très mal ?

— J'ai bien peur que oui, lui répondit Ruth en souriant. Mais tu oublieras vite la douleur. Des femmes accouchent tous les jours. Nous sommes faites pour ça.

— J'ai peur.

— Bien sûr que tu as peur, mais il n'y a pas de quoi s'inquiéter. Je préfère ne pas penser au nombre de bébés que j'ai aidé à mettre au monde et je dois avouer que vous autres, les jeunes, êtes mieux équipées que certaines dames plus âgées. Vous êtes plus en forme, en meilleure santé, des jeunes os encore malléables. Tu verras… ça passera comme une lettre à la poste. Là, dit-elle en remettant en place le sari de Sophie après l'avoir auscultée. Tout est normal. Pas d'angoisse surtout.

— Cela se verra… après ?

— Que veux-tu dire ?

Sophie rougit.

— Je serai comme avant ?

— Bien sûr, mon petit. Fais bien tes exercices, et on n'y verra que du feu.

*
* *

— Je ne me suis pas rendu compte de ce qu'il faisait, dit Lotus. Il m'embrassait, quelquefois. Ma mère donnait des grands dîners, et il arrivait toujours avec un petit cadeau, pour moi aussi. J'adorais ces soirées, mais je n'avais pas le droit de dîner avec les grandes personnes. Je mangeais avant, et on me permettait parfois de rester un peu avant de monter me coucher. Quand il venait, j'étais contente, avoua Lotus avec une petite moue. Il était tellement rigolo. Tout le monde raffolait de lui, surtout ma mère, même si elle faisait la tête. Je le voyais bien. Des femmes qui l'accompagnaient, elle disait qu'elles perdaient leur temps avec lui. Elles étaient toujours très belles, bien sûr, mais il ne se montrait jamais deux fois avec la même. Un jour, je lui ai demandé s'il était marié.

Lotus fit la grimace en se rappelant avec quelle naïveté elle avait manifesté son attirance pour cet homme, l'ami de son père, son collègue, le commissaire adjoint.

— Il m'a répondu que le mariage, reprit-elle, ce n'était pas son genre, pour le moment. Il m'a dit qu'il attendait que je grandisse. Puis il m'a fait le baisemain et m'a donné un shilling.

Elle se tut quelques instants, plongée dans ses souvenirs. Puis :

— Mon père lui a flanqué une raclée terrible. Ensuite la police est venue et l'a emmené… Je ne me suis rendu compte de rien, conclut-elle avec un hochement de tête.

— Tu te demandes quelquefois ce que va devenir ton bébé ?

— Ceux des Blanches sont plus faciles à caser, rétorqua Poppy. Les Indiennes, elles, ont de quoi se faire du souci. Si c'est un garçon, ça va encore. Tout le monde veut des garçons. Ce sont les filles les vraies victimes. Il y en a plein les orphelinats.

— C'est injuste.

— C'est comme ça, dit Poppy en haussant les épaules. Déjà, quand t'es mariée, c'est dur quand c'est une fille, t'as pas le choix, il faut la garder, mais si on n'est pas obligé, qui voudrait d'une fille ?

— Pourquoi pas ?

— À cause de la dot.

— Je croyais qu'ils avaient supprimé ce truc-là.

— Qui ? Le gouvernement ? Et depuis quand les gens ici tiennent compte de ce que dit le gouvernement ?

— Je pensais que si.

Sophie écoutait en silence. Elle n'avait parlé à aucune d'elles du père de son enfant. Au début, elles avaient essayé de lui soutirer son histoire, mais elle avait si bien su esquiver leurs questions qu'elles avaient fini par se décourager.

— Après ça, déclara Rumpel, je ne retourne pas chez mes parents. Ils ne pourront pas m'obliger.

— Tu ne peux pas faire ça, protesta Lotus.

— Si, je suis assez grande pour me débrouiller toute seule.

— Mais où tu iras ?

— Ma sœur vient me chercher, l'informa-t-elle alors que les autres filles échangeaient des regards incrédules. Elle a cinq ans de plus que moi. Elle a quitté la maison à dix-sept ans. Mes parents n'ont plus jamais entendu parler d'elle, dit Rumpel avec un sourire satisfait. Je sais où elle est. Elle est employée de bureau dans une grosse compagnie maritime à Cochin. On va prendre un bateau toutes les deux et partir très loin.

— Je savais pas que tu avais une sœur.

— Elle sait que tu es ici ?

— Oui. Pearl lui a parlé au téléphone, dit Rumpel en s'allongeant sur le dos sur son lit étroit et en regardant le plafond. Je me demande à quoi elle ressemble maintenant.

Sophie ferma les yeux. Le rêve supplantait la réalité. Les ténèbres se refermèrent sur elle. Silencieuse, tellement silencieuse. Une petite souris cachée dans la penderie sous l'escalier de la maison d'Islington, douillettement pelotonnée au milieu des manteaux, drapée dans les plis lourds de la cape en toile cirée de son père, celle qu'il portait chaque fois qu'appelé la nuit auprès d'un malade il sortait sous des trombes d'eau. Elle respirait son odeur, et le sommeil la gagna par vagues. Puis, des heures plus tard, la porte s'ouvrit doucement, un rai de lumière fouilla les profondeurs du réduit. Éblouie, elle battit des cils avant de distinguer son père à genoux. Il émettait des petits bruits tendres, la persuadait doucement de venir se lover dans ses bras. Puis il la souleva de terre, la porta en la serrant contre son épaule, l'assit au bord de la table de la cuisine, prit une serviette, la rinça dans une cuvette d'eau chaude. Il détacha délicatement le sang séché de son visage. Entre ses doigts la serviette devint écarlate. Lorsqu'il se détourna pour la rincer, l'eau de la cuvette vira au rose. Elle jeta un coup d'œil furtif dans le miroir du vieux vaisselier contre le mur. Ce visage qui s'y reflétait, ce ne pouvait être le sien, cette enfant étrangement défigurée, aux cheveux maculés de sang.

Les gens se plaisent à penser que les enfants oublient, qu'ils font des témoins peu fiables quand il s'agit de reconstituer le passé. Mais c'est faux. Ils se souviennent de tout. Instinctivement, Sophie posa des mains protectrices sur le doux monticule de son ventre.

29

Quitter le palais : pour le Dr Schofield, rarement décision avait été plus simple. Les journaux se faisaient l'écho d'émeutes, d'explosions de violence sauvage, d'attaques et de représailles, de viols et de massacres. Une fois qu'il avait su Veronica partie, il n'avait même pas hésité. Veronica ne reviendrait pas, ce dont il se réjouissait. À cet instant, tout avait changé. Il n'était plus question pour lui de rester dans ce palais à dorloter par procuration une maharani trop gâtée qui ignorait la vraie souffrance. Ce n'était pas pour ça qu'il était devenu médecin. Il avait trahi sa vocation en choisissant la facilité, comme s'il avait mérité de se la couler douce sous prétexte qu'il avait pendant quelques années accompli son devoir sur les champs de bataille. Il avait oublié qui il était et ce pour quoi il était fait. Pas question de lambiner plus longtemps, lui criait la voix de sa conscience. Ils avaient besoin de tous les médecins disponibles.

Le Dr Pretti était attaché à la clinique des femmes, sous l'égide de la commission chargée de secourir les personnes enlevées[1] une fois qu'elles étaient retrouvées. La femme médecin s'occupait de ces jeunes filles quand on les lui amenait au camp. Beaucoup avaient été victimes de violences épouvantables. C'était une tâche ardue, d'avoir à être le témoin jour après jour des brutalités qu'on leur avait infligées. Petit à petit on devenait moins sensible à la vue de l'horreur qui au

1. Pendant les mois qui ont suivi le 15 août 1947 et l'indépendance de l'Inde, des milliers de jeunes filles, de femmes et d'enfants ont été enlevés au cours d'attaques de toutes sortes et de tous bords.

départ vous avait glacé le sang. Pourquoi les hommes étaient-ils capables de ces choses ? Comment espérer bâtir une nation civilisée quand la vie et l'honneur d'une femme comptaient pour si peu ? Elle était assise avec le Dr Schofield sous la tente du mess installé à côté de l'enclos de la clinique. Le seul endroit où ils pouvaient s'échapper un peu, les médecins, les infirmières, les infirmiers, les aides-soignants, les bénévoles, pour boire une tasse de thé et manger un biscuit ô combien convoités, loin des regards, là où ils pouvaient se restaurer un moment sans se sentir atrocement coupables.

— Une fille dans le village voisin s'est enfuie, dit le Dr Pretti. C'était une fille très sage, sauf qu'elle était amoureuse d'un musulman. Ils étaient amoureux depuis qu'ils étaient petits. Bien sûr, les familles n'auraient jamais donné leur accord. Elle a fait une fugue pour le rejoindre dans la colonne de l'exode et a déclaré qu'elle était sa femme. Par la suite, elle a été enlevée, emmenée au camp de la frontière et rendue à sa famille. Elle s'est de nouveau enfuie. Ce n'est pas commode de savoir quoi faire avec des filles comme ça. J'ai fini par lui dire que nous n'inscririons pas son nom dans nos registres. Je lui ai dit : « Va-t'en et ne dis rien à personne. » Que faire d'autre ? Sinon elle aurait été retenue ici de force. Certains parents refusent de venir les récupérer. Ils nient tout simplement avoir jamais eu une enfant de ce nom. Elles échouent souvent dans le foyer pour jeunes filles de Ludhiana. Une institution effroyable où elles sont affreusement exploitées. Les parents devraient avoir honte d'abandonner leurs filles aux mauvais traitements des *goondas*.

Voyant une lueur d'incompréhension dans le regard du Dr Schofield, elle expliqua :

— Ou des *badmash*, si vous préférez, des méchants, des criminels, des pilleurs.

— Que fait-on pour favoriser les retrouvailles des enfants perdus avec leurs parents ?

— C'est sans espoir, asséna-t-elle. Vous leur demandez

comment ils s'appellent. Ils répondent Qasib ou Sanjay selon qu'ils sont musulmans ou hindous. Alors essayez donc de leur faire dire le nom de leur mère, et ils vous répondront « *Amma* », parce que, bien sûr, ils ne connaissent pas le nom de leurs parents. Nous avons tellement d'enfants qui pleurent en criant « *Amma !* » ou « *Abba !* », « maman » et « papa », sans nous donner le moindre indice de là où chercher, et personne ne vient les réclamer. Comment découvrir qui ils sont et d'où ils viennent ? Comment retrouver les parents ? Ils peuvent être n'importe où. Ou morts. Ces enfants seront pour la plupart adoptés, en tout cas c'est ce qu'on espère, sinon envoyés dans un orphelinat, ou jetés à la rue.

Accablé par un sentiment d'impuissance, le Dr Schofield but une gorgée de thé dans son gobelet en fer-blanc. Sa consœur continua :

— Il y a beaucoup de rancœurs. Les sikhs et les hindous ont laissé derrière eux de l'autre côté de la frontière des biens précieux qui ont désormais changé de main. Ils ont l'impression de s'être fait rouler. Une fois qu'ils seront enfin sortis de ce camp, ce sera pour recevoir un petit arpent de terre ou une maisonnette, avec peut-être à la clé un prêt gouvernemental pour les aider à redémarrer. Certains ont échoué ici sans rien, leurs effets ayant été volés pendant le voyage, parfois arrachés des mains, soupira-t-elle. Nous ne pouvons rien faire d'autre pour les aider que leur procurer un abri, de la nourriture et des couvertures. À mon avis, il faudra des années pour vider les camps. Ça ne bouge pas vite, et nous ne pouvons compter que sur l'aide de bénévoles. Ils ont organisé des cantines le long des colonnes de réfugiés. Les gens ont été très généreux, ils ont donné des vivres, des vêtements, des lits. Tout ce qu'ils peuvent donner, ils le donnent, mais quelquefois je me dis que c'est une tâche impossible.

Le Dr Schofield aurait été bien en peine d'affirmer le contraire. Il acquiesça philosophiquement.

— J'aurais dû venir plus tôt, dit-il.

— On leur assigne peu à peu des logements à Amritsar et dans les villages voisins où il y a des maisons vidées de leurs anciens propriétaires, partis ou morts, expliqua le Dr Pretti. Hélas, les *badmash* sont à l'œuvre. La cupidité incite certaines personnes qui habitent déjà de ce côté de la frontière avec le Pakistan à revendiquer des demeures plus belles que les leurs. Les réfugiés qui ont eu la chance d'être accueillis par de la famille ont sûrement été relogés beaucoup plus rapidement que ceux qui restent au camp.

— Que vont-ils tous devenir ?

— Les listes sont interminables. Petit à petit, ils recevront une parcelle de terrain et une maison. Il y a de la corruption, les dessous-de-table sont inévitables. Certains ont réussi à garder leurs bijoux, dit-elle en se tournant vers lui. Ceux-là ont plus de chances que d'autres de trouver une propriété rentable. Que ce soit une maison, des champs, un commerce… Ces listes, elles n'ont pas de fin. Vous avez terminé votre thé ?

— Oui, répondit le Dr Schofield en se dépêchant de vider son gobelet.

— Prêt à y retourner ?

— Je vous suis, fit-il en se levant.

En se dirigeant vers la tente qui abritait le poste sanitaire, il s'efforça de ne pas regarder autour de lui et de se concentrer sur la première personne dans la file d'attente. Il fallait qu'il pense seulement à ce qu'il pouvait faire pour ce patient-là, ici et maintenant. À lever le nez, il risquait d'être découragé avant même d'avoir commencé. C'était déjà un miracle que certains malades soient soignés. Les hôpitaux de campagne pendant la guerre, cela avait été tout autre chose. Ils étaient beaucoup mieux organisés, chacun savait ce qu'on voulait de lui. Le tout fonctionnait comme une machine bien huilée, que ce soit au milieu d'un désert ou d'une zone de combat intense, avec des interruptions de courant qui faisaient clignoter les lumières ou les éteignaient pour longtemps. Ils tenaient grâce à l'adrénaline libérée dans leurs veines. Travaille vite et bien sans perdre de vue que l'homme allongé devant toi chérit une famille. Sauve sa jambe si tu peux. Que quelqu'un vienne appuyer là pour arrêter l'hémorragie. Celui-ci va droit en salle d'opération. Après la guerre, il avait reçu des lettres d'anciens patients, des soldats et des aviateurs qui s'étaient donné le mal de trouver son adresse et de lui envoyer des nouvelles, parfois accompagnées d'une photo d'eux avec une jeune femme souriante ou un nouveau-né. Ces lettres, il les avait adorées. Elles lui rappelaient combien il était bon de se sentir utile, et même tenu en affection par une personne vivant au loin. Ils terminaient leurs missives en espérant qu'il allait bien et que le retour à la vie civile lui convenait. Il avait alors un petit sourire intérieur, content d'apprendre qu'ils étaient heureux et avaient retrouvé le goût de vivre alors que la mort était passée si près. Avoir pu les aider, c'était sa récompense. Peu importait son bonheur à lui, qui s'était de toute façon envolé depuis longtemps. Il se rappelait, oui, ces hôpitaux de campagne, et un des brefs moments de relâche où ils avaient ouvert une bouteille de whisky et chanté des airs à boire en se prenant par les épaules tandis que le boute-en-train de service frappait quelques accords sur le piano qu'ils avaient traîné hors de l'école abandonnée sur la colline. À cette époque, il se sentait différent. Il avait l'impression d'être un homme.

La première fois qu'il était entré dans le camp, le choc l'avait stupéfié. Il avait beau avoir été prévenu, il n'en croyait pas ses yeux. Sept mois s'étaient écoulés depuis la nuit de la partition, et pourtant ils arrivaient encore en masse, par milliers, à bout de forces, à moitié morts mais marchant encore. Lui qui pensait s'être mis dans les dispositions requises en lisant les reportages et en regardant les actualités, rien ne l'avait préparé à ça. Pourquoi personne n'avait prévu ce qui était en train de se produire ? Quels étaient ces dirigeants disposés à plonger une multitude dans le dénuement le plus total ? Comment avaient-ils pu un instant songer que leur plan fonctionnerait ? Les morts ne se comptaient plus, sans parler des malades et des blessés. Une guerre civile aurait fait moins de dégâts.

Pour prendre la mesure de la dévastation, il suffisait de monter au sommet d'une colline éloignée. Un des directeurs du camp l'avait conduit là-haut le premier jour, sous escorte militaire, afin qu'il puisse appréhender l'énormité du problème. Alors que la Jeep s'arrêtait au point culminant, rivé sur son siège, il s'était penché vers le pare-brise et avait été submergé par cette même sensation d'impuissance qui l'avait étreint si souvent pendant la guerre. En pire, en bien pire. Ici, ils ne pouvaient pas espérer voir surgir des renforts sous la forme d'une troupe de mille fantassins britanniques. Ici, ce n'était pas un champ de bataille. C'était la vie ordinaire, dans toute son horrible banalité, un effet secondaire d'une décision terrible que personne n'avait su éviter. Ici, se disait le Dr Schofield, c'était l'enfer.

Il n'avait pas eu le temps de réfléchir. De l'aube au coucher du soleil, jusqu'au cœur de la nuit froide, les médecins du camp travaillaient jusqu'à tomber de fatigue. Ils ne dormaient que lorsqu'ils ne tenaient plus debout. Ils ne mangeaient que lorsqu'ils étaient sur le point de défaillir. Le reste du temps ils s'occupaient des malades et des agonisants, ils mettaient au monde des enfants, et ne pensaient à rien d'autre, se servant de tout ce qu'ils avaient sous la main, s'efforçant coûte que coûte de préserver la vie dans cette enclave de toutes les misères.

Il était déjà allé à Amritsar[1]. On aurait cru une ville après un bombardement, ravagée par des bandes armées qui mettaient le feu sur leur passage. Des rues jonchées de corps ensanglantés que la raideur cadavérique fixait dans des poses grotesques. Du sang partout, des maisons en flammes, des femmes et des enfants en pleurs. Les camps des environs s'étendaient sur des kilomètres, vains refuges où

1. La ville d'Amritsar est en Inde, très proche de la frontière entre l'Inde et le Pakistan.

les questions de logistique s'avéraient insolubles. Dans celui où il s'était frayé péniblement un passage, il avait entendu quantité d'histoires plus épouvantables et désespérées les unes que les autres.

Il y avait eu des milliers de meurtres, des milliers de gens estropiés pour la vie. Des foules de non-musulmans fuyaient ce territoire qui n'était plus en Inde et leur était désormais hostile. On lisait sur tous les visages la même expression de terreur. Ils pensaient trouver la sécurité hors du Pakistan. Mais ils mouraient souvent victimes de carnages, et ceux qui en réchappaient terminaient dans ces camps où s'échangeaient des récits de pillages, de meurtres et de viols. Des villages avaient été assiégés par des hordes sauvages qui tuaient tous les hommes, incendiaient les maisons et enlevaient les femmes et le bétail. Chaque jour, une nouvelle file d'attente s'allongeait devant le bureau du cantonnement militaire indien. Les malheureux suppliaient le major général de localiser leurs épouses et leurs filles kidnappées. La mission avait été confiée à la poignée d'officiers britanniques encore sous les ordres – aucun non-musulman indien n'était autorisé à franchir la frontière, qu'il soit ou non en uniforme, à l'instar du régiment d'infanterie baloutche qui, lui, n'avait pas le droit de revenir en Inde. Ces soldats anglais poussèrent loin à l'intérieur du Pakistan, certains jusqu'à Dera Ismail Khan, Bannu et Peshawar. Ils réussirent à ramener à leurs familles de jeunes captives retrouvées à des centaines de kilomètres de chez elles. Ils les libéraient toutes, qu'elles figurent sur leurs listes ou pas, et devaient souvent les arracher de force à leurs ravisseurs. La violente réticence de certaines jeunes filles à les suivre avait laissé les Britanniques perplexes, jusqu'à leur retour au camp. Si certains parents qui les avaient réclamées pleuraient de joie en revoyant leurs filles, d'autres refusaient de les reprendre : elles n'étaient plus pures, elles infligeaient le déshonneur à la famille. Le major général, un fier combattant sikh à la stature imposante, avait accusé ces parents de lâcheté.

À l'entendre, ils auraient jeté leurs filles en pâture aux *goondas* afin d'échapper à ces derniers. Parmi ses *jawans*[1], nombreux furent ceux qui s'avancèrent pour demander en mariage ces filles rejetées par les leurs.

1. En Inde, un *jawan* est un jeune soldat de l'infanterie, *javan* étant un mot persan signifiant « jeune ».

30

L'aurore enflammait l'horizon d'un dégradé d'orange lorsque Sophie fut tirée du sommeil par un rêve. La même scène en boucle. Elle entendait le faible cri d'un nouveau-né qu'elle ne parvenait pas à trouver. Elle le cherchait dans les placards, se mettait à quatre pattes pour regarder sous son lit, avançant la main à tâtons dans le noir. Il devait être là, le son était si proche, se disait-elle, bouleversée. Réveillée en sursaut, la peau moite et collante, elle posa ses mains sur son ventre, se tourna sur le côté et ouvrit les yeux. Allongée dans le lit voisin, l'œil vif, Lotus l'observait.

— Tu entends ? murmura-t-elle. C'est Rumpel. Elle a commencé pendant la nuit.

Sophie se dressa sur son séant et tendit l'oreille.

— Je croyais que je rêvais.

— Elle pousse des cris vraiment affreux, remarqua Lotus en serrant son drap dans ses poings. J'espère que ça va.

Un bruit de voix monta de la cour. Sophie se leva pour se poster à la fenêtre.

— C'est Pearl. On dirait qu'elle va chercher miss Pinto.

Pearl, son sari trempé de sueur, traversa la cour d'un pas rapide. Sa mère était sûrement réveillée. Elle ne dormait jamais bien quand une de ses pensionnaires était en train d'accoucher. Au début, elle les assistait, mais plus maintenant. À présent, ce rôle était dévolu aux seules Ruth et Pearl. Personne n'était plus experte que ces deux-là en matière d'obstétrique. Ruth, en excellente praticienne qu'elle était, avait veillé à les équiper de manière à pouvoir parer à n'importe quelle éventualité. Elle n'était pas plus tôt arrivée avec sa petite malle remplie de manuels et d'une panoplie d'instruments aux allures étranges qu'elle avait demandé si elle pouvait aménager le rez-de-chaussée en salle d'accouchement. Miss Pinto s'était reproché de ne pas y avoir pensé avant et avait conclu qu'elle était trop vieille pour avoir de nouvelles idées. Elle avait encore été présente aux accouchements suivants. Ruth était extraordinaire avec les filles terrifiées. Et puis elle enseignait à Pearl ce qu'il fallait savoir. Depuis que Ruth était là, à l'exception dramatique du bébé de Roopa, dont la mort n'avait hélas pas pu être évitée, elles n'avaient perdu ni jeune maman ni bébé. Miss Pinto regrettait de ne pas avoir eu autrefois ne serait-ce qu'un fragment de l'expertise de Ruth. Elle s'y était prise de la seule façon qu'elle connaissait, suivant les méthodes traditionnelles, s'abstenant d'intervenir dans le travail, sauf pour chuchoter des encouragements et réconforter la parturiente. Et aujourd'hui il était trop tard pour changer, ses mains étaient trop âgées pour apprendre de nouvelles techniques.

— Maa, dit Pearl en secouant sa mère. Maa. Viens vite.

Miss Pinto contempla un instant sa fille en battant des cils. Elle avait dû s'assoupir dans son fauteuil.

— Tout va bien ? demanda-t-elle.

— Ruth a besoin de toi.

Pearl aida sa mère à se lever.

Rumpel était couchée à même le sol. Ruth, à genoux derrière elle, non seulement tenait dans ses bras un petit paquet ensanglanté qui poussait des cris perçants, mais aussi essayait de redresser Rumpel, l'effort faisant perler des gouttes de transpiration sur son front tandis que ses cuisses tremblaient.

— Elle est là, annonça Pearl à Ruth en s'empressant de prendre sa place auprès de Rumpel.

— Surtout, qu'elle soit confortable, recommanda Ruth.

Celle-ci prit miss Pinto à part et lui confia le nouveau-né.

— Le deuxième est coincé, l'informa-t-elle d'une voix

sombre. La pauvre petite est épuisée. Elle a perdu beaucoup de sang, et si on la laisse continuer comme ça plus longtemps…

Ruth poussa un soupir terrible avant de déclarer :

— Il va peut-être falloir le sortir de là de force.

Miss Pinto baissa les yeux sur le bébé. Il était petit, calme à présent.

— Que voulez-vous que je fasse ?

— Occupez-vous de celui-ci, dit Ruth. Pearl et moi nous occuperons de Rumpel.

L'aube enfonçait ses doigts pâles par les fenêtres. Rumpel avait la mine grise, sa tête roulait d'un côté puis de l'autre, des gémissements s'échappaient de sa bouche molle. Pearl rinça un linge dans la bassine d'eau fraîche et s'agenouilla à côté d'elle. Elle épongea doucement son visage, prit sa main inerte.

— Chhh, lui murmura-t-elle.

Ruth s'accroupit et se glissa entre les genoux de Rumpel.

— Rumpel, ma chérie, tu vas être gentille et faire exactement ce que je te dis. Le bébé a la tête un peu coincée, alors je vais t'aider à le libérer, d'accord ?

Rumpel semblait loin, le souffle lent, chaque expiration s'accompagnant d'un faible geignement.

— C'est bien, ma chérie. Je vais juste te demander de pousser une dernière fois. Mais pas encore. Je te dirai quand.

Ruth échangea un regard avec Pearl, la préparant à ce qui allait suivre, et tendit la main vers le forceps.

L'instrument était posé avant que le cri de Rumpel ne se répercute sur les murs. Ruth travaillait vite, la tension déformant ses traits. Elle leva les yeux.

— Pousse ! hurla-t-elle.

Pearl agrippa Rumpel par les épaules et la secoua.

— Pousse ! lui ordonna-t-elle. Allez ! Pousse fort !

Pearl empoigna les mains de Rumpel.

— Tu vas y arriver, souffla-t-elle. Encore une fois ! Pousse !

Rumpel se cambra sous l'effet de la douleur, émettant un grognement sourd, les dents serrées.

Ruth tira sur le forceps.

— Allez, ma chérie ! Pousse !

Les yeux de Rumpel s'ouvrirent, son visage pareil à un masque d'agonie. Et soudain elle s'adossa à la poitrine de Pearl, fit une grimace et poussa.

En glissant d'un seul coup, le bébé sortit dans un jet de sang et de liquide noir. Ruth jeta le forceps, attrapa un linge propre et ramassa le nouveau-né sur la natte. Pearl enlaçait et câlinait Rumpel, qui pleurait de fatigue.

— Bravo, lui chuchota-t-elle. Tout va bien. Tu y es arrivée.

Pearl embrassa les mains de Rumpel, la berça doucement, lui caressa les cheveux. Rumpel sourit et leva des yeux débordant de reconnaissance vers Ruth.

Ruth, en silence, fixait le bébé difforme dans ses bras.

Rumpel avait refusé de voir son bébé, celui qui avait survécu. Elle avait même refusé qu'on lui en parle. Sa volonté avait été respectée et l'enfant transféré dans la partie de la maison occupée par miss Pinto. Elle était installée dans la chambre du premier étage où Ruth et Pearl veillaient sur elle, hors de vue des autres. Ses déchirures avaient été suturées pendant qu'elle était à moitié évanouie après avoir inhalé la fumée que miss Pinto lui avait demandé de respirer à fond. Elle avait fait des rêves inouïs. Un grand voilier aux voiles gonflées par le vent, un pré parsemé de fleurs, une foule de gens se trémoussant sur une piste de danse. Elle se déplaçait d'un endroit à l'autre en flottant, merveilleusement bien, comme vêtue de doux nuages ouatés. Lorsqu'elle s'était réveillée, en voyant au plafond le kaléidoscope de couleurs vives, en sentant le délicieux parfum de jasmin et de lavande, elle avait compris que c'était terminé. Enfin elle était débarrassée de ces choses… et une de ces choses était morte. L'autre vivait. C'est elles qui le lui avaient dit. Elle aurait tant voulu que celle-là soit morte aussi.

Une semaine de plus s'écoula. Rumpel était changée, sa silhouette méconnaissable sans les bébés, qui avaient emporté avec eux son bel appétit. Au lieu de retourner avec les autres, elle avait intégré le sombre bungalow de Mrs Chowduray.

— Elle n'a même pas dit au revoir, critiqua Lotus en débarrassant la table du petit déjeuner.

— Il ne faut pas te vexer, dit Pearl en passant un bras autour de sa taille. On réagit comme on peut. Rumpel cherche à éviter tout ce qui peut lui rappeler le passé. Ce n'est pas inhabituel. Tu ne sais pas comment tu te sentiras après. Tu n'auras peut-être pas envie de voir une jeune fille enceinte, tu ne supporteras peut-être pas la proximité d'un bébé.

— Combien de temps allez-vous le garder ?

— Pas longtemps, répondit Pearl. Quelques semaines peut-être.

— Il a déjà été adopté ?

— Pas encore. Mais ça va venir.

Après avoir embrassé Lotus, elle sortit avec une pile d'assiettes. Elle préférait laisser les filles discuter entre elles plutôt que d'être obligée de mentir. Le bébé de Rumpel ne serait pas adopté. Elles le déposeraient à l'orphelinat près de la gare de chemin de fer en espérant que tout irait bien pour lui. Elles n'avaient pas le choix. Le bébé paraissait en bonne santé, et l'était sans doute, mais elles ne pouvaient pas prendre ce risque. Ce serait malhonnête de le faire adopter par un couple sans les informer du sort de son jumeau. À la naissance, il était vivant, certes, car il couinait et respirait et tortillait son vilain petit corps pendant que Ruth s'escrimait à couper le cordon ombilical pour le détacher du ventre de Rumpel. Pearl avait tout vu. Ruth, les coins de la bouche abaissés, se dépêchant d'emmailloter le bébé dans un linge avant de sortir en trombe de la salle d'accouchement. Quand Pearl l'avait rejointe, le bébé était mort, faute d'avoir été ranimé. Ruth était assise dos à la table où était posé le paquet. Elles avaient vite enterré son cadavre et espéraient ne plus jamais poser les yeux sur un être aussi contrefait.

Rumpel ne retournerait pas chez ses parents. Elle irait rejoindre sa sœur à Cochin.

Tout le monde savait que c'était son père le coupable.

31

Le Dr Schofield fumait en regardant les étoiles et en pensant à sa fille. Il resserra la couverture autour de ses épaules. En ces derniers jours du mois de mars, les nuits étaient encore froides, l'hiver pas tout à fait terminé. Il faisait sûrement plus chaud là où se trouvait Sophie, plus au sud et à l'est ; l'été devait avoir commencé. Sa grossesse était avancée, elle entrait dans son huitième mois. Il tenta de repousser ces pensées. Oh, comme elle lui manquait ! Dès qu'il levait le nez, il se prenait de nouveau à se tourmenter pour elle. En fait, c'était un souci constant. L'accouchement, ce que le fait de devenir mère avait fait à sa femme, le retour à la vie normale. Surtout, il s'inquiétait de ce qui allait se passer quand il la retrouverait. Ce ne serait plus long à présent.

Heureusement qu'il était ici, à trimer plus que de raison, ce qui lui épargnait les affres d'un esprit oisif. Il comptait rester encore quelques semaines avant de jeter ses affaires dans sa valise. Pour atteindre Ooty, il fallait pratiquement parcourir la totalité du sous-continent du nord au sud. Il avait l'intention de tout préparer avant d'aller la chercher. Il faudrait aussi lui dire pour sa mère, mais cela ne le préoccupait en vérité pas tant que cela. Après le choc initial, elle serait sans doute soulagée, comme il l'avait lui-même été. Le Dr Schofield avait eu ces derniers mois beaucoup de temps pour réfléchir, au passé, à l'avenir, à l'avenir de sa fille. Il n'était pas plus mal qu'ils ne soient pas autorisés à correspondre. Miss Pinto avait été très ferme sur ce point. Il valait mieux que les pensionnaires de St Bride soient coupées du reste du monde. Les nouvelles du dehors ne manquaient jamais de les bouleverser et de leur tirer des larmes. Les filles n'avaient pas le droit d'envoyer de lettres. Ces dernières ne faisaient qu'attirer les ennuis. Le Dr Schofield n'avait plus qu'à s'armer de patience, et d'espoir. Elle allait se remettre de cette terrible épreuve. Une fois qu'ils seraient réunis, il lui serait tout dévoué, et au diable le qu'en-dira-t-on. À l'extrême sud de l'Inde, ils seraient loin de toute cette horreur, paisibles dans la tranquillité des Montagnes bleues, les Nilgiri.

Fiona Ripperton lui avait écrit une semaine plus tôt qu'une charmante maison avec une vue merveilleuse était à louer pour un prix raisonnable ; s'il voulait bien, elle se chargerait des démarches nécessaires à sa place. Rip et elle avaient passé de nombreux étés à Ooty et étaient restés en bons termes avec les voisins ; ils s'échangeaient des cartes de Noël et prévoyaient de se revoir au Ooty Club lors de leur prochain séjour. Le Dr Schofield lui avait envoyé une lettre dans laquelle il la remerciait et acceptait avec reconnaissance qu'elle descende à Ooty après Pâques afin de vérifier si tout était en ordre et si on ne les avait pas menés en bateau. Elle prétendait, car il était sûr qu'elle mentait, qu'elle y allait de toute façon, qu'elle était ravie de quitter le « mausolée » et d'amorcer plus tôt que d'habitude la saison d'été. Quelle formidable alliée était cette femme, se disait-il, et sans jamais poser de question ni émettre la moindre remarque sur la subite dissolution et dispersion de leur famille. Le Dr Schofield avait hésité à lui dire la vérité, rien que pour se décharger un peu, mais ce n'était pas à lui de le faire.

Sophie était en permanence dans ses pensées. Il n'y pouvait rien. Éternel retour d'un écheveau inextricable de souhaits et de regrets ; les gestes qu'il aurait dû avoir, les mots qu'il aurait dû prononcer, les dénis dont il s'était rendu trop souvent coupable, consciemment parfois quoique pas toujours. Aucune famille n'était parfaite. C'était l'excuse qu'il s'était donnée. Aucun mariage ne réalisait les rêves et les illusions nés du cerveau naïf d'un jeune homme sans expérience. « Jusqu'à ce que la mort nous sépare », avait-il promis sans prévoir que cette mort serait celle de leurs espoirs les plus chers. Cela avait été une erreur de ne pas la quitter plus tôt, cette épouse qu'il avait choisie trop hâtivement. En mai 1926, la grève générale avait repoussé la date de prise de fonction. Plus aucun transport en commun ne marchait, et il ne possédait pas de voiture. Il avait débarqué au village de Hanwick avec quinze jours de retard. C'était un poste qu'il avait convoité, car son ambition était de s'établir quelque part comme médecin de campagne. Il en avait assez de Londres, de ses brouillards et de ses fumées, de ses maladies causées par la misère et les poux. Comme c'était toujours les plus jeunes qui étaient envoyés soigner les cas les plus déplaisants dans les bas quartiers de la ville, il avait l'impression que plus rien ne pourrait l'étonner.

Il avait tout de suite été sous le charme de Hanwick, de ce regroupement pittoresque de maisons et de cottages aux toits d'ardoise ou de chaume, pourvus de portes parfois si basses qu'il fallait se courber pour les franchir. Son statut de nouveau au village lui avait valu d'emblée l'estime générale, alors qu'il n'avait pas encore fait ses preuves. Certaines femmes minaudaient, toutes l'accueillirent avec le sourire. Au départ, il devait loger chez le Dr Brown et son épouse, sans doute pour leur permettre de juger de ses capacités. Le Dr Brown ne rajeunissait pas, ce dont il ne se serait peut-être pas aperçu si Mrs Brown ne lui avait pas rappelé sa promesse de l'emmener en voyage quand il aurait atteint sa soixantième année, dépassée depuis déjà cinq ans. Le village avait besoin d'un nouveau médecin. Une fois celui-ci installé et au courant des pratiques locales, Mrs Brown pourrait enfin récupérer son mari, avant qu'il ne devienne complètement aveugle – cette déficience lui avait déjà fait commettre une bévue qui aurait pu être plus grave, si ce n'était pas au vieux pékinois de Mrs Latchmere qu'il avait administré le mauvais médicament, avec pour effet immédiat une mort fulgurante.

Pendant la première semaine de George Schofield, le

Dr Brown fut stupéfait et contrit de constater qu'il n'avait jamais vu un défilé pareil de malades. On aurait dit que toutes les femmes du village avaient du jour au lendemain développé des symptômes mystérieux qui exigeaient l'attention du nouveau médecin, lequel fut appelé à regarder dans les gorges et les oreilles, à prendre les pouls, à écouter des cœurs battre dans des poitrines hâtivement déboutonnées alors qu'il s'efforçait de garder les yeux au plafond. Le Dr Brown laissait rarement une note d'honoraire, sauf chez ses patients les mieux nantis. En échange de ses soins, il préférait les remerciements sous d'autres formes : deux poules bonnes pondeuses, une brassée de lilas parfumé, le remplacement du tuyau d'échappement de son Austin, et plus de gâteaux et de tourtes que ne pouvait en contenir un estomac humain. Mrs Brown avait raconté à George qu'un jour la vieille Mrs Critchley était venue chez eux et avait insisté pour qu'ils acceptent une paire de vases assez laids, lesquels s'étaient avérés de facture française, des pièces rares qui valaient une petite fortune. Quel bel été, celui-là, ensoleillé, sans maladies particulières, sans un seul décès, chose qui, selon le père Hopkins, relevait d'une mansuétude divine exceptionnelle.

George avait été présenté à Veronica Gasson à la fête du village. Sur la grande pelouse, des stands avaient été montés, le monument aux morts enguirlandé de fleurs. Le tenancier et propriétaire du pub *The Crown* avait versé à sa base plusieurs pintes de sa meilleure bière, « pour nos petits gars », avait-il dit, la voix éraillée par l'émotion tandis qu'une nuée de guêpes se jetaient sur la manne. Veronica tenait le stand des gâteaux, confitures et chutneys faits maison. Dès qu'elle avait aperçu George, sa mère avait surgi comme de nulle part et l'avait convaincu d'assumer le rôle de juge dans le concours de pickles programmé pour trois heures de l'après-midi. Sans comprendre ce qui lui arrivait, il s'était retrouvé à déguster des gâteaux assis à côté de Veronica et à accepter une invitation à déjeuner le lendemain chez elles, à Ranmore, le cottage blanc au coin de Main Street près du grand cytise ;

il ne pouvait pas le manquer, lui avait-elle assuré, et ce serait pour elles un tel honneur… Aucun homme ne s'était attablé sous leur toit depuis que Mr Gasson les avait quittées, et elles seraient tellement heureuses… Il avait éprouvé quelque hésitation sous le regard plein d'espoir de Mrs Gasson, se demandant ce que la politesse exigeait dans un cas comme celui-ci, mais le soleil brillait, et Veronica souriait, si jolie et timide dans sa robe en coton bleu et blanc.

Le village et ses habitants l'avaient ensorcelé. Non seulement il voulait en faire partie, mais il aurait voulu attraper et mettre en bocal l'essence même de cette magnifique journée estivale avec ses danses morris traditionnelles, ses courses de furets, sa bière à gogo et ses sandwichs au pâté de bœuf. Et avant que l'été ne se termine, avant que soient récoltées les pommes du verger et commencés les semis d'automne, il était fiancé à la fille à la robe bleu et blanc. Il n'avait jamais été aussi heureux.

Ils avaient été mariés à l'église du village par le père Hopkins, sous le regard attentif des personnages de la crèche, avec pour témoins les villageois qui s'étaient donné le mal de venir en dépit du froid et d'une pluie diluvienne. Il aurait préféré une noce en mai, un mois où le soleil avait une chance de se montrer, mais, pour citer Mrs Gasson, pourquoi attendre aussi longtemps ? « Noces de mai ne vont jamais », avait-elle récité d'une voix chantante, et il avait acquiescé.

Ce vaillant mariage en décembre avait ouvert la voie à une série de déceptions. Car au bout du compte il n'avait pas pu rester au village. L'attrait de la nouveauté s'était émoussé assez vite, surtout une fois les bans des fiançailles affichés. Les personnes âgées étaient fidèles au vieux médecin, et les autres étaient trop pauvres pour se permettre de lui verser les honoraires sans lesquels il ne pouvait pas subvenir aux besoins de son épouse, ni, dans un avenir plus ou moins proche, de leurs enfants, si Dieu voulait bien leur en accorder. Ils furent obligés de déménager à Londres. Il réintégra la maison d'Islington, qui était devenue trop grande depuis que la mère de George s'étiolait, rongée par un mal qui l'avait gagnée sans crier gare et refusait de lâcher prise.

Femme douce au rire contagieux, Isadora Schofield n'en avait plus pour longtemps. Le père de George, terrassé de chagrin, restait tard dans la nuit dans son fauteuil, face au feu qui crépitait dans la cheminée, un verre de whisky à la main comme s'il attendait le bourreau qui allait exécuter sa femme. Pas une seule fois George n'avait entendu ses parents échanger des paroles dures. Pour sa mère, son père était la merveille du monde. Pour son père, elle était la source de toute bonté. C'était injuste qu'elle ait à souffrir autant, qu'une affreuse douleur soit devenue son impitoyable compagne de tous les jours. Aucun Dieu miséricordieux n'aurait permis qu'une chose pareille arrive à une femme aussi bonne et généreuse. C'était ce qu'avait déclaré son père, en renonçant à sa foi, à ce Dieu qui traitait sa chère épouse de cette façon. « Vous pouvez garder votre Dieu », disait-il aux amis et voisins qui s'inquiétaient de ne plus le voir à l'église. Il avait l'air de les prendre pour des imbéciles. « Si cela vous plaît de vénérer un être invisible qui n'ose pas se montrer après le malheur qu'il a causé, ne vous gênez pas. Vous ne voyez donc pas ? Dieu n'existe pas. »

La présence de Veronica était assez rapidement devenue intolérable au père de George. Dès qu'ils avaient emménagé, la tension avait été palpable. Par moments, George se demandait si elle ne faisait pas exprès de citer la Bible à tout propos, d'insister pour dire le bénédicité la tête baissée pendant qu'ils l'attendaient pour commencer le repas, son père serrant les poings de rage contenue. George avait tenté de lui en parler, il lui avait expliqué que son père n'était plus lui-même depuis la maladie de sa mère, mais Veronica refusait d'écouter et accusait son beau-père d'être un mécréant que Dieu punissait à travers les souffrances de sa femme. George se souvenait de la scène comme si c'était hier. Debout au milieu de la chambre, il avait reçu ces paroles de plein fouet, comme un jet d'eau glacée, tandis que sur les traits de Veronica se peignait une expression de triomphe. Alors, à cet instant précis, il avait compris qu'il avait commis une terrible erreur.

Isadora Schofield s'était éteinte paisiblement dans son lit pendant l'été, un dimanche matin alors que carillonnaient les cloches de l'église. Veronica avait déclaré que Dieu signifiait par là qu'il la rappelait à lui. Il n'y avait pas eu de cérémonie de funérailles, juste quelques personnes réunies autour de la bière avant la crémation. Le père de George avait emporté ses cendres en France, dans le village de la Côte d'Azur où ils avaient passé leur lune de miel et où ils avaient rêvé de vivre un jour quand ils seraient devenus vieux. Il les répandit dans la roseraie de l'hôtel au coucher du soleil avant de commander dix bouteilles de leur meilleur champagne. Il invita tout le monde à boire au souvenir de son épouse, la plus belle femme du monde. Son corps fut retrouvé le lendemain, sur la plage de Juan-les-Pins.

Pareil amour était chose rare, pensa George, et il avait été bien bête de penser qu'il bénéficierait de la même chance.

Il tira une dernière bouffée de sa cigarette et jeta son mégot par terre. Il n'avait pas fumé pendant des années. Veronica détestait l'odeur du tabac. Encore un des plaisirs auxquels il avait dû renoncer, avec celui de boire de temps à autre deux pintes de bière au pub du quartier. Une ou deux, jamais plus, en compagnie d'une poignée de braves garçons qui travaillaient dur. Au pub, invariablement, la conversation finissait par se porter sur la guerre. À la maison, personne ne savait vraiment de quoi il était question, de sorte qu'ils gardaient ces histoires pour leur petit cercle de copains. Au pub, ils se comprenaient à demi-mot. Certains se sentaient perdus, égarés dans un monde qui avait été le leur et qu'ils ne reconnaissaient plus. Ils avaient l'impression de ne plus y avoir leur place. Ils étaient de nouveau libres de mener la vie qu'ils voulaient, mais souvent ils ne savaient justement pas ce qu'ils voulaient. Plus personne n'était là pour leur dire où dormir, quoi manger, plus personne ne leur criait « Repos ! ».

Et ces ordres aboyés leur manquaient, les épreuves partagées, la camaraderie.

Tout ce que George Schofield avait cherché, c'était une femme à chérir, qui le chérirait en retour. Le reste était secondaire et ne le souciait aucunement. Veronica ne l'avait jamais aimé. Il le savait à présent, et pourtant l'idée de mettre fin à son mariage ne lui avait jamais traversé l'esprit. Veronica et lui étaient liés à vie par un serment qu'aucun homme honorable ne saurait rompre, même s'il s'était trompé. Il aurait dû la quitter en emmenant sa fille avec lui, aussi impossible que cela parût, mais alors que serait-il advenu de Sophie ? Qu'aurait déchaîné une telle initiative ? Voilà à quoi il réfléchissait, dans le noir, à l'écoute des bruits du camp, dans l'odeur âcre des feux qui imprégnait l'air nocturne immobile. Il alluma une autre cigarette, éteignit l'allumette et inhala la fumée profondément tout en cueillant un brin de tabac au bord de sa lèvre inférieure. D'un geste distrait, il caressa la moustache qu'il s'était laissée pousser, tirant un plaisir réconfortant du contraste entre les courts poils drus et la peau lisse de son visage rasé de frais. Il devait se faire vieux, car ses rouflaquettes étaient poivre et sel. Il espérait que sa nouvelle tête plairait à Sophie. Sinon, il raserait le tout, mais en attendant il profitait de sa toison faciale, rien que parce qu'il était libre de le faire, enfin.

Le Dr Schofield termina sa cigarette. Il se leva de sa chaise pliante et s'étira longuement, voluptueusement. Peut-être serait-il plus sage d'aller se coucher. Il écrirait à Fiona demain matin. Il était trop fatigué pour y penser maintenant. Avec un peu de chance, il dormirait d'un sommeil sans rêve.

32

Jag fit la toilette funéraire de son père et drapa son corps frêle dans des pagnes de coton en regrettant de ne pas en avoir de plus propres. Il ne trouva aucune fleur, même pas une modeste guirlande d'œillets d'Inde. Avant le rituel des prières, il oignit son front. La mort viendra à chaque homme comme un ami longtemps attendu, mais Jag avait espéré être plus âgé quand se présenterait l'heure d'accomplir cet ultime devoir de fils unique. Il s'était promis, au moment de clore le dernier chapitre d'une longue vie, d'emmener son père passer ses derniers jours à Bénarès[1], dont la sainteté le libérerait tout de suite du *samsara*, le cycle répétitif de la vie et de la mort ; mourir dans la « ville de lumière » lui permettrait d'atteindre la *moksha*, l'état de sérénité suprême. Il aurait répandu les cendres de son père dans le fleuve, ce fleuve sacré qui avant de descendre sur Terre coulait dans le ciel, Mère Gangâ dont les eaux auraient lavé les fautes non seulement de cette vie-ci, mais aussi de ses nombreuses vies antérieures. Détaché de tout désir matériel, son père serait désormais dispensé de revenir ici-bas ; il obtiendrait l'immortalité, la plus haute des sphères immaculées, où réside Brahma, où l'attendait son épouse, la tête ceinte d'une couronne.

— Nous sommes venus t'aider à honorer ton père.

Jag leva les yeux. Son voisin, Navinder Singh, se tenait devant lui, en compagnie de deux autres hommes. Jag acquiesça de la tête. Ils détachèrent le toit de l'abri. Puis, à quatre, ils soulevèrent le corps dans son linceul, un poids

1. Bénarès était le nom que les Anglais avaient donné à Varanasi.

plume. Dans le camp, un sentier s'ouvrit devant eux, les gens s'écartant, tête baissée en signe de respect. Jag se mouvait comme dans un mauvais rêve. Tout autour de lui semblait se dérouler au ralenti, en silence, tandis qu'ils s'avançaient vers les bûchers funéraires. Ses yeux larmoyaient.

Le bûcher était minable pour un aussi grand homme, se dit Jag. Il aurait voulu placer son père au sommet d'un tas de bois aussi haut que lui, mais le bois était une denrée rare, le paysage aux alentours du camp étant aride, et les fagots qu'ils trouvaient étaient minces et secs. Jag craignait que le maigre brasier ne suffise pas à libérer son âme. Un corps devait brûler entièrement afin d'être purifié par le feu.

Jag n'en accepta pas moins la poignée de brindilles en flammes que lui offrit le gardien des bûchers. Puis il fit plusieurs fois le tour de la dépouille dans le sens contraire des aiguilles d'une montre, à l'heure de la mort tout se déclinant à l'envers. Il se baissa pour glisser la gerbe enflammée au cœur du bûcher, son père transformé en offrande à Agni, le feu, afin qu'il l'élève jusqu'au ciel. La fumée monta en timides volutes qui se tortillèrent autour du corps, doigts pâles caressant le visage de son père sous l'étoffe sale du linceul. De légers craquements annoncèrent que le feu sacré passait des brindilles aux fagots et au foin sec compactés sous le bois imprégné de kérosène. Tête basse, Jag se remit à faire le tour du bûcher en récitant les prières des morts, chantant à voix basse « *rama nam satya hai*, *ram nam satya hai*[1] ». La fumée s'épaississant, des flammes apparurent, d'abord discrètes puis engloutissant la dépouille de son père dans une muraille de feu.

Pendant trois heures, Jag regarda en silence son père se consumer. Le corps noircissait, se dépouillait de sa chair, les flammes bondissaient vers le firmament. Au moment où le feu baissa, Jag se détourna et s'éloigna sans un coup d'œil

1. Mantra signifiant « le nom de Rama est vérité ». Rama est une divinité qui intercède en faveur des défunts.

en arrière, en proie à un sentiment de solitude absolue. En passant devant le poste sanitaire, il se demanda combien de morts il y aurait ce jour-là.

— Hep ! Toi !

Jag continua à marcher, le cou ployé, sourd.

— Oui, toi !

Jag s'arrêta et redressa la tête. Un homme s'avançait vers lui, la tunique maculée de sang.

— Tu m'as l'air d'un solide gaillard. Tu veux bien nous donner un coup de main ? On est débordés, il nous manque au moins dix aides valides. On a une nouvelle épidémie de dysenterie et la moitié du personnel est malade.

Mutique, Jag suivit l'homme sous la tente du poste sanitaire.

— Va te laver d'abord les mains, à fond, lui dit l'infirmier en lui désignant une cuvette et un broc placés sur une table de toilette. Au fait, tu as mangé aujourd'hui ?

Jag se tourna vers lui.

— Tu n'as qu'à avaler quelque chose au mess, si tu veux, ajouta l'infirmier. On ne travaille pas bien l'estomac vide. C'est par là…

L'infirmier lui montra du doigt une portière dans le fond de la tente.

— Et ne t'inquiète pas, mon gars, reprit-il en lui tapant sur l'épaule. On te dira quoi faire.

Jag demeura un moment figé devant la table du mess. Deux bouilloires géantes, posées l'une à côté de l'autre sur des réchauds, contenaient l'une du café, l'autre de l'eau pour le thé. Des piles de sandwichs formaient des monticules couverts de fines mousselines. Un panier de pommes. Un autre débordant de bananes. Jag se retenait de pleurer, de crier, de dénoncer… Ces victuailles, elles auraient pu sauver son père, son père dont les restes se dispersaient à présent dans ce terrible endroit, la mort charriée par le vent. Une main au bout d'une manche blanche lui passa sous le nez, souleva le tissu et s'empara d'une poignée de sandwichs.

— Sers-toi donc, mon gars, dit le Dr Schofield. Sers-toi. On a tous besoin de soutenir nos forces.

Jag leva les yeux, parcouru d'un frisson glacé. Le Dr Schofield le dévisagea.

— Sois sans crainte, déclara doucement le médecin. Tu ne dois pas te sentir coupable.

Ce n'était pas la première fois que George Schofield était le témoin d'une réaction semblable. Sans doute s'agissait-il du premier repas normal sur lequel le jeune homme posait les yeux depuis Dieu sait combien de temps.

— Ça paraît beaucoup, mais ça disparaît vite, crois-moi, alors tu ferais mieux de te servir pendant qu'il y en a encore.

Il se saisit d'une deuxième assiette, y entassa des sandwichs et tendit le tout à Jag.

— Du thé ?

Le médecin remplit deux gobelets en fer-blanc à l'aide d'une énorme théière.

— Il y a du lait dans ce pichet, si tu en veux.

Jag le fixait d'un air incrédule. Le père de Sophie. Ici, devant lui, qui lui servait du thé ! Une tempête s'éleva dans son cœur.

— Nouveau bénévole ? continua le Dr Schofield d'un ton guilleret. Je ne t'avais jamais vu.

Jag voulut prononcer « Oui », mais le son resta coincé au fond de sa gorge. Il s'éclaircit la voix, horriblement gêné.

— Je veux dire : oui.

— Tu parles anglais ? fit le Dr Schofield en souriant. Formidable ! Mange donc, et après tu viendras te rendre utile.

— Merci.

Jag le regarda s'éloigner en direction de deux infirmières assises à une table dans un coin. Il savait que désormais tout irait bien.

Jag n'arrivait pas à dormir, en dépit de sa fatigue. Il entendait la voix de Sophie qui l'appelait, il voyait son visage dans les constellations qui brillaient du haut du ciel nocturne au-dessus des montagnes. Des étoiles d'une limpidité extraordinaire, et implacable. Il devait être fort. Le moment était venu de mettre à l'épreuve tout ce qu'il avait appris au cours de sa vie. Car il était temps de devenir un homme, un homme bon, pour faire honneur à la mémoire de sa mère, et à présent aussi à la mémoire de son père.

33

Sophie ne voyait plus ses orteils, elle pouvait encore moins les toucher. Elle renonça à la posture et étira ses bras vers le ciel avec une respiration profonde en comptant dans sa tête.

— Inspirez, un, deux, trois, quatre, cinq, six.

Miss Pinto se redressa.

— Et maintenant, expirez.

Sophie détendit ses épaules, ferma les yeux et leva son visage vers le soleil matinal doux comme une caresse. Encore une heure ou deux, et sous ses rayons brûlants les tuiles inégales du toit diffuseraient un voile de chaleur. À cette saison, la canicule transformait les lieux en chaudron poussiéreux, décolorait le paysage et ensevelissait les choses sous un linceul de fin sable rouge.

Cette nuit, elle avait peu dormi. Elle ne savait plus dans quelle position se coucher, le corps lourd et rebelle, le dos douloureux, un étirement lancinant lui traversant le ventre chaque fois qu'elle se retournait.

Miss Pinto termina la séance comme toujours en frottant ses mains l'une contre l'autre avant de poser ses paumes bouillantes sur son visage et de les faire glisser doucement vers le bas, concluant par quelques instants de prière silencieuse. Sophie connaissait par cœur la suite de mouvements, dont le rythme familier lui apportait une sensation de réconfort alors que son corps s'ouvrait aux activités de la journée. Au départ, elle s'était sentie bête, incapable d'allonger sa respiration, essoufflée alors qu'elle ne parvenait pas à suivre les instructions les plus élémentaires. Miss Pinto était plus d'une fois intervenue pour redresser un bras ou ajuster la position de ses pieds afin de l'aider à obtenir une posture stable. Sophie avait mis deux semaines à trouver son propre centre de gravité, et cette découverte avait tout changé pour elle, se reflétant dans chacun de ses gestes, dans son sens de l'équilibre, dans la conscience nouvelle de son corps et de la place que celui-ci occupait dans sa vie. Cette découverte avait aussi apaisé son esprit, même quand elle se réveillait envahie par tant de soucis.

Sophie enfouit son visage dans ses paumes qu'elle fit glisser ensuite sur son corps pour les laisser pendre au repos. En ouvrant les yeux, elle éprouva une drôle de chaleur humide entre les cuisses. Instinctivement, elle recula d'un pas ; un petit filet d'eau s'écoula de son pied sur le sol desséché. Se demandant ce qui lui arrivait, elle agrippa son sari à l'entrejambe et émit un « Oh ! » avant de lever les yeux et de remarquer que les autres filles la fixaient en silence. Miss Pinto tapa précipitamment dans ses mains.

— Petit déjeuner ! annonça-t-elle en les renvoyant à l'intérieur.

Alors que les filles s'éloignaient, elle prit Sophie par la main.

— Viens, dit-elle doucement. Allons t'installer confortablement.

Dans la nuit, Sophie avait pressenti la venue de son bébé. Il était totalement immobile et prenait toute la place dans son ventre tendu comme la peau d'un tambour. Elle retenait sa respiration en attendant que la contraction passe, en espérant que ça s'arrêterait, possédée par le désir de figer le temps. Elle ne pouvait pas accoucher. Elle ne voulait pas éprouver ces douleurs terribles dont elle avait entendu les échos à travers l'épaisseur des murs. Elle n'était pas assez forte. Elle ne le supporterait pas. Ce n'était pas comme les coups. Ils avaient été faciles à endurer puisqu'ils pleuvaient sur elle comme tombés de nulle part, quand elle ne s'y attendait pas, rapides et drus, chacun pareil à un choc brutal contre lequel il suffisait de serrer les dents. Elle les comptait dans sa tête. Ils allaient rarement au-delà de dix. Ensuite elle était tranquille. La douleur fulgurante s'estompait peu à peu pour devenir sourde. Elle avait toujours des bleus dans des endroits inattendus de son corps. Cette souffrance avait été pour elle une compagne de solitude. Elle avait mal dans les os, et sur sa peau des taches qui viraient du lilas et mauve au vert, puis au jaune pâle. Elle n'avait pas peur des coups, non. Mais la peur de l'accouchement était trop forte. Elle était terrifiée. Ce bébé qui était dans son ventre, il n'allait jamais pouvoir sortir sans la déchirer. Dans la nuit, elle en avait pleuré de terreur.

Si elle ne bougeait pas, le bébé n'aurait peut-être pas envie de bouger non plus. Elle était trop jeune, trop inexpérimentée. Et soudain elle comprit pourquoi sa mère était en colère, pourquoi elle la regardait avec ces yeux, sans cacher la rage qui la possédait tandis que ses mains faisaient leur office. Comment ne pas éprouver de la rancœur après un supplice aussi horrible ? Pourquoi fallait-il être punie pour le simple fait de donner la vie ? Cela n'aurait pas dû être ainsi. Un enfant ne devrait pas faire souffrir autant sa mère avant de lui montrer son visage. C'était un sacrifice trop cruel à exiger pour avoir le privilège de naître. Et sa naissance à elle avait été un supplice pour sa mère. Sophie le savait. On lui avait assez souvent répété qu'elle ne valait pas la peine qu'on s'était donnée pour la mettre au monde. Comme elle ne pouvait pas se racheter, elle savait qu'elle n'obtiendrait jamais le pardon de sa mère. L'absolution n'existait pas pour un crime aussi grave, la ruine d'une vie pour une autre. Sa mère lui avait dit qu'un jour elle aussi devrait endurer cette épreuve et qu'elle saurait alors ce que l'on ressentait quand on vous arrachait les entrailles. Et ce ne serait que justice ! Elle cesserait alors de sourire bêtement. Ça lui mettrait du plomb dans la cervelle. Elle n'aurait plus qu'à dire adieu à sa liberté. Il lui faudrait s'astreindre à une existence de servitude. Elle ne connaîtrait plus qu'une longue suite de corvées. Personne ne s'occuperait plus jamais d'elle, car qui s'intéressait aux mères ? Alors elle saurait ce que c'était que d'être une femme, et qu'elle ne s'attende pas à recevoir l'aide de sa mère, parce que celle-ci avait déjà élevé un enfant et il n'était pas question qu'elle recommence.

Les heures s'étiraient, aussi longues que des journées entières. Combien de temps encore ? Sa voix lui paraissait venir d'une pièce lointaine. Combien de temps cette torture allait-elle durer ? Non, elle ne pouvait pas. Vraiment pas.

Si seulement il avait été auprès d'elle. Lui, il aurait su quoi faire. Il lui aurait tenu les mains et aurait plongé ses yeux dans les siens. Elle aurait puisé de nouvelles forces dans la profondeur infinie de son regard de tourmaline verte. Elle n'aurait pas mal. Il la tiendrait serrée contre lui et lui murmurerait des mots doux. Pendant qu'elle se loverait contre sa poitrine, leur enfant apparaîtrait sans douleur, sans peur, émergeant de tous les deux ensemble, se matérialisant dans leurs bras comme s'ils ne faisaient qu'un.

Sophie eut la sensation qu'elle se détachait de la réalité et partait à la dérive. Les paupières closes, son corps ne lui appartenait plus. Il émettait des bruits qu'elle ne reconnaissait pas. Elle prit une grande inspiration et compta, un, deux, trois, quatre, cinq, six, puis elle expira. Des pensées lui traversaient la tête à toute allure. L'eau, l'air, le ciel au-dedans d'elle, les champs de coquelicots en juin. Et le feu, oh ! le feu, aussi brûlant qu'un four. Son corps était en flammes. Elle tenta de s'en écarter, elle chercha un refuge loin du brasier. Autour d'elle tournaient des sons, des craquements de glace qui cède sur un lac gelé, un grondement souterrain comme une crevasse qui s'ouvre.

— Bravo ! Continue ! hurla Ruth en lui tenant les mains pendant que Sophie se penchait en avant, les cheveux mouillés de transpiration, et poussait de toutes ses forces.

— Ce serait plus facile si tu l'allaitais, lui dit doucement Ruth. Mais tu n'es pas obligée. Si tu préfères, on peut te le prendre et le nourrir, mais ce serait mieux pour toi et le bébé si tu le faisais toi-même.

Sophie ne répondit pas. La présence du bébé dans le creux de ses bras la remplissait d'un émerveillement mêlé d'effroi. Elle déboutonna le haut de sa chemise de nuit.

— Parfait, approuva Ruth. Maintenant, détends-toi. Il sait ce qu'il doit faire.

Quand la bouche du bébé s'accrocha à son sein, Sophie se crispa et se tourna vivement vers Ruth.

— Ne t'inquiète pas, fit celle-ci en mettant une main sur son bras. C'est costaud, ces petites choses-là, n'est-ce pas ?

Sophie acquiesça. Ruth conclut :

— Si tu lui permets de prendre le sein quand il le veut, il ne manquera de rien.

Sophie se renfonça dans ses oreillers. En le regardant téter, elle sentit une chaleur l'envahir, une douce torpeur l'envelopper. Une main minuscule se posa sur son sein, et le bébé émit un doux murmure.

— Son père s'appelle Jagaan Ramakrishnan, déclara Sophie.

Ruth, qui avait le dos tourné, ne parut pas avoir entendu. Elle était en train de ranger les quelques pièces de layette sur la petite commode.

— On voulait rester ensemble, mais mes parents n'auraient jamais été d'accord. Ils ont découvert notre secret, et ç'a été terrible.

Sophie glissa un doigt vers la menotte, qui s'empressa de le serrer fort.

— S'il n'avait pas été indien, continua-t-elle, nous serions mariés à l'heure qu'il est. C'est bien ce qu'on fait dans ces cas-là, non ? Tout le monde nous aurait poussés à nous marier d'urgence… s'il avait été blanc.

Ruth exhala un petit soupir et fit oui de la tête.

— Ce n'est pas juste, gémit Sophie.

— Non, en effet.

— Il n'est pas au courant pour le bébé.

Ruth revint à son chevet et prit sa main dans la sienne.

— On fait pour le mieux, ma chérie.

Sophie sentit le sang lui monter au visage, une douleur derrière les yeux.

— Comment, pour le mieux ? lança-t-elle en fixant Ruth. Ils ne veulent pas que je le garde, mais son père ? Et s'il venait le prendre ? Qu'est-ce qui se passerait ?

— Allons, allons, mon petit, dit Ruth en lui caressant les cheveux. Tu traverses quelque chose de très difficile. Tu viens d'accoucher et tout te paraît sens dessus dessous. Ne te rends pas la vie encore plus dure.

— Comment ça peut être plus dur que ça ?

Le bébé se tortilla. Elle se calma et le pressa tendrement contre son sein.

— Il n'a pas demandé à naître, chuchota-t-elle. Je ne peux pas le donner comme s'il était un objet.

— Je suis désolée, mon petit. Il n'y a pas d'autre moyen, et plus on attendra, plus ce sera pénible, crois-moi. Ton père va venir te chercher bientôt. Cela va aller mieux, je te promets, à condition qu'une fois partie tu n'y penses plus. Tu as ta vie devant toi. Tu connaîtras d'autres joies. Tu verras.

D'un geste affectueux, Ruth lui remit une mèche de cheveux derrière l'oreille. Le bébé, à moitié endormi, lâcha le mamelon, sa bouche miniature ouverte contre la peau de sa mère.

— Un jour, enchaîna Ruth, tout ça sera loin derrière toi, ce ne sera plus qu'un lointain souvenir. Tu es belle, et si jeune. Et ton cœur est bon. On s'occupera bien de lui, et tu auras d'autres enfants que tu seras libre d'aimer.

La gorge de Sophie se contracta.

— Tout est arrangé ?

— Pas tout à fait, rien n'est encore décidé.

Ruth se dirigea vers la fenêtre et arrangea les plis des rideaux. Elles n'avaient pas eu conscience que l'enfant serait métis, ce qui compliquait les démarches. Les troubles se poursuivant un peu partout, les gens avaient d'autres soucis en tête que d'adopter un bébé, surtout un bébé au sang mêlé. Les orphelinats étaient pleins à craquer de petits réfugiés ; ils étaient des milliers à avoir été perdus ou abandonnés pendant la tourmente de la partition.

— Il restera ici avec vous ?

— Oui.

Pour le moment, en tout cas. Au bout de trois mois, si elles n'avaient trouvé personne pour l'adopter, elles l'emmèneraient dans un orphelinat, comme les autres, confiant son sort aux caprices des dieux.

On toqua doucement à la porte de la chambre. Pearl entra avec un plateau. Un verre de jus de mangue à côté d'une assiette recouverte d'une autre, retournée. Elle posa le plateau sur la table.

— Tiens, dit Pearl en tendant les bras vers le nouveau-né. Je vais te le prendre quelques instants. Il faut que tu manges et que tu te reposes.

Sophie resserra l'étreinte de ses bras autour de son fils.

— Juste un instant, insista Pearl en lui prenant le bébé. Tu te sentiras mieux après une petite sieste.

Ruth installa le plateau sur les genoux de Sophie.

— Mange d'abord, lui ordonna-t-elle avant de suivre Pearl hors de la chambre.

Sophie attendit que le bruit de leurs pas s'estompe pour repousser le plateau sur le côté. Elle se leva et se posta à la fenêtre. Pearl et Ruth traversaient la cour en direction des appartements de miss Pinto. Elles portaient son bébé. Son bébé. Il restait attaché à elle par un lien qui ne saurait être tranché par la lame la mieux affûtée. Elle porta ses mains à ses seins, durs et lourds, humides à travers le coton de sa chemise de nuit. Se détournant de la fenêtre, elle enfila sa robe de chambre. Puis elle se mit à ouvrir les tiroirs de la petite commode, rapidement, les uns après les autres, et palpa fébrilement l'espace entre les piles de couches et de serviettes soigneusement pliées. Elle cherchait la bible qu'elle avait vu Ruth lire, pensant que Sophie dormait. Elle ne tarda pas à la trouver. Elle l'ouvrit avec un petit gémissement d'angoisse avant de passer à l'action. Prenant son courage à deux mains, elle déchira la page de garde.

Lotus fut réveillée par quelqu'un qui la secouait doucement par l'épaule. Elle ouvrit un œil endormi.

— Sophie ! s'exclama-t-elle en se hissant sur ses coudes. Qu'est-ce que tu fais ici ? Ça va ? J'ai pensé à toi tout le temps.

— Je vais bien, se dépêcha de la rassurer Sophie. J'ai un service à te demander.

Elle tira de la poche de sa robe de chambre une mince feuille pliée, manifestement arrachée à un livre doré sur tranche, et marquée par une écriture au crayon.

— Prends ça, c'est important.

Lotus se frotta les yeux.

— Qu'est-ce que c'est ?

— Une lettre. Trouve un moyen de l'envoyer. J'ai écrit le nom et l'adresse au dos, mais je n'ai pas d'enveloppe. Trouves-en une, ou fabriques-en une, et poste-la le plus vite possible.

— Mais…

— S'il te plaît ! implora Sophie. Fais-le pour moi. Donne-la à Jinty. Donne-la à une personne de confiance qui la mettra à la poste. Je n'ai pas d'argent. Tiens.

Elle lui fourra ses boucles d'oreilles en rubis dans la main. Lotus les contempla d'un air perplexe.

— Je t'en supplie, dit Sophie. Personne ne te soupçonnera.

Après un instant d'hésitation, Lotus répondit :

— D'accord. Je vais essayer.

— Merci.

Sophie se sentit rougir. Une boule se forma dans sa gorge.

— Merci, répéta-t-elle.

Lotus posa sa main sur le bras de Sophie. Elle n'avait jamais vu quelqu'un d'aussi triste.

— C'était vraiment si terrible ? L'accouchement ?

— Non, pas du tout, ça n'avait rien de terrible.

Dans quelques semaines, ce serait le tour de Lotus de savoir ce que l'on éprouvait à mettre au monde une nouvelle vie. Impossible de se dérober. Quand un bébé devait naître, il naissait, un point c'est tout. Cela ne servait à rien d'en parler, surtout pour raconter des histoires horribles comme elle en avait trop souvent entendu depuis qu'elle était ici.

— Ce n'est pas long, et Ruth reste tout le temps avec toi. Tu n'auras pas de problème.

— Le bébé, il est comment ? demanda Lotus.

Sophie eut un sourire tendre mais fugace. Elle enfouit son visage dans ses mains et fondit en larmes.

— Je ne peux pas, dit-elle en se balançant afin d'apaiser son angoisse. Je ne peux pas.

— Sophie !

Lotus la prit dans ses bras et la serra contre elle.

— S'il te plaît, ne pleure pas. Tout va s'arranger. Je te promets.

Sophie hocha la tête puis se redressa en s'essuyant les joues sur sa manche. Elle respira profondément. Peu à peu, elle recouvra son sang-froid.

— Si seulement tu disais vrai, laissa-t-elle tomber.

Oh, et si seulement tout ne s'effondrait pas autour d'elle !

34

Je t'aime. Je t'aime comme je n'aurais pas cru pouvoir un jour aimer. Je t'aime comme la lune et les étoiles et l'univers qui les contient. Je t'aime comme les brumes matinales planant dans les sous-bois, comme les premiers perce-neige, comme le goût du miel sur mes lèvres. Je t'aime de toutes les fibres de mon corps, mon corps qui est désormais ton corps. Mon souffle est désormais ton souffle. Tu es ma chair et mon sang, mon cœur et mon âme, mon amour. Je donnerais ma vie pour toi, mon fils, mon enfant. Je t'aimerai jusqu'au jour de ma mort. Je me tiendrai devant toi et lèverai pour te protéger mon épée et mon bouclier. Je serai ton rempart contre le mal. Je serai telle une muraille de feu. Je prendrai ta main dans la mienne et rien ne se dressera entre nous, rien ne contrariera l'amour que j'ai pour toi. Je penserai à toi chaque jour en priant pour que tu me sois rendu. Je prierai à chaque instant pour que tu m'entendes t'appeler du fond du cœur, car personne ne t'aimera jamais comme je t'aime. Personne.

Le temps était immobile. Un moment de paix, de divine tranquillité où la vie faisait relâche, ne lui laissant que chaleur et amour, un amour si puissant qu'il excluait tout le reste. Le reste du monde. Sublime, c'est ce qu'il était, sa fragile beauté dépassant tout ce qu'elle aurait pu imaginer. Il dormait contre son sein. Elle le regardait, incapable de s'arracher à cette contemplation, et jouait avec ses doigts minuscules, fascinée par ce petit poing qui se resserrait sur son pouce. Si petit, si vulnérable, comme la fleur du pommier fraîche éclose aux pétales aussi doux que l'air. Elle pencha son visage sur le haut de sa tête, ses lèvres frôlant la touffe soyeuse de cheveux noirs, et respira son odeur enivrante. Elle le serrait contre elle, fort, si fort qu'ils ne faisaient plus qu'un, et elle glissa sous le drap blanc en le rabattant sur sa tête. Tous les deux lovés dans un doux cocon, hors de vue du monde.

Un petit coup frappé à la porte. Sophie retint sa respiration sous le drap. Le battant s'ouvrit, elle perçut des bruits légers de pas, le craquement du sommier alors que Pearl s'asseyait au bord du lit.

— C'est l'heure. Laisse-moi le prendre.

Sophie ferma les yeux et tint le bébé serré. Le drap se souleva au-dessus d'elle, la lumière l'inonda, un courant d'air balaya sa peau. Elle se pelotonna autour de son enfant.

— Allons, dit tout doucement Pearl. Ne rends pas les choses encore plus pénibles.

Sophie se mit à ruisseler, des yeux, du nez, de la bouche, des seins. Elle n'arrivait plus à respirer, elle hoquetait, incapable de déglutir, incapable de vivre. Ses paupières demeurèrent closes tandis que Pearl lui ôtait d'un geste rapide et ferme le bébé. Le tout-petit que l'on détachait de sa mère se tortilla en poussant de curieux vagissements. Sophie se roula en boule, les bras autour de ses jambes repliées. Les mains pressées contre son visage, contre ses oreilles, elle se sentit mourir. Les serres d'un oiseau de proie s'enfonçaient dans son cœur et le mettaient en pièces.

Je te demande pardon, pleura-t-elle, oh ! mon Dieu, pardonne-moi. Pardon. Pardon.

Pardon.

35

Sophie, pelotonnée dans son fauteuil du planteur, respirait l'air pur en contemplant distraitement la vue magnifique que l'on avait du jardin : les silhouettes des collines en dégradé, de plus en plus lointaines ; une brise agréable faisait frémir les feuilles des grands arbres ; la pelouse descendait en pente douce vers la vallée. Ici, au-dessus des nuages, à Ootacamund, « la Reine des stations des Montagnes bleues » était un Shangri-La où chaque jour un énorme soleil rouge se levait et se couchait derrière les cimes, projetant des ombres sans fin sur les collines, les vallons et les prairies où paissaient librement des vaches de Jersey dont on entendait les clochettes tintinnabuler. Un lieu paradisiaque, et curieusement familier, comme si un paysage de l'Angleterre victorienne avait non seulement été déplacé mais encore mis en scène pour le cinéma, avec des jardins extravagants, des arches gothiques, des barques tranquilles sur des lacs propices au farniente et à la pêche. Au cours de la dernière étape de leur voyage, la voiture avait peiné à grimper les routes en lacet à travers une forêt ponctuée de clairières. Ils étaient passés devant de grands portails en bois et de jolies tonnelles avec des pancartes – *Lyndhurst*, *Glendale*, *Lushington Hall* – avant de suivre l'indication *Iona*. La veille, de la fenêtre de sa chambre, elle avait aperçu un axis, frêle et timide cervidé qui avait disparu dans la brume matinale, ses petits sabots fendus foulant les sous-bois pentus de la forêt silencieuse.

Sophie se renversa en arrière sur les coussins et ferma les yeux. Pour le moment, il ne lui restait plus de larmes. Son incapacité à trouver le sommeil était une torture. Elle avait mal à la tête. Au milieu des chants d'oiseaux, elle entendit un frou-frou de jupes, la respiration courte d'une femme au pas lourd.

— Vous avez assez chaud, ma chérie ?

Mrs Ripperton posa le petit plateau d'argent sur la table et se laissa choir sur le modeste siège à côté du volumineux fauteuil de Sophie. Elle n'était partie que quelques minutes pour aller chercher la fiole de teinture et comprendre la cause d'un terrible vacarme à la cuisine. Beaucoup de bruit pour rien, d'ailleurs. Une souris avait dû grignoter un sac de farine dans la réserve ou quelque chose de ce genre. Une conversation s'était presque amorcée. Pauvre petite. Elle avait toujours une mine de déterrée, alors qu'elle avait normalement un si joli teint, et avec ces yeux cernés de rouge, comme elle avait l'air fatiguée ! Quelle épreuve cela avait été pour elle ! Veronica Schofield était décidément une harpie. Elle se fichait de sa famille. Dire qu'elle avait renvoyé à Fiona toutes ses lettres sans les décacheter. Celle-ci n'aurait pas dû prendre la peine de lui écrire. Dieu sait ce que Sophie et son père avaient enduré. Aucun homme ne devrait avoir à supporter une femme pareille, ses crises de nerfs incessantes, sa langue de vipère. Elle n'était même pas jolie, avec ses joues creuses et son expression acrimonieuse. Il aurait dû la quitter depuis longtemps, avant qu'elle ne leur gâche la vie, à lui et à leur fille. La pauvre petite. Complètement rétamée. Pas étonnant avec une mère comme celle-là. Si elle avait pu l'avoir en face d'elle, elle lui aurait dit le fond de sa pensée, et elle en aurait eu pour son argent !

— Tenez, buvez ça !

Mrs Ripperton leva la pipette au-dessus du verre d'eau et laissa tomber les quatre gouttes de teinture prescrites par le père de Sophie, plus deux parce qu'elle estimait qu'elle en avait bien besoin.

— Buvez. Ce n'est que quelques gorgées.

Elle fourra le verre dans la main inerte de Sophie et arrangea sa couverture.

— J'ai demandé à Salil de nous préparer son délicieux curry au poisson pour le déjeuner. Mr Nayar en a attrapé deux bien grassouillets dans le lac ce matin. Vous en mangerez un peu, n'est-ce pas ?

Sophie n'eut même pas l'air d'avoir entendu, mais elle porta d'un geste machinal le verre à ses lèvres et but gentiment.

— Voilà qui est mieux, dit Mrs Ripperton en lui reprenant le verre. Les petits des hirondelles ont fait leur première apparition, ajouta-t-elle gaiement. D'adorables petites boules de plumes qui sont sorties de sous l'auvent du toit pour se percher sur le fil électrique au-dessus de la fenêtre de la salle de bains. Vous auriez vu ça ! Ils battaient de leurs ailes minuscules en faisant *tchip tchip tchip*.

Elle s'appuya au dossier de son siège en redressant un coussin dans son dos.

— Et pffft ! ils se sont envolés. Oh, pas très loin ! Ils se sont retrouvés dans un buisson à sautiller par-ci par-là en appelant leur mère au secours !

Mrs Ripperton se détourna pour cacher une grimace – elle se maudissait d'avoir employé le mot « mère » ! Puis elle reprit du même ton enjoué :

— Heureusement que votre minet était dans le bureau de votre père. Il les aurait croqués en un clin d'œil.

Sophie eut un petit sourire intérieur en se rappelant Pumpkin, le gros chat tigré qui avait un beau jour élu domicile dans leur jardin à Islington. Elle l'avait caché dans la cabane et lui avait fabriqué un lit douillet derrière la vieille tondeuse rouillée. Dans son esprit, personne n'avait remarqué sa discrète présence – elle avait un chat secret. Jusqu'au jour où en lui apportant à manger elle avait trouvé deux soucoupes, une de lait, l'autre avec quelques morceaux de jambon. Elle avait su tout de suite que c'était son père. Sa mère ne mettait jamais les pieds dans l'abri de jardin. Ce chat, c'était un dur à cuire qui avait déjà derrière lui plusieurs de ses neuf vies, comme le prouvait le bout de sa queue tranché par le sabot de la carne du chiffonnier. Il ne se faisait d'ailleurs pas beaucoup d'illusions sur les êtres humains, préférant à leur compagnie sa vie d'ermite dans la cabane, où il dégustait des souris et d'amères musaraignes, quand il ne les déposait pas devant la porte de la cuisine, ce qui horripilait sa mère. Pour Sophie, Pumpkin était son seul ami. Il lui permettait de l'attraper et de le porter et de le déguiser avec des habits de bébé et des bonnets. Elle songea qu'il devait être mort à présent ; elle espérait qu'il avait eu une fin paisible dans un potager quelque part.

Pumpkin en avait finalement eu assez de la maison de Percy Street et il avait déménagé à la cloche de bois. Sophie l'avait cherché partout, lui gardant des restes de ses repas, les disposant dans le jardin à des endroits stratégiques avec des soucoupes débordantes de lait. En vain. Elle avait pleuré au début, avant que sa mère n'y mette un terme. Son père voulait adopter un chaton. Elle l'avait entendu en parler à sa mère, mais celle-ci avait répliqué que s'il faisait entrer une autre bestiole chez elle, elle la noierait. C'était facile pour lui. Ce n'était pas lui qui s'en occupait. Le ton avait monté. Son père avait déclaré qu'elle ne s'était jamais occupée de personne et que le chat tigré s'était débrouillé tout seul. Après quoi, ils ne s'étaient plus adressé la parole pendant des jours. Son père avait emmené Sophie au cinéma et ils avaient mangé des glaces à l'entracte.

Sophie soupira et papillonna des paupières, le regard perdu au loin, de nouveau en proie au souvenir. Elle le sentait contre elle, sa peau sombre pressée contre la sienne. Ses seins étaient douloureux. La bande large serrée autour de la poitrine n'empêchait pas les montées de lait. *Pardon. Je te supplie de me pardonner. Pardonne-moi.* Elle ferma les yeux et respira l'air pur de la montagne, l'odeur fraîche des pins et des eaux turbulentes des torrents.

La voix de son père sembla flotter autour d'elle.

— Bonjour, ma chérie. Comment va ma beauté aujourd'hui ?

Sophie fit un petit signe de tête et essaya de sourire. Il se pencha pour déposer un baiser sur sa tête. Mrs Ripperton se leva.

— Asseyez-vous, George, dit-elle. Je vais demander à Salil de m'apporter un autre siège et de se dépêcher avec le déjeuner.

Sophie se redressa et replia les jambes sous la couverture. Mrs Ripperton traversa le gazon en direction de la maison en appelant Salil. Sophie avait été frappée d'étonnement de la trouver là en arrivant. Même son père avait eu l'air surpris de voir qu'elle était restée à les attendre sans y avoir été invitée. Mais elle était tellement solide, tellement stable, comme si elle avait su depuis le départ ce qui se passait. En la voyant, Sophie s'était effondrée. Elles s'étaient jetées dans les bras l'une de l'autre. Les jours suivants, elle lui avait peu à peu tout raconté. Sophie avait eu l'impression d'être soulagée d'un grand poids.

Sophie regarda son père. Cette dernière année, il avait incroyablement vieilli. Ses tempes grisonnaient, son front était barré de rides profondes, ses joues étaient plus rouges. Sa moustache, en revanche, lui plaisait beaucoup. Elle lui donnait l'air distingué, un peu l'allure d'une star de Hollywood. Un Clark Gable blond. Quand il était venu la chercher à Cuttack, elle avait eu la bizarre sensation de voir un autre père, lui qui n'avait jamais changé depuis son enfance. Elle le dévisagea de nouveau, et un sourire lui vint naturellement à la bouche. Le Dr Schofield lui rendit son sourire et lui prit la main pour embrasser ses doigts avant de se renverser sur son siège.

— Une sacrée vue, qu'est-ce que tu en dis ?

— Très belle.

— Dans un jardin comme celui-ci, je te parie que je pourrais faire pousser une forêt de haricots à rames.

Salil s'avança vers eux sur le gazon avec un plateau et un immense sourire.

— *Peg*[1], sahib ? proposa-t-il en posant un verre sur la table à côté du Dr Schofield.

— *Chota*[2] *peg*, répondit ce dernier en indiquant avec ses doigts qu'il en voulait peu.

Salil secoua la tête.

— Memsahib dire *burra peg*.

Il lui servit une bonne rasade de whisky, remit la bouteille sur le plateau et posa un verre de citronnade à côté de Sophie.

— Pressé juste pour vous, miss Sophie.

— Merci, dit celle-ci.

Son père porta son verre sous la valve du siphon pour ajouter un jet d'eau de Seltz, puis but un peu de son whisky. En contemplant la vue splendide, il marmonna comme s'il se parlait à lui-même :

— J'ai reçu des nouvelles de ta mère, ce matin.

Sophie s'adossa au fauteuil et se tourna vers la vallée et les montagnes. Elle n'avait aucune intention de demander si sa mère s'était enquise de ce qu'elle devenait. Elle ne l'avait jamais fait. Le Dr Schofield prit une autre gorgée. Il semblait curieusement détendu.

— Elle a enfin accepté de m'accorder le divorce.

Il sortit la lettre de sa poche.

— Tu veux la lire ?

— Non, fit Sophie.

À la vue de l'enveloppe dans sa main, elle songea à sa propre lettre. Son message n'arriverait jamais à destination, pas avec le chaos qui régnait en Inde. Tant de morts, tant de personnes disparues. Nul n'accorderait la moindre

1. En hindi, *peg* désigne un verre d'alcool dilué dans de l'eau.
2. *Chota* signifie « petit » tandis que *burra* veut dire « grand ».

attention à un malheureux bout de papier, une page déchirée dans un vieux livre, une mince feuille sur laquelle elle avait griffonné à la hâte, désespérément. Les journaux avaient publié des photos des destructions à Amritsar, des cadavres gisant dans les rues, des charognes gonflées et raides, noires de mouches. Mais elle ne les avait pas vues, n'ayant pas lu un seul journal ni écouté la radio depuis des mois. Quelle chance une missive avait-elle d'atteindre son destinataire au regard de pareille désolation ? Elle n'aurait jamais dû l'écrire. Si jamais son message tombait entre de mauvaises mains, la mission pourrait avoir des ennuis. À quoi avait-elle pensé ? Sophie savait pour l'avoir vécu ce que c'était que d'être abandonné par sa mère, même si, pour reprendre les mots de son père lorsqu'il lui avait annoncé son départ précipité, c'était ce qu'il y avait de mieux pour elle. Elle ne pouvait pas faire ça à son enfant. Elle ne *devait* pas lui faire ça. Il ne fallait pas qu'il sache qu'il avait eu une autre mère qui l'avait donné comme un cadeau dont on ne veut pas. Puisse-t-il trouver la paix dans ce monde, et l'amour chez la femme qui viendrait prendre la place de Sophie.

Tout retour en arrière était désormais impossible. Elle avait renoncé à son enfant, elle devait l'accepter et se dire qu'il serait choyé par une autre. Par d'autres. Une famille tendre. Un bébé aussi magnifique, une merveille, un petit garçon parfait, à la peau dorée et aux cheveux de jais, si beau. Il ferait toujours partie d'elle, au même titre que Jag, son premier amour. Tout le monde avait un premier amour, d'après Fiona, et le premier était toujours le plus précieux. Et, à cause de l'enfant, le premier amour de Sophie l'était encore plus. Elle devait apprendre à l'enfermer dans l'écrin de son cœur, comme toutes les femmes.

Sans quitter des yeux les montagnes, Sophie tendit la main vers Fiona, revenue s'asseoir à côté d'elle. Celle-ci la prit dans la sienne et serra fort. Sophie sentit les larmes lui monter aux yeux, rouler sur ses joues, les mots de la lettre lui revenant soudain à l'esprit, son chagrin reprenant le dessus alors qu'elle se remémorait ce qu'elle avait écrit, la dernière ligne gravée au fer rouge dans sa chair.

Nous avons un fils. Trouve-le.

1958

Nouvel an, Delhi

36

Il s'échappait des fenêtres ouvertes du club-house des nuages de fumée de cigare qui montaient dans l'air nocturne frisquet, épaisses volutes tourbillonnant au rythme allègre de *String of Pearls* de Glenn Miller. Ils se rapprochaient de minuit en dansant, coiffés de chapeaux en papier, sur un sol jonché de guirlandes colorées, avec, sur les tables, des verres à moitié pleins, où nageait parfois un vieux mégot. Une ronde de serviteurs s'affairait, épongeant un peu de liquide renversé, se dépêchant de débarrasser les verres vides sur de grands plateaux, remplaçant des cendriers pleins.

Tessa surgit auprès de Sophie, légèrement éméchée après quelques cocktails. En jouant avec sa paille, elle lança :

— On dirait qu'il y a de l'eau dans le gaz.

Elle indiqua les Hinchbrook d'un signe de tête. Tony avait le visage empourpré. Melanie cachait mal son irritation derrière un sourire crispé. Elle fit signe à quelqu'un dans la foule et s'éloigna de son mari. Tony Hinchbrook vida son verre d'un trait et partit dans la direction opposée en bousculant un serviteur qui fit tomber son plateau.

— Qu'est-ce que vous en pensez ? La nuit s'annonce palpitante. Où est votre homme ?

— Dans la salle de billard, répondit Sophie. Ils ont augmenté la mise maximum à cinquante guinées. J'espère qu'il ne va pas perdre sa chemise et terminer la soirée d'une humeur de chien.

— Allons, allons, dit Tessa en faisant la moue et en prenant Sophie par le bras. Voyons si nous pouvons trouver quelqu'un à embêter, qu'en pensez-vous ? Je me sens d'humeur taquine. C'est ce que j'aime au Nouvel An. Demain, on tourne tous une page, non ? Mais ce soir, ajouta-t-elle en tirant Sophie par le bras, ce soir, on s'amuse !

Elles se dirigèrent vers la salle de billard. Tessa jouait coquettement avec son collier en lançant à droite et à gauche des œillades et des petits sourires charmeurs. Une subite clameur retentit derrière la cloison : quelqu'un venait de réussir un beau coup. L'instant d'après, Lucien surgit en compagnie de l'Américain, Gresham. Ils étaient si absorbés par leur conversation que Lucien mit un moment à remarquer la présence de Tessa et de Sophie.

— Tiens, tiens. Que vois-je ? fit-il en toisant cette dernière. Attention, Gresham. Ma femme nous espionne.

— Nous nous demandions où étaient passés tous les hommes intéressants, déclara Tessa en prenant l'Américain par le coude. Vous voulez danser ?

— Absolument, opina Gresham en la menant vers la piste.

— On y va ? dit Sophie en tendant la main à Lucien.

Il regarda la main de son épouse et but une gorgée.

— Je n'ai pas terminé ma partie, répondit-il avant de pivoter sur ses talons et de disparaître dans la salle.

La nuit commençait à s'éclaircir. Les premières lueurs de l'aube frôlaient les toits glacés capitonnés de brume. Veneet, debout devant le brasero, soulevait les pans de sa tunique pour se réchauffer le dos.

— Pourquoi tu fais cette tête ?

Depuis le début de la garde, il avait à peine pu tirer trois mots du nouveau, qui n'avait même pas daigné boire à la flasque qu'il avait apportée pour fêter le passage à la nouvelle année. À minuit, ils étaient sortis regarder les feux d'artifice qui sillonnaient au loin le ciel nocturne de leurs jets de lumière. C'est alors qu'il avait sorti la flasque de sa poche et l'avait proposée à Jagaan, lequel avait refusé en le fixant d'un air désapprobateur.

« Comme tu veux », avait dit Veneet en mettant le goulot à sa bouche et en renversant la tête en arrière.

Il s'écroula sur la chaise, posa ses pieds sur la table et lâcha un rot.

Jagaan l'ignora. Il se tourna vers la fenêtre. Elle était rentrée seule il y avait des heures de cela. Ramenée par la voiture du numéro 7. La dame du 7 était rentrée chez elle pendant que son mari raccompagnait Sophie à sa porte et attendait qu'elle soit bien rentrée pour rejoindre sa femme. La lumière avait brillé quelques instants dans sa chambre, puis la maison avait sombré dans les ténèbres. Son mari n'était pas encore rentré, alors que le jour n'allait pas tarder à se lever.

Jagaan avait fait deux rondes au cours de la dernière heure, alors que Veneet, les pieds sur la table, refusait de bouger. Puis il en avait effectué une troisième, et c'est lors de cette patrouille qu'il avait cru déceler un mouvement curieux. Son ouïe l'avait averti aussi. Tous les sens en alerte, il avait avancé à pas de loup, braquant sa lampe dans les jardins entre les maisons. Un chat avait jailli des buissons du numéro 3, les yeux luisant comme des phares dans le faisceau de sa lampe. Il avait traversé l'allée ventre à terre et s'était glissé sous le portail du numéro 8.

Ce soir-là, Jagaan se sentait spécialement troublé. Jamais de toute sa vie il n'avait laissé la peur le paralyser. Il s'en voulait de se montrer aussi craintif. Il devait se manifester à elle. Comme ça, il en aurait le cœur net. Dès que leurs regards se croiseraient, il saurait si elle l'aimait toujours. Entre eux il ne pourrait jamais y avoir de secrets. Il n'y en avait pas eu hier, il n'y en aurait pas demain. Rien de plus facile que de se poster sur son chemin. Il n'avait qu'à sortir du corps de garde et ouvrir le portail devant sa voiture, ou passer devant chez elle au moment où elle sortait ; ou, et combien de fois il avait imaginé la scène, il pouvait monter les marches de son perron, tout comme il l'avait fait deux mois plus tôt à Ooty, s'attendant à trouver le Dr Schofield. C'était là qu'il avait appris qu'elle était de retour en Inde, là que son monde avait basculé.

Si seulement il avait les moyens de sonder le cœur de Sophie, mais il était décontenancé à la vue de son air malheureux. Il n'était pas sûr de son fait. Ce ne pouvait pas être l'existence qu'elle avait souhaitée, celle qu'elle menait aujourd'hui. Ils en avaient souvent parlé quand ils étaient jeunes. Un avenir rempli de rires et d'enfants. Quels qu'aient été ses propres épreuves, ses doutes et ses remords, il n'avait pas pris la mesure du prix payé par Sophie avant de poser les yeux sur elle. Elle était perdue. Il le voyait aussi clairement que la nuit succède au jour. Et sa tristesse lui paraissait insupportable. Il s'était tenu à l'écart, témoin muet de sa souffrance, sachant toutefois une chose avec certitude : elle avait besoin de son fils. Lui seul pouvait la guérir de son chagrin. Il lui apporterait le bonheur, il comblerait tous ses manques. Il devait sortir de l'ombre, mais à cette seule idée il était transi d'angoisse. S'il se trompait ? Mettons qu'elle refuse de le regarder dans les yeux, ou qu'elle prétende ne pas le connaître ? Et lui, il lui faudrait encaisser, dût-il en mourir.

Jagaan se leva. Il allait refaire encore une ronde, pour être sûr.

— Je ressors, dit-il.

— Tu es trop bête.

Veneet se cala confortablement sur sa chaise, s'enveloppa les épaules d'une couverture et lui lança :

— Je vais piquer un petit somme. Te donne pas la peine de me réveiller.

Jagaan posa sa tasse, enroula son écharpe autour de son cou et sortit. Il n'avait pas fait cinq pas que la voiture du numéro 4 se présenta. Le chauffeur bâillait. Le mari dormait à moitié sur la banquette arrière. Le véhicule se figea devant la maison de Sophie. Le chauffeur se dépêcha d'ouvrir la portière au mari, qui descendit de voiture en le repoussant brutalement alors qu'il voulait l'aider. Titubant sur ses jambes, le mari suivit des yeux la voiture qui s'engagea dans l'allée sur le côté de la maison. Le bruit du moteur cessa en même temps que s'éteignit la lumière des phares. Lucien fouilla maladroitement dans sa poche, en délogea une cigarette qu'il piqua entre ses lèvres. La flamme de son briquet vacilla au creux de ses paumes.

Il est soûl, pensa Jagaan avec dégoût. Si soûl qu'il tient à peine debout. Lucien tenta quelques pas chancelants puis se retint à la barrière. Il lâcha sa cigarette. Tout en continuant à pencher dangereusement d'un côté et de l'autre, il se courba pour la ramasser.

Jagaan exhala un soupir rageur, remit sa lampe-torche à sa ceinture et traversa la rue en direction de l'ivrogne. Il ferait mieux de le secourir avant qu'il ne s'ouvre le crâne en roulant dans le caniveau. Peut-être lui flanquerait-il une raclée pendant qu'il y était, un bon coup de poing, de quoi lui faire un œil au beurre noir et lui mettre le nez en sang. Ensuite il le déposerait sur son perron. Ni vu ni connu. Veneet ronflait dans le corps de garde, l'enclave était déserte. Il en profiterait pour infliger un bref mais cinglant châtiment à cet homme qui ne la méritait pas, à cet homme qui lui avait volé sa bien-aimée. Il faisait encore sombre à cette heure crépusculaire entre la nuit et le jour. C'était là une occasion à ne pas manquer. Il se dirigea vers l'ivrogne en songeant au plaisir qu'il aurait à écraser son poing sur cette bouche immonde pour le punir, le punir d'avoir trop souvent crié contre elle !

Soudain, un bruit s'éleva dans le dos de Jagaan, qui s'arrêta dans son élan pour en chercher l'origine. Sous les buissons, quelque chose bougea, il se produisit une sorte d'éclair lumineux. S'ensuivit un grognement rauque et puissant d'animal. Jagaan tira sa matraque de sa ceinture. Scrutant l'obscurité, il s'avançait prudemment quand se matérialisa à quelques pas de lui un vieil homme débraillé, cheveux blancs, visage écarlate et suant déformé par un rictus, bouche fumante, la chemise de smoking déboutonnée jusqu'à la taille. Jagaan le vit lever un pistolet et l'entendit crier…

— *Grainger !*

Jagaan regarda tour à tour le vieux et le mari, et il fonça.

Dans le brouillard épais de l'aube, un unique coup de feu fit vibrer l'air d'un bout à l'autre de l'enclave. Les oiseaux jaillirent des arbres en criant. Une odeur âcre satura la froide humidité de l'atmosphère.

Jagaan heurta Lucien de plein fouet avec la force d'un camion. Lucien trébucha en arrière, ses mains se tendant instinctivement comme pour empêcher l'autre de tomber. Horrifié, il contempla la bouche grande ouverte à la recherche d'air, les yeux agrandis par la surprise.

Jagaan empoigna Lucien par le revers de son smoking et l'entraîna sur quelques mètres.

— S'il vous plaît...

Jagaan essayait de parler, sa main droite arracha non sans mal sa poche de poitrine, ses doigts se maculant rapidement de rouge tandis qu'une pivoine de sang grandissait sur sa tunique.

— Donnez-lui ça...

Il tendit à Lucien une pochette de soie bleue. Il hoquetait dans un gargouillis de sang et de salive.

— Dites-lui...

Il posa sa main et la pochette contre la poitrine de Lucien. Tout en prenant la pochette, Lucien tenta de le redresser, mais l'homme était trop lourd.

— À qui ? fit Lucien, pris soudain d'une violente envie de vomir. À qui dois-je le dire ?

Jagaan ferma les yeux et murmura son nom.

— Sophie.

Il paraît qu'à l'instant de la mort toute votre vie défile devant vos yeux. On revit sa naissance, on revoit les visages de tous ceux qu'on a connus et aimés. La puissance des océans et l'infini des étoiles. Le miracle de ses enfants et des enfants de ses enfants. On revit tous les moments qui ont compté, chaque pièce trouvant sa place dans la mosaïque de son existence jusqu'à l'illumination finale, l'ultime étape, la fin des temps. Il paraît que c'est ce qui se passe quand on meurt, mais c'est faux. Jagaan Ramakrishnan ne sentit strictement rien en s'écroulant sur le sol.

37

Sophie se réveilla en sursaut. Un bruit l'avait alertée. Un choc violent l'avait tirée du sommeil en dépit des deux somnifères. Un craquement, comme si la terre venait de s'ouvrir en deux. Elle tâta le lit à côté d'elle. Vide et froid. Le réveil sur la table de chevet indiquait cinq heures. Elle se leva d'un bond et se drapa tout aussi vite dans sa robe de chambre, enfilant en même temps ses pantoufles de satin avant d'allumer l'électricité et de descendre. Le personnel était déjà debout.

— Qu'est-ce qui se passe ? demanda-t-elle, la tête lourde. John ?

Dilip courut devant elle, pieds nus. Il ouvrit la porte et sortit à toutes jambes, Sophie sur ses talons. John traversait déjà la pelouse, ses maigres jambes nues luisant dans le demi-jour.

— Qu'est-ce qui s'est passé ?

Sophie serra sa ceinture en dévalant l'escalier du perron et courut vers l'attroupement au milieu de la rue. Les portes des maisons voisines s'ouvraient les unes après les autres. Les gens surgissaient en vêtements de nuit. Les lampes brillaient dans la brume qui s'ouvrit devant elle pour révéler d'abord Tony Hinchbrook assis par terre, sa chemise sale et ouverte jusqu'au nombril, qui pleurait et sanglotait, la tête dans les mains. Des domestiques de l'enclave criaient et parlaient tous en même temps. Trois d'entre eux se tenaient accroupis autour du corps inerte d'un homme étendu sur la chaussée, un des vigiles. Un autre garde, courbé au-dessus d'eux, hurlait à tue-tête. Il avait un objet dans la main. Un pistolet ? Et puis il y avait Lucien. Assis lui aussi par terre, adossé à la barrière, la chemise imbibée de sang. À côté de lui se trouvait une flaque de vomi. Sophie se précipita et s'écorcha les genoux en se laissant tomber devant lui.

— Lucien ? dit-elle en posant la main sur son visage. Il faut appeler une ambulance !

— Je vais aller chercher du brandy, annonça Dilip, le teint gris comme la cendre.

— Non ! Pas du brandy. De l'eau ! Et des couvertures. Lucien ?

Elle déchira sa chemise.

— Lucien ! Où es-tu blessé ?

Une moue méprisante déforma les traits de ce dernier.

— Bonté divine ! hurla-t-elle en se retournant à moitié. Dites-leur de faire vite ! Lucien ?

Elle enleva sa robe de chambre, indifférente au froid, et en enveloppa le buste de son mari.

— Mon chéri ? Tu vas bien ?

Cette fois, il lui sourit. D'un index tremblant, il lui fit signe de s'approcher. Elle se pencha en l'enlaçant des deux bras.

— Lucien, mon chéri. Que s'est-il passé ?

Il l'attira vers lui et chuchota à son oreille :

— Espèce de pute.

Assise tout au bord du canapé, ses bras autour d'elle, Sophie se balançait désespérément en fixant le mur d'un regard vide. Il criait. Il tempêtait. Elle l'entendait crier, elle le voyait du coin de l'œil tourner comme un ours en cage. Il lança la bouteille de whisky, qui explosa dans la cheminée avec un bruit sec, répandant des éclats de verre dans tous les coins. Il se rua vers elle, se planta devant elle, la dominant de toute sa hauteur. Alors, renversant la table d'un coup de pied, il cracha son venin :

— Nie-le ! Vas-y ! Ose donc le nier ! Avec un sale bouffeur de curry !

Il rit, un son brutal, aigu, terrifiant alors qu'il émettait en même temps des borborygmes répugnants.

— Il me l'a flanqué sous le nez en me disant « Donnez-lui ça », « Dites-lui ».

Il lança une chaise contre le mur.

— Espèce de sale pute ! Sous mon nez ! Je vais le lui dire, ah ça, oui ! Je vais le lui donner, compte sur moi !

Le cœur de Sophie se pétrifia.

Je ne l'ai même pas vu. Ils l'ont emmené avant que je puisse le voir. Je ne savais pas que tu étais là.

Elle resserra l'étreinte de ses bras autour d'elle.

Oh, mon Dieu, je ne savais pas que tu étais là ! Depuis combien de temps m'observais-tu ? Pourquoi ne m'avoir rien dit ? Que pensais-tu que j'aurais fait ? Tu crois que je ne t'aurais pas pris la main, que je ne me serais pas enfuie avec toi à l'autre bout de la terre ?

Elle pressa ses deux mains sur son cœur tandis qu'une douleur intense la traversait. Le papier chiffonné, déchiré, ensanglanté, formait une boule au creux de sa paume. Lucien arrachait les tableaux des murs, les lampes de leurs prises électriques, des morceaux de plâtre tombaient en pluie par terre. Il hurlait, insultait le personnel. Il boxa l'air pour les chasser. Sophie entendit un raclement. Lucien tirait le lourd secrétaire en noyer devant la porte. John se précipita hors du salon en appelant à l'aide. Dilip tambourina contre la porte en le suppliant de se calmer.

Oh, mon amour ! Ils t'ont emmené avant que je puisse te voir. Où t'ont-ils couché ? Il faut que je te voie. Il faut que je voie ton corps dans la mort ou je ne croirai jamais que tu puisses ne plus être de ce monde. Tu n'as pas pu mourir. Tu ne m'aurais pas abandonnée.

Le coup fut si violent qu'elle bascula sur le côté. En heurtant la table renversée, sa tête fit un bruit mat, rebondit sur le bois et frappa le marbre du sol. Dans sa bouche, soudain, un goût de sang. Elle vit le bord extérieur de la chaussure de Lucien se rapprocher, se coller à sa joue. Elle ne sentait rien, rien qu'un vague engourdissement de tout le corps, son corps froid, son corps mort, aussi mort que celui de l'homme en uniforme qui avait été transporté loin d'elle, chargé dans une voiture… Elle vit le plafonnier au-dessus de la tête de Lucien.

Je ne savais pas que c'était toi. Je ne savais pas que c'était toi.

Un cri monta de ses entrailles ; une plainte à ébranler les murs jaillit de sa bouche en même temps qu'un flot de sang, et c'est alors qu'elle se mit à hurler.

38

Baignée d'une douce lumière blanche, elle flottait tout là-haut sur un nuage, dérivant sans effort. Une chaleur merveilleuse l'enveloppait, et des voix résonnaient par intermittence autour d'elle. Était-ce cela, la mort ? se demanda Sophie avec la sensation d'être aussi fluide qu'une eau printanière. Elle était étendue dans un pré fleuri, au sommet des montagnes, couchée au milieu d'un banc de sable doré, entourée de vaguelettes mousseuses.

— Sophie ? Vous m'entendez ?

Une voix de femme, vaguement familière. Pourquoi ne la laissait-on pas tranquille ? Elle avait envie d'être seule et de s'en aller dans la paix de cette chaude lumière.

— Oh, ma pauvre chérie ! Pauvre, pauvre chérie.

Elle ne pouvait pas bouger. Son corps était hors de sa sphère. Il ne lui appartenait plus. Une main toucha la sienne. Elle essaya d'ouvrir la bouche, mais ses lèvres étaient collées et sèches.

— Tenez…

Quelque chose de mouillé se posa sur ses lèvres, sur sa langue.

— Juste un petit peu.

Un filet d'eau lui coula dans la bouche et sur le menton, qu'une main épongea.

— Là, là…

Elle voulut battre des cils, mais ils étaient si lourds qu'elle ne parvenait pas à les soulever. Le reste de son corps était comme ouaté dans un duvet molletonné soyeux, la douleur pas plus perceptible qu'une caresse sur sa peau tandis qu'elle était parcourue de minuscules frissons. Une autre voix. Une forme humaine s'approchant tout près. Une silhouette blanche. Une main douce sur son visage.

— Je vais chercher le médecin.

— Oui, dit la voix de femme. Vite.

Sophie eut la sensation qu'elle cillait plus vigoureusement des paupières.

— Pauvre, pauvre chérie, répéta celle qui se tenait penchée sur elle. Il mériterait d'être jeté en prison pour ce qu'il vous a fait. Et cette traînée de Mrs Hinchbrook qui, elle, joue les saintes-nitouches. Oh, ma pauvre petite chérie ! Dans quel état il vous a…

La femme laissa sa phrase en suspens et pleura un peu, puis elle posa de nouveau sa main sur celle de Sophie.

— Ne vous inquiétez pas. On va vous soigner, vous allez voir.

— Mrs Appleton ? dit soudain une voix d'homme. Vous voulez bien attendre quelques minutes dans le couloir ?

— Oui, bien sûr, bien sûr.

Sophie sentit qu'on lui soulevait une paupière. Une lumière crue l'éblouit. Elle eut un petit mouvement de recul et émit un marmonnement.

— Sophie ? Vous pouvez ouvrir les yeux pour moi ? Sophie ?

Elle voulut obéir, mais c'était trop dur. Elle était fatiguée, tellement fatiguée.

— Juste un peu. Allez, un petit effort.

Un bruit de manivelle accompagna une sensation d'élévation.

— Sophie ? Voilà, c'est bien, ouvrez vos yeux maintenant.

Une silhouette floue s'imprima sur sa rétine. Puis un visage gentil au bord du sourire. Un stéthoscope autour du cou. Pas le visage de son père.

— Bravo, dit le médecin. C'est très bien. Maintenant, vous pouvez me regarder ?

Quelque chose passa devant son visage.

— Vous pouvez suivre mon doigt ?

Les yeux de Sophie bougèrent.

— Très bien. Excellent.

On lui souleva un bras, on lui écarta douloureusement les doigts.

— Pouvez-vous serrer ma main ? Aussi fort que possible. Allons. Plus fort.

Elle se sentit de nouveau partie. Elle était épuisée.

— Excellent. Bravo.

Les voix baissèrent progressivement. Elles se parlaient entre elles. Puis, soudain :

— Sophie ?

Une main sur son bras.

— Vous êtes à l'hôpital. Vous avez subi une intervention, mais tout va bien se passer. On vous garde quelque temps. D'accord ?

Elle entendit très, très loin un *hmm, hmm.*

— Reposez-vous maintenant. Sachez qu'il y aura quelqu'un près de vous jour et nuit.

N'ayant pas la force de remuer les lèvres, elle lui dit merci dans sa tête.

La femme était de retour auprès d'elle et lui reprenait la main. Sophie lâcha prise de nouveau. Elle se promenait dans le jardin aux lotus, bercée par le bruissement de l'eau qui s'écoulait de bassin en bassin, charmée par les orchidées cascadant des troncs des citronniers. *Comment tu m'as retrouvée ?* Jag lui souriait. *Tu savais que je te retrouverais.* C'était la nuit, l'air semblable à une caresse chaude contre sa peau. Les grenouilles coassaient, les insectes nocturnes craquetaient à la lueur pâle de la pleine lune. Sophie se détourna. Elle ne voulait pas lui parler. Elle était trop bouleversée. Il y avait si longtemps qu'elle l'attendait, assise seule dans l'alcôve du dernier pavillon. *Qu'est-ce qui t'a pris tout ce temps ? Où étais-tu ?* prononça-t-elle enfin en se tournant vers lui. Mais il avait disparu.

1948

Sur la route d'Amritsar

39

Jag était arrivé tôt au poste sanitaire. L'horizon rougeoyait autour de l'astre boursouflé qui émergeait en dardant ses premiers rayons en direction des lointains remparts. Il avait dormi d'un sommeil de plomb, anéanti par sa journée de travail, et s'était réveillé plein d'énergie, prêt à porter de l'eau et à transporter les malades comme il le faisait depuis trois semaines. Le Dr Schofield ne savait pas qui il était. Il ne l'avait jamais vu, alors que Jag l'avait aperçu de nombreuses fois, caché derrière des moucharabiehs dans les passages secrets oubliés d'un palais désormais bien loin. Le médecin l'appréciait, en tout cas. Il lui donnait des biscuits, l'encourageait à s'accorder des pauses et à boire de l'eau. Jag savait que tout allait s'arranger. Le père de la fille qu'il aimait lui avait été envoyé par les dieux, placé là au milieu de ce camp de réfugiés. Il était décidé à ne plus le quitter. Il le suivrait jusqu'à l'autre bout de la terre, sachant qu'il le mènerait forcément à elle.

À un puits voisin, Jag remplit les deux grands seaux métalliques et les accrocha à chaque extrémité d'une palanche bricolée à partir d'une barre d'essieu abandonnée. Hissant le fardeau sur ses épaules, il prit la direction du poste sanitaire, courbé sous le poids. En chemin, il croisa un autre bénévole comme lui retournant au puits avec une pile de seaux en équilibre sur la tête. Jag déposa les siens sous la tente, où tout semblait paisible. Les malades dormaient ou, s'ils avaient les yeux ouverts, attendaient en silence que la journée commence. Jag alla demander à une infirmière s'il pouvait prendre un biscuit et une tasse de thé. Elle lui sourit en indiquant la tente du mess, lui rappela de se dépêcher.

La lessive lui prit toute la matinée. Les draps et les bandages devaient bouillir. Debout devant la grande bassine pleine de linge posée sur un feu vif, il brassait et pétrissait le linge, une tâche éreintante. Il ruisselait de sueur quand on vint prendre sa relève. Il fila droit au mess et but d'une traite sept verres d'eau. Puis il eut tout juste le temps d'avaler un sandwich. Il y avait des malades à transporter, et on avait besoin de civières dehors. Jag fit ce qu'on lui demandait sans cesser de chercher du regard le médecin parmi les blouses blanches. Les heures passèrent, il commença à flancher.

— Tu as l'air d'avoir besoin d'une pause, lui dit à un moment donné un aide-soignant en lui tapant amicalement sur l'épaule. Pourquoi tu ne t'arrêtes pas un peu ?

Jag hocha distraitement la tête. Il avait mal partout. Alors que l'aide-soignant se détournait, il l'apostropha :

— Pardon, savez-vous où est le Dr Schofield ? Je ne l'ai pas vu aujourd'hui.

— Le Dr Schofield ? s'étonna l'aide-soignant. Pourquoi ?

— Pour rien, répondit Jag. Je n'ai pas eu le temps hier de le remercier pour sa gentillesse.

— Oh, ne t'inquiète pas pour ça, repartit l'aide-soignant avec un sourire. On est tous dans la même galère.

— Je veux juste lui dire merci.

— Hélas, c'est raté pour toi. Il est parti ce matin. Mais je suis sûr qu'il ne t'en voudra pas. Allez, va donc boire un *chai* et te détendre un peu.

Le sang de Jag ne fit qu'un tour.

— Où il est allé ?

— Je sais pas. Il est rentré en Angleterre, si ça se trouve.

— *En Angleterre !*

Les paroles de l'aide-soignant lui firent l'effet d'une bombe.

— Voyons, mon gars, reprit l'aide-soignant, décontenancé par la détresse évidente de Jag. Il ne faut pas te frapper comme ça.

— Mais ce n'est pas possible. C'est…

Jag n'arrivait plus à respirer normalement. Il finit par hoqueter :

— Il faut que je le retrouve.

— Mais enfin, dit l'aide-soignant en s'éclaircissant la voix et en regardant autour de lui. Hep ! Quelqu'un sait où est allé George Schofield ?

Une infirmière haussa les épaules et fit circuler la question dans la salle.

— Je suis pas sûre, répondit une de ses consœurs, peut-être dans un autre camp.

— Non, intervint une autre encore. D'après le Dr Pretti, il est parti pour le Sud.

— Où ça ?

— Je ne sais pas. Le Kerala, je crois.

— Non, pas le Kerala. Ma sœur vit là-bas, je m'en serais souvenue.

— Alors je ne suis sûre de rien:

— Il n'allait pas dans une station en montagne ?

— Il n'a pas parlé de l'Orissa ?

— Je ne me rappelle pas, rétorqua la première infirmière en se tournant de nouveau vers l'aide-soignant. Il faudra interroger le Dr Pretti.

— Elle est partie pour un poste à la frontière, l'informa une autre infirmière. Elle ne sera pas de retour avant des semaines.

— Merci, opina l'aide-soignant en se tournant vers Jag. Je regrette, c'est tout ce qu'on peut t'indiquer. Ils sont comme ça, les médecins. Ils viennent le temps de leur mission et puis ils s'en vont. Sois pas triste, mon gars. Il y en aura d'autres qui vont arriver qui seront tout aussi gentils.

Jag eut l'impression que le sol s'était ouvert sous ses pieds. C'était sans espoir. Autant chercher une aiguille dans une meule de foin de la taille de l'Himalaya. Le cœur lourd, il dirigea ses pas vers le petit carré de terre où son père était mort. Il se coucha, ferma les yeux et se couvrit le visage de ses mains. Il était vidé de ses forces.

Le Dr Schofield était parti. Il n'avait plus rien à quoi se raccrocher. Il devait quitter cet endroit sur-le-champ, ou bien il serait bientôt mort.

Jag s'accroupit en silence à côté de la hutte de son voisin. Navinder Singh se reposait auprès de sa femme endormie, leurs deux enfants pelotonnés contre elle. Jag déposa les quelques effets qui lui restaient : un ballot de biscuits, le sac de jute qui lui avait servi de toit, deux bols dont il n'aurait plus l'usage. Voyager léger, c'était la seule solution. Rien ne devait le ralentir.

Navinder Singh ouvrit les yeux. Il vit Jag, puis il se tourna vers les siens et seulement ensuite sortit en rampant de son abri.

— Qu'est-ce que tu fais ? demanda-t-il en jetant un coup d'œil aux objets entassés par Jag.

— Je pars. Je ne peux pas rester une minute de plus ici.

— Où vas-tu ?

— À Amritsar. Je vais retrouver la famille de ma mère.

— Tu ne peux pas aller à Amritsar. Les routes sont trop dangereuses.

— Je m'en fiche. C'est fini pour moi ici. Si je reste, je meurs.

Navinder le dévisagea d'un air songeur. Il s'assit sur ses talons.

— Tu as raison, il n'y a rien pour nous ici.

Et se tournant pour contempler les siens, il ajouta :

— Tu ne t'en iras pas seul. On vient avec toi.

— Non ! Je pars tout de suite. Tu as ta femme et tes enfants. Je n'ai personne.

— Nous n'avons personne non plus. Et je suis le seul sur lequel ils peuvent compter. On va voyager ensemble. Cela me rassurera de savoir qu'un autre homme marche à côté de moi, déterminé à se battre pour sauver sa famille. Car tu fais partie de la famille maintenant, Jagaan, dit-il en lui posant une main amicale sur le bras. Aide-moi à les sortir de cet enfer. Ils méritent mieux, et je ne sais pas comment m'y prendre.

Les sentinelles du corps de garde essayèrent de dissuader le petit groupe de réfugiés de quitter le camp. Elles leur conseillèrent la patience. Qu'ils retournent donc à leurs huttes et attendent d'être transférés.

— On a déjà attendu longtemps, dirent les gens. Et pour quel résultat ?

D'autres voix se joignirent à cet élan de protestation.

— On est ici depuis déjà six mois et vous nous dites d'être patients ?

— D'autres ont eu des papiers et ont été transférés parce qu'ils ont graissé la patte à des fonctionnaires !

— Oui ! Ils ont pris le jonc d'or de ma femme en nous promettant une maison et on ne les a jamais revus. Vous êtes tous des voleurs !

— Et ma femme à moi ? Vous croyez qu'elle va accoucher dans la poussière ?

— Laissez-nous passer ! Vous ne pouvez pas nous garder contre notre volonté !

Alors qu'ils se disputaient avec les soldats, d'autres réfugiés entraient à la file dans le camp, trop fatigués pour remarquer l'attroupement de protestataires, dont certains faisaient à contrecœur machine arrière et retournaient au camp tandis que d'autres franchissaient la porte.

Leurs quelques biens serrés dans deux balluchons, ils prirent la route, Jag portant les affaires, Navinder Singh et son épouse portant leurs enfants.

Tout au long de la Grand Trunk Road[1] entre les villes d'Amritsar et de Lahore, se croisaient deux interminables colonnes, l'une progressant vers l'Inde, l'autre vers le Pakis-

1. Route historique empruntée déjà dans l'Antiquité par Alexandre le Grand, puis par les Moghols.

tan. Chargés de maigres possessions, les réfugiés avançaient lentement, misérables et épuisés. Ils dormaient n'importe où, dans des écoles ou des maisons abandonnées, dans les champs, dans les rues. Certains venaient d'aussi loin que Multan et Montgomery. Les puits et les étangs étaient infestés par des carcasses de vaches. Partout, il y avait pénurie d'eau potable. Le peu disponible était vendu à prix d'or. Des femmes accouchaient dans les fossés ou à l'arrière des rares camionnettes bringuebalantes que l'on arrêtait le temps de faire naître l'enfant.

Certains convois étaient mieux organisés que d'autres, grâce à la présence d'anciens soldats de l'armée de l'Empire qui en assuraient la protection avec les moyens du bord. D'autres progressaient dans le plus grand désordre, laissant sans défense les femmes et les enfants, exposés aux massacres et aux rapts perpétrés par des bandes sauvages qui surgissaient des champs.

La marche forcée de la multitude sur les chemins de l'exode semblait sans fin. De temps en temps, une chèvre ou une vache s'égaraient d'une file à l'autre. Des réfugiés sortaient alors des rangs soit pour les récupérer soit pour les voler, ce qui donnait parfois lieu à des explosions sanglantes. Les troupes qui accompagnaient les caravanes étaient trop peu nombreuses pour faire respecter la loi.

Jag marchait d'un bon pas en se concentrant sur le sol devant lui. Il avait pris sur ses épaules le fils de Navinder Singh. Tenant par ses petits pieds l'enfant qui avait les bras passés autour de sa tête, Jag, l'estomac vide, rêvait de *chapatis*[1] bien chauds et de bols d'épais *dhal* jaune et brûlant. Navinder Singh tourna la tête vers lui et, comme s'il lisait dans ses pensées, lui dit :

— On va bientôt s'arrêter pour manger.

— Ça va, répondit Jag. Ne t'arrête pas pour moi.

— C'est pas pour toi ! Ma femme est épuisée. Regarde-la.

1. Pains indiens plats sans levain.

Jag se retourna à moitié. Mrs Singh se traînait, son bébé dans les bras, lové au creux d'une maigre épaule. Ses traits tirés et sa pâleur accusaient sa fatigue.

— Ce n'est pas si mal, remarqua Navinder. Pendant notre premier voyage, nous avons failli mourir de faim. Le bétail n'avait rien à brouter. Les vaches ne donnaient presque plus de lait. On avait essayé de les nourrir avec des feuilles, sauf que tout le monde avait eu la même idée et que les branches des arbres étaient nues. Les gens en étaient réduits à mâcher des morceaux d'écorce. Quand on a eu terminé toutes nos provisions, on a acheté ce qu'on a pu aux *jangli*[1] qui avaient parfois de la farine à vendre. Cinq roupies la livre. Cinq ! Et si quelqu'un avait besoin d'opium, il était mal parti. L'opium se négociait seulement contre son pesant d'or… Du côté pakistanais, les militaires de l'armée baloutche avaient donné l'ordre de refuser de nous vendre quoi que ce soit, même pas un grain de riz. Alors, ceux qui jugeaient bon de passer outre n'hésitaient pas à fixer les prix qu'ils voulaient. L'un d'eux s'est fait prendre à nous vendre de la farine.

Navinder se tut quelques instants, happé par le souvenir de la scène.

— Ils l'ont attaché à l'arrière d'un véhicule de l'armée et l'ont traîné par terre jusqu'à ce qu'il pousse son dernier soupir…

Il hocha tristement la tête avant d'ajouter :

— Ce qui me dépasse, c'est que le gouvernement savait que les gens étaient obligés de quitter leurs maisons, il savait qu'il y aurait des troubles, alors pourquoi ne rien avoir organisé pour faciliter les choses ? Il savait que les gens souffraient, et pourtant nous étions coincés là, sans personne pour venir à notre secours.

— Combien de temps crois-tu qu'il nous reste encore avant Amritsar ?

— Qu'est-ce que ça peut faire ? lui répondit Navinder

1. *Jangli* désigne un homme fruste, dépourvu de manières.

Singh avec un sourire. Nous nous en rapprochons à chaque pas. Bientôt nous verrons se dresser devant nous le Temple d'or. Je t'emmènerai au gurdwara[1]. Ils nous offriront un bon repas chaud et ensuite nous irons dans le saint des saints écouter chanter les textes sacrés.

— Tu connais déjà ?

— Non, mais dans tous les temples sikhs on psalmodie les Écritures saintes. C'est très beau. Et tout le monde reçoit à manger avant d'aller prier.

— Tout le monde ?

— Oui, tous, quelle que soit leur religion. Même s'ils ne veulent pas prier, ils peuvent entrer et manger.

— Même un musulman ?

— Oui, affirma Navinder Singh en le dévisageant d'un air grave. Même un musulman.

Le garçon pesait de plus en plus lourd sur les épaules de Jag. Le petit corps s'affaissait sur le haut de sa tête, apparemment trop fatigué pour continuer à se tenir droit.

— *Abba*, dit le garçon, je veux faire pipi.

Navinder s'arrêta, posa son chargement et soulagea Jag du poids de son fils. Jag ramassa les paquets et les balluchons et attendit pendant que l'enfant se soulageait. Navinder ébouriffa les cheveux de son fils.

— On va faire halte ici, déclara Navinder quand le petit eut remonté son pantalon.

Un autre groupe de réfugiés était déjà installé non loin. Les femmes distribuaient de maigres rations. L'une d'elles faisait la toilette d'un petit enfant avec l'équivalent d'un bol d'eau. L'endroit paraissait calme. Ils étaient tous trop épuisés pour chercher la bagarre. Navinder hissa son fils sur ses épaules.

— Viens, dit-il à sa femme. Nous allons nous joindre aux autres là-bas dans le champ. Nous avons assez marché pour aujourd'hui.

---

1. Lieu de culte des sikhs.

40

Jag n'avait encore jamais vu la ville. Au début, il crut à un mirage chatoyant à l'horizon. Ils avaient beau avancer, le mirage ne se rapprochait pas. Peu à peu, la route devint plus encombrée, de gens, de bêtes, et puis des stands firent leur apparition ; des tables avec des couvertures et des vêtements, des gobelets d'eau pure, de la nourriture qui étaient distribués. Et, enfin, ils entrèrent dans la ville. La famille se tenait serrée, Navinder en tête, Jag fermant la marche. Un petit nombre d'hommes équipés d'un brassard rouge circulaient dans la cohue en criant des instructions. Par ici pour la nourriture, par ici les repas chauds. Quelqu'un voudrait signaler une personne disparue ? Par ici pour les personnes disparues, s'il vous plaît. Par ici pour déposer le signalement d'une personne disparue. Quelqu'un est venu jusqu'ici pour retrouver de la famille ? Par ici pour les renseignements sur les familles, s'il vous plaît, par ici…

Jag hurla :

— Navinder ! Stop !

Il désigna de la main un volontaire qui était en train de s'éloigner.

— Navinder ! Il faut lui demander ! Il dit que c'est par là pour les renseignements sur les familles.

Navinder promena les yeux à la ronde, repéra l'homme au brassard rouge et en hochant la tête se lança à sa poursuite.

— Pardon ! s'écria-t-il. Attendez ! Excusez-moi !

Se frayant un chemin à coups de coude, il rattrapa le volontaire, lequel se retourna d'un air hagard.

— C'est par où pour retrouver sa famille ?

— Par là, indiqua l'homme en montrant du doigt un immeuble dont il manquait tout un pan de mur et qui était encerclé de centaines de gens.

Jag passa devant Navinder et s'enfonça dans la foule. Navinder fit de son mieux pour le suivre avec sa femme et les enfants.

Six heures d'attente avant de pouvoir parler à quelqu'un.

— Vous figurez sur nos listes ? demanda le préposé assis derrière la table que recouvraient des piles de papiers maintenues en place par de gros pavés brisés.

D'autres tables identiques s'alignaient devant l'immeuble en ruine. Chaque préposé faisait ce qu'il pouvait pour organiser le chaos.

— Je ne sais pas.

— Votre nom ?

— Ramakrishnan.

— D'où venez-vous ?

— D'un camp de la frontière.

— Vous vous êtes enregistré là-bas ?

— Non.

Jag ne jugeait pas nécessaire d'informer cet homme qu'il s'était en fait enregistré il y avait six mois de cela et que cela n'avait été qu'une perte de temps.

— Vous auriez dû vous enregistrer et attendre votre placement. Vous pouvez le faire maintenant, dit le préposé en lui présentant un formulaire à remplir.

— Excusez-moi, monsieur, mais je ne veux pas m'enregistrer. Je voudrais retrouver ma famille qui est ici. Elle m'attend. Si vous pouviez m'indiquer seulement où est Kim Street. S'il vous plaît, je n'ai besoin de rien d'autre.

L'homme le jaugea du regard. Ils avaient la consigne d'enregistrer tous ceux qui se présentaient avant de les envoyer au centre d'appel approprié à leur situation. En général, ces centres étaient des temples indiens ou sikhs, ou des camps de réfugiés. Ceux qui venaient déjà de ces camps réagissaient souvent mal. Ils voulaient tous être relogés, comme on le leur avait promis. C'était un casse-tête, ce flot d'humanité qui se déversait en ville sans qu'on ait de solution à leur proposer, surtout aux familles. Le préposé se gratta la tête. Si ce jeune homme disait qu'il avait des parents qui l'attendaient, le plus intelligent n'était-il pas de le faire sortir de la file d'attente et de l'envoyer ailleurs ?

— Vous êtes sûr que vous avez de la famille ici ?

— Oui.

— Pourtant, vous n'avez pas le physique d'un Pendjabi.

— Ma mère l'était, je vous assure.

— Quelle est cette rue déjà ?

— Kim Street.

— Quel quartier ?

— C'est quoi, un quartier ?

— Quelle partie de la ville ?

— Je ne sais pas.

L'homme éplucha sa paperasse et en sortit un plan.

— Kim Street, répéta-t-il. Elle est grande ou petite, cette rue ?

— Je ne sais pas.

Tout en suivant du doigt les entrelacs de rues, l'homme demanda à la cantonade :

— Quelqu'un sait où se trouve Kim Street ?

Personne n'eut l'air d'entendre. Jag, bouillant d'impatience, se retint d'arracher son plan au préposé.

— Kim Street ? cria soudain une voix un peu plus loin. C'est au-delà du chemin de fer, du côté de Gurdaspur.

— Tu sais comment y aller ?

Le propriétaire de la voix se leva : une tête surnageant sur la marée humaine.

— Il faut suivre le canal Bari Daab. Traverser la voie ferrée et continuer tout droit pendant un bon bout de temps, puis demander à quelqu'un. Tout le monde là-bas connaît Kim Street… la rue des commerces.

Le préposé remercia d'un petit signe de la main.

— Vous avez entendu ?

Comme Jag opinait, il ajouta :

— Continuez jusqu'au bout de cette rue et tournez à gauche, puis la première à droite et vous tomberez sur le canal. Vous voulez que je vous fasse un dessin ? Non, bon, d'accord, mais maintenant circulez ! À qui le tour ? cria-t-il en s'adressant à la foule compacte derrière Jag.

Navinder Singh fit mine de s'avancer mais fut bousculé par un autre homme qui prit la place de Jag. Ce dernier se retourna et tira son ami par la manche.

— C'est lui le suivant, déclara-t-il d'un ton ferme.

L'espace d'un instant, ils furent à deux doigts d'en venir aux mains. Le resquilleur se mit à crier et à gesticuler. Derrière, des gens s'interposèrent en l'accusant d'être passé devant tout le monde.

— Bonne chance, dit Navinder à Jag. J'espère que tu trouveras ta famille.

— Votre nom ? demanda le préposé.

— Navinder Singh.

— Vous avez des parents enregistrés ici ?

— Non.

— Non ? Dans ce cas, vous n'êtes pas au bon endroit.

— S'il vous plaît, implora Navinder.

Sa femme était à son côté avec le bébé dans les bras, le petit garçon debout auprès d'elle. Leurs maigres possessions tenaient dans un balluchon.

— Nous avons fait une longue route. Cela fait des mois que nous n'avons pas eu un toit sur nos têtes. Il faut que je trouve un logement. Le bébé est malade, il tousse.

— Vous n'êtes pas au bon endroit, répéta le préposé. Il faut vous enregistrer ailleurs. Le mieux, c'est de vous rendre à la gare de chemin de fer. Vous n'aurez qu'à vous joindre à un convoi en route pour un camp.

— Un convoi ? Mais on ne veut pas repartir ! On vient d'un camp, justement. On veut un logement !

— Vous vous êtes enregistrés au camp ?

— Oui ! Mais personne n'a rien fait pour nous.

— Si vous aviez eu un peu de patience, on vous aurait relogés.

— Mais on a eu beaucoup de patience ! On a attendu aussi longtemps qu'on a pu. S'il vous plaît ! Vous devez nous aider !

— Que voulez-vous que je fasse ? s'exclama l'homme en levant les bras au ciel. Vous voyez tous ces gens ? Ils veulent tous la même chose que vous. Vous me prenez pour un magicien ? Vous croyez que je peux sortir un logement de ma manche ?

Le préposé, exaspéré, secoua la tête. Ces réfugiés… Avec la meilleure volonté du monde, il n'aurait pas pu les loger, car il n'y avait plus rien de disponible, du moins dans cette partie de la ville. Bien sûr, il y avait encore des maisons, mais les privilégiés se les réservaient.

— Je ne peux rien faire, Navinder. Vous devez aller vous enregistrer ailleurs. Pourquoi vous n'emmenez pas votre famille dans un gurdwara ? Ils vous donneront à manger et à boire et vous permettront de vous reposer un peu, mais ensuite il faudra que vous alliez faire la queue à la gare, sinon vous n'obtiendrez jamais rien.

— Mais…

— C'est comme ça, décréta l'homme en pointant l'index vers la foule. Demandez à un volontaire avec un brassard rouge. Il vous dira où aller.

— On ne peut pas retourner dans un autre camp ! protesta Navinder en se courbant vers l'homme assis et en s'appuyant des deux mains à la table pour mieux approcher son visage du sien. On préfère mourir plutôt que de retourner dans un camp.

Le préposé se leva, les traits durcis par une sinistre détermination.

— Dans ce cas, c'est à vous de choisir, mon ami. Maintenant, si vous voulez bien m'excuser… Suivant, s'il vous plaît ? lança-t-il à la foule.

Navinder fut de nouveau bousculé. Deux hommes se glissèrent devant lui.

— Pardon, dit-il à sa femme.

Elle leva une main tendre pour caresser sa joue. Ils restèrent ainsi un moment, les yeux dans les yeux, vacillant dans la marée humaine qui les poussait de côté. Navinder posa sa paume sur la joue de sa femme, ses doigts conservant encore le souvenir de la chair pulpeuse là où il n'y avait plus que la peau sur les os. À quelques pas de là, Jag les observait. Obéissant à une subite impulsion, il joua des coudes jusqu'à eux. Sans un mot, il hissa le petit garçon sur ses épaules.

— Suis-moi ! cria-t-il à Navinder en fendant la foule. Nous avons fait tout ce chemin ensemble, je ne vais pas vous abandonner maintenant.

— Mais...

Jag continua à avancer, le garçon cramponné à sa tête.

Ils traversèrent rapidement la ville en évitant de regarder les charognes noires qui infestaient le canal. L'air était saturé d'odeurs pestilentielles, comme si on avait laissé des ordures pourrir à ciel ouvert pendant des années. Ils traversèrent la voie ferrée et poursuivirent à travers un labyrinthe de venelles et des nuées de mouches, ne s'arrêtant que pour demander leur chemin, parfois avec succès, parfois ne réussissant qu'à tourner en rond.

Le jour commença à tomber, puis le soleil s'enfonça sous l'horizon. Ils firent une nouvelle halte pour interroger une vieille qui fouillait un tas d'immondices.

— Kim Street ? Vous l'avez déjà passée.

Elle indiqua d'un geste la direction d'où ils venaient.

— Là, derrière l'immeuble bleu qui a perdu son toit.

Kim Street était une rue désolée. Boutiques brûlées, devantures condamnées. Quelques étals proposaient malgré tout des légumes avariés, des sacs poussiéreux de riz et de farine de pois chiche. Jag, ne voyant de numéro nulle part, finit par crier à la cantonade :

— Numéro 7, Kim Street ? Quelqu'un peut m'indiquer le numéro 7 ?

Il suivit la direction que plusieurs mains lui indiquaient. Une boutique à la façade hâtivement couverte de vieilles planches mal ajustées. L'enseigne était encore lisible. *Gupta chaussures & cuirs en tout genre*. Jag se baissa pour permettre au petit garçon de glisser de ses épaules, puis il essaya d'ouvrir la porte. Verrouillée et bâclée à l'intérieur.

— Les fenêtres sont ouvertes à l'étage, observa Navinder en faisant monter sa femme et ses enfants sur l'étroite bande de pavés disjoints qui longeait la courte rangée d'immeubles.

Jag tambourina sur le bois de la porte.

— Il y a quelqu'un ? appela-t-il. Numéro 7, Kim Street ! Ouvrez, s'il vous plaît.

Personne ne répondit. Il frappa plus fort, il cria plus fort, il donna de l'épaule contre la porte. Il entendit un bruit de chaîne à l'intérieur. Il courut au milieu de la rue et hurla :

— Numéro 7, Kim Street ! S'il vous plaît ! C'est moi ! Jagaan Ramakrishnan ! S'il vous plaît ! Mr Gupta ! C'est moi ! Le fils de la sœur de Mrs Gupta !

Un attroupement se forma. Le marchand de légumes s'avança en essuyant les mains sur sa tunique. Jag continuait à s'époumoner. Rien ne bougeait aux fenêtres. Le marchand de légumes campa son large gabarit devant Jag et lui empoigna le bras. Navinder Singh fit un pas en avant, prêt à défendre son ami.

— Qu'est-ce que c'est que tous ces cris ? demanda le marchand.

— Ma famille habite cette maison ! Je m'appelle Jagaan Ramakrishnan. Ma tante vit ici. La sœur de ma mère.

— Et où est ta mère ?

— Morte ! Mes deux parents sont morts !

Le marchand le toisa d'un air pensif. S'agissait-il vraiment du garçon dont Parvesh Gupta lui avait parlé ? Celui dont le nom était sur toutes les lèvres... À voir la touche de ce garçon, il était assurément venu de Delhi à pied !

À deux pas, Navinder fit signe à sa femme de rester derrière lui : il serra les poings, prêt à en découdre avec ce malabar.

— Attends ici, dit le marchand en s'avançant vers la porte et en frappant à son tour. Mrs Gupta ! C'est moi, Deepak ! Ouvrez !

Il recula au milieu de la chaussée et, les mains sur les hanches, la tête renversée en arrière, scruta une fenêtre de l'étage. Un visage de femme s'y encadra un instant. Le marchand lui fit de grands signes. Une minute plus tard, la porte s'entrouvrit, retenue par une grosse chaîne.

— Quelqu'un a répondu, dit le marchand à Jag. Attendez ici. Je vais leur parler. Quel nom déjà ?

— Jagaan Ramakrishnan. Et voici mon ami Navinder Singh, sa femme et ses enfants. Si je suis là, c'est grâce à eux.

— Ah, fit Deepak en tournant vers Navinder un regard méfiant. Attendez ici.

Le marchand se colla à la porte pour parler dans l'entrebâillement. De temps à autre, il regardait Jag et ses amis.

Le battant s'ouvrit sur une silhouette filiforme drapée dans un sari dont un pan lui voilait le visage. Deux autres femmes, manifestement plus jeunes, se tenaient en retrait dans l'ombre. La première se découvrit. Jag s'élança d'abord vers elle, puis, voyant l'expression de son regard, ralentit le pas. Elle paraissait avoir vu un fantôme. Jag la salua avec autant de respect que s'il se présentait devant le maharaja.

— Je m'appelle Jagaan Ramakrishnan. Je suis le fils d'Abheek Ramakrishnan. Ma mère s'appelait Naisha. Elle est morte en me donnant la vie.

— C'est lui ? interrogea Deepak.

— Oui, confirma Mrs Gupta.

Il avait suffi d'un regard. Il avait hérité la beauté de sa mère. Cette bouche, c'était celle de Naisha, sa sœur bien-aimée qui lui manquait tellement. Elle fit un pas vers lui.

— Je suis ta tante. Deepak, tu peux fermer ton stand et venir t'asseoir avec nous, afin que nous ayons un homme dans la maison.

— Où est mon oncle ? s'enquit Jag.

— Viens. Entrons. Tu dois être fatigué.

Comme Navinder demeurait en arrière, Mrs Gupta s'adressa à l'épouse de celui-ci :

— Viens. Entre avec ta famille. On cuira plus de pain.

La nuit tomba une heure plus tard. L'appartement au-dessus de l'atelier était réchauffé par les flammes jaunes d'une demi-douzaine de lampes à huile en terre cuite. Il y avait tout juste assez de lumière pour éclairer le repas roboratif autour duquel ils étaient réunis. Navinder, sa femme et ses enfants, Jag et sa tante, Deepak le marchand de légumes, et Geeta et Komal, les jeunes voisines dont les maris étaient portés disparus. Elles habitaient chez Mrs Gupta en attendant d'avoir des nouvelles. Les trois femmes se sentaient plus en sécurité sous le même toit. Jagaan tenta de se rappeler la dernière fois qu'il avait pris un repas familial. La pile de *chapatis* diminuait à vue d'œil tandis qu'ils déchiraient la chair moelleuse des pains pour ramasser des bouchées de curry aux légumes dans le plat commun, bouchées vite englouties par ces ventres affamés.

— Votre maison doit vous manquer, dit Mrs Gupta à Navinder.

— Oui. Mais je crois au karma. Nous étions prédestinés à partir. C'est notre destin. Nous allons rebâtir une nouvelle vie ici.

Le petit garçon, alors qu'il avait la bouche pleine de nourriture, s'endormait à moitié puis redressait la tête en ouvrant grands les yeux avant de les refermer, terrassé par le sommeil. Navinder le prit dans ses bras, et une des jeunes femmes le précéda dans la pièce voisine, où des nattes étaient étendues à même le plancher.

Quand Navinder revint, la conversation allait toujours bon

train. Son épouse décrivait de sa voix douce les conditions de vie au camp de réfugiés et les horreurs auxquelles ils avaient assisté sur la route pendant leur interminable voyage.

— Ils nous ont dit qu'on devait retourner dans un camp en espérant qu'on nous trouverait bientôt un logement. Mais le bébé…

Elle baissa les yeux sur l'enfant assoupi sur ses genoux. À chaque respiration, le tout-petit émettait un sifflement rauque.

— Ce n'est pas bon pour le bébé, conclut-elle.

Mrs Gupta se tourna vers Deepak, lequel cessa de mastiquer.

— Je sais ce que tu vas me demander, fit-il en posant le morceau de *chapati* qu'il avait entre les doigts.

— Et alors, pourquoi pas ? C'est ce que Taj Din aurait voulu.

Deepak regarda Navinder, son épouse et le bébé endormi.

— Et si quelqu'un n'était pas d'accord ?

— Tu veux parler de ta femme.

Ils se turent. Un silence s'installa, que Navinder finit toutefois par rompre :

— Les choses se sont très mal passées ici ?

— Très mal, opina Deepak. Tu peux constater de tes propres yeux dans quel état est notre belle ville. Les émeutes dans les rues. Des batailles sous nos fenêtres…

— Et c'est fini ?

— Oui, heureusement ! Au moins le pire est derrière nous, mais maintenant on doit accueillir un flot de réfugiés. On essaye de les aider, mais ils sont si nombreux, ils se comptent par milliers.

— On a vu, approuva Navinder.

— Ils voulaient mettre Amritsar de l'autre côté de la frontière, au Pakistan. On a eu de la chance de pouvoir rester chez nous. Mais on est désolés pour ceux qui ont dû quitter leur foyer de l'autre côté pour venir en Inde.

— On a été obligés de quitter le nôtre, dit Navinder. Ma femme pensait qu'un jour on pourrait rentrer chez nous.

Aujourd'hui elle a compris que ce ne serait jamais possible. Il nous faut nous fabriquer une nouvelle vie, nous ne sommes pas les seuls dans ce cas…

Il s'interrompit. Son épouse pleurait sans bruit en essayant de se cacher derrière un pan de son mince sari maculé de taches.

— Laisse-la pleurer, fit Mrs Gupta. On a vu nos voisins sangloter quand ils sont partis. Taj Din, le tailleur musulman, a fait le tour des familles hindoues en pleurant.

Elle se tourna de nouveau vers Deepak.

— Il était mon voisin, expliqua celui-ci. Il habitait au-dessus de chez nous. On entendait sa petite machine à coudre le jour comme la nuit. Il faisait des vêtements magnifiques. Ma femme possède les plus beaux *choli* et moi les plus belles chemises. C'était un type bien.

— Et qu'est-ce que Taj Din t'a dit ? insista Mrs Gupta.

— Il m'a donné son appartement. Il a dit qu'il l'avait béni pour qu'il soit épargné par la honte du sang versé et par la haine qui avait pris possession de notre ville et de sa population, déclara Deepak en fixant Mrs Gupta. Il a dit que nous devions nous rappeler d'aimer nos voisins comme notre propre famille.

Il se tourna vers Navinder d'un air penaud en poursuivant :

— Nous nous servons de son appartement. Ma femme affirme qu'on en a besoin, pour le jour où notre fils se mariera et ramènera son épouse à la maison.

— Ton fils a deux ans ! s'exclama Mrs Gupta. Et vous avez déjà plein de place.

— Bon, c'est entendu alors, acquiesça Deepak.

Après avoir bu une gorgée d'eau et s'être accordé quelques instants de réflexion, il ajouta à l'adresse de Navinder :

— Mais je te préviens, ma femme n'est pas agréable à avoir comme voisine. Elle ronfle comme un buffle.

Jag regardait par la fenêtre ouverte Deepak, Navinder et sa famille épuisée traverser la rue vers l'immeuble du marchand de légumes. Quelques minutes plus tôt, Jag et Navinder s'étaient embrassés comme des frères. Navinder avait les yeux cernés de rouge, et les mots étaient restés coincés dans sa gorge.

— Ta tante a versé pour toi une bassine d'eau en bas dans la cuisine à l'arrière de l'atelier.

Au son de la voix féminine, Jag se retourna pour voir Geeta, une des jeunes voisines, déposer des vêtements de coton propres et une serviette de bain.

— Merci.

Et, comme elle s'apprêtait à sortir, il l'interpella :

— Geeta ?

— Oui ?

— Depuis combien de temps ton mari a disparu ?

— Trois mois, répondit-elle, les yeux baissés. Il est sorti avec le mari de Komal. La belle-mère de Komal avait le choléra. Ils ont dit qu'ils allaient chercher un médecin, ou au moins rapporter des médicaments.

Jag se demanda si elle savait que son mari était mort. Tout comme d'ailleurs celui de Komal. Il se rappela les charognes flottant dans le canal, les cadavres le long de la voie ferrée. Parmi ces dépouilles noircies, y avait-il celles de leurs époux ? Que s'était-il passé ? Comment ce pays avait-il pu sombrer dans une horreur pareille ? Les choses avaient basculé du jour au lendemain. Un pays paisible et joyeux était devenu la proie du chaos et d'une violence sanguinaire. Geeta avait toujours le cou ployé.

— Ils ont sans doute été emportés par la foule, finit par dire Jag. J'espère qu'ils seront bientôt de retour sains et saufs.

— Merci, répliqua Geeta en redressant la tête et en le regardant dans les yeux. Komal et moi savons toutes les deux que nos maris sont partis, mais tant que nous les croyons encore en vie nous ne sommes pas obligées de vivre comme des ombres. Aucune femme n'a envie d'être une veuve. C'est notre plus terrible crainte.

Mrs Gupta se matérialisa sur le seuil.

— Jagaan, va te laver.

En ramassant la pile de linge de coton, elle ajouta :

— Prends ça et change-toi. Tu n'auras qu'à laisser tes vêtements sales. On va t'installer un lit dans cette pièce. Nous dormirons dans la chambre d'à côté.

— Merci, tante.

Jag trempa le linge dans la cuvette. Des gouttes d'eau tombèrent en pluie sur le sol tandis qu'il se passait le linge mouillé sur le corps. La lueur de la lampe à huile soulignait d'une douce lumière dorée le dessin de ses muscles et de son ossature. Sa peau portait ici et là des marques, certaines superficielles, comme sur ses bras, d'autres plus profondes, comme la longue entaille tordue qu'il s'était faite au tibia en sautant du train en marche. Une autre balafre rouge entamait la chair sous son omoplate droite, hors de sa vue. Il rinça le linge dans l'eau d'où s'élevait une fine vapeur et se frictionna de nouveau le visage et la nuque. Courbé en avant, il plongea la tête dans la cuvette et se massa le cuir chevelu. Ses cheveux ondulèrent dans l'eau. Ils avaient repoussé depuis qu'une infirmière les lui avait coupés au camp. Il se redressa en lançant la tête en arrière, et une gerbe d'eau alla gicler sur le mur derrière lui. Soudain, il aperçut un jeune homme inconnu qui le regardait. L'espace d'un instant, il ne s'était pas reconnu. Il y avait si longtemps qu'il n'avait vu son visage. Et le voilà qui s'imprimait sur le carreau fêlé de la petite fenêtre noircie. Il se pencha vers le reflet, levant le menton afin que la lampe éclaire l'os de la clavicule, la ligne lisse et arrondie d'une épaule. Il rinça de nouveau le linge et se le passa encore partout, désincrustant ses pores de la poussière du long voyage, toute cette crasse qui s'accumulait à présent au fond de la cuvette.

Sa tante l'attendait à l'étage. Son lit avait été préparé. Une natte et une couverture multicolore composée d'un assemblage de chutes de tissu. Des coussins, au nombre de trois, étaient mis à sa disposition. Un oreiller, voilà une des choses dont il avait pu très vite se passer. Un luxe superflu. En fait, il avait oublié ces accessoires de la vie quotidienne. Comme il avait oublié beaucoup de choses.

— J'espère que tu seras confortable.

— C'est un lit de roi, répondit Jag.

Mrs Gupta contempla ce jeune homme maigre dont les coudes pointaient sous le coton de la chemise de son mari. Elle n'était pas encore remise de son choc. Comment avait-il fait pour arriver jusqu'à elle ? Bien sûr, elle connaissait son existence, mais ils ne s'étaient jamais attendus à voir ce neveu en chair et en os. Quand les sœurs se mariaient, elles suivaient leur mari et ne se revoyaient souvent plus jamais. Une épouse appartenait à la famille de son mari. En revanche, les fils restaient au foyer, y installaient leur femme et par la suite leurs enfants. Au cours de toutes ces années, elle n'avait jamais même entendu prononcer son nom. Puis ils avaient reçu une lettre, et n'avaient su que penser. Ils avaient d'abord contemplé longuement l'enveloppe en vilain papier fermée avec de la colle de riz, comme s'il s'agissait d'un objet étrange tombé du ciel. Son mari avait finalement pris une décision. Il l'avait décachetée. À l'intérieur, une petite feuille pliée d'une minceur extraordinaire. Il l'avait dépliée pour révéler de fines lignes traçant des mots illisibles.

« Qu'est-ce que c'est ? avait-elle demandé en se tordant les mains.

— Un message. C'est en anglais. »

Quoique incapables de déchiffrer ce qui était écrit, ils avaient inspecté la lettre très attentivement. Après quoi, Mr Gupta l'avait apportée au marchand de légumes, et tous les deux l'avaient emportée chez le barbier. Il savait quelques mots d'anglais, mais la lettre n'avait quand même eu aucun sens pour lui. La seule personne susceptible de tirer cette affaire au clair était Mr Shirodkar, l'avocat. Ils la lui avaient donc présentée, tous les trois, et il la leur avait traduite.

« Qu'est-ce qu'on doit faire ? » avait demandé Mr Gupta

à sa femme, alors qu'il était de retour de longues heures plus tard.

Les hommes en avaient discuté dans le cabinet de l'avocat. D'ailleurs, la nouvelle commençait à se répandre dans le quartier.

Mr Gupta s'était assis en face de sa femme et avait attendu le résultat de ses réflexions. Il avait de la vénération pour la sagesse de son épouse. Elle n'avait pas peur de faire face aux dures réalités. Elle n'avait pas non plus peur des hommes puisque son mari, disait-elle, était là pour la protéger. Jamais elle ne lui mentirait. S'il lui arrivait de regretter de ne pas avoir épousé une femme moins bavarde, la liberté de pensée et le franc-parler de Mrs Gupta l'avait sauvé plus d'une fois d'impulsions inconsidérées. Elle avait longuement médité avant de répondre :

« On a appris que Jagaan et son père avaient quitté le palais il y a de cela plusieurs mois maintenant. Ils pourraient être n'importe où. Ils sont sans doute morts.

— Oui, avait approuvé son mari.

— Je pense que ce qui est écrit dans la lettre est vrai. Sinon, pourquoi quelqu'un l'aurait envoyée ?

— Oui, tu as sûrement raison.

— Et tu me demandes ce qu'on doit faire ?

— Oui.

— Eh bien, je vais te poser la même question : qu'est-ce qu'on doit faire ?

— Je ne sais pas ! C'est moi qui te la pose ! »

Mrs Gupta avait pris sa main dans la sienne.

« Toi et moi, on est du même sang ?

— Bien sûr que oui !

— Alors tu oublies que j'ai aussi le même sang que ma sœur. J'espérais la revoir un jour, quand nous serions devenues vieilles. Nous nous serions raconté notre vie en mangeant des bonbons sans avoir peur de grossir, avait-elle dit en souriant à son mari. Un petit-fils. Ma sœur a un petit-fils. Un fils de son sang. Et qu'a-t-on fait de lui ? On l'a jeté comme s'il ne valait rien ! Tu ne vois pas ? Il est seul quelque part en attendant que quelqu'un vienne le réclamer. Peut-être qu'il a déjà été donné à quelqu'un, cet enfant qui a le même sang que le mien dans ses veines. Le même sang que le nôtre ! Alors je te demande, mon époux, ce qu'on doit faire. »

Mrs Gupta se remémorait ces événements en observant le fils de sa sœur assis sur le sol à côté d'elle, luttant contre la fatigue. Et à présent elle se posait de nouveau la question – que devait-elle faire ? Si seulement son mari était là pour lui répondre. Ce n'était pas dans sa nature d'être cachottière, mais elle jugeait le moment malvenu. Il avait besoin de se reposer, de reprendre des forces et de mettre un peu de chair sur ses os.

— Je vais te laisser dormir.

Elle se leva en ajustant son sari sur son épaule.

— Je n'arrive pas à croire que tu es ici. C'est un miracle.

Jag ne se réveilla qu'à midi le lendemain. Il était si fatigué que c'est à peine s'il put avaler quelques bouchées, boire quelques gorgées d'eau. Il ne tarda pas à se rendormir. Les femmes le laissèrent tranquille, se cantonnant dans la pièce voisine et, quand elles devaient descendre, elles traversaient la chambre sur la pointe des pieds.

Mrs Gupta regarda Jag dormir. Il semblait si paisible, à l'abri des mauvais rêves. Son visage, qu'elle examina de plus près, ressemblait à celui de sa sœur. Elle vit sa bouche frissonner, à peine, comme s'il ébauchait un petit sourire.

Jag l'avait entendue entrer. Les bruits de la vie diurne traversaient son demi-sommeil. Mais il n'avait pas la force de se lever. Il n'avait pas dormi comme ça depuis une éternité. En général il était toujours sur le qui-vive, prêt à contre-attaquer ou à prendre la fuite devant toute menace qui profiterait de son inconscience pour se glisser jusqu'à lui. Il se réveillait parfois en sursaut, s'apercevant qu'il avait dormi. Alors il vérifiait s'il ne manquait rien, furieux de s'être laissé aller, et il se forçait à rester éveillé, changeant de position pour lutter contre la tentation du sommeil. Navinder et lui avaient monté la garde à tour de rôle, ce qui n'avait pas empêché la disparition de leur deuxième balluchon, volé une nuit sous leur nez.

Jag savait que sa tante était tout près, l'air était imprégné de son odeur, cannelle et clous de girofle. Il se sentit de nouveau saisi par l'engourdissement du sommeil et il songea à Sophie. Si seulement il n'avait pas perdu de vue son père. Il aurait dû lui dire quelque chose. Il aurait dû se présenter et lui avouer qu'il l'avait aperçu au palais. Mais, dans ce cas, le Dr Schofield aurait deviné. Il aurait fait le rapport et se serait rendu compte qu'il avait face à lui l'ami clandestin, le secret de sa fille. Et que se serait-il passé ? Le médecin lui aurait-il donné une claque amicale dans le dos en riant ? Évidemment pas. Il l'aurait dénoncé et tout ce que Jag aurait récolté, c'est une correction sévère.

Il pensait à Sophie et se demandait où elle était. En Angleterre, sûrement. Quelle personne saine d'esprit serait restée dans ce pays-ci ? Le Dr Schofield l'avait sûrement renvoyée chez eux. Les Anglais éloignaient toujours leurs familles quand les choses tournaient mal. Les villes se vidaient des femmes et des enfants. Son père avait envoyé Sophie à la campagne pendant la guerre, alors que les bombes et les incendies ravageaient la grande ville, transformant les bâtiments historiques en bûchers, des murailles s'écroulant dans les rues comme si elles étaient en carton. Elle lui avait aussi décrit le village d'Angleterre, si différent des villages en Inde. Le cottage Ranmore. Le carillon des cloches de l'église qui appelaient les habitants à la prière. Il savait tout sur sa vie là-bas. Un courant d'air le caressa, et il se mit à rêver. Il survolait l'eau noire tel un oiseau, traversait la vaste mer jusqu'à la terre, et s'élevait, s'élevait, au-dessus des champs verdoyants et des paysages charmants d'Angleterre. Il ne s'arrêtait pas, survolant les villes et de nouveau la campagne, cherchant colline après colline son village. Soudain, il apercevait le clocher de l'église et les cloches qui sonnaient à toute volée dans le ciel.

Et le voilà qui descendait en tournoyant. Il tournoyait au-dessus du cottage. Elle était assise sur une chaise semblable à celles de l'orangeraie. Elle portait une robe du même bleu tendre que le bleu du palais, du même bleu que les carreaux de la fontaine. Il continuait à descendre plus bas, toujours plus bas, et se posait sur le sol à côté d'elle. *Je t'ai trouvée*, lui dit-il, mais comme il était un oiseau ses mots étaient un gazouillis très doux. Elle le regarda et lui sourit. *C'est moi*, piailla-t-il, *pit-uit*, *pit-uit*. Elle l'observait toujours. *C'est moi ! C'est moi !* Il se mit à sautiller comme si l'herbe lui brûlait les pattes, cependant elle avait détourné le regard et le tenait fixé au loin. Il répéta sa petite phrase, mais elle ne faisait plus attention à lui. Elle se leva et entra dans la maison.

— Jagaan.

Jag ouvrit les yeux. Sa tante tenait son visage penché vers lui.

— Jagaan, c'est de nouveau le matin.

Il se redressa sur un coude. Combien de matins ? Deux, estima-t-il. Il en avait compté deux. Ou peut-être rêvait-il. Il se leva péniblement, les membres ankylosés. Il étira ses jambes, testa son équilibre. Il rentra les épaules en faisant craquer ses articulations et fit des exercices pour assouplir son cou.

— Tu te sens comment ? demanda sa tante.

— Oui, répondit-il en hochant la tête pour lui-même. Beaucoup mieux. J'ai honte d'avoir dormi autant.

— Tu avais besoin de dormir. Tu as faim ?

— Oui.

— Geeta est en train de cuire des *dosas* avec du curry de légumes.

Elle s'approcha pour arranger sa chemise toute chiffonnée.

— Je parie que tu n'as jamais mangé d'aussi bonnes crêpes de riz de toute ta vie. Fines, dorées et croustillantes. Et aussi légères qu'un nuage.

Jag sourit.

— Komal a préparé le curry, précisa sa tante. Il n'est pas aussi bon que le mien, mais ça ne se dit pas.

Jag rit. Sa tante lui donna une petite tape sur la main en le priant de se taire. Elle rit avec lui, puis son visage s'allongea. Elle prit sa main entre ses paumes et en caressa tendrement le dos en soufflant sans bruit.

Jag avait peur de ses larmes. Il avait été témoin de trop de pleurs pendant ces terribles mois alors qu'il se sentait si seul. Ce son avait été l'une des choses les plus pénibles à supporter. Sa tante porta sa main à sa bouche, y déposa un baiser. Ensuite seulement, elle leva les yeux.

— Jagaan.

— Oui, tante.

— On va rester tous les deux ce matin, toi et moi.

— Oui, tante. Cela me fait plaisir.

— Et nous allons parler. Tu dois avoir tout un tas de questions.

Jag la regarda. Il n'avait aucune question. Son esprit était vide, comme s'il avait été lessivé, comme si le sommeil lui avait dérobé toutes ses pensées. Sa tante remarqua son air hagard, la minuscule lueur dans ses yeux, presque imperceptible. Ces yeux, pensa-t-elle. Il n'avait les yeux de personne dans la famille, et elle n'en avait jamais vu d'aussi beaux : deux joyaux d'un vert profond.

Geeta et Komal servirent à Jag son petit déjeuner en silence, puis elles se retirèrent à la cuisine, où elles s'affairèrent discrètement en parlant tout bas, en remuant des casseroles sans les heurter, en faisant couler de l'eau, en se servant de la pierre à moudre.

— Je n'avais jamais mangé un aussi bon repas, dit Jag.

— Nous avons beaucoup de chance, répliqua sa tante. Dans Kim Street, nous sommes presque tous des marchands. Deepak nous livre des légumes et n'accepte jamais d'argent. Ton oncle lui fabrique ses chaussures et toutes celles de sa famille. Il n'accepte jamais d'argent non plus. On s'entraide entre commerçants. Cela s'est toujours passé ainsi, mais beaucoup d'entre nous sont partis. Qui sait qui va venir les remplacer ?

— Où est mon oncle ?

— J'y viens. Ne t'inquiète pas pour lui. Il va bien.

— Navinder pourrait devenir tailleur, suggéra Jag.

— Cela arrangerait Deepak. Il a peur de devoir payer pour ses chemises. Il est très généreux avec ses légumes, mais beaucoup moins avec son argent.

— L'argent, ça ne se mange pas. J'ai appris au moins ça. À quoi sert l'argent quand il n'y a pas de nourriture à acheter ? Ses légumes ont une valeur bien supérieure.

— C'est une bonne leçon, approuva sa tante. Ta mère avait souhaité, si jamais elle avait un fils, qu'il soit bien élevé. Elle disait qu'il apprendrait dans les livres et deviendrait un homme remarquable.

— Mon père m'a souvent répété ces paroles.

— Et son vœu s'est réalisé ?

— En partie. J'ai reçu de l'instruction, mais pour le reste la vie le dira.

— Tu peux donc lire l'anglais ?

— Oui, répondit Jag en souriant, assez fier de lui. Je peux lire l'anglais.

Sa tante eut un petit hochement de tête.

— Tu as terminé ?

Il ne restait plus une seule miette sur l'assiette de Jag. Elle l'emporta au rez-de-chaussée.

Assis en tailleur, Jag étira son dos, les mains sur ses cuisses. Il rota. Cette fois, il était vraiment réveillé, la première fois depuis des jours. Quel soulagement d'être sorti de cet état second auquel l'avait réduit la fatigue. Il fit le projet de sortir, mais avant, de demander l'autorisation à sa tante. Il avait besoin de respirer un autre air que celui de ce refuge douillet. Peut-être avait-il passé trop de temps à vivre dehors, sans toit au-dessus de sa tête. Il fallait se réhabituer à rester à l'intérieur. Cette nouvelle vie, il allait devoir s'y ajuster. Un jour viendrait-il où elle lui apparaîtrait normale ?

Mrs Gupta entra dans la chambre comme on entre dans un tombeau. Jag se leva d'un bond. Elle avait à la main une enveloppe décachetée qu'elle faisait tourner entre ses doigts.

— Jagaan. Il faut que je te parle. Mais d'abord assieds-toi.

Il obtempéra. Sa tante s'assit auprès de lui, le dos droit, plus du tout détendue. Jag était comme hypnotisé par le carré de papier dans la main.

— Jagaan. Une lettre est arrivée pour toi il y a un mois. On n'a pas compris de quoi il s'agissait, ni pourquoi elle t'avait été envoyée ici. On ne savait pas où tu étais. On ne s'attendait pas à te voir…

Elle baissa les yeux, l'air d'avoir honte de quelque chose.

— Ton oncle l'a ouverte.

Elle lui tendit la lettre en murmurant :

— Je te demande pardon.

Elle garda la tête basse tandis qu'il la prenait.

Jag identifia sur l'enveloppe les pleins et les déliés de son nom en anglais. En revanche, il ne reconnaissait pas l'écriture. Soulevant le rabat, il se pétrifia. À l'intérieur, un bout de papier plié, de la même taille que les billets autrefois glissés sous les urnes géantes des jardins moghols. Il pinça le papier mince comme du papier de soie, bordé de paillettes d'or. Il vit de nouveau son nom, et l'adresse de sa tante, mais l'écriture n'était pas celle de l'enveloppe – et elle était reconnaissable entre toutes. Son cœur manqua un battement. Sophie ! Elle s'était rappelé. Elle lui avait écrit. Il était fou de joie. Ses mains se mirent à trembler. Il avait envie de sauter sur place en criant son bonheur à pleins poumons. Mais il avait tout aussi envie de se pelotonner dans un coin et de pleurer : elle lui avait tellement manqué… Avec mille précautions, de crainte qu'elle ne se désagrège entre ses doigts, il déplia la lettre légère comme un nuage.

Sa gorge se serra d'angoisse à la vue de son écriture si jolie d'habitude, et là toute tremblée, désordonnée, avec des pâtés et des griffures qui avaient entamé le papier, comme si elle avait griffonné ces mots à toute allure dans un état de nervosité extrême.

Jag mon amour,

Tu as un fils. Il est né le 23 mai 1948 à la mission St Bride à Cuttack, dans l'Orissa. Ils m'ont obligée à l'abandonner. Je ne sais pas quoi faire d'autre que de t'envoyer ceci. Nous avons un fils. Trouve-le.

Sophie

Rien ne bougeait. Ni l'air dans la pièce ni les grains de poussière en suspens dans les rais de lumière. Ni le soleil au firmament ni la terre sous ses pieds. Jag eut la sensation que son sang s'était figé et que son cœur avait cessé de battre ; sa peau se desséchait ; son âme était comme aspirée dans un vaste néant. Il avait la bouche sèche, le gosier rempli de pierres. Il se mit à grelotter, grelotter, comme si on l'avait jeté dans une baignoire d'eau glacée. Sa tante l'entoura de ses bras et le serra contre elle. La gorge étranglée par des spasmes, il luttait pour retrouver son souffle.

— Calme-toi, lui murmura-t-elle. Il n'y a pas de quoi avoir peur.

Jag eut l'impression de recevoir un énorme coup sur la tête. Pris de vertige, il respirait par saccades. *Tu as un fils.* Il repoussa sa tante et se leva en chancelant, renversant deux lampes à huile. Il se tint la tête à deux mains, se courba, se redressa, se mit à la fenêtre. Sa respiration devint plus profonde. Il tourna le dos à la fenêtre et se plia en deux comme s'il avait très mal au ventre, le visage déformé par la douleur, la main sur la bouche, peut-être pour s'empêcher de hurler.

Puis il se redressa, encore mal assuré sur ses pieds.

— Il faut que je parte, déclara-t-il.

Il arpenta la pièce comme un animal en cage qui chercherait à défoncer les murs pour s'échapper.

— Il faut que je parte, répéta-t-il.

Sa tante se leva à son tour et le prit fermement par les bras.

— Jagaan ! Regarde-moi !

Il détourna le visage. Sophie. Sa Sophie. Elle avait donné naissance… à son enfant, à leur enfant, et il n'avait rien su. À présent, il comprenait pourquoi les dieux avaient fait disparaître le Dr Schofield. Son destin n'était pas de le suivre, mais d'arriver jusqu'ici pour trouver la lettre.

— Jagaan ! Écoute-moi ! s'écria sa tante en le secouant.

— Je ne peux pas rester.

— Il faut que tu restes. Ton oncle est parti. Il a emmené l'avocat et le barbier. Ils ont pris la route il y a deux semaines.

Jag la contempla, bouche bée.

— Tu croyais qu'on allait laisser un enfant de notre sang à la merci d'étrangers ? continua-t-elle avec un sourire tout à la fois fier et douloureux. Ils sont partis le récupérer.

Elle ne le lâcha pas tandis que, le souffle coupé, il s'écroulait sur ses talons.

— Tout va bien, chuchota-t-elle doucement. Ils vont ramener ton fils à la maison.

1959

Maison de repos Saint-François-Xavier, Delhi

41

La saison des pluies terminée, Delhi émergeait revivifiée des brouillards humides et froids de l'hiver. L'odeur forte de la fumée des feux de bois et de bouse de vache avait cédé la place à un air pur où flottaient des parfums d'hibiscus et de frangipaniers, les haies ayant ressuscité comme par magie. Sophie se renfonça dans son fauteuil et offrit son visage à la caresse apaisante du doux soleil printanier. Quelques semaines auparavant, son père avait insisté pour l'installer dans cette maison de repos. Le jardin était charmant et les pelouses fraîchement tondues parcourues d'allées assez larges pour qu'elle puisse y circuler au bras d'une infirmière. De confortables fauteuils en osier étaient disposés çà et là sur la vaste véranda.

— Vous avez bien meilleure mine, memsa'b.

— Merci, John.

Les yeux voilés par ses lunettes noires, elle sourit au majordome. Ils prenaient le thé. Après l'austérité de l'hôpital, le décor riant de la maison de repos avait eu des vertus thérapeutiques. Son père avait raison. Le choc était ce dont elle avait le plus de mal à se remettre. Et si ses blessures cicatrisaient lentement, cela ne signifiait pas qu'elle était guérie.

Elle avait eu conscience du manque dès qu'elle s'était réveillée, après la seconde intervention chirurgicale. Elle avait palpé le vide sous la ouate de l'anesthésie. Tout était arrivé si vite, l'hémorragie, l'affolement de l'infirmière, la célérité avec laquelle on l'avait transportée de nouveau en salle d'opération. Après, personne n'avait rien dit, mais elle avait deviné. C'était écrit sur leurs visages, perceptible dans chacun de leurs gestes, dans leurs sourires forcés. C'était terminé pour elle ; elle n'avait désormais plus le choix. Un coup dur supplémentaire qu'il lui faudrait surmonter. Qui sait ce que la vie a en réserve pour soi ? pensa-t-elle. Sa mère avait peut-être raison, finalement. Ses péchés étaient si graves qu'elle passerait sa vie à les expier. Et Dieu sait que les châtiments infligés en expiation étaient sévères, et nombreux. Sophie se déplaça légèrement et remit un coussin droit avec une légère grimace quand une douleur fulgurante transperça son abdomen encore meurtri.

Ils s'étaient bien occupés d'elle ici, mais elle ne regretterait pas de partir. Une partie d'elle-même était morte dans le salon dévasté ce matin terrible où le monde s'était effondré autour d'elle. La partie restante, celle qui en avait réchappé, était étrangement pleine de vie, comme si elle s'était éveillée d'un long sommeil, comme les fleurs du jardin. Tout était différent à présent. Elle n'avait plus peur.

— Je ne vais pas revenir à la maison, dit-elle.

— Non, memsa'b.

— Mais vous vous en doutiez.

— Oui, memsa'b.

— Vous avez des nouvelles de Mr Grainger ?

— Non, memsa'b.

— Toujours pas ?

— Non, rien.

Personne n'avait vu Lucien. Du moins était-ce la version officielle, car il était évident qu'il n'avait pas pu se volatiliser sans assistance extérieure. La police se bornait à constater l'incident dont elle avait été témoin : Tony Hinchbrook, un pistolet fumant à la main, aurait retourné son arme contre lui si les agents ne l'en avaient empêché.

À son arrivée à l'hôpital, le plus urgent avait été de la tirer d'affaire. Le temps que les faits transpirent – la terrifiante dispute que John avait entendue derrière la porte verrouillée, les bruits de meubles qui se brisaient, les cris de Sophie –, Lucien avait déjà disparu.

L'examen des listes de passagers révéla que Lucien avait pris un vol pour Karachi. Où il était allé ensuite, personne ne le savait. L'inspecteur de police en charge avait déclaré qu'il avait sans doute pris un paquebot et qu'il était impossible de savoir lequel. Le dossier avait été prestement classé. En ce qui le concernait, cette histoire n'était pas du ressort de l'autorité judiciaire. Une femme prise en flagrant délit d'adultère avec un vigile et battue par son mari. Elle pouvait s'estimer heureuse d'être encore en vie. S'il surprenait son épouse avec un autre homme, il les tuerait tous les deux.

— Il y a une rumeur, dit John. Le cuisinier du numéro 8 les entend parler à un grand dîner. Mr Grainger est en Amérique du Sud, en Argentine. Il veut emprunter de l'argent, mais je crois pas qu'ils lui envoient. Une memsa'b est très fâchée.

— Je vois.

Ils lui auront envoyé ce qu'il demandait, bien sûr. C'était ainsi que les choses se passaient dans ce milieu ; on serrait les rangs ; on dissimulait les problèmes derrière un rideau de fumée diplomatique qui permettait de les évacuer discrètement. Tony Hinchbrook avait lui aussi disparu, après que les instances supérieures du consulat britannique l'eurent sorti de sa garde à vue. Ils préféraient laver leur linge sale en famille, avaient-ils déclaré au chef de la police, qui ne demandait qu'à leur rendre service, une fois les frais du département remboursés, et sa propre patte dûment graissée. Hinchbrook avait été renvoyé à Londres, où il comparaîtrait devant le secrétaire d'État à l'Intérieur. En attendant, son nom était radié des conversations à New Delhi. Des incidents fâcheux comme celui-là se produisaient de temps à autre. On s'empressait de les étouffer en faisant le moins de vagues possible. En revanche, il était rare qu'une situation dégénère en drame. En général, ces minables et sordides transgressions se bornaient à faire l'objet de ragots déplaisants. June Smythson avait couché avec son majordome. Jim Bevan aimait la compagnie des jeunes éphèbes indigènes. Il fallait bien supporter une existence sans cesse en transit dans des villes étrangères qui les confrontaient à des mœurs bizarres, les conventions leur imposant un protocole rigide et des manières guindées. Ils formaient une microsociété aux idées étroites et désuètes. Elle n'avait aucun regret de quitter ce petit monde étouffant, étriqué, d'où l'on avait de la réalité une vision tronquée et déformée par les préjugés.

— On va bientôt recevoir de nouveaux maîtres ?

— Oui, John. C'est à prévoir.

— Vous allez beaucoup nous manquer.

— Merci, John. C'est très gentil de me dire ça. Le Dr George viendra vous donner un coup de main. J'ai décidé de passer du temps avec lui à Ooty. Si vous pouviez préparer mes bagages pour ce week-end, je vous en serais reconnaissante. Tout ce que je veux, ce sont mes vêtements. Les objets sur la coiffeuse. Il n'y a pas grand-chose. Vous n'aurez pas de mal à tout faire tenir dans deux malles, qu'en pensez-vous ?

— Oui, memsa'b.

— Si ça ne tient pas, il faudra exclure certaines choses. Je vous fais confiance pour décider ce qu'il est inutile que j'emporte. Je n'ai pas envie de m'encombrer.

— Oui, memsa'b. Et les effets de Mr Grainger ?

— Faites-en ce que vous voulez.

— Mais il n'en a pas besoin ?

— Je ne sais pas, John. Et à vrai dire cela m'est égal. Vous pourriez demander à Mrs Hinchbrook où il voudrait qu'on les lui envoie, suggéra-t-elle avec un petit sourire. Elle semble avoir toujours su où se trouvait mon mari.

— Et maintenant elle sait où se trouve le mari du numéro 11.

Sophie le dévisagea quelques instants avant de murmurer :

— Je suis désolée, John. Que devez-vous penser de nous ?

Vous nous prenez sûrement pour des sauvages, tous ces mensonges, cette conduite stupide...

— Je ne pense rien, memsa'b.

— Quel gâchis ! soupira Sophie, plus pour elle-même que pour le majordome.

— Il faut pas être triste, memsa'b. C'est pas bon pour vous.

— Ce qui est fait est fait. Il faut regarder vers l'avenir. Et ne pas se retourner.

— Et vous avez un bel avenir, memsa'b.

— Merci, John. Je l'espère aussi.

— C'est pas la peine d'espérer, dit John avec un sourire, en montrant d'un geste le grand ciel bleu. C'est écrit.

Ils burent leur thé en silence. John prit un biscuit dans le plat. La memsahib allait lui manquer, certes, mais pas toutes ces histoires, les disputes, le mauvais caractère du mari, et son habitude de le faire poireauter dans la voiture jusqu'à quatre heures du matin. Bon, mais cela lui plaisait toujours de travailler pour des Anglais. Ils payaient tellement mieux que les Indiens. John termina son biscuit et se demanda s'il pouvait en prendre un autre. Les maîtres suivants seraient peut-être plus calmes. Ils en discutaient tous les jours en ce moment, le cuisinier, le jardinier, la femme de chambre et lui. Il allait prétendre gagner cinquante roupies de plus par mois. Les nouveaux s'aligneraient sans poser de question, et Mrs Grainger ne serait pas là pour les informer.

— Alors, vous allez à Ooty, mem ?

— Oui.

— C'est beau là-bas... pittoresque, approuva John comme s'il connaissait la station de montagne.

Il n'y avait jamais mis les pieds. Sa famille était originaire du Bengale, immigrée comme des milliers d'autres à Delhi, dix ans auparavant. Il n'avait jamais quitté la ville.

— Un air très pur, ajouta-t-il.

— Vous y êtes allé ?

— Oh non, memsa'b. Mais j'entends ce que dit le Dr George.

— Vous vous occuperez bien de lui et veillerez à ce qu'il mange correctement.

— Oui, memsa'b. Dilip lui prépare ce qu'il aime.

— Tout ça l'a beaucoup secoué.

— Ça nous a beaucoup secoués tous, mem. Bhavat Singh, le garde, il est très secoué. Je crois qu'il est un bon ami du garde mort.

— Un ami de Jagaan Ramakrishnan ?

— Oh oui, mem. Il s'occupe de renvoyer ses affaires à sa famille et aussi de toucher pour lui son salaire. Tous les mois, le défunt envoie de l'argent à sa famille. Ils dépendent de lui. Bhavat Singh se donne beaucoup de mal. Il a un fils du même âge. Peut-être ça explique pourquoi il a tellement pitié.

Sophie changea de couleur.

— Quoi ?

John posa sa tasse et la dévisagea prudemment.

— Memsa'b ? Vous vous sentez pas bien ?

Sophie se sentit défaillir. Ses mains se mirent à trembler. Un poids lui était tombé sur la poitrine.

— Memsa'b ?

— Le défunt, parvint-elle à articuler en mettant ses mains autour de sa gorge. Vous me dites qu'il a un fils ?

— Oui, mem, répondit John, de plus en plus embarrassé. Il avait fait une gaffe, mais il ne savait même pas à quel sujet. Elle avait l'air d'avoir été frappée par la foudre.

— Qui vous a raconté ça ? s'enquit-elle en recouvrant son sang-froid.

— L'autre garde, Bhavat Singh.

— Et il vous a dit quel âge a son fils ?

— Non, memsa'b, mais je lui demande.

— Il a dit où habitait le garçon ?

— Amritsar. Il envoie sa paye tous les mois.

Sophie se renfonça dans son fauteuil et ferma les yeux en chuchotant :

— Oh ! mon Dieu, oh ! mon Dieu, oh ! mon Dieu…
— Infirmière !
John se rua à l'intérieur en criant :
— Infirmière ! Vite ! Vite !

42

Dans les rayons de soleil tombant de la fenêtre, George Schofield, assis au bord du matelas dépouillé de ses draps, observait sa fille ranger ses affaires de toilette dans une petite valise. La balafre en travers de la joue de Sophie était moins rouge et les points de suture se voyaient à peine. Il l'aurait tué, il l'aurait tué de ses propres mains s'il l'avait pu. Hélas, le temps que la nouvelle lui parvienne, Lucien avait disparu. On murmurait qu'il était parti en Amérique du Sud, à Buenos Aires, bien que la rumeur n'ait jamais été confirmée. Et même, qu'est-ce qu'il pouvait faire ? Sauter dans un avion et traquer ce salaud pour le réduire en bouillie ? De fait, cette éventualité lui avait traversé l'esprit.

George avait été fou de rage en apprenant que les autorités avaient laissé filer Lucien. Il n'avait pas mâché ses mots avec la police, ni avec les gens de l'ambassade. La police avait été en dessous de tout. L'inspecteur-chef était allé jusqu'à sous-entendre que sa fille n'avait eu que ce qu'elle méritait. À la chancellerie, on avait été moins insensible à sa colère et on lui avait juré que Lucien était un homme brisé, à jamais exclu des sphères diplomatiques… *persona non grata ;* sa carrière était terminée, et si jamais il osait se montrer – une éventualité peu probable –, il serait, bien entendu, arrêté et jugé. Le Dr Schofield pensait à Lucien plusieurs fois par jour, des dizaines de fois. Son poing se serrait à l'idée du châtiment qu'il lui réservait. Pour la première fois depuis des années, il se prenait à prier, à prier Dieu pour qu'il le punisse de la manière la plus terrible qui soit. Il l'imaginait réduit à vivre dans la rue, épave humaine se vautrant dans la fange, rongé par d'affreuses maladies qui le faisaient mourir à petit feu dans d'atroces souffrances. Il appelait de ses vœux sur la tête de son gendre les pires malheurs, des supplices d'une cruauté qu'il ne se serait pas cru capable de concevoir et dont l'évocation adoucissait un peu, à peine, sa fureur. On eût dit que Lucien concentrait sur lui toute la colère et la haine accumulées en silence au cours d'une longue vie. Il prit plusieurs grandes respirations. Un de ces jours, il lui faudrait crever l'abcès qui lui rongeait le cœur avant qu'il l'empoisonne tout à fait.

Sophie rabattit le fermoir métallique de sa mallette et s'assit sur la chaise à côté du lit.

— Tu es bien sûre ? lui demanda-t-il.

— Oui. Je n'ai jamais été aussi sûre de moi.

— Alors, permets-moi de t'accompagner.

— Pardon, papa. Je veux y aller seule.

Il exhala un soupir sonore.

— Je préférerais y aller avec toi.

Elle eut un haussement d'épaules et lui sourit.

— Tu peux comprendre, n'est-ce pas ? Il faut que j'y aille. C'est mon fils. J'en suis certaine.

— Et si ce n'est pas lui ?

— Papa. On en a déjà discuté.

— Il a pu se marier, et sa femme pourrait être la mère de cet enfant.

— Il ne s'est pas marié.

— Le garde a dit que sa femme était morte.

— Il mentait, affirma Sophie. Forcément, il était obligé. Sinon comment expliquer qu'il avait un fils ?

— Tu cours après un rêve, Sophie.

Le Dr Schofield prit la main de sa fille avant de continuer :

— Je comprends, après tout ce qui s'est passé. Cela a été un choc terrible pour toi, mais cette histoire t'apportera seulement plus de chagrin.

— Je m'en fiche. Si je n'y vais pas maintenant, je n'irai jamais. Tu vois, c'est la seule chance qui me soit accordée.

La mission St Bride a disparu. Ses archives n'ont pas été conservées. Tu ne voudrais tout de même pas que je reste là sans réagir ?

— Alors, permets-moi au moins de venir avec toi.

— Non.

— Ou emmène un serviteur.

— Je suis parfaitement capable de prendre un train, et puis je n'ai plus de serviteur.

— Sophie, Sophie, soupira le Dr Schofield. Combien d'épreuves vas-tu encore t'imposer ?

— Des épreuves ? fit-elle en souriant. Tu appelles ça une épreuve ? Mais c'est de l'espoir, papa, de l'espoir ! As-tu la moindre idée de ce que j'ai vécu en sachant que j'avais abandonné mon enfant pour la seule raison que son existence n'arrangeait personne ? Tu n'imagines pas ce que c'est, jour après jour, de se détester pour avoir fait cette chose terrible.

Son père hocha la tête en silence, les yeux baissés.

— Et si je le trouve ? continua-t-elle. Il ne sait peut-être même pas que j'existe. Il est persuadé qu'il est l'enfant d'une autre. Et même s'il sait qui je suis, il me crachera peut-être à la figure. Tu crois que je n'ai pas pensé à tout ça ?

— Si, sûrement.

— J'en suis malade.

— Et si ce n'est pas ton enfant ?

— J'aviserai le moment venu.

Elle marqua une brève pause en serrant les lèvres, puis ajouta :

— S'il n'est pas mon fils, je lui dirai combien son père était un homme courageux. Je lui dirai qu'il a sacrifié sa vie pour sauver un homme qui n'était même pas digne de respirer le même air que lui.

— Sophie. Ne te mets pas dans tous tes états.

Elle se pencha en avant sur sa chaise et, enfouissant son visage dans ses mains, se mit à se balancer doucement de droite à gauche comme si elle cherchait un réconfort dans ce doux bercement. Le Dr Schofield n'avait même pas la force de lui tendre une main secourable. Dans cette tragédie, son rôle avait été tout aussi important que celui de sa fille. Cela aurait-il été vraiment catastrophique, s'ils avaient gardé le bébé ? Oui, se dit-il. Oui, hélas.

— Il faut que j'y aille, répéta-t-elle. Il faut que j'aille voir de mes propres yeux, c'est vital pour moi. C'est déjà tellement douloureux. Rien ne peut être pire que cette torture, dit-elle en relevant la tête. S'il n'est pas mon fils, eh bien, soit, je promets de ne plus y penser.

— Bon, d'accord...

Son père laissa échapper un long soupir avant de commenter :

— Je suis bien placé pour savoir que rien ne t'arrête une fois que tu as pris une décision. Je t'admire, tu sais.

Sophie se tourna vers lui.

— Je me demande de qui je tiens ce trait de caractère.

— Embrasse bien fort ton père. Je me sens vieux tout d'un coup.

Sophie et son père attendirent ensemble la visite du médecin qui devait lui permettre de sortir. Plus de deux mois s'étaient écoulés depuis qu'elle avait été amenée aux urgences, dans le coma. Devant la gravité de ses blessures, les médecins avaient d'abord cru à un accident de la route. Puis la police avait débarqué, suivie de près par deux employés de l'ambassade de Grande-Bretagne, laquelle avait en outre affrété un avion à destination de Coimbatore, envoyant un jeune attaché chercher le père de Sophie. Ce jour-là, tout en vaquant à ses occupations coutumières, le Dr Schofield songeait qu'il allait devoir faire abattre le grand eucalyptus planté trop près de la maison. Plus tard, il se rappellerait avec une netteté poignante ces moments où il avait eu l'esprit occupé par des choses banales alors que sa fille gisait entre la vie et la mort à près de trois mille kilomètres. On l'avait conduit à l'aéroport, et quelques heures plus tard des gens de l'ambassade l'accompagnaient à l'hôpital sans dire grand-chose. Les médecins avaient commencé par le préparer au choc en l'informant du tableau clinique. Fracture de la pommette, fracture de la mâchoire, explosion de la rate. Et elle avait perdu le bébé. S'ils avaient su qu'elle était enceinte en la prenant en charge, ils s'y seraient pris autrement, mais à cause de l'hémorragie ils n'avaient pas pu le sauver.

Le Dr Schofield croisa les mains sur ses genoux et baissa la tête.

— Je l'ai vu, tu sais.

— Qui ?

— Le vigile. Il m'a paru vaguement familier. Mais je n'aurais su dire où je l'avais rencontré.

Sophie regarda son père en retenant son souffle.

— Qu'est-ce qu'il a dit ?

— Rien. C'était après le dîner de Noël, j'ai failli lui rentrer dedans. J'étais sorti fumer une cigarette et je suis allé du côté du corps de garde. L'autre vigile était là. Il m'a proposé du *chai* dans une tasse sale. Je l'ai bu et en sortant je me suis heurté à lui. C'est tout.

Le Dr Schofield hocha la tête. Il n'en revenait toujours pas.

— Il n'a pas dit un mot et je n'ai fait que l'apercevoir, ajouta-t-il. Mais quelque part j'avais l'impression de le connaître. Je sais que c'est impossible. C'est tellement bizarre.

Le médecin de Sophie fit son entrée. Il arborait un large sourire.

— Ah ! s'exclama-t-il. Je vois que notre convalescente est prête à nous quitter.

— Oui, opina Sophie en lui rendant son sourire.

— Vous êtes contente, n'est-ce pas ?

— Assez. Même si je n'ai jamais été autant chouchoutée de toute ma vie.

— Comment vous sentez-vous aujourd'hui ?

— Très bien.

— Parfait, dit-il en lui donnant un sachet en papier. Pas de maux de tête ?

— Non

— Et le ventre ? Toujours sensible ?

— Un peu, mais c'est mieux. C'est vrai. Je me sens de mieux en mieux chaque jour.

— Très bien. Je vous donne ces calmants au cas où vous auriez mal.

— Merci, docteur. Vous avez été formidable.

— Et merci d'avoir été une patiente modèle. Vous allez nous manquer.

Le Dr Schofield se leva et serra la main au médecin en lui disant :

— Nous vous devons une fière chandelle, par exemple ! Si vous avez envie de changer d'air, n'oubliez pas que vous êtes le bienvenu à tout moment chez nous à Ooty.

— Je vous prendrai peut-être au mot, répliqua le médecin avant de se tourner vers Sophie. Envoyez-nous une carte postale de là-bas.

— Je n'y manquerai pas, promit Sophie en ramassant sa petite valise. Mais vous devrez être un peu patient.

Le train de nuit glissait lentement à travers le paysage obscur. Sophie, allongée sur sa couchette, entre veille et sommeil, se laissait bercer par le roulis du wagon et le bruit cadencé des roues sur les rails. Elle remonta le drap sur ses épaules et posa la main sur sa joue afin de masser la peau douce de sa cicatrice. Pourvu que son visage ne l'effraye pas ! La balafre était déjà moins affreuse, et elle finirait par s'estomper, avec le temps.

Elle tenta de faire le vide dans son esprit afin de favoriser un sommeil réparateur. Elle ne devait pas être fatiguée en arrivant. Elle devait avoir l'esprit clair. Et s'il n'était pas là ? Ou pire, s'il n'était pas son fils ? Elle repoussa cette pensée. C'était lui. Elle en était sûre. Elle n'avait jamais été aussi sûre de quelque chose. Elle avait l'impression qu'il l'appelait. Et si une fois là-bas on lui barrait le passage ? Après tout, la famille n'avait peut-être jamais entendu parler d'elle et, même s'ils étaient au courant, ils pouvaient nier. Ils pouvaient alerter la police. Et quels recours aurait-elle ? Elle serra les paupières et roula de côté dans l'espace étroit de la couchette.

Tous les cas de figure, elle les avait envisagés. Par précaution, elle débarquait sans annoncer sa venue, afin d'éviter qu'ils l'emmènent ailleurs ou le cachent. Elle aurait sans doute fait la même chose à leur place. Ils l'avaient élevé, son fils, et qui était-elle pour eux ? Personne. Ou une jeune fille qui après avoir fauté avait abandonné son enfant. Quel genre de femme ferait une chose pareille ? Avait-elle été poussée par la pauvreté ? Non. L'enfant serait-il mort de faim ou aurait-il subi des maltraitances ? Non. Encore, si ç'avait été un bébé fille, ce serait compréhensible. Qui veut d'une fille ? Mais non. Elle n'avait aucune excuse. Aucune parole ne pouvait la racheter. Sauf qu'elle avait la possibilité de leur dire qu'elle voulait reprendre son fils, quitte à livrer bataille. Il fallait qu'elle affûte ses arguments et qu'elle se prépare au pire. De toute façon, quel que soit ce que le destin lui réservait, ce ne serait rien comparé à ce qu'elle avait déjà traversé.

Elle se serra dans son drap et appela le sommeil de ses vœux, car elle aurait besoin de toutes ses forces. Le lendemain, le train arriverait à Amritsar.

43

Devant la gare, une cohorte désordonnée d'autorickshaws démarrait dans des nuages de fumée noire et des bruits stridents, se dépêchant vers la foule de porteurs à chemise rouge et de voyageurs fatigués qui commençait à se déverser sur le parvis. Sophie tendit deux pièces au porteur, qui lui ouvrit la portière d'un des tricycles motorisés. Elle grimpa dans l'habitacle enfumé, le porteur glissa sa valise à côté d'elle.

— *Namasté*, dit le chauffeur en se tordant le cou pour la regarder.

— *Namasté*, répondit Sophie. *Mein Kim Street do dhoonh rahai hoo ?*

— Kim Street ?

Le chauffeur fronça les sourcils et se jeta dans le flot chaotique du trafic.

— *Kim Street kahaan hai ?*

— J'espérais que vous sauriez.

— Vous Anglaise ?

Il lui sourit dans le rétroviseur fêlé.

— Oui.

— Votre première fois à Amritsar ?

— Oui.

— Moi vous montrer Amritsar ? Belle ville. Temple d'or le plus beau d'Inde. Vous venir Amritsar, vous voir Temple d'or. Je vous fais le grand tour…

Sophie n'écoutait pas. Elle regardait par la fenêtre et prenait de grandes inspirations. L'air était chargé d'odeurs. Elle se surprit à chercher une silhouette sur les trottoirs encombrés. Il y avait là des hommes, des femmes, des enfants, des bébés. Tous les âges, toutes les générations, mélangés, brassés, vaquant à leurs occupations. Un jeune garçon en pyjama blanc hissait sur sa tête coiffée d'un bonnet un cageot de bois où s'élevait une montagne de miches de pain. Elle se pencha par la fenêtre afin de voir son visage. Il tourna un coin de rue et disparut. Ce n'était pas lui, se dit-elle. Son fils serait plus grand, comme son père, et il aurait le teint plus clair. Un groupe d'enfants jaillit d'une ruelle, le premier étreignant un ballon, les autres lui courant après en criant et en riant. Cette fois, elle se retourna pour les regarder à travers la vitre sale. Des enfants qui jouent, pensa-t-elle. Elle espérait que son fils jouait comme ces garçons, qu'il riait, qu'il était heureux. Elle se recala dans son siège.

Savait-il que son père était mort ? La famille était-elle au courant des circonstances ? Sans doute. L'autre vigile, Bhavat Singh, leur aurait écrit. Il avait leur adresse, celle où Jag envoyait son salaire – ils avaient trouvé parmi les affaires de Jag le mince carnet où il tenait ses comptes avec un soin extrême. Bhavat Singh. Un nom désormais si familier alors qu'elle n'avait jamais rencontré celui qui le portait. Elle avait souvent pris la plume pour lui écrire de la maison de repos, elle souhaitait le remercier, mais les mots se dérobaient. John lui avait dit qu'il avait été l'ami de Jag. Sophie s'était cramponnée à cette pensée. Jag n'avait peut-être pas souffert d'une solitude absolue.

Soudain, Sophie se rendit compte que le véhicule s'était arrêté. Le moteur en crachotant envoyait de nouveau une fumée nauséabonde dans l'habitacle.

— Kim Street, annonça le chauffeur.

— Ici ? s'étonna Sophie en jetant un coup d'œil dehors.

— Oui, memsahib.

Elle régla sa course et descendit du tricycle pour se retrouver en plein soleil, sa petite valise à la main, debout à l'entrée de la rue. L'autorickshaw s'éloigna en pétaradant dans un nuage de fumée bleutée.

Un méli-mélo de boutiques tassées les unes contre les autres aux étalages débordant sur la chaussée formait une haie pour les piétons, les chars à bœufs, un homme qui s'efforçait de faire avancer un chameau récalcitrant. Sophie se fraya un passage entre les marchands qui braillaient et les clients qui marchandaient. Elle n'avait pas conscience d'être le point de mire : une étrangère dans la foule. On suivait chacun de ses mouvements du coin de l'œil. Personne ne se proposait de l'aider. Elle chercha des yeux des numéros, des enseignes, en vain.

Elle dépassa un boui-boui avec un poêle fumant au bord du trottoir. Les trois étals suivants présentaient des piles de cotonnades aux couleurs vives et ces châles brodés du Pendjab appelés des *phulkari*. Alors qu'elle s'était immobilisée devant le stand d'un quincaillier et examinait distraitement les amoncellements de casseroles, un homme s'avança.

— De première qualité, memsahib, dit-il en montrant sa marchandise d'un geste plein de fierté. Un très bon prix. Dites ce que vous voulez. Je vous fais le meilleur prix.

— Désolée, je… regardais seulement, bredouilla Sophie en tirant vivement son foulard sur sa tête avant de s'éloigner.

Un peu plus loin, un tailleur était assis à sa machine à coudre. Un sikh d'une quarantaine d'années, la tête couverte d'un turban rouge. De ses doigts habiles, il tournait à toute allure le tissu autour de l'aiguille trépidante. Elle resta quelques minutes à l'observer. Une fois l'ourlet terminé, il tira la manche sur le côté afin de tester la solidité du fil. Puis il leva les yeux et la salua d'un signe respectueux de la tête.

— *Namasté*, dit-elle en inclinant le haut du corps. *Mein sath number seven Kim Street dhoondh rahai hoon ?*

Il la regarda d'un drôle d'air.

— Je cherche la famille qui habite ici, continua-t-elle. Ils ont un garçon d'une dizaine d'années.

De la main, elle lui montra la taille qu'il devait avoir – une estimation grossière, les gens d'ici ne sachant pas toujours l'âge qu'ils ont, mais la hauteur semblait correspondre à celle d'un garçon de dix ans. Le sikh posa sa chemise inachevée et l'invita à s'asseoir.

— Non, merci. Je ne voulais pas vous déranger. Je me demandais juste si vous auriez…

— Je vous en prie, dit-il en rapprochant d'elle le tabouret. Vous assise.

Sophie céda non sans quelque réticence.

— Vous assise, je viens.

Sur ces paroles, le grand tailleur traversa la rue en quelques enjambées et disparut derrière une vache qui avançait avec lenteur.

Sophie patienta. Les minutes se changèrent en demi-heure. S'il ne revenait pas bientôt, elle serait obligée de se lever et de partir. Mais dans ce cas qui allait surveiller son stand ? Et si un voleur entrait dans la boutique et se servait ? Avec un soupir, elle consulta sa montre.

De derrière le pilier de son magasin, Deepak Kapoor épiait la femme assise à l'ombre de l'auvent vert du tailleur.

— Elle cherche la famille de Parvesh Gupta ?

— Oui, répondit Navinder. C'est l'adresse qu'elle a, et elle a posé des questions sur le garçon.

Se retournant à moitié, Navinder marmonna d'un ton irrité :

— Où est passé ce garnement, d'ailleurs ?

— Elle est anglaise ?

— Je crois, dit Navinder en se postant à côté de Deepak pour regarder l'étrangère. Elle a des vêtements de bonne qualité.

— Elle est très maigre.

— Elle a une cicatrice sur la joue. Elle essaye de la dissimuler derrière son foulard, mais je l'ai vue.

— Une cicatrice ?

— Oui, on dirait un coup de couteau.

— Hum, fit Deepak. Je me demande ce qu'elle a dans cette petite valise.

— C'est peut-être une touriste.

— Elle a peut-être des trésors là-dedans.

— Il est ici ! s'écria le garçon, essoufflé, tout sourire.

Deepak tapota un peu brutalement la tête de son fils.

— Bien. Maintenant tu peux aller déballer les oignons et ranger les *brinjal*.

Le garçon, obéissant, retourna s'occuper de l'étalage d'oignons et d'aubergines.

— Qu'est-ce qui se passe ? demanda le barbier. Mes clients font la queue...

— Regarde, dit Deepak en pointant l'index de l'autre côté de la rue. Tu vois cette femme assise devant le stand de Navinder ? Elle cherche la famille de Parvesh Gupta. Elle a aussi parlé du garçon.

Le barbier se glissa à son tour derrière le pilier et tendit le cou.

— Qu'est-ce que tu en penses ? continua Deepak.

Le barbier étudia l'étrangère.

— Tu crois qu'elle peut nous attirer des ennuis ? s'inquiéta Deepak.

— Pour quelle raison on nous chercherait noise ? répliqua le barbier.

— À mon avis, elle est une personne respectable, intervint Navinder. Elle est très polie.

— Mais qu'est-ce qu'elle veut à Parvesh Gupta ?

— Elle veut peut-être lui commander une paire de chaussures !

— Hep, petit ! s'écria Deepak à l'adresse de son fils. Cours chez Gupta le cordonnier et dis-lui qu'il a une visite qui l'attend. Dis-lui de se dépêcher.

Pendant que le petit messager détalait, les hommes se remirent à surveiller l'autre côté de la rue.

— Pourquoi on ne l'emmène pas tout simplement chez lui, suggéra le barbier. Je peux l'accompagner.

— Tu es tombé sur la tête ou quoi ? s'écria Deepak en levant un doigt grondeur. Et si Parvesh Gupta ne voulait pas que Mrs Gupta la voie ? Hein ? Tu as pensé à ça ?

En songeant avec admiration au cordonnier qui savait si bien préserver les secrets de sa vie privée, il se tourna de nouveau vers la mystérieuse inconnue.

Sophie consulta sa montre une dernière fois en se disant qu'elle était obligée d'abandonner la boutique du tailleur. Elle espérait qu'elle ne serait pas pillée. Elle se leva et remit le tabouret à sa place devant la machine à coudre. Ramassant sa valise, elle s'apprêtait à reprendre son exploration quand elle se trouva soudain face à face avec deux hommes. L'espace d'un instant, elle fut près de paniquer. D'instinct, elle recula d'un pas sur la chaussée.

— S'il vous plaît.

Le barbier joignit les mains en inclinant légèrement le buste avant d'ajouter :

— Vous cherchez la famille du numéro 7 de Kim Street ?

Le deuxième homme se bornait à la dévisager, comme s'il voyait à travers elle, le visage impassible.

— Oui, répondit-elle d'un ton hésitant en les regardant tour à tour.

— C'est Parvesh Gupta, annonça le barbier. Il est le chef de famille au numéro 7.

— Oh !

Le cœur battant, le visage crispé, Sophie se tourna prestement vers le deuxième homme, qui continuait à la fixer d'un air imperturbable.

— Je… je voudrais…, bégaya-t-elle.

Parvesh Gupta s'avança d'un pas et déclara d'une voix égale :

— Je sais qui vous êtes.

Dans le calme de la pièce, Mrs Gupta, debout devant Sophie, mit ses mains devant sa bouche et, se pliant en deux, fondit en larmes. Parvesh Gupta l'aida à s'asseoir avec des gestes pleins de tendresse. Il lui murmura doucement à l'oreille, lui tint les mains.

Entre eux et Sophie, pas une seule parole ne fut prononcée. Parvesh Gupta l'avait menée chez lui en silence, là-bas, tout au bout de la rue. Il l'avait précédée dans son atelier de cordonnier imprégné des odeurs fortes du cuir, puis dans l'arrière-boutique, puis en haut d'un escalier étroit. Après avoir traversé une chambre fraîche et sombre meublée de deux *charpoy*[1] et préservée de la fournaise caniculaire par la taille minuscule des fenêtres, ils pénétrèrent dans une deuxième pièce, plus lumineuse, où se trouvaient deux lits supplémentaires décorés de coussins brodés de petits miroirs, au plancher couvert de tapis élimés à dessins géométriques. C'était là que Mrs Gupta l'avait accueillie comme si elle l'attendait depuis la nuit des temps, debout, dans son sari jaune.

Sophie fit comme on le lui demandait. Elle s'assit par terre en repliant ses jambes et en les couvrant de son châle. Ils restèrent ainsi tous les trois, assis en silence. Aucune nourriture ne lui fut offerte. Même pas un verre d'eau. On eût dit qu'ils osaient à peine respirer. Sophie gardait les yeux baissés sur le dos de ses mains croisées sur ses genoux, légèrement hâlées, avec çà et là des petits plis qui iraient en s'accentuant avec les années. Elle glissa un coup d'œil vers Mrs Gupta et vit qu'elle la fixait d'un regard droit, sans ciller. Sophie tenta de lui sourire, mais en fut incapable. Elle baissa de nouveau les yeux. Pourquoi cet homme ne lui disait-il rien ? Allaient-ils demeurer ainsi dans ce pénible mutisme ? Sophie continua cependant à se taire. Ce n'était pas à elle de briser la glace. Elle n'était pas chez elle. Il fallait qu'elle prenne son mal en patience.

---

1. Lit indien fabriqué à partir d'un cadre de bois tendu de cordes ou de sangles tressées.

Une heure s'écoula. Parvesh Gupta murmura quelque chose à sa femme. Puis il se leva et se mit à la fenêtre. Après avoir regardé dans la rue, il sortit. Les marches craquèrent sous ses pas.

Avec un soupir, Sophie redressa la tête afin de soulager la tension qui ankylosait sa nuque. C'est alors qu'elle remarqua les étroits rayonnages sur le mur au-dessus d'elle. Quelques livres empilés, trois pots de terre cuite avec des cierges neufs. Un bocal en verre contenant des grains clairs : de l'encens. Une petite boîte en bois contre laquelle était dressée une photo. Comme attirée par un aimant, Sophie posa les mains sur le sol comme pour s'aider à se relever. Elle ne respirait plus. Se tournant vers Mrs Gupta, elle croisa de nouveau son regard. Cette femme observait le moindre de ses mouvements.

— *Kya mein ?* demanda Sophie.

Mrs Gupta baissa les yeux sur ses mains et fit oui de la tête.

Sophie se mit à genoux et leva une main, très lentement, pour prendre la photo. C'était bien lui. Son regard braqué pile au centre de l'objectif, ses yeux clairs plongeant dans les siens – la couleur de tourmaline verte invisible sur le cliché noir et blanc. Un portrait tiré par un photographe. Elle retourna le carton. Au dos, le nom du studio et la date, mai 1952. Il y avait sept ans. Quel âge pouvait-il avoir ? Elle étudia de nouveau son visage. Vingt-quatre ans, vingt-six tout au plus ? Elle ne lui avait jamais demandé son âge, ayant cru comprendre que c'était un détail auquel les Indiens n'accordaient pas d'importance. *Pourquoi ne t'ai-je jamais posé la question ?* Elle se surprit à sourire au portrait. Du bout des doigts, elle caressa son visage puis leva les yeux vers Mrs Gupta.

— Merci, chuchota-t-elle. *Shukriya.*

Elle ploya le cou.

Mrs Gupta se leva et descendit la petite boîte de l'étagère. Elle l'ouvrit et en sortit un objet qu'elle fourra dans la main de Sophie, en fermant son poing autour.

— C'est la seule chose que Jagaan avait quand il nous a trouvés, dit-elle doucement. Il ne l'avait jamais montré à personne, pas une seule fois au cours des mois qu'il lui a fallu pour arriver jusqu'ici. Il avait peur de se le faire voler.

Sophie ouvrit sa main. Son médaillon en or scintilla au creux de sa paume, ce petit bijou qu'elle avait porté toute sa jeunesse, jusqu'au jour où elle l'avait lancé du haut de sa fenêtre au garçon qu'elle aimait.

Son corps fut saisi par le spasme d'un sanglot tandis que le chagrin fondait sur elle, explosait au-dessus de sa tête, l'emportait dans ses abîmes. Elle enfouit son visage dans ses mains et s'entendit hurler, un cri terrible qui semblait émis par une âme perdue dans les ténèbres des limbes entre ciel et enfer. De l'eau ruissela de ses yeux, de sa bouche, de son nez. Elle sentit les bras de Mrs Gupta autour d'elle, l'étreignant, la berçant, la consolant. Mrs Gupta lui sécha les joues avec un pan de son sari.

— Chhh, dit-elle. Ne pleurez pas.

Elle continua à éponger ses larmes.

— Chhh, il ne faut pas que votre fils vous voie dans cet état.

Sophie opina, le visage toujours dans ses mains, les épaules soulevées par une houle de sanglots. Elle prit la main de la femme et la serra très fort.

Mrs Gupta ne bougea pas. Des cris lointains montaient de la rue. De sporadiques rires d'enfants.

— La sortie de l'école, l'informa Mrs Gupta.

Sophie s'étrangla avec sa salive. Elle se mit à tousser. Elle avait peur de vomir. Mrs Gupta l'aida à se lever. Puis elle se tint debout devant elle et la regarda droit dans les yeux.

— Inspirez lentement ; comptez un, deux, trois, quatre, cinq, six ; expirez.

Sophie arrêta de pleurer et renifla. Se laissant guider par Mrs Gupta, elle fit quelques respirations. Au bout d'un moment, elle sentit le calme lui revenir.

— Il va bientôt arriver, lui dit Mrs Gupta. Il s'appelle Joy.

Parvesh Gupta montait la garde devant sa boutique. Il suivait des yeux les enfants qui passaient en courant dans la rue. Joy, c'était du vif-argent. L'arrivée d'un client troubla sa concentration. Parvesh le pria d'attendre d'un air bourru. Le client froissé crut bon de rouspéter. Avec un soupir, Parvesh se retourna pour lui expliquer pourquoi il n'était pas disponible tout de suite. À l'instant même, du coin de l'œil, il distingua un éclair blanc.

Parvesh se lança à sa poursuite et l'attrapa par sa chemise de coton. Le client exaspéré lui cria quelque chose et lança les sandales sur l'étalage avant de s'éloigner en pestant.

— Attends ! s'exclama Parvesh en prenant l'enfant par le bras.

Joy leva les yeux. Il espérait qu'on n'allait pas l'envoyer faire une course. Il était affamé. Tout ce qui l'intéressait pour le moment, c'étaient les *chapatis* qui l'attendaient à la cuisine. Mausi avait peut-être aussi mis de côté quelques *pakora*[1] pour lui permettre de patienter avant l'heure du dîner. Mais, à voir la tête que faisait son oncle, il comprit qu'il se passait quelque chose de grave. On leur avait peut-être déjà raconté l'accident. Car il s'attendait à de sérieux ennuis, même si ce n'était pas sa faute. Ce n'était même pas sa balle. S'il avait possédé une balle de cricket, il n'aurait pas été assez bête pour laisser un imbécile comme Manoj la jeter à travers une fenêtre où elle avait disparu à jamais. Ils avaient déguerpi aussi vite que des cafards surpris par la lumière. On n'avait pas pu les rattraper. D'un autre côté, aucun d'eux n'était assez fou pour aller frapper à la porte de la maison à la vitre cassée pour réclamer la balle.

— Qu'est-ce qu'il y a, oncle ? dit Joy en prenant un air innocent.

— Joy, dit son oncle en posant les mains sur ses épaules.

Joy eut soudain très mal au ventre au souvenir de la pre-

1. Beignet de légumes.

mière et dernière fois que son oncle avait posé ses mains sur ses épaules. C'était sûr et certain : quelqu'un était mort.

— Oui, oncle ?

Parvesh Gupta prit une profonde inspiration.

— Ta mère a été retrouvée.

Joy resta bouche bée. Il contempla son oncle avec de grands yeux.

— Elle est ici. En haut. Elle t'attend.

Joy demeurait cloué sur place. Il tourna lentement la tête vers la boutique. Soudain, il s'arracha aux mains de son oncle et détala.

Au bruit des pas légers et rapides dans l'escalier, Sophie s'écarta de Mrs Gupta et tourna la tête pour voir un petit garçon se ruer dans la pièce. Il se figea, essoufflé, sa cage thoracique se soulevant sous l'ample tunique en coton. Il fixa sur elle ses immenses yeux verts. Elle lui rendit son regard, le cœur chaviré, mais avant qu'elle puisse lui parler, avant qu'elle puisse lui sourire, il se jeta à son cou avec une telle fougue qu'elle faillit perdre l'équilibre. Son petit visage contre sa poitrine. Sophie l'entoura de ses bras, se courba, le tint serré contre elle. Sous la mince étoffe, son petit cœur battait aussi vite qu'un cœur d'oiseau. Elle sentit son haleine chaude humidifier son corsage. Elle ferma les yeux.

— Mon fils, murmura-t-elle dans ses soyeux cheveux noirs. Mon Joy. Ma joie.

Il fit un pas en arrière et leva un visage émerveillé, et inquiet.

— Tu restes ?

Sophie jeta un coup d'œil troublé à Mrs Gupta, qui souriait tristement. Celle-ci fit oui de la tête.

— Oui, répondit Sophie. Je reste. Et je ne te laisserai plus jamais.

— Je savais que tu viendrais, déclara Joy. Mon père me l'avait promis. Il a dit qu'il te retrouverait même si ça devait prendre cent ans.

Sophie lui sourit, soulagée de ne plus avoir de larmes à verser. Elle ne voulait pas qu'il la voie pleurer.

— Je sais, murmura-t-elle en l'étreignant. Pardon d'avoir mis si longtemps.

44

Le Dr Schofield inspecta l'écriture sur le colis. C'était celle de Sophie. Elle avait noté : *Photographies, ne pas plier*, souligné d'un trait énergique. Il l'ouvrit à l'aide d'un coupe-papier. À l'intérieur, deux épais cartons noirs, et un mot griffonné sur une feuille lisse qui semblait venir de tomber de ses doigts. Un sourire monta aux lèvres du médecin lorsqu'il lut : *Tu m'as réclamé un portrait pour faire ton intéressant à la clinique*. Il continua jusqu'au bout sa lecture, son sourire s'estompant tandis qu'il posait la lettre de côté. Il choisit le plus grand des cartons et l'ouvrit. Une petite exclamation de surprise lui échappa en la voyant souriant à l'objectif, le garçon auprès d'elle, au milieu d'un groupe d'une douzaine de personnes. Un couple âgé, de son âge à lui sans doute. Un jeune homme d'une vingtaine d'années au visage grave. Un jeune couple avec un bébé. Des sikhs, des amis proches sûrement. Souriants. Et Sophie, là, parmi eux. C'était stupéfiant. Tous posaient avec une telle fierté pour cette photo de famille. Sophie paraissait heureuse. Il y avait si longtemps qu'il n'avait pas vu ce sourire, ce sourire qui l'éclairait de l'intérieur quand elle était jeune fille.

La porte de son bureau s'ouvrit.

— Le café, annonça Mrs Nayar en posant son plateau sur la table dans un cliquetis de porcelaine.

Elle ne fit pas mine de partir. Depuis l'arrivée du pli, le matin, alors que le Dr Schofield était à la clinique, la curiosité maintenait Salil et elle sur des charbons ardents. Ils l'avaient emporté à la cuisine, où ils l'avaient mis debout contre un pot de confiture de manière à pouvoir en parler toute la journée, se livrant à toutes sortes de suppositions en attendant le retour du médecin. Il était enfermé dans son bureau depuis plus d'une demi-heure, et toujours pas de nouvelles.

Le Dr Schofield leva vers elle un sourire énigmatique et lui tendit la photo pour qu'elle voie de ses propres yeux. Mrs Nayar fronça les sourcils en étudiant le cliché. Puis elle lui coula un regard interrogateur.

— Oui, dit-il. Allez la montrer à Salil.

Mrs Nayar fila à la cuisine. Le Dr Schofield ramassa le deuxième carton, mais ne l'ouvrit pas tout de suite ; il se préparait. *L'autre est une photo du père de Joy, Jagaan Ramakrishnan. C'est le seul portrait qui existe de lui. Ceci en est une reproduction*. Le Dr Schofield respira un grand coup et l'ouvrit.

Il le reconnut immédiatement. Le jeune homme du camp de réfugiés. Le même visage, un peu plus vieux. Il en resta pantois. Il ôta ses lunettes et, les abandonnant sur son bureau, laissa échapper un soupir sans fin.

1970

Californie

Carpinteria, CA
Le 15 août 1970

Jag chéri,

Voici le retour du 15 août. Je suis là, tranquille, et je t'écris. Je te parle pendant des heures. Je te dis tout. Mes espoirs et mes rêves, mes peurs secrètes, ma vie et ce qu'elle est devenue.

Notre fils a reçu son diplôme cet été. Tu aurais vu son sourire de bonheur comme je l'ai vu, moi, cachée derrière mon appareil photo. Je t'ai reconnu en lui. Quelle belle journée ! Tu aurais été fier. Il est allé ensuite fêter la fin du college *avec ses amis, et moi je suis rentrée à la maison et j'ai allumé une bougie que j'ai posée sur l'étagère où nous gardons les souvenirs qui nous restent de toi.*

Il est amoureux. Je le sais, même s'il ne m'a rien dit. Ils sortent ensemble depuis près d'un an et ils ont l'un pour l'autre le regard que nous avions tous les deux. À moitié japonaise, elle a la délicatesse d'une poupée. Joy est plus grand que jamais. À côté d'elle, il ressemble à un dieu du courage. Il a tes yeux. Il m'arrive de ne pas oser croiser son regard, tant leur vue remue en moi d'émotions. Je dois parfois faire attention de ne pas pleurer, ni de l'étreindre en pensant que c'est toi. Je dois me rappeler qu'il n'est pas toi. Toi, tu nous attends en un lieu où il n'y a qu'une sorte d'amour.

Nous parlons souvent de toi. Je lui raconte ma légende, il me raconte la sienne. Nous ne nous en lassons jamais. Cela nous rapproche de toi. Je réunis les épisodes de ton histoire dans un livre afin qu'elle ne soit jamais oubliée, même longtemps après ma disparition. La vie d'un garçon qui grandit dans un palais et tombe amoureux d'une fille qui n'est pas pour lui et qu'il passe le reste de son existence à chercher.

Ta tante m'appelle sa fille. Nous lui avons rendu visite au printemps. Elle n'en revenait pas de voir combien Joy a grandi. À soixante-quatorze ans maintenant, elle a renoncé à compter ses petits-enfants. Pour elle, tu es le héros de la famille. Elle rassemble les petits autour d'elle pour leur raconter tes aventures. Nous sommes ensuite descendus à Ooty. Son grand-père est si fier de lui qu'il l'a emmené partout et a tenu absolument à ce qu'il devienne membre de son club maintenant que Joy a vingt et un ans. Mon père lui décrit ce qu'il a vécu avec toi au poste sanitaire du camp de réfugiés. Il devient vieux et se délecte à évoquer le passé. Il dit que le jour où il a fait la connaissance de son petit-fils a été le jour le plus heureux de son existence.

Joy veut s'établir aux États-Unis. C'est un endroit qui lui convient. Tout le monde ici semble venir d'ailleurs. Comme nous, ils ont débarqué la tête pleine de rêves et avec l'espoir de se construire une vie neuve. Nous avons trouvé le bonheur dans ce pays où personne ne tient compte de qui vous êtes ni d'où vous venez. On lui a offert un stage d'externe dans un hôpital à San Francisco. La première pierre d'une belle carrière. Il revient ce week-end avec Lucy. Il paraît qu'il a quelque chose à m'annoncer.

Oh, tu me manques tellement ! Ce matin, comme tous les ans à cette date, j'ai sorti ta lettre pour la relire. Nous la conservons dans une cassette en argent avec le médaillon. Elle est rangée sur l'étagère des souvenirs, à côté de ton portrait. Le papier tombe en lambeaux, les taches ont pâli, mais je peux quand même les caresser. Je porte mes doigts à mes lèvres, comme pour goûter ton sang, afin que tu puisses continuer à vivre en moi. Parfois j'aperçois un oiseau tout là-haut qui fait des cercles dans les courants d'air et je me dis que c'est toi et que tu veilles sur nous.

À minuit, je sortirai contempler les étoiles et prier pour que tu m'entendes. L'eau noire, dit-on, n'a pas de mémoire. Elle traverse la terre sans âme ni conscience, ne ramassant rien sur son passage, et les vagues déferlent sur la grève avant de se retirer et de repartir vers le grand large. Je suis en paix ici, face à cette mer d'oubli. J'observe les eaux qui ne dorment jamais et je pense à toi. On se reverra un jour, mon amour, alors nos esprits ne feront plus qu'un, alors nous passerons à travers les murs d'un palais, dans le ciel.

Composition et mise en pages
Nord Compo à Villeneuve-d'Ascq

MIXTE
Papier issu de
sources responsables
FSC™ C003309

Imprimé en Espagne par Cayfosa en décembre 2016
Dépôt légal : janvier 2017